Julia K. Stein

chasing dreams

Roman

PIPER

Mehr über unsere Autoren und Bücher:
www.piper.de

Wenn Ihnen dieser Roman gefallen hat, schreiben Sie uns unter Nennung des Titels »Chasing Dreams« an *empfehlungen@piper.de,* und wir empfehlen Ihnen gerne vergleichbare Bücher.

Von Julia K. Stein liegen im Piper Verlag vor:
Montana Arts College:
Band 1: Chasing Dreams
Band 2: Chasing Fame
Band 3: Chasing Hope

Das Mottozitat stammt aus:
Van Gogh Museum, *Vincent van Gogh. The Letters,* Brief Nummer 682 an Theo van Gogh, Arles, 18. September 1888, Zitat übersetzt aus dem Französischen von Julia K. Stein. URL: http://vangoghletters.org/vg/letters/let682/letter.html.

Unser Versprechen für mehr Nachhaltigkeit
Klimaneutrales Produkt
FSC®-zertifiziertes Papier
Hergestellt in Europa

FSC
www.fsc.org
MIX
Papier aus verantwortungsvollen Quellen
FSC® C083411

ISBN 978-3-492-06261-9

Dieses Werk wurde vermittelt durch Agentur Brauer.
Redaktion: Wiebke Bach
Satz: Satz für Satz, Wangen im Allgäu
Gesetzt aus der Dante
Druck und Bindung: CPI books GmbH, Leck
Printed in the EU

Für Johanna

There is nothing more truly artistic than to love people.

Vincent van Gogh

Eins

Yuna

Die neuesten TikTok-Charts dröhnen mir in den Ohren. Studierende aller Jahrgänge mit roten Plastikbechern drängeln sich vorbei und checken sich gegenseitig ab. Wenn ich den Bechern zu nahe komme, zieht mir ein penetrantes Kirscharoma in die Nase. Wahrscheinlich soll der zuckrige Duft Alkohol vertuschen, aber so intensiv, wie die Bowle riecht, könnte er problemlos Zyankali überdecken. Schreiend unterhalten sich alle Neuankömmlinge über die Musik hinweg, aufgeregt, glücklich, dass sie hier sind. Auffällige Klamotten, sexy Tops und aufgedrehte Stimmen. Kurz: Alles weist darauf hin, dass ich hier nichts verloren habe. In meiner natürlichen Umgebung befindet sich normalerweise mindestens eine Ballettstange. Musik gibt es zwar auch, sogar »live«, allerdings meist von einer älteren Dame aus der Slowakei am Klavier vorgetragen. Und hinter den Fenstern sind keine Berge oder Wiesen zu sehen wie hier, sondern – zumindest vom Ballettstudio aus – der Central Park, der jetzt ungefähr eintausendachthundert Meilen östlich liegen dürfte. Ich stehe zusammengequetscht in einer Ecke mit Hazel, dem Mädchen aus dem Schauspielprogramm, das bei der Anmeldung hinter mir stand. Mit einer Mischung aus Flehen und Drohen hat sie mich weichgeklopft mitzukommen: »Die ›New-Game-Fresher-Party‹ ist der Auftakt zu allem. Es gibt *niemanden,* der nicht kommt. Lass mich nicht allein, du bist die Einzige, die ich hier kenne!« Das beruhte zu dem Zeitpunkt auf Gegenseitigkeit, wir waren ja erst eine Stunde vorher angekommen, später als die meisten anderen. Also hatte ich vorhin meine Sachen in den kleinen Schrank geräumt und mein Bett bezogen, ein paar anderen, die schon in »meinem Haus« eingezogen waren, kurz zugewunken, bevor ich wieder aufgebrochen bin.

Und jetzt vibriert mein Magen so stark von den aggressiven Beats, die aus den extrapotenten Lautsprechern dringen, dass ich befürchte, gleich seekrank zu werden. Es ist ungefähr achtzig Grad, und einige zeigen ähnlich viel Haut wie in der Sauna. Ich tippe auf Tänzer, die sind natürlich stolz auf ihre Körper, in die sie so viel Arbeit gesteckt haben. Aber Personen mit exhibitionistischer Veranlagung gibt es auf einem College für darstellende Künste natürlich einige.

Ich streife meine Lieblingsstrickjacke von der Schulter, die ihre besten Tage schon lange hinter sich hat, und stopfe sie in meine Umhängetasche. Der Raum ist voll, was wohl das Zeichen einer guten Party ist, aber es drängen tatsächlich immer noch mehr Leute herein. Der DJ, ein Student, der mit Kopfhörern hinter einem altmodischen Mischpult steht und betont busy herumwirbelt, wechselt das Tempo und blendet kurz in ein anderes Lied.

Jetzt wird der Beat zusätzlich von gerappten Schimpfwörtern begleitet, die direkt aus der South Bronx stammen könnten. Ich glaube, ich bin allerdings die Einzige hier, die jemals dort war. Die Studenten kommen von überallher, einige sogar aus Europa oder Asien, aber gewiss nicht aus der South Bronx. Normalerweise habe ich nichts gegen laute Musik, aber ich vermute, hier soll vor allem das Vernunftzentrum im Gehirn ausgeschaltet werden, um das Stammhirn ans Steuer zu lassen. »Get the fuck out of my way, you fucking dirty puss, he cummed all on my gown«, singt der DJ noch mal laut ins Mikro mit.

»So viele Schimpfwörter in einem einzigen Satz muss man erst mal schaffen«, bemerke ich.

»Solche Lieder waren an meiner Highschool komplett verboten«, schreit Hazel schmerzhaft laut zurück in mein Ohr. »Cool. Sollen wir uns was zu trinken besorgen?«

»Klar«, brülle ich zurück. »Willst du was holen? Ich warte hier und halte den Platz frei?«, schlage ich vor. Wobei nicht ganz klar ist, welchen »Platz« ich genau frei halte, aber sich durch die Menge zu drängeln erscheint mir noch weniger erstrebenswert, und jeder Quadratmeter muss definitiv verteidigt werden.

Für einen Moment sehe ich Nervosität in Hazels Blick. Dann scheint sie sich zu sammeln. Sie nickt. »Was möchtest du denn?«

»Irgendetwas«, erwidere ich und lächele ihr beruhigend zu. Sie wirkt aufgeregter als ich, bevor ich auf die Bühne muss. Vielleicht ist sie von Natur aus immer hibbelig.

»Möchtest du was von dieser Willkommensbowle?«, fragt sie und zupft ihren Jeansrock weiter nach unten.

»Du siehst gut aus, wirklich. Der Rock ist nicht zu kurz«, bestätige ich ihr. »Er verdeckt deinen Po, was hier nicht selbstverständlich ist.« Ich deute auf ein Mädchen neben uns, dessen Shorts komplett unter ihrem T-Shirt verschwindet, sodass nicht klar ist, ob sie überhaupt eine Hose trägt.

»Ist er zu lang?«, fragt sie und sieht noch verunsicherter aus.

»Er ist perfekt«, sage ich.

Sie blickt mich dankbar an. »Also Bowle?«

»Die Bowle, die sie allen direkt am Eingang andrehen wollen?« So penetrant, wie die älteren Studenten, die diese Party organisiert haben, jedem Neuankömmling die Bowle einflößen wollen, bin ich mir sicher, dass jede Menge harter Alkohol drin ist. Dabei sind die meisten hier unter einundzwanzig, aber vielleicht schaut da in Montana niemand so genau hin. Ich schüttele den Kopf.

»Bier?«, fragt sie eifrig und fährt dabei durch ihre feinen dunklen Haare, um sie neu zu arrangieren. Sie hält ihren Arm hoch, an dem ein dunkelrotes Band klebt, das bestätigt, dass sie Alkohol trinken darf, und zwinkert mir zu. »Das haben die eigentlich an alle verteilt.« Sie hat große Augen und auffallend gerade Augenbrauen. Sie ist hübsch mit einem fast puppenartigen Gesicht und kann bestimmt mit dreißig noch Teenager spielen, was in ihrem Beruf wahrscheinlich von Vorteil ist. Zudem ist sie ungefähr einen Kopf kleiner als ich. Auf ihrem T-Shirt steht: »Ich bin nicht verrückt, ich probe meinen Dialog.« Ich glaube, sie ist ziemlich stolz, hier zu sein.

Ich nicke. »Klar. Bier ist gut.« Ich mag kein Bier, aber ich will es nicht unnötig kompliziert machen. »Ich warte hier«, füge ich auf ihren fragenden Blick hinzu. Sie dreht sich um und schiebt sich durch die Menge Richtung Bar. Sie kommt aus einer Kleinstadt in Ohio und hat mich schon zweimal gefragt, ob ihr Look nach Kleinstadt aussieht, als ich erzählt habe, dass ich aus New York komme. Dabei fühle ich mich definitiv nicht wie das coole Großstadtmädchen mit Fashion-Sense. New York kennt halt jeder, ihr Kuhdorf aus Ohio, wie sie es selbst genannt hat, nicht.

Die Leute kommen an diesen verlassenen Ort an der Grenze von Montana zu Idaho, weil das Montana College of Performing Arts, auch Montana Arts College genannt oder kurz MCPA, einfach eines der besten Colleges ist, wenn man etwas in Tanz, Film oder Schauspiel erreichen will. Ich bin hier, weil man im Ballettprogramm des MCPA neben dem Collegeabschluss eine der besten Tanzausbildungen der USA bekommt. Aber vor allem, weil ich vor anderthalb Jahren, bei dem letzten Wettbewerb, an dem ich teilgenommen habe, ein Stipendium gewonnen habe, das ich nie eingelöst hätte, wenn alles normal verlaufen wäre. Ich hätte New York nie verlassen. Ich liebe New York. Und meine Eltern vermisse ich auch. Die Musik dröhnt, und links neben mir lacht sich eine Gruppe über einen Witz kaputt. Vielleicht demonstrieren sie auch nur, dass sie ihn verstanden haben. Ich fühle mich so unglaublich fehl am Platz. Und dann denke ich an New York, aber anders, als ich eigentlich wollte, ich denke daran, wie mein Gesicht zum letzten Mal an Maxwells Schulter gelegen hat, seine Hand unter meinem Shirt. Ich weiß noch genau, wie es war, wenn er mit seinen Fingern seitlich an meinem Busen entlanggefahren ist, unauffällig unter meiner dicken Jacke, schließlich saßen wir häufig auf einer öffentlichen Bank in der Nähe des Apple-Ladens an der Upper East Side, viele Subwaystationen weg von zu Hause. Sonst wären wir wieder weitergegangen, jedenfalls, wenn es nach mir gegangen wäre. Aber es war nie leicht gewesen, einen geeigneten Ort zu finden zwischen dem Training und der Schule. Anfangs hatte es ewig gedauert, bis Maxwell überhaupt bei meinem Busen angelangt war, und jede Sekunde davon hatte sich ziemlich gut angefühlt. Es gefiel uns beiden, als wir endlich weitergingen, nur hatte ich selten Zeit. Dann hatte er leise in meine Haare geflüstert. »Es tut mir so leid, aber ich glaube, das geht nicht mehr mit uns.« Was er meinte, war: Ich glaube, ich möchte hier lieber mit Seraphina sitzen und *ihren* Busen anfassen. Seraphina hatte immer Zeit und wohnte ebenfalls an der Upper East. Nur wusste ich das damals noch nicht, und ich weiß nicht, ob es deshalb mehr oder weniger wehgetan hat. Maxwell hatte einen passenden Zeitpunkt gewählt: genau zwei Wochen nach meiner Diagnose, auch wenn das »nichts damit zu tun hatte« und er mir lieber nicht den Grund erklären wollte, weil das »würde mich ohnehin nur verletzen«. Er war so rücksichtsvoll.

Hazel ist in der Menge verschwunden. Vielleicht sucht sie nach jemandem mit ausgeprägterem Party-Vibe, weil sie spürt, dass ich hier nicht alt werde. Mit mir hat sie jemanden, zu dem sie zurückkommen kann, um nicht allein herumzustehen. Aber für ein paar Dinge waren die letzten anderthalb Jahre auch gut. Allein auf einer Party herumzustehen schreckt mich wirklich nicht mehr. Ich habe kein Problem damit, ihr Party-Anker zu sein, außer dass der Anker hier bald gelichtet wird und ich nach Hause gehen werde. Ich will morgen trainieren. Ich muss trainieren, denn meine alte Form habe ich noch nicht zurück. Ich bin erst heute angekommen, weil ich noch einen Arzttermin in New York hatte, und die sind seit anderthalb Jahren heilig. »Sie sind gesund«, hat der Arzt mir bestätigt. »Vergessen Sie einfach, dass Sie jemals krank waren.« Sehr lustig. Ein Vergessens-Serum hatte er nämlich nicht. Morgen wird das Training ohnehin schlimm, weil meine Beine sich erst mal wieder lockern müssen, nach dieser ewig langen Busfahrt im Greyhound mit den Leuten neben mir, die zwar alle paar Stunden gewechselt, aber immer verlässlich gestunken haben. Nur die Nuance hat gewechselt, mal mehr nach Schweiß, mal mehr nach in Alufolie eingewickeltem Taco, mal nach zu dick aufgetragenem Billig-Aftershave. Allein bei dem Gedanken muss ich mich schütteln.

»Hi, habe ich dich nicht schon mal gesehen?« Die Musik ist minimal leiser geworden, vielleicht hatten noch andere Studenten Angst um ihr Gehör. Neben mir steht ein Typ, dicke hellbraune Haare, eine scharfe Narbe auf der rechten Wange, die nicht entstellend, aber irgendwie auffällig ist, vielleicht, weil der Rest an ihm so makellos ist. Ja, ich habe ihn schon mal gesehen.

»Klar, hey«, sage ich, weil ich seinen Namen vergessen habe.

Jetzt blinzelt er verwirrt.

»Ah, sorry«, sagt er dann. Sein Ausdruck verrät ihn. Er hat keine Ahnung, wer *ich* bin. Das war gerade nur ein Spruch gewesen. »Wir wohnen im gleichen Haus«, erinnere ich ihn. Dort sind wir uns vorhin im Flur über den Weg gelaufen. Vielleicht ist er auch einer der Typen, die dunkelhaarige Mädchen verwechseln, weil sie nur bei den Blondinen genauer hinschauen.

»Klar weiß ich, dass du aus meinem Haus bist«, stellt er dann fest, stolz über seinen Geistesblitz. »Natürlich habe ich dich erkannt.«

»Natürlich«, bestätige ich ironisch.

Er erinnert mich an bestimmte Typen aus New York, dieser bewusst verkommene Harvard-Club-Chic: beige Hosen, ein teures Hemd, das lässig aus der Hose hängt, und, nun ja, seine rot unterlaufenen Augen sprechen Bände. Vielleicht hat er mich auch nicht wiedererkannt, weil er so neben sich steht.

»Du hast mir deinen Namen aber immer noch nicht verraten. Ich bin Nate. Filmprogramm.«

»Yuna«, erwidere ich. »Klassischer Tanz«, imitiere ich seine Art, sich inklusive Studienschwerpunkt vorzustellen. Machen viele hier so. Jeder verpasst sich sein Studienfachlabel, das habe ich in den wenigen Stunden, seit ich hier bin, schon gelernt.

Ich warte darauf, dass er so was sagt wie »hübscher Name«.

»Hübscher Name«, bemerkt Nate.

Bingo. Manchmal ist meine Menschenkenntnis echt unschlagbar. Er zieht die Worte beim Sprechen. Er ist bekifft, wahrscheinlich auch betrunken. Sein Atem riecht nach irgendetwas Hochprozentigem. Vielleicht ist es auch die ominöse Begrüßungsbowle.

»Ich hoffe wirklich, dass das Studium hier hält, was es verspricht, wenn man dafür schon in dieses Nest kommt. Ich meine, die einzigen Partys, die es hier gibt, sind die auf dem Campus?« Er schüttelt in demonstrativer Fassungslosigkeit den Kopf.

»Ich bin auch weniger zum Partyfeiern gekommen als zum Tanzen«, erwidere ich.

»Du klingst ein bisschen wie meine alte französische Gouvernante«, erwidert Nate schmunzelnd.

Ich fürchte, er hat recht. Schlimmer ist: Ich fühle mich auch wie eine französische Gouvernante. Aber ich bin es gewohnt, der Party-Pooper zu sein, das kann jede Tänzerin.

»Keine Sorge, ich mag das. Hast du auch eine kleine Peitsche in der Handtasche?« Er wackelt mit den Augenbrauen.

Ich verziehe das Gesicht. »Hat dir schon mal jemand gesagt, dass dein Humor ziemlich einfach gestrickt ist?«

»Nicht nur mein Humor, *ich* bin einfach gestrickt. Ist ja nichts Schlechtes«, sagt Nate. »Frauen mögen das.«

»Wie kommst du darauf?«

»Ich mache Studien darüber, welche Tinder-Bios am besten funktionieren. Und das Ergebnis ist eindeutig.«

Ich verdrehe die Augen.

»Hey, auf Tinder kann man auch einfach so nette Leute kennenlernen.«

»Klar, auf Tinder findet man Freunde, genauso, wie man auf Youporn was über Filmschnitt und Kameraeinstellungen lernen kann.«

Er grinst, und tatsächlich bildet sich ein Grübchen in seiner Wange, das ihn viel jungenhafter erscheinen lässt.

»Hey, hey, hey, das hast *du* gesagt. Ich bin schockiert.«

»Und, welches sind deine erfolgreichsten Bios?«

Nate denkt nicht lange nach. *»Suche Badass Girl. Good Ass schon vorhanden.«*

»Nicht dein Ernst. Und darauf antworten Leute?«

Er nickt nachdrücklich. »Richtig gut lief auch der hier: *Ich mag safe Sex. Ich binde dich fest, dann fällst du nicht herunter.*«

»Ich verliere den Glauben an die Menschheit.«

»Dann sollte ich dir nicht sagen, dass *ich habe mommy issues* auch gut abging.«

»Ich habe Angst zu fragen, was deine aktuelle Bio ist.«

Er holt sein Telefon heraus, tippt kurz und hält es mir unter die Nase. Unter einem vorteilhaften Foto von Nate mit einem sehr süßen Hund steht:

Vorteile:

Teile mein Netflix-Passwort.
Kann mit der Zunge eine Schleife binden.
Kann 11 Hotdogs auf einmal essen.
Mag Haustiere.
Keine Angst vor Spinnen.

Nachteile:

Hyperaktiv.
Esse 11 Hotdogs auf einmal.
Klaue möglicherweise dein Haustier.
Brauche viel Raum beim Schlafen.

»Du hast einen Hund?«

»Nein, der ist von einem Freund. Tiere klappen gut. Aber am MCPA läuft Tinder nicht. Hier muss man wahrscheinlich oldschool Leute treffen.« Er zuckt mit den Schultern.

Irgendwie klingen der Akzent und die Art, wie er redet, vertraut. Ich habe eine Vermutung. »Woher kommst du?«

»New York«, sagt er tatsächlich, und es schwingt ein bisschen Arroganz mit. Er glaubt wohl, aus der coolsten Stadt der Welt zu kommen und mit einem Landei zu sprechen.

»Ach wirklich«, sage ich beeindruckt. »Das ist ja total cool.«

Er fährt sich durch die Haare. »Ja, ich kann mir noch nicht richtig vorstellen, drei Jahre hier zu verbringen. Weißt du, die meisten haben Vorurteile, was die Menschen dort angeht. Aber New Yorker sind viel freundlichere Menschen, als ihr Ruf vermuten lässt.« Er kneift die Augen zusammen, als wollte er scharf stellen. »Wobei mir diese Party ganz gut gefällt.« Er lächelt mich an, dann gleitet sein Blick wieder über die vielen kurzen Röcke und kleinen Oberteile und bleibt an einem nackten Oberschenkel in unserer nächsten Umgebung kleben.

»Aber wenn du in New York wohnst und es so magst, wieso bist du nicht dort zur Filmhochschule gegangen?«

Er reißt seinen Blick vom Oberschenkel los und mustert mich interessiert mit seinen hellen Augen, als wollte er prüfen, ob ich irgendwelche versteckten Absichten mit dieser Frage verfolge.

»Es war keine Option«, erwidert er vage.

Alles klar. So kann man es auch formulieren, wenn man abgelehnt wird. Aber ich sage es nicht laut. Er wirkt nicht wie jemand, der schon viele Ablehnungen im Leben eingesteckt hat. Ein Typ, der an uns vorbeigeht, stolpert und fällt fast auf mich drauf, dabei verschüttet er seinen Drink zum Teil auf Nates Hose. Nate reißt ihn nach hinten zu sich und schiebt ihn in die Waagerechte. »Pass doch auf, du Arschloch«, sagt er.

Er hält den schlaksigen, blonden Typ fest im Arm vor seiner Brust.

»Du kannst mich jetzt wieder loslassen, außer du stehst auf mich«, sagt der Typ unbeirrt, formt einen Kussmund und zwinkert Nate zu. Der verdreht die Augen und lässt ihn los.

»Falls du mal was Neues ausprobieren willst, melde dich einfach.« Der Typ wendet sich mir zu. »Heeeeey, ich wollte mich eigentlich dir kurz vorstellen. Ich war wohl zu stürmisch.« Er grinst. Ich lächele etwas unsicher.

Nate wirft mir einen prüfenden Blick zu, und ich zucke leicht mit den Schultern. Dann wendet er sich an den Typen. »Ich glaube, das kommt nicht so gut, wenn man innerhalb von dreißig Sekunden mit zwei Leuten flirtet. Das wirkt wahllos, Alter.« Er klopft ihm zum Abschied auf die Schulter und schiebt ihn zur Seite. Hat er mich vorher angeschaut, um abzuchecken, ob ich Interesse an dem Typ habe, als würden wir hier im Team arbeiten?

»Ich glaube, ich bin der Einzige hier, der eine klare sexuelle Orientierung hat«, bemerkt Nate. »He / him auf der ganzen Linie.« Und so ganz unrecht hat er möglicherweise nicht. Das Montana Arts College gilt als der liberalste Ort in ganz Montana.

»Vielleicht gibt es ja eine Selbsthilfegruppe für reiche, weiße Heterojungs«, schlage ich vor.

»Hey, du kannst ja richtig lustig sein, wenn du den Gouvernanten-Vibe ablegst.«

»Die Party ist nicht viel anders als in New York. Und wenn man viel Gras raucht, ist es bestimmt egal, ob man in New York ist oder hier.«

Immerhin ist er nicht zu bekifft, um aufzuhorchen, und er blickt mich mit neuem Interesse an. »*Du* wirkst nicht bekifft«, stellt er fest. »Meinst du etwa mich?«

Ich hebe meine Augenbrauen leicht an.

»Warte mal, du kommst auch aus New York? Hast du mich gerade auflaufen lassen und mich von den Vorzügen des Großstadtlebens erzählen lassen, obwohl du sie selbst kennst? Halt, kennen wir uns etwa von dort? Muss es mir unangenehm sein?« Den letzten Satz begleitet ein selbstgefälliges Grinsen. Er nimmt noch einen Schluck aus seinem Glas.

»Kann es sein, dass du ein kleines bisschen von dir selbst eingenommen bist? Wohnst du zufällig Upper East? Ich war dort in der Ballettschule, vielleicht bin ich dir auf dem Weg zur Subway begegnet. Ich komme aus Queens.« Ich kann mir gut vorstellen, dass er noch nie in Queens gewesen ist. An meinem Haus ist er höchstens mal auf dem Weg zum Flughafen vorbeigefahren, um in die Karibik oder sonst wohin zu fliegen. Jungs wie er kommen nicht nach Queens, die verlassen ihr goldenes Viertel nur für die Clubs im Village oder, wenn sie sich nach Abenteuer fühlen, Lower East Side.

Er wirkt beinahe ein wenig verlegen. Er weiß nicht so recht, woran er bei mir ist, und blickt mich fast entschuldigend an.

»Ich bin nicht so oft in Queens«, sagt er. »Wobei man hier wahrscheinlich auch aus New Jersey kommen kann und als

New Yorker gilt, und wir wissen beide, dass New Jersey nicht zu New York gehört.«

Ich muss unwillkürlich lächeln. Meine Güte, ich vermisse zwar nicht die Partys, aber bei seinen Worten wird es eng in meiner Brust. Ich vermisse mein Zuhause jetzt schon.

Er kneift noch mal die Augen zusammen. Auf seinen Schläfen glänzen feine Schweißperlen. »Du bist ganz schön breit«, bemerke ich.

Sein Kopf schnellt zu mir herum. »Ist es so auffällig?«

Ich zucke mit den Schultern. Für andere vielleicht nicht, aber ich kenne es von Maxwell. »Ich muss gleich nach Hause«, erkläre ich. Vielleicht will ich klarmachen, dass ich nicht interessiert bin. Nicht, dass er wirklich Interesse gezeigt hat. Aber er weckt keine guten Erinnerungen in mir. Er erinnert mich zu sehr an Maxwell.

»Du meinst, es gibt keine Zigarette danach für uns?«, fragt er mit leidendem Gesichtsausdruck. So richtig enttäuscht wirkt er nicht. Er hat natürlich schon gemerkt, dass ich nicht brauchbar bin, um eine ausgelassene Party mit ihm zu feiern.

»Meine Freundin kommt aus Ohio, da zieht die New-York-Nummer mit Sicherheit mega«, kann ich mir nicht verkneifen hinzuzufügen, um ihn zu trösten.

»Kann es sein, dass du dich über mich lustig machst?«, fragt er. Doof ist er nicht.

»Kann sein, muss aber nicht sein.« Ich zucke mit den Augenbrauen.

Er fährt sich durch die Haare. »Magst du sie mir vorstellen?«

Ich verdrehe die Augen. Er hat es natürlich ernst genommen. Vielleicht keine gute Idee, ihm Hazel vorzustellen. Aber ich weiß, dass Hazel sehr gern ein paar Leute treffen will, deshalb hat sie mich hierhergebracht. Sie wollte nur nicht kommen, ohne jemanden zu kennen. Wenn ich beide vorstelle, sind alle zufrieden, und ich kann ohne schlechtes Gewissen gehen. »Logisch. Sie ist zur Bar gegangen und nie wieder zurückgekommen, möglicherweise ist dir also jemand zuvorgekommen. Aber so weit kann dein Mitbewerber noch nicht sein.«

»Das klingt vielversprechend«, erwidert Nate. Irgendwie ist ein seltsames Einverständnis zwischen uns entstanden, als hätten wir geklärt, dass er der saufende Feiertyp ist und ich die disziplinierte Ballerina bin. Wir werden definitiv nicht kichernd gemeinsam im Bett landen, Friend-Zone. Wobei ich so weit jetzt noch nicht gehen würde, eher Leben-und-leben-lassen-Zone. Trotzdem ist er im Moment der mir vertrauteste Mensch an diesem ganzen College.

Wir drängen uns zwischen den aufgedrehten, sich laut unterhaltenden Studenten Richtung Bar vor. Die Musik hat jetzt einen besseren Rhythmus. Ich mag laute Musik, und ich liebe es, wenn sie den Körper übernimmt, die unterschiedlichen Vibrationen von Klassik und Pop, Hip-Hop. Ich gehöre definitiv nicht zu den Tänzerinnen, die nur Klassik hören.

Studenten stehen in Gruppen zusammen, schwer zu sagen, wer neu angekommen ist und wer schon länger hier ist. Es liegt so viel Energie in der Luft, Gelächter, Flirt, alle möchten sich von ihrer besten Seite zeigen oder von einer brandneu entworfenen, um schnell Freunde für eine großartige gemeinsame Collegezeit zu finden. Meine Agenda ist ein bisschen anders. Vor allem nicht ablenken lassen, volle Konzentration aufs Training, Sichtbarkeit nur im Tanzstudio. Ich werde sowieso nie wirklich dazugehören zu den Studenten, die hier die beste Zeit ihres Lebens haben wollen. Wenn die Krankheit mir nicht dazwischengekommen wäre, wäre ich schon lange in einer Kompanie. Jetzt ist es eben ein Umweg über dieses Tanzcollege, doch das Ziel ist das gleiche. Im Außenseitersein bin ich ziemlich gut. Wenn deine Eltern einen koreanischen Shop in Queens betreiben, deine Großmutter Mexikanerin ist und du an der Waganowa-Ballettakademie in New York mit einem Haufen Upperclass-Ballerinen getanzt hast, beherrscht man das. Der Unterschied ist, dass es diesmal kein Gefühl ist, sondern zu hundert Prozent stimmt. Ich habe nämlich ein paar Dinge in meiner Bewerbung weggelassen. Streng genommen, könnte man es auch als Lüge bezeichnen. Wie zum Beispiel fast ein ganzes Jahr, in dem ich gar nicht getanzt habe. Wenn man schon als schwache Ballerina anfängt, kann man die Karriere gleich vergessen, vor allem, wenn man sowieso schon in so vielerlei Hinsicht aus dem Rahmen fällt wie ich. Ich werde also freundlich und unsichtbar außerhalb des Tanzstudios sein. Früher habe ich mir eingebildet, dass ich irgendwann dazugehöre, wenn ich nett bin. Das bilde ich mir nicht mehr ein. Ich muss auch nicht dazugehören. Ich muss nur die Beste sein, sobald ich im Studio bin. Meine alte Ballettlehrerin Catherine in New York hat gesagt: »Erfolg ist einfach. Mach es ihnen unmöglich, dich zu übersehen.«

Die Lieder wechseln, ich erkenne ein paar echte Tänzer in der Gruppe der Tanzenden, die sich in einer Ecke gebildet hat. Sie können es natürlich nicht lassen, irgendwelche komischen Verrenkungen zu machen, um zu demonstrieren, wie gelenkig sie sind. Aber irgendwie beruhigt es auch. Montana und New York mögen völlig unterschiedlich sein, aber Tänzer sind überall gleich.

Okay, Hazel ist nirgends zu sehen. Ich hoffe, sie sucht mich jetzt nicht an der Stelle, wo wir gerade standen. Zum Glück bin ich groß, was als Ballerina ein Nachteil, als Partybesucherin aber ein Vorteil ist. Mein Blick trifft auf den des Typen hinter der Bar. Eine Lampe über dem Tresen strahlt aus einem komischen Winkel in seine Augen, sodass sie ein wenig überblau wirken, wie die Augen eines Huskys. Unsere Blicke hängen für einen Moment aneinander, über das Meer der Leute um uns herum hinweg. Sein Blick ist klar, ganz anders als bei Nate, der neben mir am Tresen hängt. Dann schaut der Barkeeper wieder weg und erledigt eine andere Bestellung, und ich schaue schnell zur Seite, weil mir plötzlich bewusst wird, dass ich ihn gerade etwas creepy angestarrt habe.

»Ich habe mir einen doppelten Moscow Mule bestellt. Ich würde dir natürlich auch einen bestellen, aber ich habe das dunkle Gefühl, dass du den nicht willst.« Nate schenkt mir ein träges Lächeln. Trotz seines pseudoverwahrlosten Stils ist er attraktiv mit seinem klassischen Profil und den hohen Wangenknochen. Ich kann verstehen, warum Mädchen auf ihn abfahren. Früher hätte ich ihn auch attraktiv gefunden. Die Mädchen aus der Ballettschule standen auf solche Typen, da hing ein ganzer Lebensstil dran: Man tanzt bis Ende dreißig, dann Kinder und Sektfrühstück am Park mit den Freundinnen. Anschließend Kleider mit der Kreditkarte vom Familien-Trustfund für den nächsten Charity-Ball shoppen. Ab vierzig dann Pilates mit Personaltrainer statt Ballett. Ich blicke von Nate zurück zum Barkeeper, der mich abwartend und etwas genervt anschaut. Ich bemühe mich, diesmal nicht in seine Augen zu starren, die ohne das Licht wieder etwas normaler aussehen. Wie er sich wohl vorstellen würde? Schauspielprogramm? Design? Oder ist er einer der Studenten, die hier einen Abschluss in Englisch, Geschichte oder sogar Business machen? Er wirkt jedoch nicht so, als wollte er reden. Er will nur Bestellungen aufnehmen. Ein paar andere fixieren ihn schon demonstrativ mit Blicken und warten, bis sie endlich an der Reihe sind.

»Ich nehme ein Wasser. Mit Kohlensäure«, sage ich zu ihm.

Ich entdecke Hazel ganz in der Nähe. Sie unterhält sich mit einem anderen Mädchen mit feuerroten Haaren und einer auffälligen Blumenranke auf dem Oberarm, die in ihrem ausgeschnittenen Top perfekt zur Geltung kommt.

Hazel sieht sie mit großen Augen und leicht geöffneten Lippen so bewundernd an, als wäre sie das perfekteste Wesen, das sie je gesehen hat.

»Hazel«, rufe ich, allerdings nicht laut genug, um die Musik zu übertönen. In dem Moment schaut sie zu mir rüber, und ich gebe ihr ein Zeichen, dass sie zu mir kommen soll und ich mit ihr sprechen will. Sie blickt zur Rothaarigen zurück, die aber schon wieder mit jemand anderem spricht und Hazels bewundernde Blicke wohl nicht vermisst. Hazel kommt also herüber, und weil Nate in seinem teuren, lässig verknitterten Hemd neben mir sie anlächelt und dabei vollständig abcheckt, springt ihr Blick hektisch zwischen ihm und mir hin und her.

Ich schaue wieder zum Barkeeper. Er lächelt nicht, aber er sieht auch nicht unfreundlich aus. Er wirkt, als hätte er die Situation mit Hazel und Nate richtig erfasst. Quatsch. Diese Augen irritieren mich, wahrscheinlich denkt er gerade an etwas völlig Unspektakuläres wie die nächste Bestellung. Er füllt ein Glas mit Wasser und schiebt es vor mich.

»Mit besonders großen Eiswürfeln. Und extrastarker Kohlensäure. Partywasser.«

Sein linker Mundwinkel verzieht sich zu einem angedeuteten Lächeln und lenkt die Aufmerksamkeit auf seine geschwungenen Lippen. Seine Augen sind auch ohne das Licht ziemlich durchdringend. Er ist blond und hat im Gegensatz zu Nate gar nichts vom Upper-Class-Boy. Er trägt ein T-Shirt und darüber ein nicht zugeknöpftes, kariertes Hemd. Er sieht aus wie jemand aus der Gegend. Oder so, wie ich mir die Leute aus der Gegend so vorstelle. Aber ich höre jetzt auf, ihn anzustarren wie ein Groupie, nur weil er mir das Wasser mit einem kleinen Witz überreicht hat.

»Danke«, sage ich betont knapp, doch er hat sich schon dem nächsten Studenten zugewandt, um eine Bestellung aufzunehmen. Ein süßlicher Alkoholgeruch holt mich in die Wirklichkeit zurück. Er kommt von Hazel, die einen Becher mit der gefährlichen Bowle in der Hand hat. Ich hoffe, ich bilde mir nur ein, dass ihr Blick noch glasiger wirkt. Immerhin scheint ihre Unsicherheit ebenfalls weniger geworden zu sein.

»Ich wollte dich jemandem vorstellen«, erkläre ich ihr und wende mich zu Nate, der lässig am Tresen lehnt. Ich vermute allerdings, er nutzt diesen auch zur Stabilisierung seines Gleichgewichts.

»Das ist Hazel, Schauspielprogramm. Das ist Nate, Filmprogramm.« Ich bin wie meine Mutter, wenn sie mir die netten koreanischen Söhne ihrer Freundinnen vorstellt. »Hey, vielleicht werdet ihr so ein Producer-Schauspieler-Team wie Ridley Scott und Russel Crowe. Oder Woody Allen und Diane Keaton. Dann möchte ich bitte, dass später im Abspann erwähnt wird, dass ich euch einander vorgestellt habe.«

Wenn ich mich nicht täusche, sind Hazels Wangen noch erhitzter als vorhin. Nate checkt sie weiter ab, aber ich bin mir nicht sicher, ob er das nicht entweder macht, um Hazel zu verunsichern, oder aus reiner Höflichkeit.

Hazel ist jedenfalls sofort interessiert, vor allem, als sie hört, dass er aus New York kommt. Nate ist charmant, auch wenn er betrunken ist, hat er das noch voll drauf.

»Ich hab's dir doch gesagt«, raune ich Nate zu, als Hazel kurz abgelenkt ist, weil sie glaubt, jemanden aus ihrer Heimatstadt zu sehen.

Nate grinst und hebt seine Hand zum High Five.

»Der Typ war natürlich nicht der, der ich dachte«, erklärt Hazel, als sie zurückkommt. »Was ist los?«, fragt sie ein wenig nervös, so als ob sie Angst hat, etwas verpasst zu haben.

»Nichts«, beruhige ich sie. »Ich habe ihm ehrlicherweise vorher gesagt, dass du New York cool findest und wahrscheinlich mehr mit ihm flirten würdest als ich.« Ich sage das so leise, dass Nate es nicht hören kann, auch wenn es ihn kaum stören würde. Ich stupse sie an, aber sie lacht zum Glück darüber. Wir sind vielleicht doch mehr auf einer Ebene, als ich anfangs dachte.

»Okay. Wenn es für dich in Ordnung ist, würde ich jetzt nach Hause gehen. Ich habe morgen früh Training.« Das stimmt so halb. Es gibt kein offizielles Training, es ist mein eigener Plan.

»Am Wochenende?«, fragt Hazel.

Ich beuge mich noch weiter zu ihr und betrachte sie genau. Trotz des Bechers Bowle ist sie noch wesentlich nüchterner als Nate. »Der Typ flirtet jetzt mit dir, und wenn du ihm die Chance gibst, geht er mit dir ins Bett. Ich kenne solche Typen aus New York, nett, aber nichts für große Gefühle. Willst du mit mir nach Hause?«

Sie schüttelt den Kopf.

»Kann ich dich mit gutem Gewissen hierlassen, und es passiert nichts, was du nicht willst?«

»Glaub mir, ich bin froh, wenn überhaupt mal was passiert. Um mich brauchst du dir keine Sorgen zu machen. Ich mache nichts, was ich nicht will. Danke, dass du dich um mich gekümmert hast.« Sie drückt kurz meinen Arm. Ein warmes Gefühl durchströmt mich. Hazel ist vielleicht unerfahren und überbehütet aufgewachsen, aber sie ist nicht so naiv, dass sie nicht weiß, dass sie naiv ist. Sie ist in Ordnung.

Nate hängt immer noch am Tresen, scannt geduldig die Menge. In seinem Zustand läuft die Zeit etwas langsamer.

»Okay, ich lass euch jetzt allein«, erkläre ich. »Ich wünsche euch einen schönen Abend.« Nate hebt lässig eine Hand. Bei allem demonstrativen Abchecken von Hazel habe ich den Eindruck, dass sie ihn nicht ernsthaft interessiert. Vielleicht, weil er denkt, dass Hazel leichte Beute sein würde? Letztlich steht er wahrscheinlich eher auf die Hard-to-get-Mädchen. Die Ballerinen, mit denen ich in New York getanzt habe, beherrschen dieses Spiel perfekt. Und es ist nicht so, dass ich mir das nicht abschauen konnte in den letzten Jahren. Nur ist das eine Mal, als ich versucht habe, genauso zu sein, so schiefgegangen, dass ich zumindest aus dem Grund froh bin, New York hinter mir gelassen zu haben. Leute wie dieser Nate enden mit arroganten Bitches, die dann zu anstrengenden Upper-East-

Side-Diven werden – nicht mit unschuldigen Kleinstadtmädchen wie Hazel.

Okay, wahrscheinlich bilde ich mir etwas zu sehr ein, alles durchschaut zu haben. Wäre meine Menschenkenntnis wirklich so gut, wäre ich schließlich nicht selbst gegen die Wand gefahren. Nach meiner Verabschiedung drehe ich mich ein letztes Mal um. Der Student im karierten Hemd hinter dem Tresen ist mir mit Blicken gefolgt. Vielleicht auch nicht. Er tut es auf jeden Fall nicht demonstrativ. Im Gegenteil, jetzt schaut er wieder weg. Irgendwie spüre ich jedoch diesen Blick in meinem Bauch. Mein Kopf brummt von der Musik, den vielen Leuten. Draußen schlägt mir die kühle Abendluft entgegen, und gierig sauge ich sie ein. Nachdem die Tür hinter mir zugefallen ist und die Musik abrupt abgeschnitten, herrscht totale Stille. So eine tiefe Stille, die sich bis in die Ferne zieht, gibt es in New York gar nicht. Wenn New York zu Ende ist, kommen die Vororte. Hier in Montana werden Stimmen meilenweit getragen, weil keine Hindernisse im Weg liegen. So eine Stille habe ich noch nie erlebt, und sie macht mich nervös. Ich bin froh, dass ich auch nach ein paar Hundert Metern noch die Musik der Party höre, wenn die Tür kurz aufgeht. Ich hole schnell mein Handy raus und notiere, was ich heute getrunken und gegessen habe. Als ich fertig bin, ist es immer noch still. Dieser Nate kann sich das wahrscheinlich gar nicht vorstellen, aber ich liebe Queens viel mehr als die Upper East Side. Es ist nicht chic, aber ich mag die Ecke, wo wir wohnen, und wenn das Rauschen der Autos im Sommer durch die Fenster schallt, fühlt man sich auf jeden Fall nicht allein. Ich mag die vielen Hispanics, die Menschen, die ihre kleinen Läden und Imbisse betreiben, die kargen Sportplätze, wo man trotzdem so viel Spaß haben kann, und den koreanischen Deli-Shop meiner Eltern mit den Stammgästen. Mein Herz zieht sich zusammen bei dem Gedanken an zu Hause. Nein, natürlich, ich weiß, dass ich froh sein sollte, dass ich nicht in New York bin, sondern in Appleby, Montana. Genau auf der Grenze zu Idaho. No Man's Land. Big Sky Country. The Gem State. Montana College of Performing Arts.

Zwei

Miles

Geradezu niedlich, dass diese reichen Studenten sich die Party mit ein paar Getto-Beats untermalen lassen, um sich verruchter zu fühlen. Ich habe sie noch nie auf einer Party erlebt. Sie sind aufgeregt wie junge Welpen in der Hoffnung auf Futter. Sie bezahlen Tausende und Abertausende von Dollar, um hier studieren zu dürfen. Tanz, Schauspiel, diese Dinge, aus denen Träume sind. Sie wollen auf die Bühne. Ich will alles, nur nicht auf eine Bühne. »Fuck the dirty bitches«, singt Rapper Q. Und die Studis drehen auf, weil sie Dinge mitsingen, die sonst nie über ihre Lippen kommen würden. Es ist kochend heiß hier drin, weil die Klimaanlage irgendein Problem hat, aber ich glaube, die merken das alle nicht mal, so vollgepumpt mit Flirt-Hormonen, wie sie gerade sind.

Die Mädchen spielen ihr Spiel mit unglaublich viel Inbrunst und Überzeugung. Hey, ihr müsst euch gar nicht so anstrengen. Ich garantiere euch, dass die Jungs hier das Gleiche wollen. Ihr könnt einfach Klartext reden und dann gemeinsam nach Hause gehen! Dann kann ich nämlich auch nach Hause, mich juckt es in den Fingern, zurückzufahren. Oder in den Füßen. Die kleben allerdings am Boden, weil ein paar Besoffene Bier oder Bowle verschüttet haben. Ich weiß, dass hier die meisten ihre Armbänder, die ihnen das Trinken von Alkohol erlauben, nicht auf ehrliche Weise bekommen haben. Aber ich bin nicht der Babysitter, und wenn man in diesem Staat mit vierzehn Jahren eine Waffe besitzen und mit sechzehn heiraten darf, kann man wohl auch mit achtzehn Alkohol trinken.

Dieser Typ mit seinen Moscow Mule und dem weißen Leinenhemd nervt. Vorurteile sind da, um sich an ihnen zu orientieren, oder nicht? Der Typ findet sich geil, und wenn man sich selbst geil findet, stehen die Chancen gut, dass andere das auch tun. Oft genug erlebt. Ich will's dem Mädchen neben ihm zuflüstern. Ich versuche die ganze Zeit herauszufinden, ob sie indianische oder asiatische Wurzeln hat. Eigentlich bin ich ganz gut in so was, weil ich zeitweise in Stadtgebieten gewohnt habe, wo jede nur erdenkliche Hautfarbe und ethnische Mischung zu finden war. Ich könnte sie stundenlang anschauen, aber dass sie sich mit diesem Hochstapler abgibt, ist deprimierend. Zum Glück habe ich keine Zeit, ständig hinzuschauen, weil die Studenten trinken, als wäre es das letzte und nicht das erste Mal für die Studienanfänger. Käme auch etwas komisch rüber. Aber wenn ich richtig einschätze, wie sie dasteht, legt sie nicht ihre ganze Energie in den Flirt, was für sie spricht. Sie ist selbst mehr wie ein Zuschauer. Hoffe ich zumindest. Ich gebe Sunnyboy einen weiteren Moscow Mule mit besonders viel Alkohol. Viel Spaß damit. Wenn er sich das weiter in dem Tempo reinkippt, bekommt er sowieso nichts mehr auf die Reihe, und mit einem total Weggetretenen haben dann auch die Mädchen keine Lust mehr. Das dürfte sogar noch stärker sein als diese widerliche Bowle, die sich die Studenten reinziehen wie Biolimonade. Keine Ahnung, ich fühle mich mindestens zwanzig Jahre älter als alle anderen, auch wenn hier wahrscheinlich sogar einige sind, die älter sind als ich. Das passiert mir häufiger, seit ich in Appleby lebe.

»Kannst du noch mal ein neues Fass von hinten holen?«, brüllt Matt mir ins Ohr, weil die Musik gerade so laut ist, als wären das keine Zwanzigjährigen, sondern Senioren mit Hörschaden. »It's time for the nigga roll call. Show your middle finga, bitch«, singt eine Rapperin mit verärgerter Stimme. Leute, kriegt euch mal wieder ein.

Ich nicke ihm zu. Er ist in Ordnung. Matt hatte vorhin Rückenschmerzen, und mir macht es nichts aus, die schweren Dinger zu schleppen. Ich verlasse meinen Posten hinter dem Tresen, den wir vorhin erst provisorisch aufgebaut haben. Ich freue mich schon auf eine Dusche später, der Tag war lang. Und die Temperatur ist in der letzten Stunde um fünf Grad gestiegen.

Matt ist mein Boss im *Books & Beans*, dem Campuscafé, wo ich normalerweise jobbe. Und ich weiß jetzt wieder, warum ich die Studenten nicht dabei sehen will, wie sie Party machen. Es hinterlässt kein gutes Gefühl. Ich dränge mich an den verschwitzten Körpern vorbei und spüre dabei einige Blicke auf mir. Jeder schaut hier heute jeden an. Die Studenten zum Herbstsemester sind frisch angekommen, und alle sind im Check-up-Mode. Die älteren Semester sind da, angeblich, um die Neuen willkommen zu heißen, aber ganz ehrlich, die begutachten das Frischfleisch, »darstellende Künste« hin oder her, da interessiert sich gerade niemand wirklich für. Der vertraute Geruch von Gras steigt mir in die Nase. Klar, dass sich einige erst mal zudröhnen, Papa hat ja das Studium schon bezahlt, da kann man sein Gehirn auch ausschalten. Okay, das ist unfair, vielleicht bin ich einfach neidisch.

Der Beat wird tiefer. Das Lied kenne ich, und es erinnert mich leider sofort an den Club in Chicago, wo ich mit Olivia war. Olivia. Der verbotene Gedanke. In mir breitet sich sofort dieses durchdringende Ziehen aus, ein merkwürdiger Schmerz, der definitiv nicht eingebildet ist. Diese Sehnsucht ist unerträglich, und doch hat sie sich wieder eingeschlichen. Ich möchte mich am liebsten schlagen für diesen Gedanken, obwohl das genauso wenig hilft, alles schon probiert. Inzwischen ist die Musik nur noch dumpf im Hintergrund, weil ich in den Flur gegangen bin, wo wir die Bierfässer gestapelt haben. Ich umfasse ein silbernes Fass, gehe in die Knie und hebe es hoch. Es liegt angenehm kalt in meinen Armen, dann hebe ich es mit Schwung auf die Schulter. Jetzt bemerke ich erst das Pärchen, das ein paar Meter weiter entfernt steht und anscheinend versucht, sich gegenseitig zu verschlingen. Sie bemerken mich garantiert nicht. Hektisch werfen die beiden ihre Münder hin und her, um herauszufinden, wer die Oberhand hat – wie in einem Kampf. Ich verdränge die Gedanken, die in mir hochsteigen, die Sehnsucht, die Bilder, die vor meinen Augen flackern, Olivia mit nach oben gestreckten Armen auf meinem Bett, ihre zu einem Strahl gebündelten Haare auf meinem Kissen. Bilder, die eine Welt zeigen, die so weit weg ist, die ich so vermisse.

Mit der Schulter stoße ich die Tür auf, sofort wird die Musik wieder laut.

»Ohh, du bist sooo stark«, ruft ein Mädchen mit feuerroten Haaren und einem knallrot geschminkten Mund laut genug, dass ich es noch über die Musik hinweg verstehe. Sie denkt, ich bin einer von ihnen. Für einen Moment bin ich perplex und weiß gar nicht, was ich sagen soll. Sie klimpert demonstrativ mit ihren Wimpern.

»Ich hatte gehofft, dass es jemand merkt«, erwidere ich dann.

Sie lacht, wirft dabei den Kopf nach hinten und zeigt ihre hyperweißen Zähne. Ich gehe schnell weiter. Es kommt mir falsch vor. Als würde ich mich hier einschleichen und vorgeben, etwas zu sein, was ich nicht bin. Am liebsten würde ich ihr sagen: Hey, ich bin kein Student. Du willst mich nicht kennenlernen. Ich bin nicht da, um jemanden kennenzulernen. Ich bin nur zu jung dafür, dass sich mein Leben in meinem Gesicht abgezeichnet haben könnte, aber alle Jugend an mir ist fake.

Das Fass ist scheißschwer. Das schöne Mädchen mit den auffallenden Augen steht immer noch in der Nähe des Tresens. Sie steht besonders aufrecht, als würde sie sich nach oben strecken, was ihr einen eleganten, stolzen Ausdruck verleiht. Sie ist groß und trägt ein schwarzes, eng anliegendes Shirt, ihre glatten dunklen Haare fallen nach vorn. Ich weiß nicht, warum, aber sie strahlt Kraft aus, Power.

Sie dreht sich in meine Richtung, als ich mich mit dem Fass an ihr vorbeischieben muss, und ich bemerke ihre Gegenwart viel zu genau, als würde eine Lupe auf sie gerichtet sein. Whatever. Andere Frauen sollten mich nicht interessieren. Ich bin vergeben.

Plötzlich sehne ich mich weg von dieser Party und bereue noch mal, dass ich angenommen habe, als Matt mich um Hilfe gebeten hat. Ich hätte auch sagen können, dass ich auf der Ranch gebraucht werde. Dass ich die Arbeitsaufträge der Murphys nicht ablehnen kann, weil sie mir Kost und Logis gewähren. Er hätte das geglaubt, auch wenn die Murphys mich immer ermutigen auszugehen. Ich sage gelegentlich, dass ich weggehe. Dann setze ich mich in den Pick-up und fahre eine Weile herum und höre Musik. Wenn ich zurückkomme, sind sie zufrieden, und ich bin es auch.

Drei Stunden später lässt Matt mich gehen, weil er den Rest allein schafft. Ich verspreche ihm, dafür morgen die Frühschicht im *Books & Beans* zu übernehmen, damit er ein bisschen länger schlafen kann. Er ist nicht jemand, der mich die lästigen Arbeiten machen lässt, er ist in Ordnung. Ich mag es, ihm zu helfen, er kommt aus der Gegend und ist selbst erst fünfundzwanzig, hat aber schon zwei Kinder und eine tolle Frau. Alles ist bei ihnen so harmonisch, kaum vorstellbar, dass man ein Leben führen kann, das so unkompliziert ist und wie aus einem Bilderbuch.

Draußen auf dem Parkplatz hinter dem Eclectic House, wo die Party stattgefunden hat, steht mein Pick-up. Nie werde ich den Moment vergessen, als Ellen Murphy mir das Auto gezeigt hat. Sie hat sich für die Roststellen entschuldigt und die vielen Beulen. »Aber es fährt, und du kannst es benutzen, so viel du willst. Es ist von Rich, und er braucht es nicht mehr, will es aber auch nicht verkaufen. Betrachte es wie dein eigenes.« Ich hätte fast losgeheult. Auf dem Beifahrersitz liegt Spike und wartet auf mich. Er ist eine ziemlich wilde Hundemischung. Da ist alles drin, was die Straßen Chicagos zu bieten hatten. Seine Schäferhundohren sind gespitzt, sein Fell ist braun mit schwarzen Flecken, und nur am Bauch ist es weich. Auf dem Rücken ist es rauer, Regen perlt problemlos ab. Er blickt mich aus seinen wachen Augen an, als ich die Tür öffne. Sein linkes Auge wirkt größer, weil sich direkt darum ein schwarzer Sprenkel schließt. Er ist mir an einem Abend in Chicago einfach gefolgt. Er war voller Ungeziefer, ich wusste, dass sie ihn einschläfern würden, wenn er einmal im Hundeauffanglager landen würde. Wenn man so wenig nach Golden Retriever aussieht wie er, kann einem das passieren. Keine Ahnung, Tiere mögen mich schon immer, aber er hatte wirklich einen Narren an mir gefressen, nachdem ich nur einen Tag lang nett zu ihm war. So ausgehungert war er nach jemandem, der ihn weder gehauen noch ihm Befehle gegeben hat, einfach, um jemand anderen noch unter sich zu haben. Und irgendwie wollte ich ihn dann nicht enttäuschen. Nicht einen Tag nett sein und ihn anschließend fallen lassen. Jetzt blinzelt er mich an, und sein Schwanz schlägt auf den Beifahrersitz. Er hat geschlafen. Ich kraule ihn hinter den Ohren, und er lehnt seinen Kopf gegen meine Hand. Ich mag nicht zugeben, wie sehr ich den Hund liebe. Sonst bekommt er vielleicht Angst und haut ab. Ich habe keinen Schimmer, woher er kommt, wer seine Eltern sind. Vielleicht denkt er, dass wir etwas gemeinsam haben.

Vielleicht gibt es irgendeinen großen Plan, und Spike und ich sollten uns treffen. Ja, vielleicht werde ich spirituell und führe bald eine dieser fucking Dankbarkeitslisten in einem rosa Tagebuch. Ich mag mein Leben gerade. Es passiert nichts. Wenn Olivia kommt, wird sie überrascht sein. Ich kann es nicht erwarten. Genauso wenig kann ich erwarten zu schauen, was sie macht, wenn ich nach Hause komme. Früher fand ich Social Media bescheuert, jetzt bin ich froh über die Tanzvideos auf TikTok mit ihren Freundinnen.

»Alles klar? Party zu Hause?«, sage ich zu Spike, während ich den Motor aufheulen lasse und den Gang einlege. Spike wedelt mit dem Schwanz und sieht mich an. Er denkt, dass ich ihn gerettet habe, dabei ist es umgekehrt. Vielleicht wäre ich sonst das geworden, was alle anderen von mir erwartet haben.

Drei

Yuna

Könnt ihr bitte etwas leiser zwitschern? Die Vögel wecken mich, und sie produzieren mit Sicherheit eine höhere Dezibelzahl als die Autos, die an unserer Wohnung in Queens vorbeifahren. Eine Woche bin ich schon hier, aber jeden Tag wache ich von den Vögeln auf. Die Autos in Queens waren für mich so beruhigend wie für andere Leute das Rauschen des Meeres. Die Vögel trällern hingegen so inbrünstig, dass es locker als Lärmbelästigung durchgeht. Meine Beine fühlen sich schwer an, weil ich gestern viel trainiert habe und abends noch zu lange in der Bibliothek war.

Mir geht es aber mit Sicherheit besser als Hazel, die mir noch eine Sprachnachricht geschickt hat, um mir zu bestätigen, dass sie auch gestern Nacht wieder sicher nach Hause gekommen ist. Es hörte sich im Hintergrund allerdings so an, als hätte sie einen Tisch umgeworfen, während sie nach eigener Aussage »ins Zimmer geschlichen« ist. Hazel war bisher jeden Tag auf irgendeiner Party, sie hat definitiv Angst, etwas vom Studentenleben zu verpassen.

Ich schaue zu Julie rüber, meiner Mitbewohnerin. Sie schläft noch fest, ihre dicken, rotblonden Haare verdecken ihre Augen, und ihr Mund steht ein wenig offen. Unten auf ihrer Bettdecke, auf der verblasste Rosen zu sehen sind, liegt ein Buch, das sie gestern gelesen hat, ein Kinderbuch von Dr. Seuss, dem vielleicht berühmtesten Kinderbuchautor in ganz Amerika. Sie hat sich einen ganzen Stapel Kinderbücher aus der Bibliothek ausgeliehen. Sie besitzt sehr wenige Dinge, vielleicht drei T-Shirts, die abgetragen aussehen, und zwei Sweatshirts. Ihr gesamtes Gepäck bestand aus einer kleinen Segeltuchtasche, in die alle ihre Sachen hineinpassten. So wenig Kleidung, als würde sie gerade ein Minimalismus-Experiment durchführen. Dafür besitzt sie umso mehr dieser Kristalle, die auf dem Fensterbrett liegen, und kleine Fläschchen mit Ölen. Sie hat mich am ersten Tag freundlich begrüßt, aber dann ziemlich viel geschwiegen und mich nur gefragt, ob ich etwas dagegen hätte, wenn sie das Zimmer reinigt. Als ich zugestimmt habe, hat sie ein Bündel Salbei verbrannt, sodass unser Zimmer kurzzeitig gerochen hat wie ein Kiefernwald mit einer bitteren Note. Der Geruch ist glücklicherweise inzwischen verflogen. Ich habe noch nie eine Zimmergenossin gehabt, außer auf den Wettbewerben für ein oder zwei Tage, doch es wird schon irgendwie funktionieren, und vielleicht freunden wir uns ja noch an. Ich habe schon gehört, wie Iris über sie gelästert hat. Aber ich habe nichts gegen Julie, sie lebt irgendwie in ihrer eigenen Dimension und erzählt bisher nicht viel von sich. Für mich ist das okay. Mir ist jemand, der eher ruhiger ist, ganz recht. Und unser Zimmer gefällt mir. Unsere Betten stehen an den gegenüberliegenden Wänden, jeder hat den gleichen Schrank, ein Regal, einen Schreibtisch mit Stuhl. Es ist spannend, in die Zimmer der anderen zu schauen und zu sehen, wie unterschiedlich sie dekoriert sind, obwohl alle mit den gleichen Möbeln angefangen haben. Ich habe eine Fotowand mit Bildern vom Tanzen, meiner Familie und Paris aufgehängt, vielleicht besorge ich noch eine Lichterkette. Es ist eigentlich ganz hübsch, auch wenn mein Heimweh nach New York dadurch bisher nicht besser wird.

Iris, eine andere Tänzerin, wohnt im Zimmer gegenüber in

meinem Haus, das die Anschrift »344 Washington« hat. Hier wohnen zwölf Studenten, sechs männliche und sechs weibliche aus allen möglichen Studienrichtungen, die meisten natürlich künstlerisch, weil die Mehrzahl der Studiengänge am MCPA zum Bereich Darstellende Künste gehört. 344 Washington ist ein ganz normales Wohnhaus, das auch einer großen Familie gehören könnte, aus weißem Holz gebaut mit vielen Zimmern, davon einige sogar mit eigenem Bad. Es gefällt mir. Man könnte denken, dass es schön ist, nicht die einzige Tänzerin im Haus zu sein, aber das glauben nur Leute, die nicht selbst tanzen. Wenn ich Iris sehe, weiß ich wieder genau, was ich an meiner Ballettschule in New York nicht vermisse: Kolleginnen, die für den Erfolg alle Freundschaften auf der Stelle verraten würden. Seufzend schiebe ich die warme Decke zur Seite. Dann drücke ich mich in die Waagerechte und stehe auf. Ich nehme das Signal »todmüde« meines Körpers als Art neutralen Hinweis war. Jeder Tänzer kann das. Darauf basiert das Training. Man ignoriert solche Hinweise. Ich kann ziemlich viel ignorieren, ich war auf der Waganowa-Ballettakademie in New York, genau, benannt nach der großen Agrippina Waganowa, wie die Akademie des Kirow-Balletts. Wer sich da über Verletzungen beklagt, gilt als schwach und weinerlich. Ich habe seit Jahren nicht mehr geweint. Außer dem einen Mal vor anderthalb Jahren. Und sogar da nur kurz. Bringt ja nichts.

Kurze Zeit später öffne ich die schwere Kühlschranktür für mein erstes Frühstück, Overnight Oats, und ein paar meiner Medikamente, die im Kühlschrank lagern. Dort sind die einzelnen Fächer und Regale schon aufgeteilt und Lebensmittel mit Zetteln markiert, auf denen Namen stehen: Eduardo oder Wei oder Phoebe. Von Eduardo behaupten einige, dass er Teil der spanischen Königsfamilie ist und nur inkognito unterwegs ist. Eine Totenkopfzeichnung neben seinem Namen soll einen Vorgeschmack darauf geben, was einem droht, wenn man die Nussjoghurts isst. Nate lässt sich davon meistens nicht abhalten. Wenn ich ein bisschen Geld übrig habe, werde ich mir für mehr Privatsphäre einen Mini-Kühlschrank bestellen, den ich in mein Zimmer stellen kann. Ich leiste mir nicht viel, aber den brauche ich. Momentan habe ich die Tütchen mit den Tagesrationen an Tabletten in Schachteln für Vitamintabletten gepackt. Ich schütte mir den Inhalt einer Tüte in die Hand, werfe die Tabletten mit Schwung in den Mund und spüle sie mit einem Glas Wasser herunter. Es gibt Frat-Boys, die können riesige Mengen Bier trinken, indem sie ihr Zäpfchen umlegen und das Bier ungehindert in den Rachen laufen lassen. Ich kann das mit Tabletten. Ich könnte wahrscheinlich auch problemlos alte römische Geldmünzen herunterschlucken. Vielleicht sollte ich mich beim Guinness Buch der Rekorde bewerben.

»Guten Morgen«, erklingt eine Stimme aus Richtung Küchentür. Jetzt verschlucke ich mich doch und muss husten. Mit wenigen Schritten ist die Person neben mir und klopft mir fest auf den Rücken. Ein leichter Lavendelduft steigt mir in die Nase, der von ihren frisch gewaschenen Sachen stammt.

»Alles okay?« Der blumige Duft passt nicht zu den harten Schlägen auf meinen Rücken, die besser zu einem Bauarbeiter passen als zu einer zarten Ballerina. Es ist Iris, die mich besorgt aus ihren weit auseinanderstehenden blauen Augen anblickt. Ihre blonden Haare sind zu einem Knoten eingedreht. Das ist das Ding mit Ballerinen: Sie sehen zart aus, aber eigentlich bestehen sie aus Drahtseilen. Es ist eine Mogelpackung, wir wirken auf der Bühne leicht und zerbrechlich genau dadurch, dass wir es nicht sind.

»Willst du mich unschädlich machen?«, krächze ich und schlucke noch mal, um die Tabletten, die gegen den Eingang meiner Speiseröhre drücken, herunterzuwürgen. Tränen schießen mir in die Augen, doch es gelingt. Ich atme aus.

»Geht's wieder?«, fragt Iris, ohne die Frage zu beantworten. Ihr Blick ruht auf den Schachteln im Kühlschrank.

»Du nimmst krass viel von dem Zeug«, bemerkt sie. Ich weiß schon, warum ich jeden Kontakt mit ihr außerhalb des Trainings vermeide. Wie mit den anderen auch. Jeder überprüft den anderen. Ich war auch nicht bei der New-Dancer-Fresher-Party der Tanzabteilung. Eine Willkommensparty hat mir gereicht. Iris dreht mir den Rücken zu und holt sich ein Glas aus dem Geschirrschrank über der Spüle. Das Holz des Schranks ist weiß angestrichen und schon häufiger ausgebessert worden. Die Küche ist insgesamt etwas altmodisch und mit einem großen Gasherd ausgestattet.

Iris hat Fingernägel, die in zartem Pink angemalt und stumpf abgefeilt sind: Ballerina-Nägel. Die Finger sehen selbst aus wie Spitzenschuhe. Dann nimmt sie eine Karaffe mit gefiltertem Wasser aus dem Kühlschrank und füllt das Glas auf. Über ihrem Hintern, der in einer rosafarbenen, etwas zu großen Jogginghose steckt, prangt der Schriftzug »Pink«. Sie hat ein perfektes Profil mit einem perfekt ebenmäßigen Haaransatz. Ihr Top ist am Rücken weit ausgeschnitten und legt ihre makellose weiße Haut frei, die wahrscheinlich noch nie einen Sonnenstrahl gesehen hat.

»Soll gesund sein«, sage ich betont gleichgültig. Ich gieße das Wasser, das ich vorher aufgekocht habe, in meine Flasche und bereite meine übliche große Portion grünen Tee vor. Ich bemerke allerdings ihren prüfenden Blick. Ballerina zu Ballerina. Wir wissen, dass es nicht wirklich um die Gesundheit geht beim Tanzen, sondern darum, perfekt zu sein. Mädchen machen alle möglichen Sachen, um das richtige Gewicht zu halten und die besten Füße zu bekommen, einige Fußstrecker sehen aus wie mittelalterliche Foltermaschinen.

»Sollen wir los?«, fragt sie, als wäre es total normal, dass wir beide gemeinsam zum Training gehen. Dabei klopft sie mit ihren Nägeln auf die Arbeitsfläche. Bisher sind wir noch nie gemeinsam gegangen. Und ich will auch nicht, dass es Gewohnheit wird. Dann greift sie nach ihrer Umhängetasche, die sie am Eingang zur Küche abgestellt hat. Ebenfalls pink mit kleinen Hundesilhouetten. Dabei ist das Training heute absolut freiwillig, wie Lidia gesagt hat. Und das will was heißen. Bis gestern war mir gar nicht klar, dass sich das Wort »freiwillig« überhaupt in Lidias Wortschatz befindet.

Ich nicke, was soll ich sonst tun? Ich schnappe mir meine blaue Umhängetasche, und mir fällt auf, wie abgenutzt sie neben der von Iris aussieht. Dann stecke ich meine Flasche mit dem grünen Tee in die Seitenklappe und folge ihr nach draußen. Es ist kühl. Obwohl es tagsüber noch ziemlich warm ist, sinkt die Temperatur nachts stark. In New York steht Anfang September noch die Hitze in der Stadt, eine derartige Kühle ist zu keiner Tageszeit denkbar. Es ist aber auch erst kurz vor sechs.

»Wieso warst du gestern nicht auf der Party für die Tänzer?«, fragt Iris und sieht mich freundlich an, ihr Lächeln ist professionell wie beim Vorstellungsgespräch. Dabei geht sie zügig weiter.

Ich schüttele den Kopf. »Ich bin nicht so der Partytyp«, entgegne ich.

»Ist mir auch schon aufgefallen«, murmelt Iris mit dem gleichen, irgendwie undurchschaubaren Lächeln.

Vor einem alten Baum auf dem Campus hält sie kurz an und macht ein Foto von sich. »Sorry, ich will nur einmal die Morgenstimmung posten«, sagt sie und tippt im Gehen auf ihrem Handy herum. Wen auch immer das interessiert.

Schweigend gehen wir eine Weile nebeneinander über den verschlafenen Campus. Vereinzelt sind ein paar Jogger unterwegs, einige schleppen sich aus fremden Wohnheimbetten nach Hause und tragen verknitterte Klamotten oder verschmierten Lidstrich vom letzten Abend.

»Man muss es ja nicht übertreiben, aber ich glaube, es ist den anderen auch schon aufgefallen, dass du kein Interesse an ihnen hast. Du warst bei keinem Tänzer-Event, das nicht

Pflicht war«, bemerkt Iris. Sie überprüft mich die ganze Zeit auf Fehltritte. Egal, darüber werde ich mir nicht den Kopf zerbrechen. Sie läuft so selbstverständlich über den Campus, als wäre sie schon Wochen hier. Mir kommt immer noch alles ziemlich surreal vor. Als wäre ich in einem Videospiel gelandet und würde vor einem künstlich hineinprojizierten Hintergrund laufen. Die üppige Natur, die Häuser, die brav um den Quad herum aufgereiht sind, eine rechteckige Wiese im Zentrum des Campus, auf der sich die Gehwege aus allen Richtungen kreuzen. Die Studenten nennen die Wege Highway oder Laufsteg. Nirgendwo Obdachlose in Sicht, keine Drogenabhängigen, nur der Campus, die Bäume, Sträucher, dahinter die Felder, der Nebel, der sich langsam von den Wiesen hebt.

»Es war gut«, erklärt Iris mit dem gleichen Lächeln. »Man muss sich ja auf die Gruppe einlassen. Wir müssen schließlich zusammen tanzen«, erklärt sie und meint ganz klar, dass sie glaubt, ich halte mich für was Besseres.

»Ich hole mir noch schnell einen Kaffee«, erklärt sie, als wir am Eingang des *Books & Beans* vorbeikommen. Das Café ist in einem altmodischen Haus mit weiß unterteilten Fenstern untergebracht und sieht wie eins der Häuser im West Village aus. Es macht um sechs Uhr auf, aber die Tür steht schon offen, und ich folge ihr ins Innere, das ähnlich einladend aussieht wie das Äußere. Ich habe meinen Tee schon. Vor dem Training könnte ich keinen Kaffee trinken.

»Entschuldigung, könnte ich schon einen Espresso haben?«, fragt Iris. Der Barista trägt ein grün kariertes Flanellhemd und steht mit dem Rücken zu uns. Er füllt gerade Bohnen in die Maschine. Es duftet nach Kaffee und frischem Gebäck, das in Kartons auf dem Tresen steht und noch in den Vitrinen verteilt werden muss. Die Tische sind noch leer, auf einigen stehen Vasen mit Blumen. Der Ort versprüht eine unglaublich warme Atmosphäre. Ich habe schon gesehen, dass viele Studenten hierherkommen, um zu lernen, wenn sie nicht in die

Bibliothek möchten. Ich werde nachher noch mal kommen. Das sieht nach einem wunderbaren Ort aus.

Der Barista dreht sich flüchtig um. »Guten Morgen, klar«, sagt er und lächelt uns freundlich zu, aber nicht so, als würde er uns richtig wahrnehmen. Er holt zwei Tassen. »Du auch?«, fragt Iris mich.

Ich schüttele den Kopf.

»Nur einen, danke«, fügt sie an den Barista gewandt hinzu.

Jetzt dreht er sich richtig um, und ich erkenne ihn wieder. Er ist der Barkeeper von der Begrüßungsparty, der mir das »Partywasser« gegeben hat. Er hat feuchte Haare, die er auf dem Kopf zurückgestrichen hat, aber er ist es. Garantiert. Die blonden Haare und die durchdringenden Augen, die mich sofort wieder seltsam nervös machen. Er hat mich auch erkannt, denke ich. Er stockt jedenfalls kurz, als sein Blick auf mir landet. »Guten Morgen«, sagt er. Und nach einer kurzen Pause fügt er hinzu: »Du möchtest nichts?«

Ich schüttele wieder den Kopf. Ich möchte fragen, ob er letzte Woche auf der Party gearbeitet hat, wo ich »glaube«, ihn gesehen zu haben. Ich weiß natürlich, dass er da war, aber das wäre normaler Small Talk. Ich bekomme jedoch nichts raus, keine Ahnung, warum. Stattdessen drehe ich mich zurück und schaue aus dem Fenster, bis er Iris den Espresso gegeben hat, und komme mir ein bisschen komisch dabei vor.

»Das ist so lieb von dir«, sagt Iris strahlend, was ich sogar an ihrer Stimme hören kann. Sie nimmt ihren Becher, und ich folge ihr nach draußen. »Bye«, rufen wir beide. Ich spreche allerdings so leise, dass er es unmöglich gehört haben kann, er ist ja keine Fledermaus. Ich beherrsche mich, mich nicht noch mal umzusehen.

»Oha, der arbeitet häufig hier«, sagt Iris, nachdem sie einen Schluck genommen hat.

»Mmh«, murmele ich. Ich will jetzt Iris bestimmt nicht anvertrauen, dass er mir auch schon aufgefallen ist. Und erst recht nicht, dass ich seine Augen in Gedanken mit einem Husky verglichen habe und meine Stimme sehr leise wird, wenn ich mit ihm reden will. Ich habe mir schon vor dem College vorgenommen, dass ich mich voll konzentrieren werde in den nächsten drei Jahren und mir bestimmt nicht von irgendwem den Kopf verdrehen lassen werde. Auch nicht von jemandem, den ich so anziehend finde. Sehr. Was denke ich da?

»Hot Shit«, sagt Iris.

Denkt sie wirklich das Gleiche?

»Hat so was von 'nem Mountain-Boy, vielleicht habe ich früher zu viele Cowboyromane gelesen.« Sie lacht, aber es klingt sehr hell, mehr nach Kichern. Okay, sie denkt tatsächlich *genau* das Gleiche. Jetzt habe ich erst recht keine Lust mehr, ihn attraktiv zu finden. Wenn scheinbar jeder, der ihn sieht, den gleichen Gedanken hat, ist das doch echt arm. Ich komme mir vor, als wäre ich auf ein besonders gut vermarktetes Produkt hereingefallen, irgendein billiges Candy aus Zuckersirup.

Ich zucke mit den Schultern, als sie zu mir schaut, und bemühe mich, extrem gleichgültig auszusehen.

»Er hat was Geheimnisvolles«, sagt Iris. Sie hört echt nicht auf. »Er ist kein Student, so viel habe ich schon herausgefunden, was ihn natürlich noch interessanter macht. Aber wahrscheinlich kommt mir jeder, der nicht aus L. A. ist, geheimnisvoll vor«, bemerkt sie in überraschender Selbsterkenntnis.

Ich überlege, ob sie nur in das Café wollte, um ihn zu sehen. Ich werde mir jeden Gedanken an den Typen sofort verbieten. Weiß gar nicht, wie der überhaupt in meinen Kopf gekommen ist.

Ich ziehe meine Flasche aus der Tasche und nehme einen Schluck von meinem Tee. Das ist nur der erste Liter des heutigen Tages. Grüntee vertreibt freie Radikale. Ich bin in den letzten beiden Jahren zur Ernährungsspezialistin geworden, noch mehr, als ich es ohnehin schon war.

»Du sieht echt ziemlich speziell aus«, sagt Iris, und es klingt nicht wie ein Kompliment. Es erinnert mich an die Aussagen einiger Lehrer beim Vortanzen: »Sie hat wirklich viele Muskeln, ein ungewöhnlicher Stil für eine Ballerina.« Was sie sagen wollten, war: »Sie besitzt nicht die richtige ethnische Herkunft.«

»Dein Look ist gerade in«, fügt sie hinzu, als hätte sie meinen Gedanken erahnt. »So eine Standardballerina, wie ich eine bin, will bald keiner mehr.« Sie wirkt nicht sonderlich zerknirscht bei dem Gedanken. Oder selbst nicht überzeugt.

»Quatsch«, erwidere ich. Sie will mir sagen, dass ich einen *Vorteil* habe, weil ich nicht aussehe wie sie? Ja, als Tänzerin darf man auffallen, aber nicht im Corps de Ballet oder als Halbsolistin, vielleicht als erste Solistin, aber eher nicht durch sein Aussehen. Ansonsten sollte man die Fähigkeit haben, auch in der Menge zu verschwinden, wenn man klassisches Ballett tanzt. Das ist für mich nicht immer leicht.

Das Tanzstudio ist ein großer flacher Kasten, der mit Holz verkleidet ist. Als wir ankommen, sind fast alle anderen ebenfalls da, nur zwei aus unserer Gruppe sind zu Hause geblieben und haben das »freiwillig« ernst genommen. Ich kenne niemanden aus New York, wie ich in den letzten Tagen schon festgestellt habe. Die Stadt bringt viele Balletttänzerinnen hervor, aber nicht viele von ihnen kommen auf das MCPA, weil es in New York genug Möglichkeiten für Tänzerinnen gibt.

Ich weiß nicht, ob ich mit dem Auftritt heute früh offiziell zu den Verbissenen gehöre, die nicht loslassen können. Wahrscheinlich schon. Deshalb sind die anderen ja auch hier. Nicht loslassen können ist bei uns etwas sehr Gutes.

Lidia kommt pünktlich. »Bonjour, mesdames et messieurs«, sagt sie, als sie an uns vorbeigeht, und zieht eine Wolke Zigarettengeruch hinter sich her. Ich habe mich also beim letzten Mal nicht getäuscht: Sie raucht, und das scheinbar schon um sechs Uhr morgens. Die meisten Tänzer haben irgendwelche kleinen schwarzen Geheimnisse, um aus dem täglichen Optimierungswahn auszubrechen. Vielleicht ist das ihre Rebellion. Eine Studentin hat erzählt, dass Lidia früher im Studio sogar während des Trainings geraucht hat, bis sich irgendwelche Eltern beschwert haben, die davon Wind bekommen haben. Es gibt noch andere Gerüchte über Lidia, und die Version von Lidia, die wir hier erleben, ist eine weichgespülte Version im Vergleich zu diesen Geschichten von früher. Vielleicht ist das Wort »freiwillig« tatsächlich erst seit Kurzem in ihrem Wortschatz.

Beim Aufwärmen ist alles wie in New York. Iris ist neben mir und bewegt sich schon jetzt mit geradezu absurder Präzision. Wer denkt, dass sie sich in meine Nähe gestellt hat, weil wir Freundinnen sind oder in einem Haus wohnen, hat keine Ahnung von Ballett. Tänzer aus der gleichen Gruppe stehen immer in Konkurrenz, auch wenn man sich das schönreden will. Die großen Stücke haben nur ein oder zwei wichtige Rollen, und man sieht sich von klein an immer auf den Ballettwettbewerben. Natürlich habe ich auch an jeder Menge Wettbewerben in New York teilgenommen, da werden Preise verteilt, Stipendien, nach einer Weile kennt man seine Konkurrenz im Staat ziemlich genau.

Iris übertreibt den Spagat über die Horizontale hinaus und legt die Beine hinter den Kopf wie ein Schlangenmensch. Wenn Boxer vor einem Wettkampf besonders laut schreien oder sich blutrünstige Szenen auf den Oberkörper tätowieren lassen, um den Gegner einzuschüchtern – Tänzer schüchtern die Konkurrenz beim Aufwärmen ein. Als wir an die Stange gehen, wählt sie den Platz vor mir, natürlich.

Die Hackordnung der Truppe muss noch erstellt werden, es ist noch nicht klar, wer Lidias Liebling ist. Wir sind zusammen, und auch wenn ich dieses alberne Spiel nicht mitmachen will, werde ich automatisch reingezogen, weil ich die Blicke der anderen auf mir spüre. Okay, Leute, ich habe verstanden. Alles wie immer, ich weiß, wie dieses Spiel läuft. Vor einem Jahr war ich mir nicht sicher, ob ich überhaupt hier stehen würde. Ich ziehe mein Bein weiter in die Höhe. Das kann ich auch.

Vier

Yuna

Ein paar Tage später drücke ich die Schwingtür der Abteilung für neuere Sprachen auf, trete nach draußen und atme tief ein. Die letzte Unterrichtsstunde ist gerade beendet, und gleich treffe ich Hazel im *Books & Beans.* Die roten Backsteingebäude schimmern in der Sonne. Die Bäume, die den Weg in Richtung des Quads säumen, spenden Schatten, manchmal komme ich mir vor wie in einer Märchenwelt. Der Campus wirkt nicht nur nostalgisch, viele Gebäude sind tatsächlich alt, und bei uns ist heute der Strom ausgefallen, als jemand gekocht hat. Das passiert wohl gelegentlich, doch dafür sieht alles hübsch aus. Ich muss zugeben, dass ich New York immer noch vermisse und mir manchmal vorstelle, was gewesen wäre, wenn ich die Krankheit nicht gehabt hätte. Wäre ich schon am New York City Ballet? Es ist komisch, meine Eltern meist nur auf dem kleinen Bildschirm meines Handys zu sehen. In meinem Kopf surren die Vokabeln meiner absoluten Lieblingssprache. *Un peu plus lentement, s'il vous plaît.* Ein bisschen langsamer, bitte. Sogar belanglose Sätze klingen melodisch. Ich liebe den Klang der französischen Sprache.

»Je m'appelle Nathaniel«, sagt jemand mit einem geradezu absurd amerikanischen Akzent neben mir.

»Nate«, stelle ich fest, noch bevor ich mich zur Seite wende.

»Die Ballerina«, erwidert er im gleichen Tonfall. Er kommt grinsend näher und streicht sich eine Haarsträhne nach hinten. Er macht das immer mit einer sorgfältigen Geste, als wäre es ein größeres Projekt. Er trägt ein rosafarbenes Poloshirt mit Lacoste-Abzeichen, das nicht zugeknöpft ist, eine beige Cargo-Shorts und Flip-Flops. »Nicht so viel Begeisterung, wenn du deinen Lieblingsmitbewohner im gleichen Kurs hast. Kann es sein, dass du mich gerade *bewusst* ignoriert hast?«

»Ich habe gar nicht gesehen, dass du da warst. Bist du zu spät gekommen und hast in der letzten Reihe ein Nickerchen gemacht? Nicht, dass das je passieren würde.« Ich grinse ihn unschuldig an. Er sieht ertappt aus.

»Ich kann schon ein bisschen Französisch. Ich hatte mal ein französisches Kindermädchen.« Begeistert reißt er die Augen auf. »Du weißt schon. Falls du wissen willst, ob die Vorurteile stimmen, frag ruhig.«

Ich schüttele nur den Kopf und verdrehe die Augen, muss aber grinsen.

»Ich steige demnächst richtig ein«, sagt er und nickt ernsthaft. »Bis zu den Prüfungen ist noch eine Weile hin.«

Ich mache ein zweifelndes Gesicht.

»Du glaubst mir nicht? *Comment ça va? Voulez vous coucher avec moi?*«

»Warum überrascht es mich nicht, dass du genau diesen Satz akzentfrei beherrschst?«

»Ich kann nicht glauben, dass ein so unschuldiges Mädchen wie du das verstanden hat! Ich bin schockiert.«

»Ja, du siehst schon ganz blass aus, bitte fall nicht in Ohnmacht vor Schock. Ich treffe gleich Hazel.«

Er nickt. »Willst du mich loswerden?«

»Nein, ich will dich nur warnen, dass ich jetzt keine Zeit mehr habe, falls du jemanden zum Abhängen suchst. Du siehst nicht so aus, als hättest du vor zu lernen.« Er hält sein Französischbuch in der Hand, das äußerst unberührt aussieht, und hat noch nicht mal einen Rucksack oder eine Tasche dabei.

»Warum lernst du Französisch, kann man das nicht sowieso, wenn man Ballett tanzt, das ist doch voller französischer Ausdrücke mit *Plié* und so.«

»Na ja, mit *Plié* kann man jetzt nicht wirklich in einem französischen Bistro was zu essen bestellen. Ich bin aber beeindruckt, dass du den Ausdruck kennst.«

»Du hältst mich für einen viel stumpferen Typen, als ich bin. Okay, die Bildung kommt von einer Ex-Freundin, die Ballett getanzt hat, aber nicht so ernsthaft wie du. Hey, wir können gemeinsam hinfahren. Ich liebe Paris. Die Stadt der Liebe. ›What happens in Paris stays in Paris‹ und so.« Er zuckt verheißungsvoll mit den Augenbrauen. Natürlich meint er es nicht ernst. Seit dem ersten Abend auf der Party macht er immer solche Witze, und eigentlich ist es ganz amüsant. Er hat außerdem im Gegensatz zu dem Typen, an den er mich erinnert, ein gutes Herz, so bescheuert das klingt, und echte Belege habe ich natürlich auch nicht.

»Ich war noch nie da. Ich weiß nicht mal, ob Paris so schön sein kann, wie ich es mir vorstelle. Ich habe ein Poster von einer Balletttänzerin in meinem Zimmer hängen, die vor dem Eiffelturm einen *Grand Jeté,* eine Art gesprungenen Spagat, macht. Wahrscheinlich hat mich das über die Jahre auf Paris konditioniert.« Ich zucke mit den Schultern, als wäre das nur ein kleiner Spleen. Ich erwähne nicht, dass ich einen ausgewachsenen Paris-Tick habe und auch alle möglichen anderen Dinge besitze, wie zum Beispiel ein Teeservice mit Parismotiven. Nur Französisch habe ich nie gelernt. »Ich wollte es schon ewig lernen, aber meine Eltern meinten, Spanisch wäre sinnvoller.« Und seit ich weiß, dass man vielleicht weniger Zeit hat, um die Sachen zu machen, die man auf jeden Fall noch machen will, mache ich es jetzt. Das füge ich aber nur in Gedanken hinzu.

»*Falls* ich also zufällig in der Lotterie gewinne, kann ich hinfahren und sogar einen Café au Lait auf Französisch bestellen«, sage ich laut. Träum weiter, könnte man sagen. Genau das mache ich. Denn ich will nicht nur nach Paris. Ich will auch noch nach Korea. Ich möchte unbedingt ins *1Million Dance Studio,* um ein paar Leuten Hallo zu sagen, denen ich mich mehr verbunden fühle als allen Tänzerinnen in meiner alten Balletttruppe zusammen. Ohne es zu wissen, haben die Tänzer dort mir mehr geholfen, das alles durchzustehen, als man sich vorstellen kann. Ich war nur als Kleinkind ein einziges Mal auf Cheju, der Insel, von der meine Mutter stammt, aber ich kann mich kaum daran erinnern. Es wird passieren. Aber jetzt haben die Tanzausbildung und das College Vorrang und dann das Engagement in einer guten Kompanie. Danach kommt alles andere.

»Gehst du immer so schnell, oder willst du mich abhängen?!«, fragt Nate. Ich hatte ihn schon fast vergessen. Jetzt verlangsame ich meine Schritte. »Hazel sagt immer, man würde mir die New Yorkerin anmerken, weil ich so schnell laufe. Scheint nicht zu stimmen, wenn man bedenkt, dass du da auch herkommst und ich bei dir noch nie das Gefühl gehabt habe, dass du irgendwo dringend hinmusst. Ich muss jetzt allerdings tatsächlich ins *Books & Beans.*«

»Alles klar, wir sehen uns«, murmelt Nate gespielt resigniert. Dann erscheint ein kleines Lächeln auf seinem Gesicht. »Ich suche mir jemanden, der weniger aktiv ist als du. Das schafft mich.« Er grinst und macht sich davon, als ich in Richtung Quad abbiege. Wie immer sitzen kleine Gruppen im Gras und beobachten die anderen Studenten, wie sie von einem Kurs zum nächsten eilen, ins Campus-Center, die Bibliothek oder das Café laufen. Sie kommen auch vom Studentenwohnheim oder der Fraternity Row, die dahinterliegt und wo Bruderschaften und Schwesternschaften in prächtigen Villen ihren Sitz haben. Die Verbindungen heißen zwar noch so, existieren aber nicht mehr wie früher. Jeder kann Mitglied werden, und es gibt jede Menge Häuser mit Regenbogenflaggen. Seit ein paar Jahren gibt es noch das Open House für LGBTQ+, das Eclectic, das International House und verschiedene gemischte Communitys. Jedenfalls kann man auf dem MCPA alle möglichen neuen Persönlichkeiten und sexuellen Orientierungen in Ruhe ausleben, und einige Studenten sind schon fleißig dabei. Für mich wäre ein Gender Neutral House wahrscheinlich perfekt. An einigen Stellen auf dem Quad sind kleine Baumgruppen gepflanzt, unter denen dunkelgrüne Bänke zum Sitzen einladen. An diesen sind glänzende Plaketten mit den Namen der Spender angebracht. Genau, wie an vielen Gebäuden Schilder mit Sponsorennamen angebracht sind. Ich habe schon eine Plakette der Schauspielerin Bridget Harris und sogar eine von Ryan Dean gesehen, die auch hier waren.

Es ist noch vor drei, als ich im Café ankomme. Durch das jahrelange Tanzen mit den strengen Lehrern habe ich mir leider angewöhnt, überpünktlich zu sein, was bei Verabredungen dazu führt, dass ich ständig warten muss. Meine Füße fühlen sich geschwollen an und fast so, als würden sie nicht zu mir gehören. Ich muss sie heute Abend unbedingt eisen. Ich freue mich auf Hazel. Die anderen Tänzer haben mittlerweile verstanden, dass ich außerhalb des Trainings nichts mit ihnen zu tun haben will. Aber es ist schön, jemanden zu kennen, der nicht tanzt. Der einen nicht beurteilen will und nach Schwächen sucht, aber trotzdem versteht, dass man auf einer Bühne stehen will, ohne einem direkt zu unterstellen, egomanisch zu sein. Keine Ahnung, es ist schwer zu erklären, aber Hazel versteht es, weil sie es selbst tut.

Das *Books & Beans* ist wie immer gut besucht, überall sitzen kleine Gruppen oder einzelne Studenten mit Kopfhörern und arbeiten konzentriert oder bilden sich zumindest ein, konzentriert zu arbeiten. In der Auslage liegen heute mindestens so viele Muffins wie in New Yorker Bäckereien, von Hafer-, Blaubeer-, Bananen- und Apfel-Zimt-Muffins bis zu Muffins aus Maisbrot. Vieles ist glutenfrei oder vegan, und die Auswahl an Healthfood ist richtig gut. Das *Books & Beans* fühlt sich ein wenig nach den schönen Cafés im Village an. Natürlich checke ich am Tresen, ob er da ist. Ich will mich nicht ablenken lassen und irgendwelche Typen anhimmeln, der Vorsatz besteht nach wie vor, aber einmal kurz schauen ist ja okay. Schließlich ist es das schönste Café auf dem Campus, und er hat nichts damit zu tun, dass ich komme. Ich will mich gar nicht in irgendwelche Situationen hineinmanövrieren, in denen Männer eine Rolle spielen. Fokus. Dennoch habe ich gemerkt, dass er immer die schönsten Bilder auf den Milchschaum malt. Das sind kleine Gemälde. Nicht Smilies oder Herzen, sondern Blätter, Bäume oder sogar Gesichter. Je weniger los ist, desto schöner die Gemälde. Ich suche mir einen gemütlichen Tisch am Fenster. Die mit ihren Kopfhörern verpassen wirklich was, denn die Musik ist hier fast immer gut. Coffeehouse, nostalgisch und ein bisschen traurig, aber schön.

Kurze Zeit später tauchen Hazels zerzauste Haare in der Tür auf. Sie wirkt immer in Eile, immer, als wäre sie zu spät, wobei sie eigentlich nie mehr als ein paar Minuten zu spät kommt.

»Hi, Yuna«, ruft sie. »Ich habe mich extra beeilt, weil ich wusste, dass du schon fünf Minuten zu früh da bist.« Hazel trägt eine kurze Jeansshorts und ein schwarzes Shirt. Ihre Haare hat sie vor ein paar Tagen eine Nuance dunkler gefärbt, was ihr gut steht. Wir umarmen uns kurz.

»Ich bin völlig am Ende und müsste eigentlich einen Schnaps trinken statt Tee«, sagt Hazel. Verrückt, dass wir uns bei der Anmeldung zufällig über den Weg gelaufen sind und jetzt tatsächlich Freundinnen geworden sind. Keine Ahnung, wie entstehen Freundschaften? Wieso weiß man schon nach wenigen Sekunden, ob man jemanden mag oder nicht? Vielleicht ist das allerdings eine Illusion, weil man bei den Typen, die sich als Fail entpuppt haben, verdrängt, dass man vorher seine Freundin angestupst hat und genauso gemurmelt hat: »Der da. Der ist es.« Ist aber auch schon eine Weile her, dass ich das zu irgendjemandem gesagt habe. Und außerdem habe ich beim letzten Mal ja leider auch nicht erkannt, dass ich sofort den Rückzug hätte antreten sollen, nachdem der Typ den Mund geöffnet und im Rückblick völlig disqualifizierende Dinge gesagt hat.

»Mein Gott«, beginnt Hazel. »Ich verstehe jetzt, warum so viele Schauspieler ein Problem mit illegalen Substanzen haben. Die Schauspielstunden hier sind wie Psychotherapiestunden, allerdings nicht mit einem, sondern mit fünfzehn Therapeuten gleichzeitig. Blutrünstigen Therapeuten. Es ist ungefähr das Erniedrigendste, was ich je erlebt habe, sich vor so vielen Leuten von innen nach außen zu krempeln.«

»Wenn alle auspacken, ist man aber zumindest nicht komplett allein?«, versuche ich etwas Positives an der Situation zu sehen, finde mich aber selbst nicht überzeugend.

»Du kannst dir nicht vorstellen, was die Leute da auspacken. Ich wollte auch was erzählen, aber nach einer Vergewaltigung, psychischem und physischem Missbrauch und alkoholabhängigen Eltern und einer therapierten Pornosucht, habe ich es nicht über das Herz gebracht.«

»O nein. Das klingt ja schlimm. So persönliche Dinge könnte ich niemals erzählen«, stelle ich fest. »Was hat das denn mit der Schauspielerei zu tun?«

»Der Ansatz ist, dass man sich erst mal selbst sehr gut kennenlernen soll und seinen eigenen ›künstlerischen Schatten‹ verstehen muss, den man mitbringt, bevor man in die Haut von jemand anderem schlüpfen kann.«

»Klingt nicht völlig unlogisch.«

»Das Ergebnis ist allerdings, dass momentan ständig alle

weinen oder ausrasten. Mr Dornbush sagt, dass wir alles rauslassen und dabei ganz tief in uns reinhorchen sollen.«

Hazel zieht eine Augenbraue nach oben und blickt mich fragend an. »Du willst gar nicht wissen, was ich erzählen wollte, beziehungsweise nicht erzählen wollte.«

»Ich dachte, du willst vielleicht nicht drüber reden?«

»Du bist so diskret.« Sie zieht ihre geraden Augenbrauen zusammen. »Bin ich von meinen Freundinnen zu Hause nicht gewohnt. Und von den Leuten aus dem Theaterprogramm sowieso nicht. Oversharing ist der Grundmodus ihres Daseins. Ich bin in einer Familie aufgewachsen, in der Tampons versteckt wurden, und ich habe meine Eltern noch nie nackt gesehen. Nie. Gestern haben sie über Vibratormodelle diskutiert, es gibt wohl irgendeine Innovation mit Saugfunktion. Dann haben alle reihum erzählt, welche Sorte sie benutzen. Ich habe gesagt, ich hätte auch einen, sonst wäre ich schon wieder die Einzige, die keinen besitzt und ehrlicherweise auch noch nie benutzt hat.« Sie seufzt, bedeckt ihr Gesicht kurz mit den Händen und schiebt dann ihre Haare nach hinten. »Also … ich habe bisher noch nichts erzählt, weil …«, stockt Hazel und schaut sich im Café um.

»Ist es … so schlimm zu erzählen?«

Für einen Moment sieht Hazel mich verwirrt an. Dann schüttelt sie den Kopf. »Das nicht. Aber … ich wollte eigentlich erzählen, wie ich in der Schule bei einer Prüfung gepfuscht habe.« Sie zieht die Stirn in Falten und sieht mich leidend an. »Siehst du das Problem?«

Jetzt ziehe ich eine Augenbraue nach oben. »Und … das reicht nicht?«

Hazel schüttelt den Kopf. »Ich bin sowieso schon der Outcast, ich bin der am wenigsten abgefuckteste Mensch im ganzen Programm, und wenn ich jetzt nicht mindestens ein Trauma vorweisen kann, dann … keine Ahnung. Dann verlieren, glaube ich, alle den Respekt vor mir.«

Sie sieht ehrlich verzweifelt aus. »Du verstehst aber schon, dass das völlig hirnrissig ist?«

Sie zuckt mit den Schultern.

»Schon irgendwie, aber …« Sie fährt sich wieder durch ihre dunklen Haare. Sie sind viel feiner als meine und stehen danach in alle Richtungen, was den Verzweiflungslook vervollständigt.

Ich kann mir ein leichtes Kichern nicht verkneifen. »Ich dachte ja immer, Tänzer sind durchgeknallt, aber das klingt heftig. Falls es dich beruhigt, ich habe auch keinen Vibrator.«

»Wir sind die Einzigen auf dem Campus«, jammert Hazel in gespielter Verzweiflung und fängt dann ebenfalls an zu kichern. Als sie es unterdrücken will, kommen glucksende Laute hervor. »Wer hätte gedacht, dass mir meine glückliche Kindheit mal zum Verhängnis werden kann. Ich habe echt schon überlegt, ob ich nicht irgendetwas Traumatisches verdrängt habe. Ich habe mir wirklich das Gehirn zermartert. Mein größtes Trauma ist höchstens, dass meine Eltern wollen, dass ich was Ordentliches lerne. Sie wollen es immer noch. Aber sie haben mich ja dennoch kommen lassen. Ganz ehrlich, wenn du gehört hast, was die anderen auspacken, dann willst du so eine Seifenoper nicht erzählen.«

»Also, ich dachte immer, bei uns Tänzern ist das Problem, dass wir uns ständig vergleichen. Ein Wettbewerb, wer die schlimmere Kindheit hatte, klingt allerdings noch blödsinniger.«

»Und womit vergleicht ihr euch?«

»Bei uns geht es darum, wer bei den größeren Aufführungen mitgemacht hat, mit den berühmtesten Tänzern getanzt hat, am biegsamsten ist, die besten Füße hat, die höchsten Sprünge macht.« Während wir sprechen, öffnet sich immer wieder die Tür, und Studenten kommen für eine Pause oder für einen Kaffee zum Mitnehmen herein. Oder sie machen eine kleine Entspannungsrunde auf dem Sessel vor dem Bücherregal, das sich an einer Seite entlangzieht und mit Romanen und Magazinen gefüllt ist. Sie bringen jedes Mal ein bisschen dieser frischen Montana-Herbstluft mit hinein.

»Irgendwie bin ich mir sicher, dass es etwas gibt, was du besonders gut kannst. Du brauchst den Vergleich bestimmt nicht fürchten.« Hazel schaut mich von der Seite erwartungsvoll an.

Ich zucke hilflos mit den Schultern.

»Los, sag es«, drängt Hazel und schaut mich spielerisch drohend von unten an.

Jetzt muss ich lachen. »Ich kann ganz gut springen.«

»Ich wusste es«, sagt Hazel und haut mit der flachen Handfläche auf den Tisch. »Mir ist klar, dass du besonders gut bist, ohne dich je gesehen zu haben. Du bist so ein bescheidener Typ, das sind die Schlimmsten. Die holen dann irgendwelche Heldengeschichten raus, wenn man völlig unvorbereitet darauf ist. Gott, ich fühle mich wie der totale Außenseiter. Ich habe echt keinen einzigen Bereich, in dem ich richtig gut bin. Ich bin durch einen riesigen Zufall hier reingekommen. Die anderen Top-Programme haben mich auch abgelehnt. Ich habe immer von New York geträumt, jetzt bin ich schon wieder auf dem Land. Vielleicht komme ich dich also mal besuchen. Du kannst dich schon mal drauf einstellen. Bist du noch woanders reingekommen?«

»Ich … habe mich nicht beworben. Ich habe das Stipendium vor fast zwei Jahren auf einem Wettbewerb in New York gewonnen.«

»Logo, du brauchtest dich noch nicht mal bewerben. Du bist perfekt.«

Hazel nickt bewundernd. Dann seufzt sie leise. Und ich sehe die Unsicherheit in ihren Augen, die dort so oft zu sehen ist, wenn sie sich mit den anderen vergleicht.

»Es ist nicht alles rosa. Mein letztes Jahr war nicht so gut. Kompanien wie das New York City Ballet hätten mich nie genommen.« Das war nicht gelogen, früher hätte ich vielleicht eine Chance gehabt, aber nicht nach der Krankheit. »Hey«, ich lege meine Hand tröstend auf ihren Unterarm. »Du brauchst dich nicht schlechter zu machen, als du bist. Hättest du kein Talent, wärst du nicht hier. Die Leute bei der Aufnahmeprüfung haben irgendetwas in dir gesehen, was du vielleicht selbst noch nicht sehen kannst. Wenn du denkst, dass ich perfekt bin, dann schau bitte noch mal genauer hin.«

»Äh, ja. Ich schaue dich die ganze Zeit an.«

»Ich wiege ungefähr zehn Kilo mehr als alle anderen Ballerinen, bin größer, zwei Nuancen dunkler und habe diese Flecken am Hals, die ich für die Aufführungen immer überschminken muss. Mein Spitzname in meiner alten Ballettgruppe war Appaloosa. Das sind diese Pferde mit den Flecken. Keine Sorge, ich weiß, wie es ist, wenn man sich nicht zugehörig fühlt.«

Hazel blickt mich an. »Appaloosa, ohne Scheiß?«

Ich nicke. »Ist okay.« Ich zucke mit den Schultern, doch ihr bestürzter Gesichtsausdruck beschwört alte Erinnerungen herauf. »Das war nur schlimm, als ich klein war.«

»Ich finde diese hellen Tupfen an deinem Hals gar nicht schlimm. Das zieht die Aufmerksamkeit auf deine Haut. Ich kenne wirklich fast niemanden, der eine schönere Haut hat als du. Du hattest in deinem ganzen Leben wahrscheinlich noch nie einen Pickel«, bemerkt Hazel. Sie seufzt, aber sie wirkt ein wenig erleichtert. »Okay, wir müssen jetzt schnell was holen, sonst muss ich gleich in die Bibliothek. Was möchtest du?«

»Hafermilch-Matcha-Latte und einen Salat, falls noch einer da ist, sonst einen Nussriegel«, erwidere ich.

Hazel sieht mich mit geweiteten Augen an. »Macht es dir was aus, wenn ich dir einen Carrot Cake voresse? Sorry, aber ich brauche was für die Nerven.«

»Alles gut«, winke ich ab.

Als sie zurückkommt, trage ich gerade die Werte in meine App ein. Hazel blickt auf mein Display.

»Trägst du da gerade ein, wie viele Kalorien der Latte und der Riegel haben?«

Ich schließe die App. »Ja, ich tracke. Ist einfacher. Mir geht es aber vor allem um die Nährstoffe.«

»Weil du so dünn sein musst?«

»Ich muss vor allem topfit sein. Essen ist für mich Kraftstoff, und mit dem richtigen Kraftstoff laufe ich besser. Na ja, und ich weiß, was mein Grundverbrauch ist, was ich beim Training verbrenne, und dann notiere ich alles. So kann ich auch problemlos vor großen Aufführungen, wenn ich ein oder zwei Kilo abnehmen muss, in ein leichtes Kaloriendefizit gehen.« Ich verschweige, dass die letzte große Aufführung schon lange her ist.

»Das klingt so nüchtern und undramatisch. Wenn ich an die ganzen Fitnessdrinks und das Diätendrama bei meiner Mutter denke.«

Auf meinem Hafermilch-Matcha-Latte ist ein Motiv. Ich drehe die Tasse, bis ich erkenne, dass es ein Schwan ist. Ich schaue, ob Hazel das gleiche Motiv hat. Sie hat ein Blatt, ein besonders schönes Eichenblatt. Okay, er macht das wirklich für alle. Ich bilde mir gelegentlich ein, dass er bei mir immer besonders coole Motive zaubert. Hilfe. Wie war das noch mal? Fokus.

»Du willst mir nicht sagen, dass du die Nährstoffe von jedem Lebensmittel kennst?«, fragt Hazel, immer noch fasziniert.

»Nicht ganz genau. Wenn man etwas bestellt, weiß man das ja nur ungefähr, doch es klappt ganz gut. Bei den abgepackten Lebensmitteln stimmen die aufgedruckten Angaben auch immer nur vage, aber das genügt. Den Rest weiß die App.«

»Klingt wie ein Albtraum. Du bist diszipliniert. Ich meine, ich lerne natürlich meine Texte, aber das …« Sie schüttelt den Kopf. »Was hat denn dieser Carrot Cake?« Sie betrachtet ihn kurz von allen Seiten und schiebt sich dann einen großen Löffel Frosting in den Mund. Genüsslich rollt sie mit den Augen.

»Mhhh, vielleicht vier Gramm Eiweiß, um die fünfzig Gramm Kohlenhydrate und fünfundzwanzig Gramm Fett? Mehr Fett, wahrscheinlich.«

»Vermutlich nicht das ideale Benzin in deinen Augen. Wobei, ganz ehrlich, ich funktioniere ziemlich gut auf Zucker und Fett. Essen ist eines der wirklich wenigen Dinge, wo ich mir ausnahmsweise keine Sorgen mache. Außerdem habe ich mal gelesen, dass der Körper Fett braucht.«

Als wollte sie den Punkt unterstreichen, schiebt sie sich eine volle Gabel mit Karottenkuchen in den Mund.

»Genieß es einfach«, grinse ich. »Seit ich weiß, dass der stärkste Mann der Welt, also wörtlich laut ›Strongest Man‹-Wettbewerb, Veganer ist, habe ich gewechselt. Die Tennessee Titans sind für die Spiele vegan geworden. Mein Körper ist mein Arbeitsgerät. Ich möchte ihn einfach optimal versorgen. Er ist meine Karriere.« Bei den letzten Worten verrutscht meine Stimme. Denn mein Körper hat mich so im Stich gelassen. Und nein, ich war nicht immer so besessen vom optimalen Treibstoff. Abgesehen davon, ist meine Ernährung vor allem eine, die neuen Tumoren den Garaus machen soll. Dann mache ich eben das, was die Forschung aktuell dazu zu sagen hat. Daran halte ich mich.

»Ich hoffe, du bist trotzdem meine Freundin. Burger esse ich nämlich auch ziemlich gern.«

So zierlich Hazel ist, sind die Mengen, die sie vertilgt, geradezu erstaunlich. Ich grinse ihr zu. »Es wäre langweilig, wenn wir alle gleich wären.«

Hazel lehnt sich zu mir: »Kann es sein, dass dieser Barista die ganze Zeit zu uns rüberschaut? Ich dachte erst, der meint mich, aber ich glaube, der starrt dich an. Auch wenn ich jetzt – bitte nicht falsch verstehen – nicht kapiere, warum dein Rücken so interessant ist. Aber entweder hat er einen Augenfehler, oder du hast ihn irgendwann beim Kaffeeholen mega beeindruckt. Soll ja vorkommen.«

Meine Wangen beginnen zu kribbeln.

»Wirst du gerade etwa rot?«, fragt Hazel mit mühsam unterdrückter Begeisterung in der Stimme. »Du machst mich gerade so glücklich. Ich bin nicht die Einzige, die sofort rot wird, wenn jemand etwas erwähnt, was im Entferntesten mit Flirten, Jungs, Sex, whatever zu tun hat. Ich bin sozusagen eine Dauertomate, seit ich im Schauspielprogramm bin.«

»Meine Mitbewohnerin steht auf ihn«, sage ich, um von mir abzulenken.

»Die-schöne-Iris?«, fragt Hazel. Sie nennt Iris immer Die-schöne-Iris, als wäre es ein feststehender Begriff.

Ich nicke. »Glaub mir, ich will ihr nicht in die Quere kommen. Ich habe schon jetzt das Gefühl, dass ich sie im Training total nerve. Ehrgeiz ist normal. Aber sie … will mich wirklich loswerden. Ich glaube jetzt nicht, dass sie bei der Aufführung meine Schuhe sabotiert, aber trotzdem. Dabei wird ein Tanzdirektor, der auf sie steht, nie auf mich stehen, wir sind so unterschiedlich.«

»Schuhe sabotieren? So was gibt es?«

Ich lege den Kopf zur Seite. »Es gibt ziemlich viel.«

»Er guckt schon wieder. Ganz ehrlich, der Typ braucht dir *wirklich* nicht peinlich zu sein. Der ist cool, wenn auch eher der düstere Typ, sturmgraue Augen und so. Den himmelt übrigens auch Layla aus meinem Programm an. Die hat bald eine Kaffeevergiftung, weil sie ständig herkommt, aber es nicht schafft, ihn lang genug in ein Gespräch zu verwickeln, um mit ihm auszugehen. Wobei, okay, Layla schwärmt irgendwie für alle, ist so eine Charaktereigenschaft von ihr. Ich glaube, sie hat sich vorgenommen, *jeden* toll zu finden, weil sie tief innen drin *jeden* verurteilt. Ja, das ist so durchgeknallt, wie es klingt. Keine Ahnung, hier gibt es schon die schrägsten Leute. Ich glaube, sie haben mich angenommen, weil sie zum Ausgleich was ganz Normales gesucht haben. Ich bin sozusagen der Paradiesvogel hier, weil ich so unfassbar normal bin, von wegen Kleinstadt und so.«

Ich nehme mir noch mal fest vor, mich nicht bei Layla und Iris einzureihen. »Hazel, du bist cooler als die meisten hier, die es darauf anlegen. Du bist viel natürlicher und echter.«

»Natürlicher?«

»Na ja, du hast dich nicht irgendwie neu erfunden und versuchst, cooler zu sein, als du bist, oder so.«

»Du weißt schon, dass man sich als Schauspieler neu erfinden können sollte.« Sie seufzt und schaut auf ihre Fingernägel, die ziemlich angeknabbert sind. »Ich hätte nichts dagegen, weniger natürliche Fingernägel zu haben und lieber so perfekt künstliche wie Iris. Sind dir ihre Fingernägel mal aufgefallen?«

Ich seufze. »Sie hat jetzt kleine Ballerinasilhouetten auf ihre Nägel appliziert. Glaub mir, sie ist beim Training nicht zu übersehen.«

Ich bin wirklich froh, Hazel gefunden zu haben. Hätte sie nicht beschlossen, dass wir Freundinnen werden, hätte ich es wahrscheinlich verpasst. Und ich muss zugeben, dass es sich verdammt gut anfühlt, sie zu haben. Schon nach der kurzen Zeit fühlt es sich ziemlich stark nach Freundin an.

Fünf

Miles

Cheyenne wiehert leise, als ich morgens die schwere Stalltür zur Seite schiebe. Sie hat sich am Bein verletzt und kann momentan nicht draußen bei den anderen Pferden bleiben. Spike streicht mit seinem rauen Fell um meine Beine, während ich in die Box trete.

»Du bist eifersüchtiger als eine misstrauische Ehefrau«, murmele ich, aber natürlich lässt er sich nicht stören, sondern passt weiterhin sehr genau auf, dass ich nicht zu viel Zeit mit anderen Tieren verbringe.

Ich gebe Cheyenne Heu und streiche ihr verletztes Vorderbein entlang. Es ist warm, fühlt sich aber etwas weniger geschwollen an. Die meisten Pferde sind draußen. Dass sie hier im Sommer oder Winter im Stall sind, ist ungewöhnlich und nie ohne triftigen Grund der Fall.

Die Hühner benehmen sich wieder so, als hätten sie wochenlang nichts zu fressen bekommen und nicht erst gestern, aber darauf falle ich nicht rein. Ich sammele ein paar Eier an den üblichen Stellen ein, eine Henne ist noch dabei, eins zu legen, und macht ein Spektakel. Die Eier liegen warm in der Hand, ich finde es jeden Tag wieder faszinierend. Dann schaue ich nach den Ziegen und Kaninchen, die für die Gäste hier sind. Die Kinder spielen am liebsten im Ziegenstall, der strenge

Geruch ist ihnen dabei völlig egal. Die Tiere bekommen einen Eimer mit Gemüse und etwas Kraftfutter. Schafe sind gerade keine da, die kleine Herde grast weiter draußen auf den etwas entfernteren Weiden und bleibt auch nachts dort. Die Sonne ist schon aufgegangen, und die Strahlen vertreiben den Nebel und erwärmen den Boden, der über Nacht ausgekühlt und feucht geworden ist. Morgens liegt der Nebel mit jedem Tag dichter über dem Boden. In der Stadt war der Sommer länger, und auch wenn Chicago die Windige Stadt genannt wird, kann es im Sommer brutal heiß werden, viel heißer als hier. Ich wäre niemals aus Chicago weggegangen, wenn ich nicht weggemusst hätte. Mein Pflichtanwalt, ein schmächtiger Mann mit fettigen Haaren, hat mir eindringlich nahegelegt, mich weiter aus dem Umkreis zu entfernen als notwendig, um meine Chancen im Prozess zu erhöhen. Mittlerweile wäre es allerdings das Schlimmste, was mir passieren könnte, hier wieder wegzumüssen.

Die Schafe sind eher ein Hobby von Rich, früher hat er eine Rinderfarm betrieben, bis er es nicht mehr konnte. Nach seinem Unfall haben sie die Ranch in eine Gästeranch umgewandelt. Natürlich sind die Gäste meist Angehörige des Montana Arts College, Familienmitglieder der Studenten oder Professoren. Jedes Business in der Gegend braucht das College zum Überleben. Am Schluss schaue ich noch nach den kleinen Katzen, die vor ein paar Tagen geboren sind, und auch wenn Spike unheimlich gern zu ihnen will – und seine Absichten möglicherweise nicht die besten sind –, hört er sofort, als ich es ihm verbiete. Er tut wirklich alles, um mir zu gefallen. Als ich mich dem aus rötlichem Holz gebauten Haupthaus der Magnolia Ranch nähere, höre ich schon die Geräusche des klappernden Geschirrs durch das offene Fenster. Ellen ist in der Küche und macht Frühstück. Weil Gäste da sind, backt sie Blaubeermuffins. Es ist noch Hauptsaison, weil gerade zu Beginn der neuen Semester mehr Besucher kommen. Das Wetter ist gut, die Gästehäuser und Zimmer sind alle belegt. Wie immer bringe ich ihr die Eier in die Küche.

»Kommst du zum Frühstück?«, begrüßt Ellen mich. Sie zeigt ihr warmes Lächeln, um ihre Augen breiten sich Falten aus wie Sonnenstrahlen. Sie trägt eine Fleecejacke und Jeans und hat ihre dunklen Haare, die von grauen Strähnen durchzogen sind, zu einem dicken Pferdeschwanz zusammengebunden. Trotz der grauen Haare sieht sie jung und dynamisch aus. Ellen lässt sich nicht davon abschrecken, dass ich immer Nein sage. Sie denkt, dass ich meine Gründe habe, und gibt nicht auf. Sie glaubt, dass es schön ist, wenn ich Zeit mit ihnen verbringe und wir uns besser kennenlernen. Dass es sich lohnt. Ungewohnt. Und vielleicht enttäuschend für sie, falls sie mehr über mich erfährt.

Sie blickt mich geduldig an, als würde sie Zeit haben. Doch sie hat keine Zeit, sie muss den Laden hier meist ziemlich allein schmeißen, Rich kann ihr nur wenig helfen. Bevor ich Nein sagen kann wie jeden Morgen, fügt sie hinzu: »Sag mal, habe ich ein schlechtes Deo? Schmeckt mein Frühstück vielleicht gar nicht so gut, wie Rich mir immer versichert, weil er zu sehr Gentleman ist, um mir die Wahrheit zu sagen?«

Ich muss grinsen, es ist fast ein Spiel geworden. Sie fragt mich jeden Morgen, ob ich mit ihnen frühstücken will, und ich sag jeden Morgen Nein.

»Warum solltest du allein essen? Ich mache ohnehin Frühstück, wir freuen uns, wenn du zu uns kommst«, hatte Ellen direkt am ersten Tag gesagt. Aber ich möchte keine Sonderbehandlung, nur weil ich nicht von hier bin und jünger als die anderen, die hier aushelfen.

»Danke, Ellen«, erwidere ich. Ich schätze es wirklich, dass sie fragt. Aber ich will eine Distanz halten, das ist sicherer. Es gibt so viel, das sie nicht über mich wissen, und schon jetzt sind wir irgendwie viel zu vertraut. Es ist mehr als nur ein Arbeitsverhältnis. Und das ist nicht gut.

»Ist Post gekommen?«, frage ich wie so oft.

Ellen schüttelt den Kopf. »Heute nicht.« Sie wirft mir einen mitleidigen Blick zu, denn sie denkt wahrscheinlich, dass ich auf einen Liebesbrief warte. Ich unterdrücke ein verächtliches Schnaufen, allein bei dem Gedanken. Wenn sie wüsste, worauf ich warte, würde ihr Blick ein ganz anderer sein. Sie würde mich weder zum Frühstück einladen noch auf ihrem Hof haben wollen.

Ich gehe zurück zu meiner Unterkunft, meinem Trailer, wobei es streng betrachtet ein kleines Mobile Home aus Holz ist. Die Räder sind allerdings schon lange abmontiert, ursprünglich war es ein kleines Haus, das den Ort wechseln kann, falls nötig, auch wenn ich mir momentan nicht vorstellen kann, hier jemals wieder wegzuwollen. Der Trailer ist mit grauen Holzlatten verkleidet, die ziemlich verwittert sind, aber ich habe mir schon vorgenommen, dass ich sie abschmirgeln und neu streichen werde, spätestens im nächsten Frühjahr.

Ich mache Eier und Speck, lasse zwei Löffel Kaffeepulver in die Tasse rieseln und gieße mit heißem Wasser auf. Im *Books & Beans* benutze ich natürlich eine superprofessionelle Siebträgermaschine, aber ich finde immer noch, dass Kaffeepulver mit Wasser aufgegossen ziemlich gut schmeckt. Das Pulver sinkt ohnehin zu Boden. Spike bekommt sein Frühstück ebenfalls mit einer Scheibe Speck garniert. Ich stelle alles auf den kleinen Klapptisch vor den Trailer, auf den jetzt die Sonne scheint. Ich mag diesen Platz, und normalerweise bin ich hier total entspannt. Heute steigt jedoch die mir so bekannte Unruhe auf, die ich sonst gut vertreiben kann. Ich weiß nicht, warum sie plötzlich wieder da ist – oder vielleicht doch? Ich esse mein Ei mit Ketchup und viel Salz, so, wie ich es am liebsten mag. Hunger ist nicht der Grund für die Unruhe. Natürlich hat es mit dem Brief zu tun, der über so viel entscheiden wird. Vielleicht hat es aber auch mit diesem Mädchen zu tun, das mir immer wieder in den Sinn kommt. Also dem anderen, das häufiger ins *Books & Beans* kommt. Ich frage mich, ob auf der Party letztens noch irgendetwas passiert ist mit diesem Idioten im Leinenhemd. Ich habe schon mal gesehen, dass sie mit ihm gesprochen hat. Sie ist im Tanzprogramm, was man an ihren Klamotten sieht. An den Gedanken an sie haftet allerdings noch eine andere Person wie ein Schatten. Vielleicht, weil ich instinktiv merke, dass das, was dieses Mädchen in mir auslöst, für Olivia reserviert ist.

Spike hat aufgegessen und sich neben mich gelegt, sodass seine Schnauze an meinen Fuß stößt. Er möchte sichergehen, dass ich noch da bin. Und plötzlich fühle ich mich so fucking einsam wie schon lange nicht mehr. Keine Sorge, will ich ihm sagen, aber irgendwie bekomme ich gerade kein Wort über die Lippen, deshalb kraule ich ihn stattdessen hinter dem Ohr. Dann springt er plötzlich hoch und bellt. Über den holprigen Pfad, der zu meinem Trailer führt, kommt Rich angerollt. Mein kleines Zuhause steht neben der Scheune etwas abseits von den Blockhütten für die Gäste, die Ellen sehr gemütlich eingerichtet hat. Es gibt noch ein weiteres ehemaliges Mobile Home, doch das ist derzeit unbewohnt. Diese Trailer sind für Leute, die auf der Ranch arbeiten. Ellen und Rich haben mir angeboten, in eines der Zimmer im Haupthaus zu ziehen, aber ich mag mein Zuhause hier viel zu sehr.

Rich wird in seinem Rollstuhl komplett durchgeschüttelt, was Spike gut gefällt, er wedelt begeistert mit dem Schwanz und springt ihm entgegen. Der Pfad hierher ist nicht so eben wie die anderen Wege auf der Ranch, die extra für Rich in einen besseren Zustand gebracht worden sind. Mit seinen durchtrainierten Armen dreht er die Räder des Rollstuhls. Er hat auch einen elektrischen, aber er sagt, dass ihm der Sport guttut. Er trägt ein blaues T-Shirt, und wenn man nur seinen

Oberkörper betrachtet, sieht man einen supersportlichen Mann Ende vierzig, nur seine Beine liegen bewegungslos vor ihm. Die Ruckelei scheint ihm nichts auszumachen. Seine Zähne leuchten hell in seinem gebräunten Gesicht, und seine Augen funkeln, als er mich lächelnd erreicht. »Ich bin mir nicht sicher, ob du das besser kannst als Ellen, aber es riecht gut. Das ist Billy, nicht wahr?« Er deutet auf den Speck, den ich mit meinem Ei esse.

»Sag mir bitte nicht, dass du am Geruch erkennen kannst, von welchem Schwein der Speck ist«, sage ich.

Er lacht sein tiefes Lachen. Er sieht gut aus, auch wenn seine Haare einen dunklen Grauton haben. Ich kann mir vorstellen, wie er als junger Mann aussah.

»Wenn du so was sagst, weiß ich wieder, warum ich ein Städter bin. Ich finde es komisch, Tiere zu essen, denen man vorher einen Namen gegeben hat.« In der Küche der Murphys steht auf den Einmachgläsern der Name des Tieres und auch auf dem Fleisch in der Kühltruhe.

»Ich finde es komisch, Tiere zu essen, deren Namen ich nicht kenne. Ist mir zu viel Anonymität bei so einem Supermarktschwein«, kontert Rich sofort. »Wie geht es Cheyenne?«

»Das Bein sieht besser aus. Und Shadow ist auch wieder okay, die Kolik ist noch mal vorbeigezogen. Da muss kein Arzt kommen«, sage ich.

Rich nickt, und ich weiß, er ist erleichterter, als er zugibt. Der Arzt ist teuer.

»Kannst du heute Nachmittag mal ausreiten und schauen, ob der Sturm in den letzten Tagen irgendwas angerichtet hat? Vor allem die Außengatter, wo die Schafe sind, sollten kontrolliert werden.«

»Klar.« Wie so oft habe ich das Gefühl, dass Rich mich das fragt, weil er weiß, wie gern ich ausreite. So stark ist der Wind nicht gewesen, dass ernsthafte Schäden zu befürchten sind.

»Alles okay?« Er zögert einen Moment. »Ellen meint, dass du neulich auf einer Studentenparty warst.«

»Ich habe Matt mit der Bar geholfen«, erwidere ich.

Er betrachtet mich. »Ich finde es gut. Du musst hier mal raus«, sagt er dann. »Und du lernst bei deiner Arbeit doch bestimmt einige kennen. Du kannst gern Freunde einladen, das weißt du ja«, sagt er.

»Ich bin auch so glücklich hier«, sage ich. »Ich bin nicht so social.«

»Du bist einundzwanzig. Und jetzt sag mir nicht, dass du schon wieder in dein Atelier gehst statt auf eine Party.«

Er spricht das Wort Atelier völlig verhunzt aus.

»Du fragst das doch nur, um Atelier mit diesem aufgesetzten französischen Akzent zu sagen.«

»Könnte sein.« Er legt den Kopf schief und zwinkert zum Abschied. »Bis später, Miles«, sagt er und wendet seinen Rollstuhl mit einer schnellen Bewegung, wobei er ihn mit Schwung nach hinten zieht, sodass er sich ein wenig aufbäumt, auf den hinteren Reifen dreht und in der anderen Richtung herunterfallen lässt wie ein schnelles Motorrad. Ich weiß, dass er mal eins hatte.

Ich schätze an ihm, dass er mich fragt, wie es mir geht. Wahrscheinlich schätze ich aber noch mehr, dass er zwar mal mitbekommen hat, dass ich Farben gekauft und einen Rahmen für eine Leinwand gezimmert habe und dass Ellen mir angeboten hat, die leere Scheune für »meine Projekte« zu benutzen, mich jedoch nie damit drängt, sehen zu wollen, was ich dort eigentlich mache. »Es ist kein Atelier«, hatte Ellen damals gesagt, »aber wenn du ein bisschen Platz brauchst, kannst du die Scheune nehmen.« Seitdem nennt Rich die Scheune »das Atelier«. Auf Französisch. Nein, in einer Französischversion, die es nur in Montana gibt.

Kurz darauf gehe ich tatsächlich in die Scheune. Ich nenne sie nicht Atelier, bin ich jetzt Picasso, oder was? Ich arbeite heute ausnahmsweise nicht im *Books & Beans.*

Ich habe zwei Stunden Zeit, zwei Stunden, die mir gehören. Ich überlege, ob ich die Landschaft weitermalen soll. Ich habe schon ziemlich viele Landschaften gemalt, die – nicht ganz zufällig – genau den Blick wiedergeben, den ich habe, wenn ich mich hinter die Scheune stelle und in Richtung der Berge schaue. Kurz überlege ich sogar, ob ich dieses Mädchen malen soll, das in den letzten Wochen ein paarmal ins Café gekommen ist. Sie sitzt immer am gleichen Platz vor dem Fenster, um dort zu arbeiten oder sich mit ihrer Freundin zu treffen. Sie trinkt einen Matcha-Tee oder einen Kaffee mit Hafermilch. Ihre perfekt geschnittenen Augen faszinieren mich, ich kritzele auf einem Papier herum, und ein Gesicht entsteht, ohne dass ich richtig darüber nachgedacht habe. Halt, ich werde mit absoluter Sicherheit *kein* hübsches Mädchen aus dem Café malen.

Nein. Ich werde an meinem Projekt weiterarbeiten.

Die Scheune ist großzügig und hell, weil an den zwei kurzen Seiten und im Dach große Fenster eingelassen sind. Sie war ursprünglich für Veranstaltungen gedacht, Hochzeiten und solche Dinge, aber im Moment schaffen die Murphys das nicht. Sie liegt etwas abgelegen vom Haupthaus, und es gibt eigentlich niemanden, den es direkt in die Nähe der Scheune verschlagen würde, sodass man Angst haben müsste, dass hier ständig jemand reinkommt.

An der einen Wand lehnen Leinwände. Sie haben sehr unterschiedliche Größen, einige sind groß. Was für ein Luxus diese großen Leinwände in den Keilrahmen sind. Mir wird flau im Magen bei dem Gedanken, wie viel Geld ich für etwas völlig Sinnloses verschwende. Es ist immer noch komisch, dass ich es mache. Ich werde mich nie daran gewöhnen, mich wie ein reicher Sohn aufzuführen. Aber es ist okay, ich arbeite, ich kaufe mir alles selbst. Ich suche die Leinwand, die ich im Kopf habe, nein, ich muss nicht danach suchen, ich greife danach, ich weiß genau, wo sie steht. Sie zieht mich an, es kribbelt mir in den Händen, wenn ich in ihre Nähe komme. Als würde sie irgendetwas ausstrahlen. Ich ziehe sie hervor und bringe sie zur Staffelei.

Dann trete ich ein kleines Stück zurück und betrachte das Bild.

Da ist sie. Es ist noch nicht ganz fertig, natürlich nicht, ich finde immer wieder etwas zu tun. Ihre blonden Haare bedecken ihr Gesicht zur Hälfte, ihr Kopf ist ein wenig zur Seite gedreht, der Wind verwirbelt die Haare, die nicht vor ihrem Gesicht sind, nach hinten. Das Blond hat die satte Farbe von Weizen, und ich kann immer noch ihre dichten Haare zwischen den Fingern spüren. Ich weiß, wie es sich anfühlt, wenn ich eine Hand unter ihren Kopf schiebe und in ihr Gesicht schaue, wenn sie sich unter mir windet, weil sie nicht weiß, wohin mit ihren Gefühlen. Plötzlich bin ich wieder in ihrem Zimmer, in diesem besonderen Licht, wenn die Sonne durch ihre aprikosenfarbenen Vorhänge scheint und alles in weiche Pastellfarben taucht, als würde man in Photoshop leben. Jedes Mal war es eine Überraschung, wenn man die Vorhänge zur Seite zog und in einen diesigen Himmel schaute. Wir hatten darüber gelacht, diese Vorhänge waren besser als jeder Fotofilter.

Auf dem Bild ist sie überirdisch, aber nein, sie ist real. Wenn ich es mir anschaue, kann ich immer noch nicht glauben, dass sie zur mir gehört, dass das, was passiert ist, wirklich passiert ist. Bis wir uns wiedersehen, werde ich ihre Schönheit in einem Bild festhalten. Ich habe die teuren Ölfarben benutzt, schon wieder eine Verschwendung, ein Schwelgen in Luxus, doch es passt zum Motiv.

Ich versuche, ihre Hautfarbe mit einer neuen Schicht noch

realistischer erscheinen zu lassen, um einzufangen, wie goldfarben und makellos sie im Sommer war. Ich konzentriere mich auf jede Linie, dann kann ich merkwürdigerweise auch weniger an sie denken, die Arbeit nimmt mich dann vollends ein und macht mich ganz ruhig. Wenn ich die Augen schließe, höre ich die Geräusche um mich herum, die Tiere, ein Pferdewiehern in der Ferne, das Bellen von Nuggets, dem Hund der Murphys, der Spike seit seiner Ankunft vollständig ignoriert, das Zwitschern der Vögel. Die Luft ist hier völlig anders als in Chicago. Anders als in der Stadt, anders als in dem vornehmen Vorort, von dem ich damals dachte, dass er die reinste Luft besaß, die ich jemals geatmet hatte. Bei den Meryll-Sacklers, wo ich letztes Jahr in Chicago gewohnt habe, bin ich in eine Welt eingetaucht, die ich vorher nur aus Seifenopern kannte. Alle Mädchen in diesem Vorort sind groß und schlank, tragen lange Haare zu kurzen Kleidern, sexy und feminin bis zum Umfallen. Die Jungs machen den Mädchen die Tür auf und bezahlen das Abendessen. Und ich habe endlich verstanden, warum. Es liegt eine Ruhe in diesen Rollen. Jeder weiß, was von ihm erwartet wird. Ich habe es geliebt, für Olivia den Gentleman zu spielen. Und, ganz ehrlich, eigentlich war das Verrückte, dass mir diese Rollen ja gar nicht fremd waren. Sie sind am anderen Ende der Gesellschaft genauso ausgeprägt. Nicht, dass ich viel mit Gangstern zu tun gehabt hätte, aber bei den Dealern zum Beispiel sind die Rollen genauso klar. Die Mädchen versuchen, übersexy zu sein, und die Jungs sollten ihnen Schmuck kaufen, Geld geben und sie beschützen. Es ist … ganz instinktmäßig. Und so ist es im Edelvorort von Chicago auch. Nur eben mit Maßanzug und Krawatte. Die Verhaltensregeln sind irgendwie einfach. Vielleicht ruft Olivia ja gleich an. Aber, ganz ehrlich, wem mache ich eigentlich was vor?

Sechs

Yuna

»Bleib in der Luft. Komm *nicht* herunter.«

Ich bin natürlich schon wieder unten. Ich bin schließlich kein Vogel.

»Noch mal. Deine Hände sind wie Schaufeln. Meinst du, das will irgendjemand auf der Bühne sehen?«

Darauf erwartet Lidia wohl kaum eine Antwort. Schaufeln ist eine komische Bezeichnung, vielleicht ist das eine wörtliche Übersetzung aus dem Russischen. Lidia hat ihren starken Akzent auch nach zwanzig Jahren in den USA nicht abgelegt. Immerhin ist ihre Aufmerksamkeit jetzt auf die anderen Tänzer der Ballettklasse gerichtet: die vier Tänzer und sieben Tänzerinnen, die denselben Kurs mit mir besuchen. Meine Strumpfhose und das langärmelige Trikot sind schweißdurchtränkt. Die Sprünge kommen gegen Ende der Stunde. Immerhin ist es bald vorbei.

»Yuna, richte dich auf. Mehr«, ruft Lidia herrisch, als ich mich erneut auf den Sprung vorbereite. Ein weiterer Schweißtropfen bahnt sich einen Weg an meiner Schläfe herunter, erstaunlich, dass ich noch welchen produzieren kann. Ich drücke meinen Rücken durch, richte mich weiter auf, denn es geht, auch wenn ich schon aufgerichtet bin. Es geht immer. Das ist das Faszinierende. Jeden Tag kann man irgendeine Grenze verschieben. Der Körper kann immer noch ein wenig mehr. Ich richte die Wirbel aus und halte die Position, warte, bis die Muskeln zu zittern beginnen, denn auch zitternde Muskeln können gehorchen. Im Spiegel sehe ich meine Silhouette, die angespannten Muskeln, die nach außen gedrehten Knie, und wie mich meine Beine schließlich in die Luft katapultieren.

Die Sonne scheint über das morgendliche Montana, das hinter den riesigen Fenstern liegt, welche die kurze Seite des Ballettstudios bilden. Von dieser Seite aus ist es vielleicht Idaho, der Campus liegt direkt auf der Grenze. Die Szenerie wirkt wie künstlich beleuchtet, als würde ich vor einem Bühnenbild tanzen. Aber so sieht es hier wirklich aus, nach diesen ersten Wochen wird es langsam real. New York ist sehr weit weg.

Wir beenden die Stunde mit einigen langsameren Kombinationen mit Musik. Der gleichmäßige Rhythmus und die gemeinsame Anstrengung verbinden die Gruppe auf eine nicht ganz erklärbare Art und Weise. Als wären wir Teil desselben Energiestroms, ein wenig außerhalb der realen Welt und doch so intensiv da wie sonst nie.

Und jedes Mal ist es ein Sieg über den Körper, der manchmal müde ist, unbeweglich oder zu schwer. Das russische Lied, das Lidia liebt, spielt nicht im Raum, sondern tief in meinem Kopf.

»Ihr seid eigentlich nicht schlecht. Ihr seid nur faul«, sagt Lidia, als sie in die Hände klatscht, um anzuzeigen, dass die Stunde beendet ist. In ihren Augen ist das ein Kompliment.

Ich lasse mich auf den Boden sinken, um mich zu dehnen. Meine Muskeln haben nicht versagt, das ist wichtig. Die letzten Wochen waren hart. Meine Kondition ist noch lange nicht so, wie sie sein sollte. Ich hadere immer noch mit den Nachwirkungen von allem, und manchmal fällt es mir schwer, meinen Körper nicht für das zu hassen, was er mir angetan hat. Neben mir beugt Iris ihren Oberkörper in einer fließenden Bewegung flach über die ausgestreckten Beine nach vorn. Sie ist nicht beweglicher als ich, aber sie ist schmaler, übergeschmeidig, sieht mehr aus wie eine Ballerina als ich mit meinen muskulösen Beinen und meinem Po, den meine Lehrerin mal mit einem Flummi verglichen hat.

»Lidia ist ja in Hochform«, flüstert Iris verschwörerisch. »Kann es sein, dass sie dich auf dem Kieker hat?«

»Ich habe es mir also nicht eingebildet«, flüstere ich zurück. Iris schüttelt den Kopf. »Warum nur?«, fragt sie, und für einen Moment spüre ich ihren durchdringenden Blick, den ich in den letzten Wochen, seit wir hier sind, so gut kennengelernt habe. Vielleicht ist es schmeichelhaft, dass sie ihre Starrolle durch mich bedroht sieht, denn sie ist mit ihrem hellblonden Haarknoten und ihren perfekten Wangenknochen, die hoch, aber weniger breit als meine sind, die perfekte Ballerina.

»Und, was machst du am Wochenende? Wir haben überlegt, mit ein paar Tänzerinnen auf eine Party zu gehen«, erklärt Iris. Sie rollt ihre blauen Augen, bevor sie sich erneut über ihre Beine legt. »Lasches Weißes-Mädchen-Haar« nennt meine Mutter solche Haare. Meine sind widerspenstig und schwarz, meiner koreanisch-mexikanischen Abstammung geschuldet. Meine Haut ist zwar nicht wirklich dunkel, eher so, als wäre ich länger in der Sonne gewesen, was ich seit Jahren kaum war.

»Ich muss dieses Wochenende lernen.«

»Überrascht mich nicht«, sagt Iris, und ein seltsam abfälliger Tonfall schwingt in ihren Worten mit. »Du musst immer lernen oder trainieren. Meinst du nicht, dass es irgendwann reicht? Den anderen fällt es auch auf.« Ihre Stimme hat einen drohenden Unterton.

Ich zwinge mich zu einem Lächeln und zucke mit den Achseln. »Ja, nächstes Mal total gern.«

Ich werde wie immer das Gefühl nicht los, dass sie Hintergedanken hat. Dass sie nicht wirklich besorgt ist wegen meiner Abschottung.

Eine Hand legt sich um meinen Oberarm und drückt kurz zu. Ich zucke zusammen und wende mich um. Lidias stahlblaue Augen fixieren meine, Sibirisch-Blau nenne ich die Farbe insgeheim.

»Hast du gleich kurz Zeit für mich?«

»Ich … ja, natürlich«, antworte ich verdutzt.

Lidias Blick fällt auf Iris, und sie nickt ihr kurz zu, als würden sie noch ein eigenes Gespräch führen.

»Bitte in zehn Minuten in meinem Büro«, sagt Lidia. Ihr Mund ist schmal und etwas zu dunkel geschminkt und zum Ansatz eines Lächelns verzogen. Ich nicke, aber Lidia läuft schon weiter. Die körperliche Entspannung, die sich nach der Ballettstunde in mir ausgebreitet hat, das kleine High, dem ich jeden Tag entgegenfiebere, verflüchtigt sich innerhalb von Sekunden. Mein Herzschlag, der sich gerade beruhigt hat, beschleunigt sich wieder. Das Training läuft noch mal vor meinem inneren Auge ab. Nein, es ist nicht mein bestes Training gewesen, aber auch nicht mein schlechtestes. Und die letzten Wochen sind ebenfalls nicht auffällig schlecht gewesen. Meine Muskeln sind wieder viel besser geworden. Ich glaube nicht, dass man wirklich merken kann, wie lange ich vorher ausgesetzt hatte. Die Schatten unter meinen Augen sind dunkel, weil ich in letzter Zeit nicht so gut schlafen kann, das passiert mir, wenn ich übertrainiere. Vielleicht muss ich etwas kürzertreten. Aber ich habe die Schatten vor dem Training abgedeckt. Das ist nicht angenehm, während man schwitzt, dafür sehe ich weniger übernächtigt aus, als ich bin.

Als ich mich aufrichte, spüre ich Iris' Blick, aber sie dreht mir sofort den Rücken zu, als ich mich ihr zuwende. Ein paar Minuten dehne ich mich, ohne Dehnen werden die Muskeln nicht optimal geformt und verspannen sich. Dann schnappe ich mir die Wasserflasche, ziehe meine Sweatjacke über und gehe Richtung Lidias Büro.

Eine Wand und die Tür ihres Büros bestehen aus Glas. Das ganze Stockwerk über dem Übungsraum ist mit Glasscheiben und Holzwänden in Räume unterteilt. Die Sonne scheint direkt auf Lidias Schreibtisch und hat die Poster von Ballettveranstaltungen, die an einer Pinnwand hängen, verbleichen lassen. Auf den Postern ist zum Teil Lidia selbst zu erkennen, in klassischen Inszenierungen als Giselle, den Schwan hat sie auch mal getanzt, sogar früh in ihrer Karriere. Natürlich. Sie hat wegen einer Verletzung aufhören müssen – wie so viele.

»Da bist du ja«, sagt Lidia knapp und deutet auf den Stuhl, als ich vorsichtig die Glastür öffne. »Gib mir einen Moment.« Lidia blickt zurück auf den Computerbildschirm. Ich setze mich auf den Holzstuhl und lasse meine Füße kreisen, weil es sich gerade so anfühlt, als wäre ein Krampf im Anflug. Lidias Büro ist völlig überhitzt, es ist zehn Grad wärmer als auf dem Flur. Die Hitze entsteht wahrscheinlich durch die großen Glasscheiben. Wie soll man sich denn hier nach dem Training abkühlen?

Ich fächele mir ein wenig Luft zu.

»Ich mag keine Klimaanlagen. Eine alberne amerikanische Erfindung für Menschen, die nicht mit den Jahreszeiten klarkommen. Sie verwirbeln nur die Bakterien in der Luft«, sagt Lidia, ohne aufzusehen. Manchmal denke ich wirklich, sie kann Gedanken lesen. Sie sieht in ihrem weißen Outfit jedenfalls nicht aus, als hätte sie viel Kontakt mit Bakterien. Alles an ihr wirkt steril. Unvorstellbar, dass sie raucht. Sie kontrolliert ihren Gesichtsausdruck genauso wie ihre Stimmung. Und natürlich ihren Körper. Ihr *Port de bras,* die fluiden Ballerina-Arme, sind Lidias absolute Stärke, eine Mischung aus Kontrolle und Anmut.

»Was ist los mit dir?«, fragt Lidia und richtet ihre sibirischen Augen wieder auf mich.

»Ich bin … ein bisschen müde heute«, erwidere ich verdutzt und kneife anschließend irritiert die Lider zusammen. Eine dumme Antwort. So ein Satz kommt für Lidia Arbeitsverweigerung gleich. Sie hat mal erzählt, dass sie früher ihrer Ballettlehrerin in St. Petersburg nie gerade in die Augen geschaut hat, weil das schon Provokation gewesen wäre. Aber irgendetwas muss ich natürlich antworten.

»Du bist dafür verantwortlich, nicht müde zu sein«, erwidert Lidia prompt. »Du hast ein Stipendium bekommen. Dieses Stipendium wollen viele, und du hast es bekommen. Aber ich erwarte vollen Einsatz. Wir haben bei der Anmeldung drauf hingewiesen, dass wir keine Toleranz gegenüber Studenten walten lassen, die nicht bereit sind, alles für die Ausbildung zu geben.«

»Ich gebe alles.« Das war nicht gelogen.

Lidias feine, doch scharfe Falten werden durch den Lichteinfall betont. Sie sind wie mit dem Lineal gezogen. Ich habe vergessen, wie alt sie eigentlich ist. Ende vierzig? Vielleicht google ich das später mal.

»Ich habe das Gefühl, dass in dir noch etwas anderes steckt. Und ich kenne dich noch nicht sehr lange, aber du hast uns auf dem Wettbewerb damals genug beeindruckt, dass wir dich hier haben wollten. Irgendetwas ist jetzt allerdings … anders. Du bist ein nettes Mädchen. Du bist zu allen freundlich, doch du lässt niemanden an dich ran. Unter diesen ganzen Schichten ist etwas, was mich mehr interessiert als die nette Glasur. Du musst daran arbeiten, es herauszulassen.«

Lidia steht auf, nimmt ihre Wasserkaraffe und gießt den kleinen Kaktus, der auf ihrem Schreibtisch steht. Dann füllt sie zwei Teetassen aus dem Samowar auf, der auf einem Tisch bereitsteht. Ich möchte innerlich aufschreien. Entschuldigung, wie genau soll ich bitte einen Tumor »in meinen Tanz« kanalisieren? Da gibt es keine Gefühle, die ich kanalisieren kann. Ich kann es nur vergessen.

»Trink etwas.«

Gehorsam nehme ich einen Schluck des lauwarmen Tees, der einen scharfen Nachgeschmack hat, Ingwertee. Aber Lidia ist noch nicht fertig. Das war erst der Anfang. »Ich werde es versuchen«, erwidere ich vage, wobei ich weder das Gefühl habe, dass sie auf eine Antwort wartet, noch wirklich verstehe, was sie meint. Ich versuche, mich zu entspannen, ich habe nämlich das Gefühl, dass Lidia sich an irgendetwas tief in mir drinnen andockt. Die Vibrationen, welche die Tänzer im Ballettstudio vorher in diese harmonische Menge verwandelt haben, können verräterisch sein. Lidia ist gut darin, andere anzuzapfen. Sie kann die nervösen Schwingungen, die dunklen, die etwas vor ihr verbergen wollen, wahrscheinlich genauso stark fühlen wie ihre eigenen Gefühle. Tänzerinnen wie sie, die so gut darin sind, sich auf ihre Gruppen oder Partner einzustellen, können sehr gut darin werden, sich ständig auf diese einzustellen und deren Schwingungen aufzunehmen.

»Dir geht es gut?«

»Es ist mein Traum, hier zu sein«, erwidere ich. Worauf will sie hinaus? Ich weiß es wirklich nicht.

»Gesundheit ist ein ganz wichtiges Thema für eine Tänzerin.«

Meine Schläfe beginnt zu pochen, Panik steigt in mir auf und drängt die Luft aus meiner Lunge. Ich sitze kerzengerade auf dem Stuhl und versuche, mich unter Kontrolle zu halten, auch meine Schwingungen. Worauf will sie hinaus? Wohin führt dieses Gespräch? Lidia hat in Russland getanzt, und wahrscheinlich ist sie mehr als gut darin, zu merken, wenn etwas nicht stimmt. Weiß sie mehr über das Jahr, das auf meiner Bewerbung beschönigt wurde? Plötzlich wird mir klar, was das auch bedeuten könnte. Rauswurf wegen Betrugs bei der Bewerbung. Meine Kehle fühlt sich trocken an.

»Die meisten Verletzungen können durch das richtige Training vermieden werden. Es ist falsch, dass es nur um die Menge geht. Die Qualität des Trainings ist entscheidend.«

Ich nicke stumm. Worauf will sie hinaus?

»Warum sonderst du dich von den anderen ab?«

Die Frage wiederum überrascht mich. Das Terrain gefällt mir ein klein wenig besser.

Ich räuspere mich. »Ich sondere mich nicht ab. Ich habe vielleicht etwas zu viel trainiert.« Ich versuche, meine Schultern zu entspannen.

»Ich mache mir Sorgen um dich. Und ich glaube nicht, dass sie unbegründet sind. Denkst du, dass sie unbegründet sind?«

»Sie sind absolut unbegründet«, sage ich bestimmt.

»Wir sind eine kleine Gruppe. Ein Teil des Lehrplans ist, dass wir zusammenwachsen und Verbindungen aufbauen. Hier findest du Freunde fürs Leben. Partner für deine berufliche Zukunft. Niemand versteht deine Leidenschaft fürs Tanzen so wie deine Mitstudenten hier.«

»Ich weiß.« Ich habe keine Ahnung, worauf sie hinauswill.

»Nimmst du Medikamente?«

Sie hat mich auf eine falsche Fährte gelockt. Mir wird heiß, das Blut schießt in meine Wangen. Die Medikamente. Natürlich nehme ich welche, aber nicht offiziell. Offiziell weiß niemand, dass ich sie nehme.

Lidia betrachtet mich, und meine Nervosität scheint sie ruhiger zu machen. Sie fühlt sich bestätigt. Ich habe keine Ahnung, was sie sonst noch weiß. Mir wird schwindelig, ich habe das Gefühl, ich falle gleich in Ohnmacht, und das Gefühl ist real. Ich bin erschöpft, habe noch zu wenig getrunken nach dem Training. Ich umklammere die Tasse in meiner Hand.

Sie lehnt sich nach vorn. Ich habe keine Ahnung, was sie jetzt sagen wird, aber irgendwie habe ich das Gefühl, dass alles hier ganz schön schnell zu Ende sein kann. Vielleicht gleich.

»Ich möchte dir sagen, dass Antidepressiva die Leistungen

mindern. Und ich merke das. Ich kann nicht so recht den Finger drauflegen, was es genau ist, aber vielleicht ist es das.«

Sie blickt mich durchdringend an, ihre Augen scheinen zu glühen. Antidepressiva. Wie kommt sie auf so etwas?

»Ich nehme keine Antidepressiva«, sage ich. In meinem Kopf beginnt es zu arbeiten. Ich besitze Antidepressiva. Jede Menge. Die habe ich verschrieben bekommen, als ich aufhören musste zu tanzen. Und aus irgendeinem Grund habe ich sie nie weggeworfen. Vielleicht, weil ich Angst hatte, dass ich sie doch noch mal brauche, was auch immer. Aber sie sind in meinem Kleiderschrank, wo noch meine andere Medizin ist, die nicht in den Kühlschrank muss. Die kann keiner gefunden haben, der nicht danach gesucht hat.

Lidia greift nach meinem Arm und drückt ihn kurz, als müsste sie mich beruhigen.

»Du kapselst dich ab. Mir ist zugetragen worden, dass das nach dem Unterricht genauso ist.«

»Ich habe vielleicht zu viel trainiert«, wiederhole ich, weil mir einfach nichts anderes einfällt.

Sie legt den Kopf schief. »Du warst bei keinem einzigen Gruppenevent der Tänzerinnen.«

Jemand muss ihr das erzählt haben, schließlich ist sie selbst nicht dabei gewesen.

Lidia zieht ihre zu stark gezupften und zu einem langen Bogen getrimmten Augenbrauen nach oben. Wie kann eine Augenbraue in einer solchen Form wachsen? Lidia muss sie in Form gezwungen haben, so wie man einen Bonsai schneidet und in eine neue Richtung treibt.

Sie atmet tief durch die Nase ein, was ein zartes Schnauben verursacht. »Ich sehe dein Potenzial. Aber wenn du wirklich weit kommen willst, schaffst du das nicht allein.« Überraschend erscheint ein schmales Lächeln auf Lidias hagerem Gesicht. »Glaub mir, ich weiß, wie es ist, nicht loslassen zu können. Um auf das nächste Level zu kommen, musst du es aber. Du musst dich befreien. Und du musst dich auf andere einlassen und alle deine Ängste in den Tanz einfließen lassen.«

»Ich bin wirklich unendlich dankbar dafür, hier zu sein. Ich werde mein Bestes geben«, sage ich, ohne weiter auf sie einzugehen. Ich überlege fieberhaft, wer mich angeschwärzt haben kann. Ich suche keine beste Freundin unter den Tänzerinnen. Aus gutem Grund. Aber wer versucht, mir hier solche Probleme zu bereiten? Es bleibt eigentlich nur eine Person.

»Iris hat das erzählt, nicht wahr?«

Lidia seufzt und schaut in ihre Papiere.

Es war Iris. Das war ja klar gewesen, dass sie Probleme machen würde. Antidepressiva und Abkapseln. Sie muss in meinen Sachen gewühlt haben.

»Ich möchte dir nahelegen, einmal mit unserer Psychologin Mrs Weinberg zu sprechen.«

»Ich benötige wirklich keinen Seelenklempner. Vielen Dank, dass Sie sich sorgen. Ich muss trainieren, da nutze ich die Zeit besser«, erwidere ich, während meine Schläfen zu pochen beginnen, als mir klar wird, was das bedeuten würde.

»Mrs Weinberg ist eine fantastische Psychologin. Mit einer Blockade kann man nicht tanzen, das hat nichts mit dem Training zu tun. Es ist zudem kostenlos, ein Teil deiner Studiengebühren deckt das bereits ab. Es wird dir gefallen.«

»Ich habe kein Problem«, wiederhole ich, doch leider ist die Verunsicherung in meiner Stimme sogar für mich unüberhörbar. Ich habe vielleicht kein Problem, aber wenn ich zu einer Ärztin muss, die meine Unterlagen durchwühlt, dann kommt meine Krankheitsgeschichte ganz sicher raus. Das darf auf keinen Fall passieren.

»Ich glaube, das kann ich besser beurteilen. Ich sehe dich jeden Tag. Es ist definitiv eine Blockade da, und diese müssen wir lösen. Yuna, du weißt, dass ich dich sehr schätze. Du bist etwas Besonderes, das spüre ich.«

Lidia spürt viel zu viel.

»Yuna, Verbissenheit in der Kombination mit zu wenig Kontakt ist gefährlich. Ich kann es nicht zulassen. Ich habe das schon einmal erlebt, und das Ende war nicht schön. Mehr möchte ich dazu nicht sagen.«

»Ich werde mich nicht aus dem Fenster stürzen. Es ist einfach nicht meine Art, mich jedem an den Hals zu werfen.« Die Sätze sind schneller raus, als ich denken kann.

Lidia zuckt zusammen und hat ihre Gesichtszüge für einen Moment tatsächlich nicht unter Kontrolle. Es stimmt also. Das Gerücht mit der Tänzerin, die sich umgebracht hat. Sie soll sogar im Abschiedsbrief Lidia und ihr unerbittliches Training dafür verantwortlich gemacht haben. Lidia hat damals ihren Lehrauftrag verloren, angeblich lange her, angeblich spricht niemand darüber, aber natürlich habe ich das an meinem zweiten Tag hier erfahren. Mir tut es direkt leid, dass ich es erwähnt habe.

Ein merkwürdiges Sammelsurium an Gefühlen zeigt sich auf Lidias Gesicht. Angst ist dabei, aber dann sehe ich, wie sich Ärger daruntermischt. So leicht gibt Lidia nicht auf. Natürlich nicht. Sie war die erste Solistin, die Primaballerina.

»Es war nicht Iris«, sagt Lidia. »Es war jemand aus deinem Umfeld, der sich Sorgen macht, doch nicht Iris. Es macht mir ehrlicherweise Sorge, dass dir sofort Iris einfällt, wenn ich das sage. Hast du ein Problem mit Iris?« Jetzt blickt sie mir direkt in die Augen. Schneller, als ich schauen kann, bin ich wieder die Angeklagte.

»Natürlich nicht. Es ist …« In meinen Wangen beginnt das Blut zu kochen. »Vielleicht …« Ich durchsuche mein Gehirn nach irgendeiner logischen Erklärung, durchwühle es hektisch wie ein Jagdhund einen Kaninchenbau. Ich will nicht, dass Lidia in meiner Akte rumschnüffelt oder irgendeine Psychologin meine Gesundheitshistorie durchleuchtet. Ich muss ihr eine Erklärung liefern.

»Es tut mir leid, dass Sie sich Sorgen machen«, sage ich

schnell. »Ich war wahrscheinlich doch etwas abgelenkt, weil, es ist …« Ich zögere und winde mich unter ihrem Blick. Wenn mir nicht gleich was einfällt, wird es noch schwieriger, weil ich erklären muss, was los ist, und gleichzeitig, warum ich hier so rumstottere. »Ich habe einen Freund«, sage ich endlich. »Ich wollte es nicht erzählen, weil …«, erkläre ich. Hilfe, ich manövriere mich irgendwie immer weiter in eine Sackgasse. Eine weitere kleine, aber scharfe Falte erscheint zwischen Lidias Augenbrauen. So sieht niemand aus, der mir glaubt. Langsam steigt Panik in mir hoch.

»Die Geschichte mit dem Freund glaube ich nicht«, sagt Lidia nüchtern. Ich bin wie gelähmt.

Aber sie muss mir glauben. Wenn sie es nicht tut, bin ich eine Lügnerin, und dann wird alles, was ich sage, unglaubwürdig. Jedoch weiß ich genau, dass ich bei jemandem wie Lidia mit Betteln nicht weiterkomme. Sie ist nach echter Waganowa-Tradition ausgebildet. Sie war erste Solistin am Mariinski-Ballet, mehr Waganowa geht nicht! Weinen, Jammern und Schwäche – alles verboten. In dem Moment öffnet sich die Tür, die in den Flur mit den Studio-Büros führt. Wir sehen es beide durch die Glasscheibe. Es ist der Typ vom *Books & Beans.* Miles. Iris erwähnt ihn immer wieder, und deshalb kenne ich inzwischen auch seinen Namen. Er ist nicht nur gut aussehend, sondern Iris' Meinung nach unglaublich tiefsinnig und erwachsener als die Studenten auf dem Campus, die nur kleine Jungs sind. Keine Ahnung, wie sie das herausgefunden hat, denn meines Wissens besteht der Austausch allein darin, dass er ihr jeden Tag einen Espresso macht. Ist schon erstaunlich, dass sie überhaupt den Namen kennt. Miles. Ich habe immer das Gefühl, wenn ich in dem Café sitze und lerne, was ich allerdings häufiger tue, weil es so hübsch dort ist und mich glücklich macht, dass er distanziert ist. Dass er sich für Iris interessiert, kann ich mir nicht vorstellen.

Gerade schiebt er eine Art Sackkarre vor sich, auf der verschiedene Getränkekästen gestapelt sind. Sein kariertes Flanellhemd, das er immer trägt, hat er um die Hüften geschlungen. Sein Blick ruht kurz auf mir, ich bin mir nicht sicher, ob er auch überrascht ist. Er lächelt, und wie immer hänge ich an seinen Lippen, wenn er das tut, ob ich will oder nicht. Sein Lächeln bringt sein Gesicht zum Leuchten. Dann blickt er zu Lidia. Sie gibt ihm ein Zeichen, sodass er die Glastür zu ihrem Büro aufstößt.

»Hi«, begrüßt er uns, und ich habe den Eindruck, dass er nur mich dabei anschaut, und blicke verwirrt zu Lidia.

»Guten Morgen, Mrs Popova, ich sollte Ihnen die Getränke aus dem Café liefern. Wo soll ich die hinstellen?«, fragt er dann aber sofort, vielleicht habe ich mich vertan. Seine Stimme ist leise, fast sanft, viel weicher, als sein Äußeres vermuten lässt. Das ist mir schon im Café aufgefallen.

»Vielen Dank«, erwidert Lidia. »*Guten Morgen?* Bei uns in der Tanzabteilung ist ein großer Teil des Tages schon vorbei«, bemerkt sie. Sie lächelt dankend und gebieterisch gleichzeitig. Das hat sie wirklich drauf.

Jetzt sieht er mich direkt an. Er lächelt wieder, als würde er sich freuen, mich zu sehen. Als würde ich ihn interessieren. Der Gedanke fühlt sich viel zu gut an. Ich muss zugeben, dass ich seine ganze Erscheinung in mir aufnehme, ich bin schlimmer als Iris und Layla zusammen. Und ich lächele zurück.

»Einfach neben die Kaffeemaschine im Aufenthaltsraum«, sagt Lidia und blickt von ihm zu mir. Sie hat seinen Blick auch gesehen. Ich habe es mir nicht eingebildet. Er weiß nicht, wie dankbar ich ihm gerade dafür bin. Ich habe Sozialkontakte, siehst du, Lidia, das ist der Beweis! Ich bin nicht depressiv und psychologisch auffällig.

»Alles klar«, sagt er und nickt. Wieder bleibt sein Blick an mir hängen. Ich trage noch mein Trikot, durchgeschwitzt. Ich sehe nicht wahnsinnig attraktiv aus, das steht fest, aber in seinen Augen, ich weiß nicht, da steht etwas anderes, und ich will irgendwie, dass er mich wieder so ansieht, doch er dreht sich um und tritt durch die Glastür nach draußen in den Flur.

Lidia schaut durch die Glasscheibe auf Miles' Hintern, wenn ich mich nicht täusche. Und in dem Moment kommt sie, die rettende Idee. Sie birgt ein kleines Risiko, aber das haben gute Ideen so an sich.

»Es stimmt.« Ich lehne mich näher zu ihr. »*Er* ist es. Wir halten das geheim, weil Iris ausflippen würde, denn sie mag ihn. Vielleicht ist sie sauer auf mich, weil sie etwas vermutet. Vielleicht sollte *sie* mal zur Psychologin, ich glaube, sie hat ein Konkurrenzproblem.« Ich kann selbst nicht glauben, was ich da gerade sage. Das ist Bitch-Stufe Rot, so was habe ich noch nie gemacht. Aber ich bin verzweifelt, wenn das hier nicht klappt, dann war alles umsonst. Und schließlich habe ich jahrelang mit einem Haufen Ballerinen in New York getanzt, das war gleichzeitig ein Fortgeschrittenenkurs im Intrigenschmieden.

Lidia schaut mich verblüfft an »Wer? *Er?*«

»Entschuldigen Sie mich eine Sekunde?« Bevor Lidia antworten kann, bin ich aufgesprungen und habe die Glastür in Windeseile aufgedrückt. Miles geht gerade in Richtung Fahrstuhl, aber ich weiß, dass Lidia mich durch die Glasscheiben sehen kann. Ich gehe ihm nach.

»Hey«, rufe ich in einer Art lautem Flüsterton. Miles dreht sich um. Dunkelblonde Haare, seine graublauen Huskyaugen, ein markantes Kinn und Babyhaut, die in einem merkwürdigen Gegensatz dazu steht.

»Ja?«

»Bitte nicht erschrecken«, murmele ich, als ich merke, dass er vor mir zurückweichen will. Ich mache noch einen Schritt auf ihn zu und stelle mich so hin, dass man von Lidias Position aus seinen Gesichtsausdruck nicht erkennen kann, der mehr als verwundert ist. Er sieht jedoch nicht abweisend aus.

»Ich würde dich gern umarmen und … küssen. Oder zumindest so tun, als ob. Ich weiß, dass das eine komische Bitte ist, aber es würde mir gerade wirklich sehr helfen, okay?« Meine Stimme klingt flehend, doch ich kann das gerade nicht ändern. Er schaut über meine Schulter verunsichert zu Lidia, doch das würde er auch tun, wenn er mein Freund wäre. »Und ja, ich weiß, dass Lidia, also Mrs Popova, zuschaut, darum geht es irgendwie. Und danach hast du … was gut.«

Ohne auf eine weitere Reaktion von ihm zu warten, strecke ich mich zu ihm nach oben, umfasse sein Gesicht an den Wangen, um es zu mir heranzuziehen und gleichzeitig vor Lidias Blicken abzuschirmen, und dann drücke ich meine Lippen auf seine. Ich habe etwas zu viel Schwung, sodass sie fester aufeinandertreffen als beabsichtigt. Warme Lippen, weiche Lippen, nicht zusammengepresst, aber auch nicht geöffnet. Seine Wangen unter meinen Händen sind kühl, und ich muss mich daran erinnern, dass das hier eine Vorführung und nicht echt ist. Nicht anders als ein Tanz mit einem Partner auf der Bühne. Er legt seinen Arm um meinen Rücken, nur ganz leicht, aber sofort beginnt mein Rücken an der Stelle zu prickeln. Er ist überrumpelt und … sehr nah. Er riecht frisch, minzig mit einem Hauch von … Diesel? Terpentin? Der Geruch erinnert mich an die Garage, wo mein Vater mit seinem Freund früher herumgewerkelt hat. Meine Hand gleitet ein Stück seine Wange herunter in dem Versuch, eine bessere Position für Lidia zu finden. Seine Haut ist warm. Ich bin erstaunt, dass er alles so über sich ergehen lässt, vielleicht ist er genauso überfordert wie ich von der plötzlichen Intimität, welche meinen Körper reagieren lässt, als würde er ein Eigenleben führen, als wäre das hier ernst. Er bewegt seine Lippen nicht wirklich, aber irgendwie bewegt er sie nicht *nicht*.

Dann ist es schon vorbei. Etwas benommen sehe ich ihn an, als er wieder in meinen Fokus kommt, in normaler Entfernung. »Danke«, hauche ich. »Du hast mir sehr geholfen.« Mein

Herz klopft so schnell, als wäre ich gerade eine Diagonale gesprungen, und meine Beine fühlen sich unverlässlicher an als nach dem härtesten Training.

»Keine Ursache«, murmelt er. Unsere Augen treffen sich, und die Verwirrung spiegelt sich in seinem Gesicht, gemischt mit Neugierde. Kein Wunder, er muss denken, dass ich einen totalen Dachschaden habe. Ich kann nicht glauben, dass ich das gerade wirklich getan habe. Und noch viel weniger kann ich glauben, wie gut es mir gefallen hat.

»Ich muss zurück zu Lidia«, erkläre ich im Flüsterton. Es klingt atemlos. Nein, es klingt nicht so, ich bin atemlos. »Danke noch mal.«

Er hebt seine Hand von meinem Rücken und nickt. »Keine Ursache«, sein Mundwinkel zieht sich nach oben, und er lächelt schief, ein Lächeln, das definitiv widerspiegelt, dass ich nicht *völlig* normal bin. Es steht ihm. Dann dreht er sich um und ist weg. Das ist vielleicht auch ganz gut so, weil ich nicht sicher bin, ob ich in der Lage gewesen wäre, mich selbst loszureißen.

Langsam laufe ich zu Lidia in den Glaskasten zurück und versuche, meine Aufregung in den Griff zu kriegen, das Rauschen in meinem Gehirn so weit einzudämmen, dass es nicht jeden klaren Gedanken unmöglich macht.

»Ich habe ihm gesagt, dass es okay ist. Dass Sie Bescheid wissen«, erkläre ich Lidia, die mich mit leicht zusammengekniffenen Augen betrachtet.

»Aber bitte sagen Sie es Iris nicht, ich werde es ihr selbst beichten. Sie ist fürchterlich in ihn verknallt.« Meine Stimme klingt flehend. Ich nehme noch einen Schluck von dem inzwischen kalten Tee und stelle die Tasse zurück auf das Tablett.

»Ich muss in die Bibliothek, etwas abholen. Ich verspreche mehr Schlaf und weniger Miles in nächster Zeit.« Ich werfe Lidia einen schuldbewussten Blick zu. »Ich werde mich nicht weiter ablenken lassen. Versprochen.« Und wenn ein paar Wochen vergangen sind und alles vergessen ist, kann ich ja ihr gegenüber irgendwann fallen lassen, dass wir nicht mehr zusammen sind. Das wird sie dann wieder beruhigen, damit sie nicht denkt, dass ich zu viele Interessen außerhalb des Tanzens habe. Und Iris werde ich mir ebenfalls vorknöpfen. Unfassbar. Es sollte mich nicht überraschen, aber sie hat es zu weit getrieben. Lidia sieht mich immer noch mit einem kritischen Ausdruck an, volle Ladung Sibirisch-Blau.

»Danke, Lidia«, sage ich, bevor sie es sich anders überlegt. »Ich werde alles geben, und es wird keinen Grund zur Sorge oder Beschwerde mehr geben.« Während ich rede, bin ich aufgestanden und zur Tür gegangen.

»Yuna?«, sagt Lidia, als ich gerade zur Tür rausmöchte.

»Alles in Ordnung. Wir belassen es für den Moment dabei. Dennoch möchte ich, dass du weißt, dass es kein Tänzer war. Niemand aus der Gruppe.«

Für einen Moment bin ich sprachlos. Dann nicke ich. »Okay.«

Völlig durcheinander verlasse ich das Gebäude. So viele Gefühle drängen sich in meinem Kopf, als wäre ein Stroboskoplicht angegangen und auf Dauerfeuer gestellt. Aber erst mal muss ich weg. Ich atme tief durch und nehme einen Umweg nach Hause, einen Weg, der vor allem nicht über den Quad und am *Books & Beans* vorbeiführt. Ich muss einen Moment allein sein. Ein Seufzer entfährt mir, als die Spannung langsam von mir abfällt. Dann werde ich eben mal zu irgendeiner Party der Tänzer gehen, bei der alle Pizza aus Blumenkohl essen und Cola light trinken. Das Gute an einem College in Montana ist schließlich, dass man problemlos einsame Stellen in der Natur findet, wenn man mal allein sein will. Mein Französischkurs ist erst später und wird mich schon ablenken.

Sieben

Miles

Die Tische des *Books & Beans* sind voll besetzt. In jeder Steckdose hängt ein Laptop, und in der Küche stapelt sich das Geschirr. Ich habe heute die spätere Schicht, aber Kaffee wird den ganzen Tag getrunken, und ständig hole ich frisch gewaschene Becher mit dem MCPA-Logo aus der dampfenden Spülmaschine. So viel Kaffee, wie die Studenten trinken, werden sie weder heute Abend noch diese Woche oder das ganze Semester je wieder schlafen können. Aber das haben einige bestimmt auch gar nicht vor.

Manche sitzen stundenlang an den Tischen mit ihren Laptops und tippen sporadisch, gelegentlich panisch auf ihre Tastaturen ein. Doch wenn man an ihnen vorbeigeht, scrollen sie auf Seiten, die meiner Meinung nach nichts mit ihrem Studium zu tun haben können. News über Schauspieler und Twitch-Streams von Gamern oder Comedyvideos. Ich hoffe, sie bilden sich nachher nicht ein, dass sie den ganzen Abend gearbeitet haben. Aber vielleicht gilt das als Recherche, weil man in der Schauspielszene up to date bleiben muss. Die Tänzerin war die ganze letzte Woche nicht da, und ich muss zugeben, dass ich schon mehrmals die Gäste gescannt und mich selbst dabei ertappt habe, wie ich immer wieder zu dem Platz geschaut habe, wo sie normalerweise sitzt.

»Hast du wieder die jammernden Mädchen angestellt?«, fragt meine Arbeitskollegin Brida, als sie zur Theke kommt. Sie hat große, ausdrucksvolle Augen und einen langen Pony. Sie trägt eine Art blauen Overall, den sie mit einem breiten Gürtel in der Taille zusammengeschnürt hat.

»Es heißt Folk und Akustik«, erkläre ich ihr. Seit ich in Montana bin, habe ich festgestellt, dass ich Gitarrenmusik mag, was mir früher nie im Leben eingefallen wäre.

»Ich höre gerade nur viel Heulerei«, sagt Brida und hält ihre Hand wie ein Hörrohr an ihre Ohrmuschel. Ihr Musikgeschmack ist außerirdisch, sie versucht immer, nervige Popsongs aus den Neunzigern auf die Playlist zu schmuggeln oder Metal, keine Ahnung, wie das zusammenpasst.

»Ich darf dich daran erinnern, dass deine Playlist beim letzten Mal zu Beschwerden geführt hat«, erwidere ich. »Jammernde Mädchen bisher noch nicht.«

»Ich weiß auch nicht, wohin sich die Welt entwickelt hat, wenn Studenten lieber jammernde Mädchen als Metal hören wollen«, erwidert Brida und schüttelt gespielt betroffen den Kopf.

»Nächstes Mal bist du wieder dran«, beruhige ich sie.

Brida hat letztes Jahr ihren Abschluss gemacht, aber weil sie sich in eine Studentin aus einem niedrigeren Jahrgang verliebt hat, ist sie dageblieben.

»Wie findest du die neuen Bilder an meiner Galeriewand?«

»Sie sind cool. Einfach, aber irgendwie clever«, erkläre ich. So malt man wahrscheinlich heute, ich habe keine Ahnung. Ölmalerei, so, wie ich sie mir gerade selbst beibringe, scheint jedenfalls nicht unbedingt Trend zu sein.

»Ja, ich finde sie auch super. So puristisch.« Brida hat Design und Medienkunst studiert. Sie ist in Ordnung, ihre Freundin arbeitet auch hier, und wir teilen uns die Schichten.

In der nächsten halben Stunde mahle ich Kaffeebohnen an der großen, extralauten Kaffeemühle und verkaufe Sandwiches und Haferflockenkekse oder die Curry-Ingwer-Suppe, die es heute gibt. Einige der Studenten kenne ich inzwischen, weil sie häufig kommen, sie begrüßen mich, aber ich denke, sie merken, dass ich kein Gespräch mit ihnen anfangen will.

Brida stößt mich in die Rippen und murmelt: »Achtung, dein Fangirl auf neunzig Grad.« Das macht sie jedes Mal. Und tatsächlich, es ist die blonde Ballerina, die irgendwie einen Narren an mir gefressen hat. Für einen ganz kurzen Moment hatte ich gehofft, dass es meine Ballerina wäre, aber das würde Brida ja nicht wissen. Sie setzt sich mit einem Freund an einen Tisch.

»Sie himmelt dich an, ich bin ein bisschen neidisch auf solche Fans. Du bringst Matt Umsatz. Nein, ich bin nicht neidisch auf diese perfekten Körper. Da reicht so eine Pilates-Stunde die Woche eben doch nicht, aber für mehr bin ich nicht bereit.«

Die Tänzer tragen weite Sporthosen und eng anliegende Trikots. Wobei die meisten Studenten am MCPA in irgendeiner Form Sportsachen tragen. Das heißt auch nicht unbedingt, dass sie vom Sport kommen. Der allgemeine Dresscode für Frauen sind Yogapants. »Ich bin ein bisschen beleidigt, dass sie nicht wegen mir kommt, aber andererseits bin ich ja in festen Händen. Du kannst immer sagen, wir wären zusammen, wenn du jemanden loswerden willst«, bietet sie freundlich an und zwinkert mir zu.

»Ich glaube, das würde nicht funktionieren, weil jeder weiß, dass du mit Melanie zusammen bist. Ihr seid nicht wirklich diskret«, bemerke ich grinsend.

»Willst du mir etwa sagen, dass ich meine Verlobte nicht in der Öffentlichkeit küssen kann?«, beschwert sie sich. »Nicht jeder ist hier so prüde wie du.«

Dann geht die verglaste Eingangstür auf, und meine Tänzerin betritt das Café. Ihre schwarzen Haare fallen ausnahmsweise ungebändigt über ihre Schultern. Sofort beschleunigt sich mein Herzschlag, als hätte ich auf sie gewartet. So lange war sie vorher noch nie nicht im Café. Das kann Zufall sein, aber ich würde mich wundern, wenn das nichts mit dieser supermerkwürdigen Begegnung zu tun hat, an die ich natürlich ständig denke. Natürlich war klar, dass wir uns wieder über den Weg laufen, so groß ist der Campus schließlich nicht. Ich ertappe mich viel zu oft dabei, wie ich den Campus nach ihrer Silhouette abscanne wie ein professioneller Navy Seal. Dabei will ich mich wirklich nicht in die Leben anderer Leute einmischen. Ich habe mit mir selbst genug zu tun, als dass ich in irgendwelche Probleme von anderen reingezogen werden möchte. Es hat so mittelmäßig geklappt. Vielleicht auch gar nicht. Cool bleiben. Je cooler ich jedoch gerade bleiben will, desto mehr nehme ich jede ihrer Bewegungen wahr. Sogar, ohne sie zu sehen, wenn ich mich umdrehe und andere Leute bediene, ist es wie ein Pochen im Hintergrund. Ich verfolge, wie sie sich hinsetzt, und merke, wie mein Blick ständig zu ihr hinüberschweift, um zu checken, ob sie mit irgendjemandem spricht. Sie sitzt wieder mit dem Mädchen da, mit dem sie manchmal hier ist. Eine Dunkelhaarige, die ein Stück kleiner ist als sie und immer ziemlich viel erzählt und mit den Augen rollt.

Ich meine, ich kenne diese Frau nicht, vielleicht ist sie ein nymphomanischer Psycho, eine, die ständig irgendwelche Leute fragt, ob sie ihr kurz mit einem Kuss aushelfen. Tänzer können Psychos sein, war das nicht das Thema in diesem Ballettfilm mit Natalie Portman? Ganz ehrlich, so was gibt es. Menschen, die an der Oberfläche so perfekt sind, können die schlimmsten Abgründe haben. Wer weiß das besser als ich? Und jetzt klopft mein Herz aufgeregt, weil ein Mädchen, das sich zweifellos sehr strange verhalten hat, das Café betritt? Ich habe echt einen Defekt und bald jeden Respekt vor mir selbst verloren. Vor allem, weil ich daran denke, wie sich ihre Schultern angefühlt und ihre großen schwarzen Augen mich bittend angesehen haben. Und ihre Lippen. Ich verdränge das Bild mit Gewalt aus meinem Kopf und konzentriere mich darauf, die Kaffeemaschine wieder mit neuen Bohnen zu befüllen und Brida nicht im Weg zu stehen. Sie übernimmt die Theke, und ich gehe nach hinten, um die neuen Einkäufe zu verstauen und das Lager aufzuräumen.

»Kannst du wieder übernehmen?«, ruft sie ein paar Minuten später, und dann etwas leiser: »Ich muss zum Klo. Tampon wechseln.« Brida gibt mir immer gern übergenaue Informationen und scheint es als ihre Pflicht anzusehen, mich zu informieren, wenn sie ihre Tage hat.

Ich trete wieder an den Tresen und natürlich, da steht sie in der Schlange. Unsere Blicke treffen sich, und sie scheint genauso erschrocken darüber wie ich und schaut sofort woandershin, als hätte sie mich nicht erkannt. Aber sie hat mich erkannt. Sie muss sich direkt in die Schlange gestellt haben, als ich weg war. Sie muss mich also schon vorher gesehen haben und wollte genauso wenig mit mir zusammentreffen. Ich merke, wie sie mit den Füßen scharrt, als würde sie gerade überlegen umzudrehen. Doch sie bleibt stehen, zieht ihr Handy hervor und schaut konzentriert auf das Display, als wäre ich nicht da. Okay, vielleicht ist sie doch kein abgebrühter Psycho und findet die Situation ebenfalls seltsam.

»Einen Cappuccino extraheiß«, sagt der Student vor ihr. Ich nicke ihm zu und mache mich an die Arbeit. Gleichzeitig mache ich einen Matcha-Latte mit Hafermilch. Ich male nur ein kleines Ornament drauf, und sogar das gelingt mir nicht sonderlich gut.

Ich stelle dem Studenten den Cappuccino hin, daneben den Matcha-Latte. Er nimmt den Cappuccino, zahlt und verschwindet.

Die Tänzerin ist dran, und sie sieht tatsächlich nervös aus und zieht ihre Unterlippe zwischen die Zähne. Ich schiebe die Tasse vor sie hin. Sie sieht mich etwas verwundert an.

»Einen Matcha-Latte mit Hafermilch?«, fragt sie.

Ich schiebe den Becher noch näher zu ihr und nicke.

Sie blickt auf das grüne Ornament auf dem Schaum, dann fliegt ihr Blick wieder zu mir, und sie legt die Stirn in Falten.

Für einen Moment bin ich verunsichert. »Ja, ich dachte, das trinkst du am liebsten.«

»Merkst du dir von jedem, was er trinkt?«, fragt sie. Ihre Wangen glühen, aber es klingt nicht, als wäre sie geschmeichelt, sondern misstrauisch und etwas abweisend. Okay, denkt sie jetzt, dass *ich* der Psycho bin? Das ist nicht ihr Ernst.

»Ich kenne nicht mal deinen Namen«, bemerke ich, statt zu antworten. O nein. Warum klingt das total daneben, so, wie es herauskommt? Vielleicht, weil ich mir den letzten Teil des Satzes verkneifen muss. *Obwohl ich dich geküsst habe,* lautet der. *Obwohl ich noch genau weiß, wie sich das angefühlt hat,* geht er weiter. Mein Gott, wahrscheinlich bin ich bloß total notgeil. Das mit der Abstinenz ist ja manchmal in der Theorie einfacher als in der Wirklichkeit. Immerhin schaffe ich es, in den entscheidenden Momenten unter der Dusche nicht an Olivia zu denken, das ist ja schon mal was. Und ich werde jetzt bestimmt nicht anfangen, an ein anderes Mädchen zu denken. Ich werde mich auf irgendwelche gewöhnlichen pornografischen Bilder konzentrieren oder eben kälter duschen. Man kann ja ganz schön viel unterdrücken und die Energie woandershin lenken, mehr malen und mehr Sport. Klappt normalerweise ganz gut.

»Ich bin Miles«, sage ich und kann selbst nicht glauben, dass ich die peinliche Stille so überbrücke. Ich habe mich noch niemandem am College aus Eigeninitiative vorgestellt. Ich bin zwar schon mal gefragt worden, und dann antworte ich natürlich, aber ich lege es nicht drauf an.

»Ich weiß«, erwidert sie.

Jetzt bin ich baff.

»Man redet über dich«, erklärt sie.

»Man redet über mich?«, wiederhole ich. What the Fuck.

»Meine Mitbewohnerin in 344 ist ein großer Fan von dir. Hör zu. Das neulich im Studio, das war mir mehr als … unangenehm. Ich kann dir das noch mal alles erklären, aber hier sind so viel Leute und …« Sie blickt zur Seite, wo Brida am Tresen herumwurschtelt. Dann schaut sie hilflos zu mir.

»Kein Problem.«

Sie kaut weiterhin auf ihrer Unterlippe herum, und ich will ihr am liebsten sagen, dass sie das besser lassen soll. Sie geht viel zu rabiat mit ihrer Lippe um. Wegschauen. Ich will sie fragen, ob sie mit mir woandershin geht, um mir alles zu erklären. Oder was auch immer zu machen. Hör auf, Miles.

»Was studierst du?«, fragt sie, doch ich merke, dass sie es nur sagt, um etwas zu sagen. Ausnahmsweise ist auch niemand in der Schlange hinter ihr, und sie hat keinen Grund zu gehen. Es wäre also *noch* komischer von ihr, jetzt ohne Erklärung zu gehen.

»Ich studiere nicht hier«, erwidere ich, und es ist vielleicht das erste Mal, dass ich bereue, dass ich ihr diese Antwort geben muss. Dass ich irgendwie lieber einer von ihnen wäre. »Ich komme nur zur Arbeit her.«

Sie nickt. »Du kommst aus der Gegend?«

»Ich bin vor ein paar Monaten in die Gegend gezogen, ja.«

»Du bist hierhergezogen, um im *Books & Beans* zu arbeiten?«, fragt sie noch mal nach.

Sie wendet sich ab und befeuchtet sich nervös die Lippen, vielleicht ist ihr aufgefallen, dass sie gerade etwas Unverschämtes gesagt hat. Wer zieht schon extra nach Montana, um in einem Studentencafé zu arbeiten?

»Vielleicht gefällt mir der Job?«, hake ich direkt ein.

Sie dreht den Becher mit dem Matcha-Latte in ihrer Hand. Ihre Fingernägel sind kurz, ihre Finger lang und biegsam. »Entschuldige, keine Ahnung, warum ich das gesagt habe.« Sie nimmt den Becher und macht sich bereit zu gehen. Was? Sie hat noch *nichts* erklärt. Gar nichts.

»Ich arbeite seit vier Monaten auf einer Ranch in der Nähe. Das hier ist mein Nebenjob. Ich komme eigentlich aus Chicago«, erkläre ich schnell. Keine Ahnung, warum ich plötzlich mehr von mir erzählen will. So gesprächig war ich seit Monaten nicht, aber ich will nicht, dass sie geht. »Aber letztens war ich schon etwas überrascht, als …«

»Sorry, ich will euch beide nicht beim Flirten stören, aber dürfte ich eventuell auch etwas bestellen?« Die Stimme klingt genervt. Ich habe gar nicht gemerkt, dass jemand gekommen ist.

Der Kopf der Tänzerin schnellt so abrupt herum, als wäre sie in den Rücken gepikst worden. Ihre Haare wirbeln dabei einmal um ihr Gesicht. Hinter ihr steht das sehr hübsche Mädchen, die andere Tänzerin, die ich schon so häufig gesehen habe. Es ist das »Fangirl«. Sie wirkt wie das helle Gegenstück zu meiner Tänzerin. Durch ihr weißes, tief ausgeschnittenes Trikotoberteil zeichnen sich ihre Brustwarzen ab. Ihre Haare sind zu einem sehr straffen Knoten zusammengebunden, der ihre Gesichtshaut nach hinten zieht.

»Hey, du«, sagt sie zu meiner Tänzerin und schiebt sich an ihr vorbei. Meine Tänzerin tritt zur Seite und lässt die Blonde vorbei. »Hey«, erwidert sie. Dann wendet sie sich zu mir. »Miles, kennt ihr euch schon? Das ist meine Mitbewohnerin Iris«, erklärt sie. Ich zucke zusammen, als sie meinen Namen sagt. Es ist so komisch, ihn aus ihrem Mund zu hören. Es gefällt mir, wie sie den Namen sagt. Sie blickt noch mal zu Iris, dann zu mir, und ihr Blick bleibt für einen Moment an meinen Augen hängen. Schließlich hat sie mir vor einer Minute erzählt, dass ihre Mitbewohnerin auf mich steht. Und jetzt hat sie mir diese sozusagen auf dem Präsentierteller serviert. Das weiß sie auch ziemlich genau. Sie hätte ja den Zusatz »Mitbewohnerin« weglassen können.

Der Moment fühlt sich viel persönlicher an, als er ist, auf merkwürdige Art und Weise wie ein Geheimnis. Iris scheint ebenfalls zu merken, dass irgendetwas vor sich geht, und blickt von ihr zu mir und wieder zurück. Dann greift meine Tänzerin nach ihrem Matcha-Latte. »Ich muss gehen«, sagt sie zu Iris. »Wir sehen uns morgen. Tschüss.« Sie hebt die Hand, aber sie sieht mich dabei nicht an, sondern sagt es eher allgemein an uns beide gewandt. Ich schaue ihr nach. Sie hat einen besonderen Gang, er ist nicht elfengleich, sondern eher kraftvoll. Ich schaue zurück zu Iris, die natürlich genau gemerkt hat, wie ich ihr nachgestarrt habe, und aus Verlegenheit lächele ich sie an. Es ist eher wie ein Impuls, meine Reaktion von gerade überspielen zu wollen. »Könnte ich einen grünen Smoothie haben?«, fragt Iris und klingt dabei ein bisschen eingeschnappt. »Komplett ohne Obst, bitte«, fügt sie hinzu.

»Du meinst so richtig hart, hundert Prozent Gemüse?«, frage ich zurück, und es klingt irgendwie nach Flirt. Ich will überhaupt nicht flirten, es klingt aber so, es ist eine Übersprunghandlung. Ich will der Tänzerin nachrennen. Ich habe so viele Fragen.

Sie nickt. »Ich bin hart, ich weiß«, sagt Iris und klingt tatsächlich etwas besänftigt. Sie besitzt einen langen Hals, der durch die hochgesteckten Haare noch betont wird, und wirkt sehr elegant. Irgendwie erinnert sie mich an Olivia. Nicht ganz, aber der Typ, keine Ahnung, was die Ähnlichkeit eigentlich genau ausmacht. Sie ist noch etwas schmaler gebaut als Olivia, aber dabei eben muskulös schlank. Ihr Oberteil ist nicht nur weit ausgeschnitten, sondern hängt auch ziemlich tief. Ihr Bauch wölbt sich fast nach innen, sodass die Jogginghose schlackert. Alles an ihr sieht jedoch irgendwie hart aus, sogar ihr Busen. Ich habe gerade auf ihren Busen gestarrt. Scheiße. Ich blicke in ihr Gesicht, und ein leichtes Lächeln umspielt ihre Lippen, sie hat es gemerkt. Es hat ihr gefallen.

Schnell werfe ich das Gemüse in den Mixer, Spinat, Kohl, Petersilie.

»Mandel, Hafermilch, Soja?«, frage ich. »Wir haben auch noch Chia, Maca, Kakao-Nibs und die Extras hier«, ich zeige auf die Karte. Sie nickt. »Hanf-Proteinpulver. Açai und Chia.«

Die Maschine brüllt auf, ein paar Sekunden später ist der Smoothie fertig.

Sie nimmt den Becher mit dem Strohhalm und trinkt einen Schluck. Dabei sieht sie mich von unten an.

»Lecker«, sagt sie und leckt sich über die Lippen. Ich bin nicht total bescheuert. Es ist ja nicht so, als hätte noch nie ein Mädchen mit mir geflirtet.

Hinter ihr steht gerade niemand, und sie nimmt sich Zeit.

»Auf welcher Ranch arbeitest du denn?«, fragt sie, als wäre es ihr gerade eingefallen.

Für einen Moment bin ich perplex. Sie muss es gerade gehört haben, als ich es meiner Tänzerin erzählt habe.

»Magnolia Ranch«, erkläre ich.

Sie nickt. »Ah, die Gäste-Ranch, cool.« Sie grinst.

»Ja, schöne Ranch.«

Und dann ist sie weg, sie läuft sehr selbstbewusst und ein bisschen so, als würde sie auf einem Laufsteg entlanggehen und damit rechnen, von allen Seiten angestarrt zu werden. Auch von mir. Und als ich gerade denke, dass ich immer noch nicht weiß, wie meine Tänzerin heißt, steht ihre Freundin vor mir. Die kleine Dunkelhaarige, mit er sie auch vorhin hier war.

»Kann ich bitte ein großes Stück Carrot Cake zum Mitnehmen haben?«, fragt sie.

Ich blicke sie für einen Moment an, als käme sie von einem anderen Stern. Sie trägt einen zerlesen aussehenden Reader unter dem Arm, »Fräulein Julie von August Strindberg«, steht darauf. Sie legt den Kopf schief. »Carrot Cake. Es ist noch ein Stück da. Du siehst mich an, als wolltest du es nicht rausrücken?«

Ich schüttele den Kopf, um die Gedanken an die Tänzerinnen zu verscheuchen. »Sorry.« Dann hole ich ein großes Stück unter einer der Glasglocken hervor, welche die Kuchen abdecken, lege es auf einen Pappteller, den ich in eine Papiertüte schiebe, und reiche es ihr.

»Sie heißt Yuna«, sagt sie dann, als sie die knisternde Tüte nimmt. Ihr Gesicht ist dabei völlig ausdruckslos.

»Was?« Ich falle fast nach hinten vor Überraschung, aber ich weiß natürlich, was und vor allem wen sie meint. Keine Ahnung, wie sie meine Gedanken gelesen hat.

»Die, die du immer anstarrst, heißt Yuna. Also nicht die von gerade, die andere.« Sie lächelt mir zu, nimmt ihren Carrot Cake. Okay, es war wahrscheinlich nicht nötig, meine Gedanken zu lesen. Für einen Moment überlege ich, sie aufzuhalten und sie zu fragen, was mit ihrer Freundin los ist. Ob sie mehr weiß. Weiß sie, dass ich ihre Freundin geküsst habe? Dass ihre Freundin mich darum gebeten hat? Sind sie diese Art Freundinnen, die sich alles erzählen? Keine Ahnung, ich dachte, mich könnte nichts mehr so schnell verwirren, aber ich bin etwas durcheinander und nicht sicher, ob diese Collegestudenten vielleicht doch weniger naiv sind, als ich immer denke.

Ich gehe gleich nach meiner Schicht ins Gym. Ich muss nur aufpassen, dass ich nicht von dem ständigen Versuch, meine Energie in eine andere Richtung zu lenken und keine falschen Gedanken aufkommen zu lassen, so viele Gewichte hebe, dass ich zum Hulk werde.

Acht

Yuna

Hilfe, war das unangenehm. Ich hatte gehofft, dass er nicht da ist, aber ich will Hazel natürlich nicht sagen, warum ich plötzlich nicht mehr ins *Books & Beans* will. Wie bitte hätte ich ihr erklären können, warum ich so gehandelt habe? Beim leisesten Verdacht würde eine inquisitionsartige Befragung folgen, die einem gerichtlichen Kreuzverhör in nichts nachstünde, bis ich alles verraten hätte. Keine Ahnung, was Hazel für Freundinnen zu Hause hatte, aber ihr Talent, alles aus einem rauszuquetschen, ist enorm. Ich schätze, in diesem Vorort, wo sie aufgewachsen ist, gibt es gar keine Geheimnisse, wenn die alle so drauf sind. Ich will sie da nicht reinziehen, ich werde ihr irgendwann alles erzählen, aber erst nach dem College. Bevor ich gekommen bin, hatte ich mir vorgenommen, nie über die Krankheit zu reden. Ist besser so. Ich will einfach nicht, dass sie mir je in die Quere kommt.

Es hilft nichts. Es war ohnehin klar, dass Miles und ich uns früher oder später wiedersehen. Ich habe schließlich ständig daran gedacht in der letzten Woche. Aber bei dem Gedanken daran, was ich in meiner Panik im Ballettstudio getan hatte, stellen sich mir die Nackenhaare auf. Miles muss denken, dass ich der merkwürdigste Mensch auf der Welt bin, der verzweifeltste, schrägste oder, noch schlimmer, sexuell ausgehungertste? Sollte mir das egal sein? Wahrscheinlich schon, leider ist mir nie egal, was andere von mir denken. Und vor allem ist mir irgendwie nicht egal, was er von mir denkt. Und meine Nackenhaare stellen sich, glaube ich, nicht nur auf, weil es mir peinlich ist. Ich denke viel zu viel darüber nach. An diesen Moment. An den Kuss. An das Gefühl seiner kühlen Wange unter meinen Fingern. Immer noch. Obwohl er theoretisch unschuldiger war als all die schlabbrigen Küsse von Maxwell. Das einzige Gute ist, dass die Aktion so absurd gewesen ist, dass sie sogar geklappt hat und Lidia mich seitdem in Ruhe lässt. Bisher jedenfalls.

Mit Billie Eilish in den Ohren fahre ich zum Gym. Hazel hat mir ihr Fahrrad geliehen. Es ist ein nostalgisches, etwas altmodisches Exemplar mit braunen Ledergriffen und weißem Rahmen. Ich bin schon eine ganze Weile nicht mehr gefahren, in New York ist es auf vielen Straßen wirklich zu gefährlich, weil die Autofahrer aggressiv und rücksichtlos sind. Es macht Spaß, nach so langer Zeit über die Wege zu rollen. Okay, ich halte kurz an, um die Musik leiser zu drehen, ich will jetzt keinen Unfall bauen, runterfallen kann ich mir nicht erlauben.

Der Boden ist trocken, angeblich gab es viel zu wenig Regen in letzter Zeit, und das Land braucht ihn dringend. Ich habe keine Ahnung, was in der Welt los ist, weil meine ganze Aufmerksamkeit von Studium und Training in Anspruch genommen wird, und sogar solche lokalen Nachrichten bekomme ich nur über die Unterhaltungen anderer Studenten mit. Heute ist eine tolle Jazzband aus New Orleans im Campuscenter, die ich verpasse, aber ich bin es gewohnt, Dinge zu verpassen. Habe ich mein ganzes Leben lang gemacht. Ich weiß gar nicht, wie viele Kindergeburtstage und Partys ich verpasst habe, weil es für eine Tänzerin einfach nicht infrage kommt. Es lässt mich normalerweise ziemlich kalt, auch wenn ich, seit ich auf dem MCPA bin, gelegentlich denke, dass das

Opfer ganz schön groß ist. Früher dachte ich nämlich immer: Das mache ich später. Heute weiß ich, dass man sich mit diesem Später nicht so sicher sein kann.

Aber nein, ich bin gesund. Ich werde Ballerina in einer großen Balletttruppe werden, wie ich es immer wollte. Und nichts wird mir dazwischenkommen.

Ich schließe Hazels Fahrrad ab und renne fast ins Gym. Ich bin so voller Energie. Wenn ich Musik höre, fließt sie fast instant als körperlicher Energie durch meine Adern. Da bin ich seit Jahren konditioniert. Lidia hat vorgeschlagen, dass wir an zwei Tagen die Woche mindestens einen Ausgleichssport betreiben sollen. Billie Eilish singt weiter in Endlosschleife, es wird eine Herausforderung, aber ich will meine neue Choreografie weiterbringen. Ich habe mir einen neuen zweiten Teil ausgedacht. Er wird genial. Allerdings sind die Kombinationen, wenn man sie nur im Kopf hat, gelegentlich genialer, als wenn man sie dann tanzt und plötzlich mit verknoteten Händen und Füßen wie eine missglückte Brezel auf dem Boden liegt. Für andere klingt das komisch, aber für mich ist K-Pop-Dance eben ein Ausgleichssport.

Das Gym ist nicht voll, aber auch nicht ausgestorben. Freitagabend ist keine Primetime für Work-outs, sondern Partytime. Hazel probiert wahrscheinlich schon wieder das fünfte Outfit, um so auszusehen, als hätte sie sich keinen einzigen Gedanken darüber gemacht. Sie beschreibt ihren idealen Stil als eine Mischung aus sexy und abgefuckt und »alles egal«, klar, dass so was zeitraubend ist. Die meisten Schließfächer sind leer, als ich meine Klamotten in einen der edlen hölzernen Spinde schließe. Das Gym ist erst vor ein paar Jahren neu gebaut worden, gespendet von irgendeinem berühmten Filmproduzenten, der hier zum College gegangen ist und offensichtlich das Gefühl hatte, er hätte seine Karriere dem MCPA zu verdanken. Für einige hat es hier also wirklich funktioniert. Im Flur hängen Bilder berühmter Absolventen bei bekannten Aufführungen, auch von Tänzerinnen. Gebäude sind allerdings nicht nach Tänzern benannt. Ich fürchte, wenn man eine so kurze Karriere hat, haben die wenigsten Tänzer viel Geld übrig, um eine große Spende an ein College zu machen. Man ist froh, wenn man überhaupt einen Job findet, wenn man zu alt geworden ist. Die Türen und Wände sind mit dem gleichen Holz verkleidet, der Boden besteht aus irgendeinem schwarzen, edlen Material, das ganze Ding könnte auch ein Luxus-Spa in New York sein, keine Frage. Ich sehe keine andere Tänzerin aus meinem Jahrgang, was mich entspannt, obwohl es mich nicht stressen sollte, ich mache ja nichts Verbotenes. Ich mache nur eine Session Hip-Hop koreanischer Stil, oder was auch immer es genau ist. Mein Stil. Es ist so tief in mir drin, dass ich mir vorkomme wie ein Verräter meiner Ballettausbildung.

Ich wärme mich auf dem Laufband auf und dehne mich dabei, weil ich auf dem Handy noch kurz Ava Choo vom *1Million Dance Studio* anschauen will. Sie rockt die Choreo wie immer.

Ich schreibe ihr eine Nachricht.

Ich: Gerade deine neue Choreo für Fifth Harmony gesehen, ich liebe sie!

Ava: Danke, Yuna, das bedeutet mir viel!

Ich: Es ist so dunkel. Es ist lustig und traurig gleichzeitig. Du bist Drama Queen.

Ava: Ich mag dunkel.

Ich: Aber dir geht's gut?

Ava: Jetzt wieder besser. Ich hab's alles im Lied gelassen. 😘 Schick mir deine Choreo. Ich muss dafür immer arbeiten, ich habe das Gefühl, deine passieren einfach so.

Ich: Ach, Ava. Ich bin gerade im Studio. Ich schicke dir ein Video.

Ava ist ein Schatz. Wir schreiben uns manchmal. Ich weiß sonst kaum etwas über sie, wir reden nur übers Tanzen. Aber diese gemeinsame Leidenschaft verbindet mich tiefer mit ihr als mit manchen Leuten, die ich ewig kenne.

Dann mache ich noch kurz ein paar Armübungen, denn meine Arme sind etwas schwach. Lidia hat mir aufgetragen, Boxübungen zu machen, aber das hebe ich mir für den Schluss auf. Iris muss diese Woche Yoga machen und meditieren, keine Ahnung, warum sie jedem einen anderen Ausgleich aufgebrummt hat. Ich stecke mir stattdessen In-Ears rein und mache Korean-Pop-Choreografien. Jeder hat sein Hobby, und so absurd es klingt, meins ist nun mal Tanzen. K-Pop-Dance, Hip-Hop und Tribal. Meine Ballettlehrerin in New York hat damals eine absolute Krise bekommen, als sie mich einmal ertappt hat, und sofort meine Mutter angerufen. Das war niedere Kunst. So, wie klassische Musiker Popmusik kritisch beäugen, die mit »billigen Tricks« die Gunst der Hörer gewinnt. Meine alte Tanzlehrerin fand auch, dass Musicals die Emotionen der Zuschauer aufs Primitivste manipulieren. Was soll ich sagen, ich liebe *Frozen*. Aber wenn ich den Ballerinen so was erzähle, dann weiß ich genau, was sie denken: Sie hat ihre Vergangenheit nicht hinter sich gelassen. Sie ist eben doch ein einfaches Mädchen aus Korea, das besser in Queens bleiben sollte. Die Lieblingskonzerte von ihnen sind immer die Stars an der Met. Opernstars und so.

»Mum«, blinkt es auf dem Display, als ich gerade einen leeren Übungsraum finden will. Meine Mutter – wieso nur hat sie ein so gutes Gespür dafür, wenn ich etwas tun will, was ihr so gar nicht passt?

»Hi, Yuna, meine Schöne«, sagt sie, als ich abnehme. »Wie geht es dir?« Sie spricht wie meistens Englisch mit mir, aber sie hat ihren Akzent nie verloren und mischt immer wieder koreanische Worte darunter.

»Wann können wir Facetime machen? Ich möchte meine Lieblingstochter sehen!« So nennt sie mich immer. Ich bin ja auch ihre einzige Tochter.

»Mom, du bist lieb. Mir geht es gut«, beruhige ich sie. »Viel Training, aber nicht unmenschlich.«

»Wie geht es dem Fuß? Ist er wieder gut? Bist du fit?«

»Ja, ich bin fit, alles funktioniert sehr gut«, sage ich. Sie redet eigentlich nicht über den Fuß, der kurz verknickt war, sie redet über den Tumor und die Chemo. Und die mühsame Zeit danach. Aber sie mag das böse Wort nicht aussprechen. Wir sprechen in unserer Familie viele Dinge nicht aus. Wir halten durch.

»Und die Lehrer sind so gut, wie du gehofft hast?«

»Ja, die Cheftrainerin ist russisch«, sage ich.

»Sehr gut. Wir hatten ein Problem mit Ratten im Laden, und ich habe zwei neue Katzen gekauft«, erzählt sie dann.

»Oh, wie heißen sie denn?«, frage ich.

Und dann beginnt eine längere Erzählung über die Probleme im Laden, über meinen Vater, der Rückenprobleme hat vom vielen Stehen und der Schlepperei. Sie spricht nicht über Geld oder hohe Rechnungen. Aber ich weiß, dass sie da sind und sie nur deshalb so viel arbeiten müssen, weil sie zu viel Geld ausgegeben haben. Und zwar für mich und meine Karriere. Eine Karriere, die noch nicht begonnen, aber schon so viel gekostet hat. Obwohl meine Mutter wirklich jedes Kostüm selbst genäht hat. Trotzdem war alles zu teuer, allein schon das Material für die Kleider, die normalen Stunden, die Privatstunden, die Unmengen an Spitzenschuhen. Als ich auflege, komme ich mir erst recht wie ein Verbrecher vor. Meine Eltern haben alles für mich geopfert. Und jetzt mache ich K-Dance? Ich denke an die Mädchen in meiner Ballettschule, die heimlich Schokolade gegessen haben und dann verzweifelt versuchen, das überflüssige Gewicht loszuwerden. Mit allen Mitteln. K-Dance ist mein dreckiges kleines Geheimnis. Hat nicht jeder irgendeinen dirty Dream? Diesen Traum, wenn alles ganz anders gekommen wäre? Ich glaube, ich wäre ein Idol, wie die umschwärmten Bandmitglieder in den K-Pop-Bands in Korea genannt werden. Oder wahrscheinlich wäre ich doch kein Idol, sondern würde auf einem Gemüsefeld in Nordkorea schuften, von wo meine Großmutter abgehauen ist. Wenn ich einfach machen könnte, was ich wollte, würde ich Tänze choreografieren. Das Leben eines Idols in Korea ist extrem hart, aber das – ganz ehrlich – kann mich nach dreizehn Jahren Balletttraining nicht schrecken. Der Gedanke ist sinnlos. Dies ist mein Ausgleich, und ich muss aufpassen, nicht zu viel Zeit und Energie in dieses Hobby zu stecken.

Für einen Moment schließe ich die Augen und stelle die Musik wieder an. Sie wird die anderen Gedanken vertreiben. Das funktioniert eigentlich immer. Ich suche mir einen Übungsraum. Im Gym gibt es verschiedene, am liebsten nehme ich den, der an einer Ecke und etwas abseits liegt. Heute Abend finden darin keine Kurse statt, sodass ich den Raum wie erhofft ganz für mich habe.

Mit geschlossenen Augen lasse ich mich auf die Musik ein, stelle mir noch mal die Schritte vor und lasse meine Choreografie in meinem Kopf ablaufen, während ich beginne, sie nachzutanzen. Es fühlt sich wirklich an wie ein Film, ich habe mir eine ganze Sequenz gemerkt und dazu auf meinem Telefon Notizen gemacht. Als ich nicht weiterkomme, tanze ich einen Moment lang Avas Choreo nach. Sie hat's einfach so drauf. Ich muss zwischendurch das Video auf dem Handy anschauen, aber ich kann mir lange Sequenzen sehr schnell merken. Keine Ahnung, bei Geschichtszahlen hapert's, aber diese Bewegungen bleiben hängen und gehen sofort in den Körper über, als wäre dieser ein Gehirn. Mir hat mal ein Klavierspieler erklärt, dass bei ihm die ganzen Fingersätze irgendwie in den

Fingern gespeichert sind und er natürlich auch nicht darüber nachdenkt. So ist es beim Tanzen ebenfalls. Der Körper ist noch mal etwas ganz anderes als der Geist. Ava hat ihre Haare grau-rosa gefärbt, steht ihr ziemlich gut. Vielleicht sollte ich das auch mal machen, erst blondieren und dann Pink drüber. Ich muss grinsen bei dem Gedanken an den Schock, den das auslösen würde. Rebellierende Ballerinen gibt es im klassischen Ballett kaum, ich bin schon Rebellin, ohne überhaupt etwas zu tun, allein durch mein Äußeres.

Die Kombination von der Musik und den Bewegungen ist wieder einzigartig, denn Ava setzt so derartig überraschende Akzente zur Musik. Sie hat sich wieder selbst übertroffen. An ein paar Stellen hapert es, und ich notiere mir sie und mache ihr Vorschläge. Das machen wir immer so, ich schicke ihr auch meine Choreos, und sie gibt mir Feedback. Obwohl wir uns noch nie getroffen haben, fühle ich mich ihr total nah, weil ich ständig in ihren Choreos drin bin. Außerdem hat sie Humor beim Tanzen. Wir beiden mögen es, mit Erwartungen zu spielen und dann überraschend etwas anderes zu tun. Es ist so, als würden wir zusammen spielen. In letzter Zeit haben wir beide auch eine Art Bellydance, Tribal und viel Hip-Hop drin, und es macht unglaublich viel Spaß. Wir haben uns jeder ein Lied ausgesucht und entwickeln unsere Choreo sozusagen im Austausch – sie in Korea und ich in Montana. Nach einer Weile mache ich weiter mit meiner Choreo, experimentiere, und irgendwann improvisiere ich weiter, wie ich es immer tue, wenn ich etwas Neues entwickele. Es ist eine Mischung aus Ballett und K-Dance, New Yorker Hip-Hop und Bellydance, und es ist total egal, ob es irgendwo hineinpasst. Es ist meins, mein Leben zwischen den Tänzen, mein Leben mit den beiden Kulturen, aber es gehört einzig und allein mir, und ich mache es nur in diesem Moment. Für mich.

Neun

Miles

In mir drin hat sich eine Sprungfeder zusammengezogen und wartet darauf, losgelassen zu werden. Höchste Zeit fürs Gym. Ich laufe auf den vorgeschriebenen Wegen über den Quad statt über den makellosen Rasen. Ich habe das Gefühl, ihn schonen zu müssen, so perfekt gepflegt, wie er ist. Die Nachtbeleuchtung ist angegangen und taucht alles in warmes gelbes Licht. Wahrscheinlich von einem teuren Architekten konzipiert. Ich komme mir immer vor, als hätte ich mich hier eingeschlichen, als würde mich vielleicht noch jemand rauswerfen, wenn ich nicht aufpasse.

Die roten Backsteinhäuser mit den weißen Fensterrahmen, die jetzt im Halbdunkel besonders hell leuchten, erinnern mich an eine Hollywoodkulisse. Alles sieht sauber aus. Wenn etwas kaputtgeht, wird es repariert, keine Scheibe bleibt monatelang zerschlagen, die Blumenbeete werden von Gärtnern gepflegt und je nach Jahreszeit neu bepflanzt, gar nicht vorstellbar, was das kostet. Auf der Wiese sitzen kleine Gruppen zusammen und trinken Softdrinks, oder zumindest Getränke, die von außen so aussehen, und unterhalten sich. Sie haben keine Hemmungen, das perfekte Gras zu betreten. Die Abendluft trägt das Gelächter und die Stimmen weit über den Campus. Wenn ich hier studieren würde, würde ich ständig durchfallen, einfach um länger zu bleiben. Immer noch schwer zu glauben, dass ein Ort wie dieses College überhaupt existiert. Alles wird hier ernst genommen: Sport, Tanz, Musik, Filmemachen, Schauspielern, all die Dinge, die zum reinen Vergnügen existieren, die sinnlos sind in der Welt, in der ich vorher gelebt habe, stehen hier im Zentrum. Wenn ich mit allem gerechnet hatte, als ich nach Montana gekommen bin, dann nicht damit, hier eine solche Welt zu finden. Mir war, ehrlich gesagt, vorher gar nicht klar, dass es irgendwo auf der Welt so etwas gibt.

Freitagabend ist eine gute Zeit fürs Gym. Da sind die meisten Studenten damit beschäftigt, auszugehen.

Es erscheint mir wie eine alberne Idee der Großstädter, ins Gym zu gehen, anstatt die überflüssige Kraft für etwas Sinnvolles einzusetzen, wie Zäune reparieren, Ställe ausmisten, Stroh und Heu heranschaffen, Sattelzeug sauber machen. Von diesen Dingen gibt es auf der Ranch definitiv mehr als genug, sodass man keine Maschinen braucht, um Energie verpuffen zu lassen. Es ist schon ziemlich dunkel draußen, aber heute ist es bewölkter, und man wird auch später kaum Sterne sehen. Die Luft wirkt feuchter als sonst, vielleicht kommt doch Regen. Okay, keine Ahnung, ich bin ja kein Wetterfrosch, ich rede schon wie Rich Murphy, mit dem Unterschied, dass Rich hier geboren ist und er wirklich fast hellseherische Fähigkeiten besitzt, was das Wetter betrifft.

Ich stoße die breiten Türen des Gyms auf und halte meine ID in den Scanner. Die ID für »College-Angehörige« ist die Eintrittskarte zu allem, und deshalb haben mir die Murphys auch nahegelegt, mir hier einen Job zu suchen.

»Guten Abend«, sagt die Studentin mit den grau gefärbten Haaren, die Aufsicht macht. Sie schaut noch nicht mal von ihrem Buch hoch. Wird sie dafür bezahlt? Wahrscheinlich schon, die Studentenjobs hier haben häufig wenig mit »Job« zu tun.

Ich kann auch nicht behaupten, dass ich mich im *Books & Beans* zu Tode arbeite. Für die College-Angehörigen, die CAs, gibt es einen Haufen Zusatzleistungen, ich könnte sogar in die Mensa und hätte die Möglichkeit, als Gasthörer ein paar Vorlesungen zu besuchen. Nicht, dass ich nur im Geringsten vorhätte, so zu tun, als wäre ich ein Student. Das Gym ist so beeindruckend. Die Toiletten sind schöner als jedes Apartment, in dem ich jemals gewohnt habe. Ohne Witz, die Sporteinrichtungen auf dem Campus sind der absolute Wahnsinn. Auf der rechten Seite vom Gym geht noch ein weiteres Gebäude ab, mit einem Pool von olympischer Dimension. Aber der hilft mir nicht viel, ich kann nicht so gut schwimmen. Ich gehe jetzt auch nicht direkt unter, aber ich paddele wahrscheinlich ähnlich ulkig wie Spike, wenn er in einen der Seen springt, was er bei jeder sich bietenden Gelegenheit tut. Mit dem Unterschied, dass Spike trotz seiner merkwürdigen Bewegungen ziemlich schnell vorankommt, was man von mir wirklich nicht behaupten kann. Ich war früher nie viel schwimmen, es gab auch nirgendwo ein Schwimmbad oder einen See, wo ich hätte hingehen können, und vor allem gab es niemanden, der es mir beigebracht hätte.

Zum Glück liegen die großzügigen Flächen für alle möglichen Work-outs ziemlich verlassen da. An den Wänden hängen große Fernseher ohne Ton, auf denen die neuesten Nachrichten auf roten Banderolen entlangsurren.

Die Musik, die aus den Lautsprechern dringt, ist heute zum Glück weder lärmend noch Easy Listening. Ich habe keine Kopfhörer und kein Handy wie so ziemlich jeder andere hier, aber ich habe mir abgewöhnt, mein Handy immer dabeizuhaben. Ich habe eine Zeit lang ständig draufgeschaut, als wäre ich ein wichtiger Influencer. Oder ein Geisteskranker mit Zwangsstörung, wo auch immer da genau der Unterschied liegt. Das Ding hat mich verrückt gemacht. Es war krank. Jetzt habe ich ein altes Telefon mit kleinem Schwarz-Weiß-Display.

Ich suche mir ein Laufband am Fenster. Die meisten Laufbänder und Fahrräder sind zum Fernseher ausgerichtet, es gibt auch Pelotons und alle möglichen teuren Geräte. Warum man allerdings so dringend vermeiden will, in die Landschaft zu schauen, wenn man Sport macht, sondern auf einen Bildschirm, ist mir ein Rätsel.

Als ich zwischen zwei Pflegefamilien im Heim war, hat mir Kane, der zur gleichen Zeit dort war, beigebracht, dass es sich immer lohnt, fit zu bleiben. Dass man sich dann auch auf sich selbst verlassen kann, dass man sich wehren kann, dass stärker sein einfach nie verkehrt ist. Ganz schön weise für einen Zwölfjährigen. Wahrscheinlich war er nicht ohne Grund so weise geworden, er hatte jedenfalls ziemlich schlimme Narben auf dem Rücken, hat mir aber nie erzählt, woher er die hatte. Ich musste mich nie verteidigen wie Kane es musste, aber der Gedanke, dass ich es könnte … er war damals einfach beruhigend.

In der nächsten Pflegefamilie habe ich dann das Boxen angefangen, weil es als soziales Projekt in der Nachbarschaft kostenlos angeboten wurde, was meine Pflegefamilie super fand. Sie sollten mir eine Sportart ermöglichen, und es kostete nichts. Meine Pflegefamilie hatte kein Geld, sie hatten nicht das dringende Bedürfnis verspürt, sich um Kinder zu kümmern, sie brauchten einfach Geld. Pflegekinder aufnehmen ist eine einfach Art, Geld zu verdienen, wenn man keine Berufsausbildung hat. Das Geld mache ich ihnen nicht zum Vorwurf, jeder braucht Geld. Und wer hätte gedacht, dass genau die Familie, die wie der Jackpot wirkte, die schlimmste sein würde?

Ich wärme mich kurz auf dem Laufband auf und gehe danach erst mal auf die Freifläche und zu den Geräten. Davon habe ich früher immer geträumt. Ich mache eine Runde an den Maschinen, lasse meine Muskeln so lange arbeiten, bis sie zu zittern beginnen. Es tut gut, irgendwie leert sich mein Kopf dabei. Ich weiß gar nicht, ob ich überhaupt etwas denke, aber jeder Gedanke ist weniger scharf und quälend, wenn man ihn hat, während man Gewichte stemmt. Ich stehe von der Schulterpresse auf und gehe ein paar Meter, um mir am Wasserspender am Eingang meine Wasserflasche mit dem MCPA-Logo wieder aufzufüllen. Sie ist mir ein bisschen peinlich. Matt hat sie mir geschenkt, man kann sie im *Books & Beans* kaufen. Da kann ich mir ja auch gleich ein Harvard-Sweatshirt anziehen. Doch als ich vom Wasserspender hochschaue, erstarre ich. Da ist sie schon wieder. Sie ist einfach überall, wenn ich es nicht besser wüsste, könnte ich denken, dass sie mich verfolgt. Sie ist zu den Geräten in der »Arm-Ecke« gegangen. Meine Augen gleiten konzentriert über ihren Körper. Sie trägt ein schwarzes Shirt, das weit ist, aber nicht sehr lang, sodass es ein Stück von ihrem Rücken entblößt. Im Nacken hat sie einen kleinen Kranz von hellen Flecken auf der Haut, die irgendwie elegant aussehen. Sie steht seitlich zu mir und hat mich nicht gesehen, da bin ich mir fast sicher. Sie zieht Bänder mit einem Gewicht nach hinten, und es wirkt, als würde sie überhaupt kein Gewicht bewegen, doch wenn man sich das Gerät anschaut, zieht sie definitiv ein Gewicht, und nicht das leichteste »Mädchengewicht«. Sie hat erstaunlich viel Kraft, es gibt wahrscheinlich kaum einen Muskel in ihrem Körper, der nicht überdurchschnittlich trainiert ist. Sie wirkt kompakter als viele der anderen Tänzerinnen, weniger zerbrechlich, athletischer, eher wie ein Tiger, schlank, aber voller Power. Bei einigen Ballerinen hat man Angst, dass sie jede Sekunde zusammenklappen. Bei ihr erwartet man eher, dass sie doppelt so hoch springt wie die anderen Tänzerinnen. Schon wieder kleben meine Blicke an ihr, und das ist nicht gut. Sofort fühle ich wieder ihre Lippen auf meinen Lippen, die unerwartete Berührung, eine lange nicht mehr gespürte Nähe. Wie wird man Balletttänzerin? Ich kenne keine einzige Balletttänzerin. Wahrscheinlich braucht man jede Menge Geld dafür, um so eine Schule zu bezahlen. Vielleicht braucht man auch so eine ehrgeizige Supermom, die einen dorthin bringt. Ich hätte gar nichts gegen so eine Mom gehabt. Dann verschwindet sie allerdings in den hinteren Teil des Gyms, wo die Trainingsräume sind. Und ich muss den Impuls unterdrücken, ihr zu folgen und mir endlich die Erklärung für ihren Auftritt im Tanzstudio zu holen. Ich konzentriere mich lieber auf das Training. Nachher eine Runde Battle Ropes, um mir den Rest zu geben.

Zehn

Yuna

Okay, Lidia. Wie genau soll das jetzt gehen? *Das* soll verhindern, dass ich übertrainiere? Das soll der sportliche Ausgleich zum Tanzen sein? Ich habe eher die Vermutung, dass ich mir hier gleich den Arm breche.

Ich blicke auf die roten Boxhandschuhe, die farblich genau zum Sandsack vor mir passen. In diesem Gym ist alles ästhetisch durchgeplant. Es sind noch ein paar andere im Raum, aber ich kann jetzt keine Rücksicht darauf nehmen, dass ich wahrscheinlich extrem albern aussehe, während ich versuche, diesen Sack in Bewegung zu bringen. Denn gerade habe ich mit voller Wucht auf ihn eingeschlagen, und er hat sich kaum bewegt. Und es ist nicht so, als wäre ich besonders schwach. Ich bin sogar ziemlich stark, finde ich. Vielleicht habe ich zu viel Selbstbewusstsein, wer hätte das gedacht? Ich versuche, mich daran zu erinnern, was ich bei anderen gesehen habe, aber jetzt breche ich mir seit Minuten ziemlich einen ab, und trotzdem rinnen Schweißtropfen meine Schläfen hinab, und ich wische sie mit dem Unterarm weg. Ich verpasse dem Sack eine Rechte. Er vibriert leicht. Vielleicht muss ich an einem anderen Tag wiederkommen. Seufzend halte ich inne.

An einer Seite des Gyms hat sich ein Typ die Battle Ropes geschnappt und schlägt sie in Schlangenbewegungen über den Boden. Das klopfende Geräusch, das es verursacht, habe ich die ganze Zeit unbewusst wahrgenommen, aber jetzt erst merke ich, woher es genau kommt. Ich habe über meine Kopfhörer Französisch gehört, um ein paar Vokabeln ins Unterbewusstsein zu befördern, doch das Geräusch dringt durch. Er macht es ganz schön lange, ich weiß nicht, wann er angefangen hat. An der Wand neben ihm gibt es eine Liste, in die man eintragen kann, wie viele Minuten man die Battle Ropes geschafft hat. Ist ein dauernder Wettbewerb hier. Es gibt Wochensieger, Tagessieger und All-Time-Sieger. Die Ropes sind unglaublich anstrengend, wenn man sie so mit beiden Armen abwechselnd schlägt, wie er es macht, aber er schlägt unermüdlich. Ich umfasse meinen Arm und mein Handgelenk. Boxen benötigt tatsächlich völlig andere Muskeln als die, die ich sonst brauche, deshalb hatte Lidia es wahrscheinlich als Ausgleichssport vorgeschlagen. Der Typ hört überhaupt nicht auf. Er trägt eine dunkle Trainingshose und ein dunkles Shirt, auf dem sich ein noch dunklerer Mittelbalken abzeichnet, wo sich der Schweiß auf seinem Rücken sammelt. Ich kann durch das T-Shirt sehen, wie sich seine Rückenmuskeln abzeichnen. Obwohl er schlank ist, ist er sehr muskulös.

Ich stelle mir jetzt vor, dass der Boxsack Maxwell ist. Oder Seraphina? Oder vielleicht der Tumor? Diese Dinge verursachen die größten Hassgefühle in mir. Und ich bin eigentlich nicht der Typ für starke Hassgefühle. Vielleicht ist das das Problem. Ich bin zu nett. Außerdem kommt es mir definitiv zu durchgeknallt vor, mir vorzustellen, dass der Boxsack die Krankheit ist. Solche Dinge wollte diese Krankenhauspsychologin, zu der ich nach der Chemo gegangen bin, damals auch. Aber ich habe die Nase voll von Psychologen. Seraphina war die Iris aus meinem alten Leben. Lidia war überzeugend, als sie gesagt hat, dass es nicht Iris war, die mich verpfiffen hat. Wer soll es aber sonst gewesen sein? Wer kennt mich so gut? Für einen winzigen Moment sehe ich Hazel vor mir, aber das ist natürlich völliger Quatsch. Es muss Iris gewesen sein. Und, überrascht mich das? Ich bin Balletttänzerin, ich habe mein ganzes Leben gekämpft. Es ist immer ein Wettkampf, auch wenn man im Team ist, das liegt einfach in der Natur der Sache. Das wird mich jetzt nicht aus der Bahn werfen. Immer gibt es eine Iris. Und immer ist sie blond. Ich hole aus und lasse meine Faust vorschnellen. Der rote Boxsack schwingt ein wenig mehr hin und her. Ich habe diesmal etwas besser getroffen. Vielleicht hat Lidia recht, und unter dem netten Mädchen gibt es noch andere Schichten.

Mein nächster Schlag auf den Sack ist allerdings armselig. Ich bleibe stehen, schnaufe und ziehe mir meinen Kopfhörer aus dem Ohr, der sich dort verklemmt hat. Unermüdlich dringt das Schlagen der Battle Ropes zu mir herüber. Macht der Typ das jetzt schon seit zwei Französisch-Lektionen? Das ist lang für Battle Ropes. Es wirkt auch nicht so, als würden die Schläge langsamer werden. Ich bin nicht die Einzige, die bemerkt hat, dass er schon ziemlich lange dabei ist. Zwei Typen bleiben neben ihm stehen und schauen zu. Der eine ist Eduardo, der andere, dieser Schauspieler Landon Bonell, der auch zum MCPA geht, war mal Kinderstar. Ich habe noch nie von ihm gehört, aber einige Mädchen und auch ein paar Jungs, die sich ebenfalls Hoffnung machen, weil es mal ein Gerücht gab, dass er bi ist, rasten aus, wenn sie ihn sehen. Ich habe ihn auch schon ein paarmal beim Boxen gesehen. Er wirkt ziemlich eitel.

In dem Moment hört der Typ abrupt auf. Die beiden anderen beglückwünschen ihn: »Hey, cool!«, und: »Hast du die Zeit genommen, du musst es eintragen!« Ich höre nicht, was er antwortet, ich sehe nur, wie er den Kopf schüttelt. Die anderen gehen weiter und machen ihr eigenes Work-out. Er bleibt stehen, und seine Brust hebt und senkt sich. Er ist außer Atem, er ist also zumindest menschlich und kein Cyborg. Dann nimmt er die Arme nach oben und dehnt sich nach recht und links. Er schüttelt die Arme kurz, dann dreht er sich seitlich und greift nach der Wasserflasche mit dem MCPA-Logo. Vielleicht hatte ich es vorher schon vermutet, aber jetzt sehe ich es sicher. Es ist Miles. Der Typ, den ich schon geküsst habe. Nun ja, und vor allem der Typ, der mich für notgeil und verrückt hält. Und dann ist es schon wieder vorbei mit dem Fokus.

Seine Brust hebt und senkt sich langsamer. Kann ich jetzt bitte aufhören, ihn anzustarren? Ich interessiere mich nicht für Jungs im College, jedenfalls nicht auf diese Weise. Dafür habe ich keine Zeit. Das habe ich offiziell beschlossen. Und inoffiziell auch. Ich zwinge mich, zum leicht baumelnden Boxsack zurückzuschauen. Miles hat mich nicht gesehen, ich tue einfach so, als hätte ich ihn auch nicht gesehen. Die einfachste Lösung, wenn man sie auch nicht unbedingt als heldenhaft bezeichnen kann. Dieser Campus ist winzig, wie oft soll man sich eigentlich noch begegnen? Ich habe mir natürlich schon überlegt, was ich erzähle, wenn ich ihn wiedersehe. Und jede Erklärung ist so bescheuert, dass ich besser noch drei Jahre lang so tue, als würde ich ihn nicht sehen.

Ich komme mir albern vor mit den riesigen Handschuhen und dem Boxsack. Ich bin nicht gewohnt, ein linkischer Anfänger zu sein, wenn ich Sport mache. Es ist eine ungewohnte Position. Ich haue rechts, dann links auf den Sack und fast frontal. Irgendetwas mache ich grundsätzlich falsch. In den Videos, die ich gesehen habe, benötigen die Boxer immer jemand anderen zum Festhalten des Sacks. Ich brauche definitiv niemanden zum Festhalten, so wenig, wie sich der Sack bewegt. Außerdem schmerzt mein Handgelenk. Trotzdem wird mein Blick magnetisch angezogen von der Stelle, wo Miles trainiert. Und ja, ich mache es auf unauffällige Weise, sodass ich fast schiele, während ich hinüberschaue. Er ertappt mich trotzdem, denn er schaut gerade zu mir. Oder ich ertappe ihn, wie man's nimmt. Wahrscheinlich also egal. Immerhin hat er nicht geschielt, sodass es für ihn weniger unangenehm ist als für mich. Ich kann nicht einschätzen, ob es ihn verlegen macht. Halt, natürlich, er hat ja keinen Grund, verlegen zu sein. *Ich* habe einen Grund, verlegen zu sein. Jedenfalls greift er zum grauen Handtuch, das neben ihm auf dem Boden liegt, und wischt sich einmal übers Gesicht. Vorne auf seinem Shirt sind dunkle Flecken, genau wie auf seinem Rücken. Diese Rope-Monster-Session hat ihn ziemlich ins Schwitzen gebracht. Ich fahre mit dem Unterarm über mein Gesicht, um den Schweiß wegzuwischen. Und versuche, mein Herz zu ignorieren, das immer stärker schlägt. Nicht wegen dem Boxsack. Denn er kommt tatsächlich zu mir rüber. Ich denke noch einen Moment, ob er nur zufällig in die Richtung kommt, und überlege schon weiterzuboxen, als hätte ich nicht gemerkt, dass er kommt. Doch er kommt auf mich zu. Nicht superschnell, aber zügig. Ich habe mir selbst eine Falle gestellt, indem ich ihn geküsst habe. Ich muss jetzt meine Erklärung, egal, wie bescheuert sie ist, überzeugend rüberbringen, und dann war's das. Ich bin ready. Oder auch nicht.

»Du haust zwar fest, aber viel zu ungezielt auf den Sack«, sagt er anstelle einer Begrüßung. Seine Stimme ist sanft und tief, ich weiß schon aus dem *Books & Beans,* dass sie mir unter die Haut geht. Das ist nicht gut. Er ist auch in diesem verschwitzten, angeschlagenen Zustand immer noch attraktiv. Vielleicht sogar noch mehr. Stopp.

»Das habe ich selbst schon gemerkt«, sage ich etwas patziger, als ich vorgehabt habe.

»Du musst deine Kraft viel stärker auf eine Stelle richten. Sie ist überall in deinem Körper verteilt, du musst sie ausschließlich in deiner Hand bündeln. Du bist nicht fokussiert genug.« Er sagt das freundlich, keineswegs lehrerhaft. Sein

Tonfall ist ruhig. *Fokus.* Ich muss fast schnauben, als er das Wort benutzt.

»Normalerweise kann ich mich ganz gut fokussieren«, erwidere ich. O Gott, warum benehme ich mich so. Ich bin so sehr auf Abwehrhaltung, dass ich ihn jetzt anmotze, statt mich bei ihm zu bedanken. Er will mir ja nichts tun, ich bin selbst schuld. Wir sollten zum Thema kommen. Er blickt mich aus diesen grauen Augen an, wie hatte Hazel sie genannt? Sturmgrau? Da ist was dran. Oder warte mal, er denkt, ich bin leicht zu haben. Kann ich ihm nach der letzten Aktion nicht verdenken. Ich sollte das schnell klarstellen.

»Sorry, danke für die Hilfe«, sage ich einlenkend. »Ich habe keine Ahnung, was ich hier mache«, füge ich hinzu, und das trifft nicht bloß aufs Boxen zu, wie wir beide wissen.

»Ich habe nur gesehen, dass du dich mit dem Boxsack quälst, und dachte, ich könnte dir ein paar Tipps geben«, er mustert mich, aber er ist nicht aufdringlich. Im Gegenteil, er wirkt zurückhaltend, als wäre er selbst unsicher, warum er gekommen ist. Moment, sagt er jetzt echt keinen Ton zu dem Kuss? Gut, ich kann den Elefanten im Raum auch ignorieren. In diesem Fall eher ein Riesenmammut.

»Quälen ist der richtige Ausdruck. Ich habe noch nie geboxt. Meine Lehrerin meint, das wäre eine gute Ergänzung für mich. Die anderen machen Yoga.«

»Und du würdest lieber Yoga machen?«

Ich nicke. »Ist einfacher.«

»Für dich. Boxen ist nicht schwer. Für mich wäre es genau andersherum, ich bin total ungelenkig und würde eine katastrophale Figur beim Yoga abgeben.«

Bei den Worten kann ich nicht verhindern, ihn zu mustern. Seine Figur. Es ist schwer vorzustellen, dass er irgendwobei keine gute Figur machen würde.

Er lächelt. Nicht doll, nur ein bisschen. Möglicherweise ist ihm gerade aufgefallen, dass ich ihn komplett abgecheckt habe.

Verlegen blicke ich zurück zum Boxsack. Meinem Feind. Okay. Der Moment ist gekommen. »Also, wegen neulich …«

»Soll ich dir ein paar Tipps geben?«, fragt er im gleichen Moment. Wir halten beide inne, wägen ab, ob man jetzt drüber reden soll oder nicht.

»Das wäre nett«, sage ich schnell, bevor er weiter nachfragen kann.

Warum finde ich ihn bloß so anziehend, dass ich mich total komisch verhalte? So bescheuert, dass ich mich wegen einem Notfallkuss in ihn verknallt habe, bin ich ja wohl nicht. Ich muss mich daran erinnern, dass alles rein biologisch ist. Ich bin ein Wesen mit Hormonen, er verströmt irgendwelche Hormone, auf die meine reagieren, sind das nicht diese Pheromone? So schwitzig kommen die wahrscheinlich noch besser zur Geltung. Ich muss es doch eigentlich ekelig finden, wie verschwitzt er ist. Aber ich finde ihn leider alles andere als ekelig. Hilfe. Egal, wie biologisch es ist, es ist trotzdem noch da.

»Wahrscheinlich ist deine rechte Hand die Schlaghand, die andere deine Führhand. Du bist Rechtshänderin?«

Ich nicke, froh, dass er scheinbar weniger abgelenkt ist als ich.

»Ich mache es dir spiegelverkehrt vor«, sagt er. »Ich bin Linkshänder, das fällt mir leicht«, erklärt er, als er meinen etwas irritierten Blick sieht.

»Du musst dich seitlich vor den Sack stellen, ungefähr fünfundvierzig Grad, und die Schlaghand ist weiter weg, um Schwung zu holen. Dann schlägst du gerade, nicht krumm. Das beansprucht deine Bauchmuskeln und den Rumpf, daher holst du die Kraft. Ich glaube, an Bauchmuskeln mangelt es dir nicht, die bekommt man wohl auch vom Tanzen«, stellt er fest. Er macht es vor. Er hat wahnsinnig viel Körperspannung, als er mir den Schlag zeigt, und seine ganze Kraft scheint in einem Punkt gebündelt zu sein. Es hat was von einem Tänzer.

»Vom Kaffeemachen anscheinend auch, weiß gar nicht, warum ich mich immer so anstrenge.« Es ist raus, bevor ich weiter drüber nachdenken kann. Ich habe gerade zugegeben, dass ich seine Bauchmuskeln bemerkt habe, wobei diese in dem durchgeschwitzten Shirt, das an seinem Körper klebt, auch irgendwie … unübersehbar sind. Allerdings hat er zugegeben, dass er meine Bauchmuskeln ebenfalls schon bemerkt hat. Es gefällt mir. Halt, ich habe ihn letztens in einer völlig bizarren Aktion geküsst. Natürlich hat er da auch schon mal genauer hingeschaut, ich habe ihm ja quasi keine Wahl gelassen. Kann ich bitte meinen Kopf einfach mal ausstellen?

»Eher vom Boxen. Ich habe als Jugendlicher Kickboxen gemacht. Du musst den Boxsack idealerweise mit ausgestrecktem Arm treffen«, erklärt er.

Miles stellt sich vor den Boxsack, holt aus, und sein Arm schnellt nach vorn. So schnell wie eine aufgezogene Sprungfeder. Der Sack baumelt nach hinten.

Kickboxen klingt irgendwie nach gebrochener Nase. Meine Nase will ich mir nicht brechen. Aber gut, mit dem Boxsack wird das wohl nicht passieren.

»Willst du es versuchen?«

Ich nicke und stelle mich in Position. Halte die Fäuste vor meine Brust, so, wie ich es gerade bei ihm gesehen habe.

Er macht einen Schritt auf mich zu, setzt an, meinen Arm zu ergreifen, hält aber vorher inne und sieht mich an.

»Darf ich?«, fragt er, und mein Herz macht schon wieder einen Sprung, obwohl es das Tempo ohnehin schon angezogen hat. Und das Boxen ist nicht der Grund dafür. Mir fällt ein, dass ich beim letzten Mal nicht auf eine Antwort gewartet habe, bevor ich ihn geküsst habe.

Ich nicke, und er greift nach meinem Unterarm, während er mir weiter in die Augen schaut. Seine Finger sind warm, er hat Schwielen auf der Handfläche. Seine Hände sind rauer als meine, aber nicht unangenehm. Sie sind das Gegenteil von unangenehm. Er nimmt mein Handgelenk zwischen Daumen und Zeigefinger und richtet es aus. »Du musst es feststellen, als wäre da ein Gelenk mit Feststellschraube darin, okay? Sonst bricht der Schlag es dir weg.« Er erhöht den Druck auf mein Gelenk.

Ich nicke und schlucke einmal. »Meine Handgelenke sind ziemlich locker, ich glaube, das ist vom Ballett.« Meine Stimme klingt schräg. Er löst den Griff um mein Handgelenk.

»Es ist nur Gewohnheit. Du musst Spannung in den ganzen Körper bringen.« Er zeichnet einen Schutzschild in der Luft vor seinem Oberkörper. »Deine Muskeln sind beim Boxen dein Schutz. Angespannte Muskeln schützen dich vor den Schlägen der anderen. Du benutzt deinen eigenen Körper, um dich zu schützen. Klingt komisch, aber das ist das ganze Geheimnis.« Er lächelt mich an und hält den Boxsack in Position, und ich denke, dass ich ihm stundenlang zuhören möchte, muss mich allerdings konzentrieren, dass ich auch wirklich verstehe, was er sagt. Dann verschwindet sein Lächeln ganz plötzlich, es versickert wie Wasser im Sand. Keine Ahnung, was er gerade gedacht hat, doch irgendwie distanziert er sich plötzlich, seine graublauen Augen verändern sich. Er lässt die Arme fallen und damit auch den Boxsack.

»Du kannst zuerst gerade Schläge probieren. Schnelle und langsame. Danach kommen Haken, das wird schwieriger. Es gibt auch gute Youtube-Videos dazu«, murmelt er und wirkt plötzlich viel abwesender. »Okay, Yuna«, sagt er. »Viel Erfolg damit.«

Schwer zu sagen, was es in mir auslöst, als er meinen Namen ausspricht. Aber es bringt etwas in mir in Bewegung. Tief in mir drin. Der Name klingt gut aus seinem Mund, und ja, das sollte ich nicht denken. Ich wusste gar nicht, dass er meinen Namen kennt. Nein, ich habe ihm meinen Namen nicht gesagt, daran müsste ich mich doch erinnern. Aber er hat sich schon umgedreht, hat sich ein Handtuch über die Schultern gelegt und geht Richtung Umkleide.

Ich blicke ihm hinterher, verdattert von seinem plötzlichen Abgang, von der plötzlichen Veränderung der Vibes zwischen uns. Er will nicht mal mehr wissen, was passiert ist? Wie kann man nur so wenig neugierig sein? Ich schaue zurück zu meinem Boxsack, spanne die Muskeln an, stelle mich seitlich hin und verteilte kurze Schläge auf den Sack. Irgendwie habe ich jedoch keine Lust mehr, und ich bin erschöpft. Außerdem … mir reicht's, ich will das jetzt aus dem Kopf haben.

Ich stehe an der Ausgangstür des Gyms, als er aus Richtung der Männerumkleiden kommt. Ich habe ungefähr fünf Sekunden geduscht, um sicherzugehen, dass ich vor ihm da bin.

»Du gehst auch«, stellt Miles fest. Seine Haare sind noch feucht, und er trägt ein weißes T-Shirt, darüber ein offenes kariertes Hemd, ein Look, den ich aus dem *Books & Beans* kenne. Wassertropfen haben ein paar feuchte Flecken auf seinem Shirt hinterlassen.

»Ich dachte, du wärst schon weg, du bist vorhin so weggerannt«, erkläre ich überrascht. Totale Lüge, ich habe Wache gehalten wie ein Schießhund, aber das braucht er nicht zu wissen.

»Du stalkst mich«, sagt er.

»Du stalkst mich«, erwidere ich.

Er lässt eine Augenbraue nach oben wandern. »Ich glaube, ich habe mehr Anlass, das zu denken, als du.«

Während er das sagt, hält er mir allerdings höflich die Tür auf, und ich gehe nach draußen. Mir fällt das auf, denn nicht alle Studenten auf dem Campus sind so höflich.

»Das neulich ist schwer zu erklären«, sage ich. »Ich wollte dich nicht doof anmachen.«

Er weiß natürlich sofort, wovon ich spreche. Das Mammut im Raum hat schließlich bei jedem gesprochenen Wort im

Café oder im Gym geduldig neben uns gestanden und nur darauf gewartet, dass wir endlich zu ihm sprechen. Er mustert mich aufmerksam. Unter seinem Blick wird mir warm, als würde ich lügen.

»Die Ballettlehrerin hat gedacht, ich isoliere mich, und wollte mir einen Psychoklempner auf den Hals schicken, aber das wollte ich nicht. Und dann warst du da, und ich dachte, so kann ich das Problem schnell aus der Welt schaffen.« Das ist so ziemlich die Wahrheit und nicht die verkorkste Erklärung, die ich mir vorher zurechtgelegt hatte.

Jetzt erscheint ein Lächeln auf seinem Gesicht. Er sieht mich noch mal an, als wollte er sich versichern, dass ich die Erklärung nicht gleich wieder zurücknehme. Dann lacht er leise, sodass eher ein kleines Glucksen zu hören ist. »Das ist wirklich eine geile Erklärung«, murmelt er. Sein Lächeln wird zu einem Grinsen. Ich habe noch nie gesehen, wie er grinst, und es steht ihm wahnsinnig gut. Im Vergleich fällt auf, wie ernst er sonst ist.

»Du glaubst mir nicht?«, frage ich. »Es stimmt aber. Ich wollte jetzt keinen falschen Eindruck erwecken, und … man hätte das ja auch als ziemlich plumpe Anmache verstehen können, und vielleicht habe ich dir jetzt falsche Hoffnungen gemacht …« Ich halte inne. Was erzähle ich da für einen phänomenalen Quatsch. »Halt, das klang komisch, ich meinte nicht, dass du was von mir willst. Ich meine, ich wollte nicht …« Hilfe.

»Mach dir keine Sorgen. Ich bin sowieso … ich … ich habe eine Freundin«, sagt er und fährt sich durch die feuchten Haare.

»Oh«, sage ich und kühle für den Moment so schnell ab, als hätte er mir eine Fuhre Eiswasser ins Gesicht gekippt. Er muss sich wirklich ziemlich gestalkt von mir fühlen, dass er jetzt diese Karte zieht. »Wow, diese Situation ist total unangenehm. Du musst denken, dass ich superstrange bin. Und glaube mir, ich bin normalerweise nicht so. Wobei, keine Ahnung. Vielleicht bin ich sogar strange, ich komme mir hier schon gelegentlich so vor, vielleicht liegt es am Land, ich komme aus New York. Ich komme mir eigentlich *immer* wie eine Außerirdische vor. Shit. Vergiss alles, was ich gerade gesagt habe.« Wie kann eine einzelne Person so eine hoch konzentrierte Fuhre Mist von sich geben?

Er lächelt, nicht so breit wie vorhin, aber er lächelt.

»Schon okay.«

Diese Situation ist nicht nur unangenehm, sie zählt zu den Top Ten der unangenehmsten in meinem Leben. Ich werde nie wieder ins *Books & Beans* können. Ich gehe die paar Schritte zum Fahrradständer und beuge mich über das Zahlenschloss, als müsste ich es öffnen, dabei ist das Fahrrad gar nicht abgeschlossen.

»Ich fühle mich auch wie ein Außerirdischer«, sagt er dann so leise, als würde er mich trösten wollen.

Ich sehe hoch und habe wieder das Gefühl, mich unter seinem intensiven Blick winden zu müssen. Hör damit auf. Er hat mir gerade von seiner Freundin erzählt, er guckt völlig normal, der intensive Blick ist in meiner Fantasie.

»Aber mir gefällt es in Montana, obwohl ich auch aus der Stadt komme. Vielleicht mag ich diesen Zustand als Außerirdischer. Fühlt sich normaler an, als dazugehören zu müssen.«

Mit dieser Offenheit hätte ich nie gerechnet. »Dann bist du gar nicht arrogant«, platze ich heraus.

Sein Gesichtsausdruck verändert sich und zeigt Überraschung, dann gespielte Entrüstung. »Ich wirke arrogant?« Er stützt seine Hände in die Hüfte. »Ich mache deinen Matcha-Latte, bevor du bestellst, und das ist der Dank?«

Ich nehme mein Fahrrad aus dem Ständer und wende es in Richtung des Weges. Dabei zucke ich mit den Schultern. »Nicht wirklich arrogant, aber so, als wolltest du mit den Studenten nichts zu tun haben.«

Er blickt mich nachdenklich an.

»Schönes Fahrrad.«

»Es ist von Hazel.«

»Deine Freundin, mit der du immer im *Books & Beans* bist?«

Ich nicke und bleibe stehen. »Du bist mit dem Auto da?«, frage ich, weil er einen Schlüssel aus der Hosentasche geholt hat, den er zwischen seinen Fingern tanzen lässt.

»Es gehört den Murphys, den Besitzern der Ranch, auf der ich wohne und arbeite«, sagt er schnell. »Ich habe keins, aber ich darf es benutzen, so viel ich will.«

»Ich habe auch keins«, sage ich. »In New York brauchte man nie eins. Ich weiß gar nicht mehr, ob ich fahren kann, so lange ist das letzte Mal her.«

»Aber du kannst Fahrrad fahren«, sagt er.

»Jeder kann Fahrrad fahren«, erwidere ich.

Er legt den Kopf schief und zieht die Augenbrauen hoch, als wollte er diese Aussage infrage stellen.

»Was willst du damit sagen?«, frage ich überrascht. »Du kannst … nicht Fahrrad fahren?«

Er zuckt mit den Schultern. Irgendetwas ist jedoch in seinem Gesicht, dass ich keinen Witz darüber mache, ihn nicht damit aufziehe.

»Warum nicht?«

»Bin noch nicht dazu gekommen.« Seine Stimme ist leiser, er verschluckt sich fast an den Worten. Ich habe das Gefühl, dass er bereut, das gerade gesagt zu haben.

Schweigen breitet sich zwischen uns aus, und ich sehe, dass er unruhig wird und gehen will.

»Soll … soll ich es dir beibringen?«, frage ich, bevor ich richtig darüber nachdenken kann.

Aber jetzt kann ich es nicht zurücknehmen und will es auch nicht wirklich. Unsere Blicke haften aneinander. Er ist genauso überrascht darüber, was ich ihm gerade angeboten habe, wie ich.

»Ich bin kein Stalker, und du hast eine Freundin. Nachdem wir das geklärt haben, kann ich es dir unverfänglich beibringen. So … als Dankeschön.« Ich weiß auch nicht, warum ich so entschlossen klinge. Vielleicht, weil ich mich selbst davon überzeugen muss, dass es so unverfänglich ist, wie ich hier behaupte.

Er blickt mich an, und ich sehe die Unsicherheit in seinen Augen. Ich halte seinem Blick stand.

»Okay«, sagt er nach einem Moment, dabei zieht er das Wort etwas in die Länge. »Das ist gar keine schlechte Idee.«

»Hast du denn ein Fahrrad?«

»Auf der Ranch gibt es ein paar Fahrräder für die Gäste«, sagt er so, als wäre er sich nicht ganz sicher, ob er gerade das Richtige tut.

»Diese Magnolia Ranch, wo manchmal auch Collegebesucher übernachten, nicht wahr?« Es ist völlig überflüssig, dass ich noch mal nachfrage, schließlich weiß ich ganz genau, dass es die Ranch ist.

Er nickt.

»Okay«, sage ich betont lässig. Dann schwinge ich mich aufs Fahrrad, winke ihm zu und fahre davon. Ich bin nicht lässig in mir drin. Dort ist alles in Aufruhr. Ich habe das dumpfe Gefühl, dass das keine gute Idee ist. Dass ich viel weniger cool bin, als ich mir einrede. Dafür spricht auch mein Herz, das gerade schier ausrastet, in meiner Brust. Es ist also kein dumpfer Gedanke, sondern ein ziemlich klarer Gedanke. Aber hallo, er hat mich gewarnt, er hat eine Freundin. Ich brauche mich null in ihn zu verlieben. Wenn die Gefahr bestünde, würde ich ihn ja gar nicht treffen, weil ich einen Freund in dem Sinne nun wirklich gerade nicht gebrauchen kann. Aber ich finde ihn einfach nett, netter als viele andere hier. Mir gefällt, dass er nicht vom Campus ist, dass er nur begrenzt was mit dem MCPA zu tun hat. Das fühlt sich irgendwie … gut an? Kann ich doch nichts dafür, dass er so anziehend ist. Ich werde lernen, das zu ignorieren, und, hey, man kann ja wohl mit einem Typen befreundet sein. Okay, ich mag mir gar nicht vorstellen, was Hazel sagt, wenn ich ihr das erzähle. Wir haben keine Nummern ausgetauscht, aber natürlich sehen wir uns im *Books & Beans* wieder. Ich werde allerdings bestimmt nicht danach fragen. Er muss fragen. Manchmal auch nicht schlecht, dass der Campus so klein ist. Nein, ich drehe nicht durch, man kann einfach befreundet sein, denke ich und trete fester in die Pedale, damit mein Herz einen Grund hat, so schnell zu schlagen, wie es schlägt.

Elf

Miles

Bei jedem Schritt wirbelt Staub nach oben, der sich in einer feinen Schicht auf meine Stiefel, Kleidung und sogar meine Haut legt. Es muss bald regnen, man kann zugucken, wie die Landschaft verdörrt. Ich gehe zum Haupthaus, um zu schauen, ob Post gekommen ist. Spike heftet sich an meine Fersen.

»Du hoffst doch wieder schamlos auf was zu essen von Ellen«, sage ich zu ihm.

Ellen hat angeboten, ihn mittags zu füttern, weil sie ohnehin immer etwas hat. Das hat sie für alle. Ich habe ihr Angebot angenommen, weil ich manchmal auf dem Campus bin und Spike dort so viel im Auto bleiben muss, wenn er mitkommt. Er geht zum Fressen gern zu Ellen, wedelt freundlich mit dem Schwanz, wenn sie ihm über den Kopf streichelt. Danach folgt er wieder mir. So viel zum Thema Hundeliebe geht durch den Magen. Spike ist das loyalste Wesen, das ich jemals kennengelernt habe.

Keine Ahnung, warum mir heute wieder die Tränen in die Augen stiegen, als ich den Zettel in der Küche sehe: »Nimm dir was! Falls es nicht mehr warm ist, kurz in die Mikrowelle.«

Ich habe keinen Hunger, ich werde es später essen. Als am Anfang der Herd in meinem Trailer kaputt war, hat sie für mich mitgekocht. Inzwischen habe ich eine Herdplatte, aber

Ellen hat gesagt, dass ich weiterhin bei ihnen mitessen kann. Ich habe natürlich abgelehnt, aber sie macht trotzdem häufig etwas. »Zum Mitnehmen, was übrig bleibt, sonst kommt es weg.« Ich weiß jedoch, dass sie absichtlich immer etwas mehr kocht. Die Murphys haben das Gefühl, sie müssen sich um mich kümmern. Das Gefühl habe ich bisher eigentlich in niemandem ausgelöst. Und würde es wohl auch nicht auslösen, wenn sie wüssten, wie es beim letzten Mal geendet ist, als sich jemand um mich gekümmert hat. »Keine Post dabei gewesen«, hat Ellen auf einen Zettel geschrieben. Sie weiß, wie dringend ich auf Post warte, aber natürlich weiß sie nicht, worum es geht.

Mir kribbelt es die ganze Zeit in den Fingern, zurück zu meinem Projekt zu kommen. Erstmal gibt es allerdings noch einiges auf der Ranch zu tun.

Die wenigen Pferde, die in den Boxen stehen, sind gefüttert und mahlen das Heu zwischen den Zähnen. Ich wische mir den Schweiß von der Stirn und stoße das Gattertor zum Paddock auf, das endlich wieder in einem perfekten Bogen schwingt und gerade in den Angeln hängt. Es macht mich glücklich, Dinge zu reparieren. So viel in meinem Leben ist kaputt gewesen, und niemand hat sich darum geschert, es zu reparieren, sodass ich lange Zeit auch nicht darauf gekommen bin, dass es mir gefallen könnte, Dinge zu reparieren. Dabei fällt es mir leicht.

»Du bist unglaublich geschickt«, lobt Dean mich, als wir im Anschluss die Sattelkammer neu sortieren, damit die Gäste sich besser zurechtfinden. »Du könntest Kfz-Mechaniker werden. Und mit deinem Mal-Tick könntest du die Autos auch super pimpen. Ich würde eine TV-Show machen, und wir wären Millionäre.«

Er strahlt mich an. Lachfalten liegen wie Sterne um seine Augen, seine Haut ist von der Sonne gebräunt und lässt seine hellen Augen strahlen. Er liebt Autos, und auch wenn ich keinerlei Interesse daran habe, Kfz-Mechaniker zu werden, schmeichelt es mir, dass er mir das zutraut.

»Wann kommt dein Mädchen denn endlich?«, fragt er als Nächstes. »Du hast Glück, du lernt auf dem Campus jede Menge andere kennen, falls sie nicht kommt. Ich kann immer nur die gelangweilten Ehefrauen der Gäste verführen.« Er gluckst in sich hinein. Er meint es nicht ernst.

»Du bist doch ein cooler Typ«, sagt er gönnerhaft und schlägt mir tröstend auf die Schulter.

»Ich bin vergeben«, murmele ich völlig altmodisch. Aber das ist es, was ich fühle. Vergeben.

»Gucken darf man immer. Du hast meine Frage allerdings nicht beantwortet. Wann kommt sie zu Besuch? Ich bin neugierig. Wenn sie nicht hierherzieht, wird es ohnehin schwierig«, meint er nüchtern. »Ist sie auch aus Chicago?«

Ich nicke. »Ist noch nicht sicher, sie hat sehr viel zu tun und … ist etwas kompliziert«, erwidere ich.

»Oha. Es ist kompliziert.« Ich habe Dean nur sehr wenig erzählt, jedoch immerhin ein bisschen. Ich mag ihn, weil er nie aufdringlich ist und volles Verständnis hat, wenn man nicht gemeinsam abhängen will. Aber gelegentlich haben wir schon zusammen ein Bier getrunken, wenn wir für die Gäste ein Lagerfeuer gemacht oder Marshmallows für die Kinder geröstet haben. Wobei ich mich weniger um die Gäste direkt kümmere, meist helfe ich bei den Tieren und der Instandhaltung von allem.

»Tja, was war die Welt doch einfach, als wir klein waren. Keine Frauenprobleme, und der Tag war perfekt, wenn Papa mal Zeit zum Angeln hatte. Und wenn wir mal so richtig einen draufgemacht haben, sind wir nachts ausgerissen und haben einen Kumpel getroffen und mit dem … geangelt.« Er wirft lachend seinen Kopf nach hinten. »Bei Vollmond. Und dabei Gruselgeschichten erzählt. Woooooah. Bei Vollmond beißen die Fische besonders gut«, sagt Dean. Er blickt zu mir, und sein Gesicht verändert sich.

»Okay, das war wahrscheinlich anders in Chicago«, murmelt er. »Im Chicago River gibt's nicht so viele Fische zum Angeln«, fügt er hinzu. »Was machen die Citykids?«

»Alles Mögliche«, erwidere ich. »Skateboard fahren und sich auf Spielplätzen treffen.« Ich halte es allgemein und rede nicht von mir. Leute sprechen nostalgisch von ihrer Kindheit, machen Witze. Ich bin nur froh, ihr unbeschadet entkommen zu sein. Unbeschadet jedenfalls, was meine körperliche Verfassung angeht, und ohne solche Narben, wie Kane sie hat. Aber Dean fragt nicht weiter. Wie gesagt, ich mag Dean. Wenn man als Kind nachts angelt, wird man vielleicht so ausgeglichen wie die meisten hier. Das kann man mit den Stadtmenschen einfach nicht vergleichen.

»Und bietest du mir noch was zu trinken an? Da ist bestimmt Bier in deinem Kühlschrank, das ich vor Ablauf des Haltbarkeitsdatums retten muss.«

Ich nicke. Wir gehen zur Scheune, und die breiten Flügeltüren gleiten widerstandslos zur Seite.

»Das läuft ja hier wie geölt. Hast du die Schienen etwa auch neu gemacht?«

Ich nicke. »Du weißt doch, die Abmachung mit Ellen. Wenn ich die Scheune in Schuss bringe, darf ich sie benutzen.«

»Sie meinte nicht, dass du einen Privatpalast draus machen musst«, sagt Dean. »Ich glaube, diese Sache mit den Hochzeiten und Veranstaltungen machen sie sowieso erst mal nicht. Sie kommen gar nicht dazu. Du kannst hier rumpinseln, so viel du willst.«

»Ohne deine Hilfe hätte ich es nicht geschafft.«

»Stimmt natürlich.« Er nickt. »Die Fenster sehen toll aus. Wenn sie nicht rausfallen, sage ich nie mehr was Böses über die Leute auf Youtube.«

Wir hatten Videos geschaut, und Dean hatte mir geholfen,

die Fenster einzusetzen, was wirklich ein aufwendiges Projekt gewesen war. Die Werkzeuge und Material waren zum großen Teil auf dem Hof verfügbar gewesen.

Er bleibt bei der Schiebetür stehen, weil wir uns draußen hinsetzen wollen. Dean interessiert sich so derartig überhaupt nicht für die Bilder, dass es mir egal ist, wenn er kommt.

»Musst du heute noch zum Campus?«

Ich schüttele den Kopf. Ich drücke ihm sein Bier in die Hand, nehme mir selbst einen Saft, und wir setzen uns nach draußen auf die Bank.

»So ganz werde ich ja nicht schlau aus dir. War schon ganz schön scheiße in Chicago, oder?«, sagt Dean und nimmt einen Schluck Bier.

Ich zucke zusammen. Damit habe ich jetzt nicht gerechnet.

»War okay, hier ist es besser. Mehr Platz. Ich habe einen Trailer, und ich habe noch diese Scheune, in der ich machen kann, was ich will.«

»Wobei du ja außer deinem Kunstzeug nicht unbedingt viel Gepäck dabeihattest, für das du Platz benötigt hättest«, sagt Dean.

Er hatte mich vom Flughafen abgeholt und sich über meine kleine Tasche gewundert.

»Gewohnheit. Ich bin ja bei verschiedenen Familien aufgewachsen. Da war es praktisch, nicht viel zu haben.«

Dean weiß, dass ich bei Pflegefamilien war. Aber auch da fragt er nicht nach. Vielleicht erzähle ich deshalb mehr. »Als Pflegekind hatte man anfangs immer eine Tasche. Wenn man mal ehrlich ist, war es eine große Mülltüte, in der meine Sachen waren. Das soll jetzt keine Leidensstory sein, die meisten Pflegekinder haben so eine Tüte, weil sie keinen Koffer haben, und so eine Tüte ist ja auch gar nicht so unpraktisch.«

»Du hattest eine Mülltüte für deine Sachen?«

»Da wird nichts nass, und die hat kein Eigengewicht«, bemerke ich.

Dean nickt. »Da ist was dran«, bemerkt er und nimmt noch einen Schluck. Deshalb mag ich ihn. Er bohrt nicht weiter nach. Wie sehr ich den Gedanken an meine Kindheit in Chicago hasse, wie sehr ich hasse, dass ich so wenige gute Erinnerungen an früher habe.

Als er weg ist, gehe ich zurück in die Scheune. Sie ist nie abgeschlossen, und an der neuen Tür ist nicht mal ein Schloss. Nichts ist hier abgeschlossen, als gäbe es überhaupt nicht die Möglichkeit, dass jemand auf die Idee kommen könnte, etwas zu klauen. Wenn man in Washington Park in Chicago groß geworden ist, wo jeder Laden aufwendiger vergittert ist als der Knast einer Kleinstadt, ist so eine Art zu denken, na ja, nennen wir es mal ungewohnt.

In der Scheune steht ein Sofa, über das ich eine rot-weiße Patchworkdecke gelegt habe, die Ellen mir gegeben hat. Sie hat Phasen, in denen sie jede Menge Decken quiltet, einfach so zur Entspannung. Sie meinte, sie ist froh, wenn ich eine nehme, sie hätte so viele. Dabei verkauft sie ihre Decken auch im Shop an die Gäste, und die zahlen viele Hundert Dollar dafür, aber das habe ich erst nachher gemerkt. Sonst hätte ich die Decke nie angenommen, aber jetzt ist sie gebraucht. Und sie ist wunderschön. Ich versuche, ihr das Geld mit Extraarbeit zurückzuzahlen. Sie können es gut gebrauchen.

Dann steht da noch ein großer Tisch, den ich aus einer alten Tür gebaut habe. Daran kann ich sitzen und zeichnen oder malen, wenn ich es nicht auf der Staffelei mache. Auf diesem Hof findet sich alles, was man braucht. In einem Regal liegen alle meine Farben und Materialien. Dafür gebe ich mein Geld aus. Dafür arbeite ich.

Trotzdem rauschen meine Gedanken wieder in die falsche Richtung, zu dem Mädchen, das mich in letzter Zeit verfolgt. Egal, ob mit Absicht oder nicht. Das Mädchen, das ich absurderweise schon geküsst habe. Wie einfach bin ich bitte schön gestrickt, dass ich wie eine naive Jungfrau von einem Kuss, der mir mit völlig anderen Absichten auf die Lippen gedrückt worden ist, so durcheinandergeraten kann? Und jetzt will sie mir beibringen, wie man Fahrrad fährt. Irgendwie komme ich mir schon ganz schön doof vor, das zugegeben zu haben.

Vielleicht hat Ellen doch recht, ich bin zu viel alleine.

Auf der Staffelei ist ein Landschaftsbild, an dem ich schon eine Weile arbeite. Wenn ich morgens oder in der Dämmerung male, kann ich direkt in die Natur schauen, aber da ich oft erst abends arbeite, benutze ich ein Foto als Vorlage. Ein Bild wie von einem echten Maler. Ich muss grinsen bei dem Gedanken. Und es ist nicht mein erstes Bild der Landschaft, immer der gleiche Blick von hier aus auf die Felder, ein Stück entfernt sieht man eine Reihe Bäume und Sträucher. Aber so, wie ich nicht müde werde, diese Landschaft immer wieder anzusehen, werde ich nicht müde, sie zu malen.

Ich habe inzwischen auch schon alle möglichen Stilrichtungen ausprobiert, die ich mir im Internet angeschaut habe. Ich war erst ein Mal in meinem Leben in einem Museum. Bill und Ruth waren ständig in Museen, sie haben einen ganzen fucking Ausstellungsraum im *Museum of Contemporary Art* in Chicago gespendet. Aber im Internet findet man ja genug, auch jede Menge Tutorials. Ich habe mal in abstrakten Formen gemalt wie Miró, dann habe ich Figuren auseinandergerissen und neu zusammengesetzt wie Braque und Picasso. Ich habe mit ganz wenigen Strichen gezeichnet oder auch mal besessen detailgetreu mit Kohle. Ich habe rumprobiert, weil ich keine Ahnung hatte, wie ich selbst malen sollte, es war ein Spiel wie das Anprobieren von fremden Kleidern. Aber seit ein paar Monaten male ich die Dinge einfach so, wie ich sie sehe. Ich male sie ab, nicht so detailgetreu wie ein Foto, eher so wie auf den Bildern von Edward Hopper, die ich gefunden habe. Dessen Bilder würde ich gern einmal in Wirklichkeit sehen.

Vielleicht fahre ich irgendwann nach New York, einige Bilder hängen im *Whitney Museum*. Im Moment will ich nicht hier weg. Das Verrückte ist, dass ich nach all dem Herumprobieren letztlich wieder so male, wie ich am Anfang gemalt habe, vielleicht habe ich ein paar Dinge von den anderen mitgenommen, aber, keine Ahnung, ich denke im Moment nicht viel drüber nach, ich mache es einfach.

Wie lange sieht die Landschaft hier so aus, wie sie aussieht? Tausend Jahre? Vielleicht hat es hier früher mehr Bäume gegeben, die für die Ranch gerodet wurden, aber der Blick auf die Berge ganz weit in der Ferne, der Himmel, die Weite, das muss alles immer ziemlich gleich ausgesehen haben. Kurz darauf ist alles andere vergessen, und das Einzige, was bleibt, ist der Pinsel, der versucht, das wiederzugeben, war vor mir liegt. Nichts Neues, einfach das, was da ist.

Nur, als ich später eine kurze Pause mache, taucht wieder das Mädchen vor meinen Augen auf. Ich denke an ihre Arme, perfekt definiert und biegsam, dabei voller Kraft. Sie könnte auch eine Kämpferin aus einem Videospiel sein. Seufzend stehe ich auf und hole einen neuen Pinsel. Ich komme an den anderen Bildern vorbei, die an der Wand lehnen, dieser ganz bestimmten Stelle, an der die drei stehen. Ich kann nicht widerstehen, es ist diese Unruhe, die mich plötzlich im Griff hat, und ich nehme das erste Bild, das dort mit ein paar anderen steht. Schon wieder. Ihre blonden Haare, der Schatten auf ihrem Gesicht. Ich werde sie immer lieben. Ich kann sie auch jetzt nicht hassen, nach allem, was passiert ist. Sie ist nicht so stark, wie hätte sie auch stark werden können, so, wie sie aufgewachsen ist, ohne irgendeine Möglichkeit, Stärke zu trainieren? Sie hat nur gelernt, das zu tun, was ihre Eltern gesagt haben. Und mochte ich das nicht an ihr, dass sie manchmal fast naiv war, weil alles für sie so einfach gewesen war. Es war so … beruhigend und heilsam, dass es so etwas überhaupt gibt. Vielleicht wird sie irgendwann stärker werden. Und da ist er wieder, wie ein winziger Keim, der durch die Erde bricht, dieser Keim der Hoffnung.

Ich schließe die Augen. Nein, ich kann dieses Bild heute nicht weitermalen. Ich will nicht in diesen Gedankenstrudel gezogen werden, in dem ich schon Monate verbracht habe. Ich dachte, der Keim wäre vertrocknet. Es ist fast so, als hätte Yuna irgendetwas in mir hervorgeholt, irgendeine Schicht angezapft, von der ich dachte, dass sie versteinert wäre. Ich mochte sie versteinert.

In dem Moment klopft es an die Scheunentür, und ich zucke zusammen.

»Entschuldigung, ich wollte dich nicht erschrecken«, sagt Ellen. Sie bleibt vor dem Eingang der Scheune stehen. Sie trägt ein Jeanshemd und Cowboystiefel, denn sie war ausnahmsweise selbst auf einem Ausritt. Sie ist nicht aufdringlich. Es ist ihre Scheune, aber sie respektiert sie als mein Reich.

»Du kannst gern reinkommen«, sage ich und stelle das Bild wieder mit der Vorderseite gegen die Wand.

»Nur, wenn es okay ist. Ich weiß, dass man Künstler nicht beim Arbeiten stören darf. Ich will nicht schuld sein, dass ein Bild nicht entsteht. Und dann muss ich mich mit einer aufgebrachten Nachwelt rumschlagen.« Sie schüttelt gespielt verzweifelt den Kopf und rollt mit den Augen.

Ich muss lachen. »Ich bezweifle, dass Dean allzu sauer sein wird, wenn ich mehr Zeit hätte, mal mit ihm auszugehen oder gemeinsam mit Rich über Baseball zu diskutieren.«

Sie macht ein paar vorsichtige Schritte in den Raum.

»Die Fenster sind toll geworden«, sagt sie. »Damit und mit deinen ganzen Malsachen sieht es aus wie aus einer Zeitung. Wir hatten nie Künstler in der Familie. Es ist wirklich ein Atelier. Später kann ich sagen, dass der van Gogh des 21. Jahrhunderts bei uns in der Scheune gemalt hat.«

»Ja, natürlich, mein Atelier«, sage ich und ziehe die Augenbrauen nach oben.

»Ein Atelier ist der Ort, wo man Kunst macht. Und ich werde das so lange wiederholen, bis es dir nicht mehr peinlich ist und bis Rich gelernt hat, es ohne französischen Akzent auszusprechen. Du bist Künstler.«

»Ein Künstler, keine Ahnung, verkauft seine Kunst, ist berühmt, war auf einer Kunsthochschule und hat Malen gelernt.«

»Ach ja? Willst du leugnen, dass van Gogh ein Künstler war?«

Ich blicke sie einen Moment verwirrt an. Ich kenne wirklich nicht wahnsinnig viele Künstler, aber den Namen kenne ich.

»Er hat sich alles selbst beigebracht und nur wenige Monate vor seinem Tod ein einziges Bild verkauft. Die meisten Leute fanden seine Bilder albern. Er war einfach seiner Zeit voraus. Sie kosten heute Millionen.«

»Ist das nicht der Maler, der sich umgebracht hat? Der, der sich vorher sein Ohr abgeschnitten hat?«

»Okay, es sollte nur ein Beispiel sein«, erwidert sie. Ellen seufzt. »Bitte lass dein Ohr in Ruhe.« Ihr Blick fällt auf das Bild von Bill, meinem vorherigen *Vater,* das hinter dem Bild von Olivia gestanden hatte und jetzt sichtbar ist. Der letzte Vater, den ich in Chicago gehabt hatte. Ich habe ihn so gemalt, wie ich ihn in Erinnerung habe, glamourös in seinem weißen Smoking. So, wie er aussah, wenn er abends ausgegangen ist, Freunde im Club treffen. Keine Ahnung, wofür der Club eigentlich war, sie haben immer nur vom »Club« gesprochen. Abendessen.

»Das ist Bill«, sage ich, bevor sie die Frage stellen kann. »Von der Familie, bei der ich in Chicago gewohnt habe«, erkläre ich so neutral wie möglich. Sie nickt.

»Er sieht beeindruckend aus«, sagt sie. »Jedenfalls so, wie du ihn gemalt hast«, fügt sie nach einem Moment hinzu.

»Ellen, ich wollte dich noch fragen, ob ich eventuell mal die Fahrräder für die Gäste benutzen kann. Also natürlich nur, wenn sie gerade nicht gebraucht werden.«

»Natürlich kannst du das, da brauchst du doch nicht zu fragen«, erwidert Ellen sofort.

»Danke«, sage ich, »ich weiß noch nicht so genau, für wann«, murmele ich. Ellen bleibt stehen, irgendetwas scheint sie zu beschäftigen.

»Es ist übrigens etwas für dich gekommen«, sagt sie dann, und ich höre die plötzliche Anspannung in ihrer Stimme. Und jetzt sehe ich das weiße Stück Papier in ihrer Hand. Ein Briefumschlag. Mein Herz beginnt schneller zu schlagen.

»Ich habe es geöffnet, aus Versehen. Es tut mir leid.«

Ich stecke meine Hände in die Hosentaschen, damit sie nicht zittern. Das ist gar nicht gut. Der Brief.

»Ich habe ihn aufgerissen, bevor ich gemerkt habe, dass er für dich ist, entschuldige«, wiederholt sie noch mal. Sie presst die Lippen aufeinander, und eine Falte entsteht zwischen ihren Augenbrauen. »Es war wirklich ein Versehen, ich wollte nicht spionieren.«

Jedes Wort macht es noch schlimmer. Der längliche Umschlag in ihrer Hand sieht schmal aus, er ist aus billigem Papier. Wie kann ein Brief, der so viel Macht über mein Leben hat, so billig und unspektakulär aussehen. Ich lasse meine Hände tief in den Hosentaschen. Sie würde sich nicht entschuldigen, wenn sie nicht wüsste, dass es ein unangenehmer Brief ist. Möglicherweise ein katastrophaler Brief.

»Ist okay«, presse ich heraus, doch es klingt alles andere als entspannt.

»Ich muss nachher noch in die Stadt, brauchst du irgendetwas? Soll ich dir was mitbringen?« Sie legt den aufgerissenen Brief auf den Tisch.

Ihre Stimme klingt anders, sachlicher. Ich weiß nicht, was in diesem Brief steht. Sosehr ich auf den Brief warte, so sehr fürchte ich ihn. Der Anwalt hat meine Adresse. Olivia hat meine Adresse, falls ihre Eltern nicht meinen Brief gefunden haben. Ich bin gemeldet, und wenn mich jemand von offizieller Stelle suchen würde, so würde man mich wohl auch finden. Aber wenn mich jemand von offizieller Stelle sucht, ist das mit Sicherheit auch keine gute Nachricht.

Nachdem sie weg ist, will ich sofort lesen, was drinsteht. Ich versuche, aus der Entfernung festzustellen, was für ein Brief es ist. Könnte es doch ein privater Brief sein, ein Brief von Olivia? Ich schiebe den Gedanken zur Seite. Er sieht aus wie ein offizieller Brief. So sieht kein privater Brief aus. So ein billiges Papier besitzt Olivia nicht, alle ihre Umschläge sind übergroß, bunt und mit Seidenpapier gefüttert.

Am liebsten würde ich ihn verbrennen, aber wer bin ich bitte, erst Maler und dann auch noch melodramatischer Briefverbrenner? Scheiße. Wenn ich ihn jetzt lese, kann ich nicht mehr malen, das weiß ich. Es hilft nichts, ich öffne den Brief und versuche, das Zittern meiner Hände zu unterdrücken. Es ist tatsächlich ein Brief von dem Anwalt. Ich hole tief Luft, falte das Papier auseinander und beginne zu lesen. Langsam, damit ich nichts verpasse. Seit ich in Montana bin, habe ich mehr gelesen als in meinem ganzen Leben vorher, und inzwischen bin ich schon viel schneller.

Der Anwalt berichtet mir, dass mein Fall erst jetzt vor Gericht geht. Er sieht aber gute Chancen für mich, weil ich ja aus dem Umfeld der Kläger verschwunden bin. Ich soll mir nicht zu viele Sorgen machen, mich nur streng an die Auflagen halten und weiterhin keinen Kontakt zu den Klägern haben. Der Brief ist äußerst nüchtern. Ich sehe den Anwalt vor mir, einen schmächtigen Mann mit fettigen Haaren, der überarbeitet wirkt. Er war freundlich und hat mir damals beruhigend auf die Schulter geklopft. Ich würde nicht ins Gefängnis gehen, und das schien ihm auszureichen. Viele der Klienten, die ihm zugewiesen wurden, endeten schließlich dort. Dass ich möglicherweise einen dauerhaften Eintrag in der öffentlichen Akte meiner Person bekomme – nicht viel anders als ein Sexualstraftäter –, schien ihn kaum zu schockieren. Klar, ist ja nicht seine Akte.

Ich lege den Brief zur Seite und atme tief durch. Noch ist nichts entschieden. Vielleicht würde nach der Verhandlung ja alles gelöst sein und kein dauerhafter Eintrag bestehen bleiben. Das durfte nicht passieren. Die einstweilige Verfügung würde irgendwann ablaufen und verschwinden. Er schien Hoffnung zu haben. Trotzdem steigt die alte Verzweiflung, der alte Hass in mir hoch. Ich will, dass Bill und Ruth sehen, dass ich nicht das Arschloch bin, für das sie mich halten. Dass ich es wert war. Es bedeutet mir mehr, als ich zugeben will. Die Landschaft kann ich jetzt auf keinen Fall mehr weitermalen. Ich sehne mich jedoch nach der Ruhe, die ich spüre, wenn ich mich konzentriere. Ich werde etwas anderes malen. Ich werde dem ganzen Hass keine Chance geben. Ich werde ... Ruth malen. Ruth mit langen Smaragdohrringen und einem leuchtend blauen Kleid. So, wie sie aussah, wenn Bill den weißen Smoking trug. Ich werde das Bild aus meinem Kopf auf die Leinwand bringen. Es fühlt sich einfach besser an, wenn es nicht mehr in mir drin ist, sondern außerhalb von mir, dann hat es weniger Macht über mich. Es ist schwer zu erklären. Vielleicht ist das der Antrieb, der Menschen dazu bringt, Horrorfilme zu produzieren. Wenn ihre Fantasien außerhalb von ihnen sind, dann sind sie davon frei.

Zwölf

Yuna

Samstagabend, und ich habe den Moment hinter mich gebracht, in dem die Eiswürfel sich wie Schwerter in die Füße bohren. Meine Füße sind jetzt taub, darauf hatte ich gehofft. Ich sitze allein im Wohnzimmer auf dem gemütlichen Cordsofa, während meine Füße in einem Eisbottich hängen, und schaue alte Folgen *Gossip Girl*. Vorhin gab es ein 344-Abendessen, Eduardo und Phoebe haben zusammen gekocht, spanische Paella, die Eduardo angeblich so vermisst. Sie war allerdings ziemlich matschig, und er hat zugegeben, dass er sie vorher selbst noch nie gekocht hat. Danach sind alle zu verschiedenen Hauspartys losgezogen, Eduardo wie immer im Anzug mit kleinem Seidenschal, was in Montana wirklich auffällt. Vielleicht stimmen die Gerüchte über ihn, aber vielleicht zelebriert er auch einfach die geheimnisvolle Aura von europäischem Hochadel. Nur Wei ist wahrscheinlich noch in seinem Zimmer und zockt, was er ziemlich viel tut. Ich habe mir, nachdem alle weg waren, eine neue Runde Spitzenschuhe gefärbt, obwohl es inzwischen auch welche in etwas dunkleren Tönen gibt und nicht nur die weißen und das sogenannte »European Pink«, was wohl klarmachen soll, dass Ballett für blasse, hellhäutige Mädchen ist. Trotzdem ist es günstiger, sie selbst zu färben. Die erste Staffel *Gossip Girl,* und ich vermisse

New York gerade mehr, als mir lieb ist. Vielleicht habe ich mich dort nie einsam gefühlt, weil die Stadt so laut ist. Wenn man hier allein ist, nun ja, dann ist man allein. Ich bewege meine Füße hin und her, noch ein paar Minuten. Eiswasser hilft, die Wundheit und den Schmerz aus den Füßen zu ziehen. Schmerz in den Füßen ist für Tänzer normal, aber wenn man sich um seine Füße kümmert, macht das einen riesigen Unterschied. Das habe ich durch die Krankheit immerhin gelernt: Es lohnt sich, sich um sich selbst zu kümmern. Ich habe es immer als selbstverständlich hingenommen, dass alles funktioniert, wenn man nur will. Ich habe den Willen überschätzt.

Mein Handy vibriert wegen einer Nachricht von Hazel. Sie schickt ziemlich viele Nachrichten. Es stört sie auch nicht, dass ich häufig nur mit einem Wort oder Emoji antworte.

Hazel: Ich komme gleich vorbei.
Ich: Wieso denkst du, dass ich zu Hause bin?
Hazel: Samstagabend. Nur so ein Gefühl. Bist du?
Ich: 👍🙈
Hazel: Bin da in fünf.

Kurz darauf klappert das Fliegengitter an der Eingangstür.

»Ich bin hier«, rufe ich. »Im Wohnzimmer.«

Ich höre ihre schnellen Schritte auf dem Parkett.

»O nein, Eisbottich-Tag und dazu noch deine schlimmsten Leggings. Das bedeutet nichts Gutes.«

»Hey, die Leggings habe ich immer an.«

»Eben. Nur nicht, wenn du ausgehen willst. Ich habe dich also quasi zweimal in was anderem gesehen, seit das Semester begonnen hat.«

»Ist es so schlimm?«

Hazel zuckt mit den Schultern und lässt sich in den Sessel gegenüber fallen.

»Du bist bei Folge sieben? Die Taxifahrt? Ach, Yuna.«

Ich schalte den Fernseher etwas leiser. »Ganz ehrlich, das Training ist echt anstrengend, ich bin fertig. Wenn du tanzen willst, erlaubt einem das nicht viele Partys.«

»Deshalb schaust du Folge sieben in Endlosschleife? Nee, dann hättest du direkt zu einem Ballett-Ensemble gehen sollen, oder wie das heißt. Hier bist du auf dem College, da geht man aus. Sonst zählt das nicht als Collegeleben, und du hättest es dir sparen können.«

Hätte ich. Ich wollte schließlich nie aufs College. Aber die Vortanztermine der Kompanien hätte ich nie geschafft. Und am MCPA musste ich nicht noch mal vortanzen nach dem Wettbewerb, weil meine Noten so gut waren, die hier ja auch zählen.

»Du brauchst wieder eine Begleitung?«

»Könnte sein. Aber ich will vor allem verhindern, dass du zur Nonne wirst. Das ist meine Verantwortung. Außerdem brauche ich dich als Ratgeber in Männerangelegenheiten«, sagt Hazel und grinst.

»Klar, ich würde mich auch fragen, weil ich so ein gutes Auge für Männer und so viel Erfahrung habe. Ich habe schon verstanden, dass du auch keine Ahnung hast und dein Leben eher von Fehlgriffen geprägt ist, aber wenn ich dir Ratschläge gebe, ist das so, als würde eine Blinde dich in Farbenlehre unterrichten.«

»Quatsch, ich will bloß, dass du mitkommst und ein bisschen Spaß hast und nicht hier versauerst beziehungsweise zum Eisklotz wirst. Und nicht alle Männer sind ja Maxwell. Du kannst das nicht bis nach dem College aufschieben. Du kannst gar kein schlechteres Händchen für Männer haben als ich.«

Ich schaue sie von unten durch meine Haare hinweg an. Ich habe ihr von Maxwell erzählt, aber damit konnte ich Hazel nicht schockieren.

»Einer aus meinem Programm macht eine Party«, fährt sie

fort. »Ich bin irgendwie in die Partygruppe gerutscht. Also in die auf dem Handy. Komm bitte mit. Jeder darf jemanden mitbringen, und ich kann definitiv deinen kühlen Kopf gebrauchen. Es ist wesentlich besser als ein Abend gemeinsam mit einem Eisbottich. Ich finde, du könntest mir ewig dankbar sein, dass ich dich davor bewahre.«

»Erstens bin ich mir nicht sicher, ob ich wirklich einen kühlen Kopf habe, und zweitens habe ich kein Problem mit meinem Party-Pooper-Image.«

»Aber andere«, erwidert Hazel. Ich habe ihr inzwischen erzählt, dass mich jemand aus der Gruppe – wahrscheinlich Iris – angeschwärzt hat, dass ich mich unnatürlich häufig zurückziehen würde. Dabei habe ich die ganze Dramatik abgemildert und die Sache mit Miles und dem Kuss ganz weggelassen. Hazel wäre aufgefallen, dass das eine untypische Reaktion für mich ist, und das hätte zu vielen Fragen geführt.

»Wir brauchen doch nur kurz zusammen hin, einmal schauen.«

»Willst du jetzt, dass ich wegen dir mitkomme oder wegen mir?«

»Beides. Falls du nur mitkommst, wenn es wegen mir ist, dann wegen mir.« In Hazels Augen schimmert Hoffnung auf, und sie erzählt aufgeregt weiter. »Die Party ist bei Layla, und die kenne ich schon von meinem verpatzten Vorsingen in New York. Ich will nicht sagen, dass sie mir einen Komplex verpasst hat, aber gut, wahrscheinlich schon.«

»Du darfst dich nicht immer vergleichen«, erwidere ich. »Und das gilt nicht nur, wenn es um den Wettstreit geht, wer die traumatischste Vergangenheit hat.«

»Du vergleichst dich doch auch, das hast du selbst zugegeben.« Hazel beginnt einmal durch die normalen Fernsehsender zu zappen, nachdem klar ist, dass wir ohnehin nicht mehr mit der Konzentration weiterschauen, welche Folge sieben von Staffel eins gebührt.

»Das stimmt. Aber wenn du dich vergleichst, muss es dich wenigstens motivieren. Ich kann nicht gleich aufgeben, weil jemand anderes besser ist.« Ich zucke mit den Schultern. »Ich vergleiche mich mit den anderen, die anderen verglichen sich mit mir, die Lehrer vergleichen mich mit den anderen, das Publikum mit den Tänzerinnen neben mir oder denen, die meine Rolle gespielt haben. Es gab schon so viele hervorragende Tänzerinnen in den klassischen Choreografien, wie Giselle, Julia, Cinderella, Bayadère, Sylphide, Tatjana oder die Kameliendame, was übrigens schon immer meine Traumrolle ist. Aber das ist die von fast allen Tänzerinnen.«

»Mir wird schon beim Zuhören schlecht. Du kannst deinen Geist echt komplett kontrollieren.«

»Man hält es aus oder eben nicht.«

Mein härtester Kritiker fehlt in dieser Liste allerdings: ich selbst. Besser sein als gestern. Der Vergleich mit mir selbst ist der, der mir am meisten zusetzt. Meine Ansprüche sind manchmal sogar höher als Lidias. Und ich habe so gekämpft, um überhaupt wieder so gut zu sein, wie ich mal war.

»Du bist nicht normal, dass du deine Gefühle so im Griff hast. Das macht einem ja Angst.«

»Du überschätzt mich«, erwidere ich, als ich an gestern denke. Wenn Hazel wüsste, dass ich wegen einem attraktiven Typen halb den Verstand verloren habe, würde sie es anders sehen. Allein bei dem Gedanken an Miles beginnt mein Herz wieder schneller zu klopfen. Ich ziehe die Füße aus dem Eisbottich und beginne, sie abzutrocknen. Sie sind völlig taub. »Ich werde dem Typen aus dem *Books & Beans* das Fahrradfahren beibringen«, sage ich zu meinen Füßen.

Hazel hört abrupt auf zu zappen. »Wie bitte?«

»Er kann kein Fahrrad fahren.«

»Moment. Laaaaangsam. Du willst Miles, dem scharfen Typen von der Magnolia Ranch und dem *Books & Beans*, beibringen, wie man Fahrrad fährt? Dein Ernst?«, wiederholt

Hazel noch mal und spricht dabei extra langsam, als hätte ich einen verminderten IQ.

Ich nicke und konzentriere mich auf meine Füße, die so taub und kalt sind, dass es gar nicht unangenehm ist. Ich spüre sie einfach nicht mehr.

»Deine Füße sehen krass aus«, sagt Hazel und betrachtet mit zusammengezogenen Brauen die verheilten Blasen, die nicht verheilten Blasen, die wunden Stellen und die Hornhaut. Nein, meine Füße sind nicht schön.

»Ich nehme das einfach als Kompliment«, sage ich und grinse.

»Ich meine, sie sind nicht hässlich«, sagt Hazel schnell, »sie sind nur … also, man sieht ihnen an, dass du schon ganz schön was durchgemacht hast. Der Rest von dir ist so … makellos.«

»Klar, insbesondere meine Flecken am Hals«, erwidere ich ironisch.

»Die sind auch makellos, nur hell«, sagt sie, ohne eine Sekunde zu zögern.

Ich weiß noch, wie makellos meine Füße aussahen, als ich nicht tanzen konnte. Es war so ungewohnt, dass es mich nervös gemacht hat. Jetzt sehen sie wieder aus, wie ich sie kenne. Wer hätte gedacht, dass der Anblick von geschundenen Füßen, rot vom Eisbad, eine derartig beruhigende Wirkung haben könnte.

Hazel wischt mit dem Arm durch die Luft, als wollte sie ein lästiges Insekt vertreiben. »Du lenkst ab. Miles! Hat er dich gefragt? Wenn das nicht mal die bescheuertste Anmache ist, die ich je gehört habe. Spricht allerdings von Verzweiflung, was ja nicht schlecht ist.«

»Ich glaube, er kann's wirklich nicht. Er macht mich nicht an. Wir haben uns zufällig im Gym getroffen. Und da hat sich das so ergeben. Dank deines Fahrrads, übrigens.«

»Das glaubst du nicht wirklich, hoffe ich. Das würde dich

als Ratgeber vielleicht doch disqualifizieren. Wobei man bei sich selbst ja erfahrungsgemäß blind ist.«

»Er ... er kannte meinen Namen.«

Ein Lächeln breitet sich auf Hazels Gesicht aus, und ihre Augen blitzen.

»Ach, wirklich?«, fragt sie. Sie sieht irgendwie zufrieden aus.

Bevor ich nachfragen kann, spricht sie weiter. »Ich habe es ihm gesagt, weil er dich immer anstarrt, als wärst du das achte Weltwunder. Wenn das keine total verzweifelte Anmache ist zu behaupten, nicht Fahrrad fahren zu können, weiß ich auch ich.«

»Du warst nicht da. Es war nicht so, dass er es drauf angelegt hat. Ich habe es ihm angeboten, als er es erwähnt hat, und wenn ich jetzt so überlege, hatte er keine richtige Chance, Nein zu sagen.«

Hazel schüttelt den Kopf. »Ich wusste es, ich wusste es, ich wusste es. Da steckt mit Sicherheit noch mehr dahinter. Allein die Story, dass er nicht Fahrrad fahren kann. Wie ist der denn drauf? Vielleicht steht er auf Domina-Spiele und so. Oder du must ein Lehrerinnenkostüm anziehen, damit er keine Potenzprobleme bekommt.«

»Du bist zu lange in diesem Theaterprogramm-Psychokurs«, erwidere ich.

Hazel zuckt mit den Schultern. »Das mag stimmen, aber ich weiß jetzt, dass es alles, was man in Filmen sieht oder in Büchern liest, wirklich gibt. Und zwar wahrscheinlich im Haus deines Nachbarn.«

»Er hat eine Freundin«, schiebe ich hinterher. Das Totschlagargument.

Hazel verzieht ihr Gesicht. »Hat er das im Satz nach dem Fahrradfahren gesagt? Er schaut dich nicht an, als hätte er eine Freundin.« Sie kaut auf ihrer Unterlippe und wirkt jetzt etwas verunsichert. »Und, du stehst auch auf ihn, oder?«

»In die Richtung denke ich gar nicht, wenn er eine Freundin

hat«, sage ich mit wesentlich mehr Überzeugung, als ich empfinde. »Aber, keine Ahnung, ich finde ihn tatsächlich nett. Also so, als könnte man befreundet sein.«

Hazel blickt mich zweifelnd an. »Für mich klingt es so, als solltest du aufpassen. Außer du hast deine Gedanken so unter Kontrolle wie der Terminator. Rede dir bitte nicht ein, dass da keine Anziehung zwischen euch ist.« Sie zuckt mit den Schultern. »Los, Eisbottich-Königin. Wir gehen jetzt aus, dann kommst du auf andere Gedanken.«

Eine Viertelstunde später, nachdem ich meine Leggings gegen einen Rock getauscht habe und ein blaues, enges Shirt ohne Ausschnitt übergezogen habe, springe ich auf flachen Schuhen die Stufen nach unten. Aus Weis Zimmer dringen ziemlich verstörende Geräusche. Wahrscheinlich schlachtet er wieder Leute ab und hängt sie an Fleischerhaken. Aber er ist wirklich ein netter Kerl, trotzdem fühle ich mich wie meine eigene koreanische Großmutter, die die Jugend nicht versteht, wenn ich das Spiel sehe, das er mir mal versucht hat zu erklären. Hazel ist schon vorgegangen, weil sie sich ebenfalls umziehen wollte, bevor sie auf die Party geht. Ich ziehe am Ausschnitt herum, um ihn zu dehnen. Ich mag es nicht, wenn es eng am Hals ist, aber manchmal habe ich auch keine Lust, meine Giraffenflecken am Hals zu zeigen und zu merken, wie die Blicke meiner Gesprächspartner immer wieder dorthin wandern. »Meine kleine Giraffe«, so hat meine Mutter mich früher liebevoll genannt. Dennoch hat sie mir schon früh Theaterschminke gekauft, damit ich die Flecken bei den Aufführungen abdecken kann. Wenn ich zur Party gehe, kann mir wenigstens niemand sagen, dass ich nur zu Hause hocke. Hätte ich ein nennenswertes Social-Media-Konto, könnte ich sogar ein paar Bilder posten, die bezeugen, dass ich dort gewesen bin. Ich werde Iris jedenfalls nicht die Chance geben, mich so aus dem Feld zu räumen. Lidia müsste eigentlich wissen, dass man anderen Balletttänzern nicht immer trauen kann. Als ich die Tür öffne, bekomme ich sofort Gänsehaut von der kühlen Brise. Also renne ich noch mal die lauten Holztreppen nach oben, um mir meine lange, weiche Strickjacke überzuwerfen, falls es doch noch kälter wird.

Als ich kurz darauf über den Quad laufe, ist der ganze Campus auf den Beinen, alle sind auf der Suche nach einer Party. Studenten eilen über die große Kreuzung in der Mitte, manche sehen aus wie immer, andere haben sich aufgebrezelt. Einige sitzen auf den dunkelgrünen Holzbänken und unterhalten sich, stehen in Gruppen zusammen und überlegen, was sie als Nächstes tun sollen.

Ich bin froh über meine Lieblingsstrickjacke, wickele mich noch fester darin ein. Während ich auf den perfekten Wegen an den bunt gefärbten Bäumen und gepflegten Beeten entlanglaufe, überkommt mich ein Glücksgefühl wie schon lange nicht mehr. Ich bin hier. Ich lebe. Ich bin im Tanzprogramm an einem tollen College und treffe gleich eine Freundin, die wahrscheinlich in der kurzen Zeit eine bessere Freundin geworden ist, als ich in New York je eine hatte. Ich habe plötzlich das Gefühl, dass dies einer der Momente ist, die ich nie vergessen werde. Manchmal habe ich das beim Tanzen, dann trete ich kurz aus meinem Leben heraus und betrachte es von außen, und dann ist es wie ein Schnappschuss, den ich mir später wieder anschauen kann. Ich merke, dass ich lächele.

Vor mir taucht Hazels Wohnheim auf, das auf der anderen Seite des Quads in einer der Straßen dahinter liegt. Auch ihr Haus sieht einladend aus, der ganze Campus ist vor einiger Zeit zu einem der schönsten der USA gewählt worden, keine Überraschung eigentlich.

Ich öffne die Eingangstür und stoße das Fliegengitter dahinter auf. Wie immer ist nichts abgeschlossen. Neben dem Eingang geht seitlich eine Art Aufenthaltsraum ab. Zögernd gehe ich über den rötlichen Teppich im Flur in Richtung der

Geräusche, die aus dem Raum schallen – ein Videospiel? Tatsächlich, als ich den Raum betrete, sitzen ein paar Jungs und Mädchen auf den Ledersofas vor einem großen Fernseher und zocken Fortnight. Alle scheinen sich gut zu amüsieren und mich überhaupt nicht zu bemerken. Auf den Tischen stehen Flaschen mit Softdrinks, und ein paar aufgerissene Chipstüten liegen herum. Im Zimmer ist es plötzlich so warm, dass ich mir sofort die Strickjacke von den Schultern reißen muss. »Entschuldigung, ist Hazel hier?«, frage ich an niemand Bestimmten gewandt. Alle sind auf das Spiel konzentriert, kleben mit den Augen am Bildschirm, als würde eine unsichtbare Sogwirkung von ihm ausgehen. Kampf- und Hubschraubergeräusche erschallen aus den Lautsprechern, sodass sie mich nicht hören, sondern weiter auf ihre Controller einhämmern. Die Mädchen tragen Yogapants und die Jungs Jogginghosen. Sie wirken so vertraut als Gruppe. Ich bin kein Zocker, aber auf dem Sofa zu sitzen und ihnen beim Spielen zuzuschauen – immerhin wird hier niemand an Fleischerhaken gehängt –, erscheint mir gerade wesentlich attraktiver, als auf eine Party zu gehen.

»Entschuldigung«, frage ich noch mal lauter an das Mädchen gewandt, das am nächsten zu mir sitzt. »Wohnt Hazel hier?«

Das Mädchen wendet sich mir eine Sekunde zu, offensichtlich verblüfft, und schaut dann wieder zurück zum Bildschirm. Sie selbst spielt nicht, sondern schaut nur zu. Sie sitzt im Schneidersitz auf einem Beistelltisch und trägt ein Tanktop, durch das ihre Brustwarzen komplett sichtbar sind. So sichtbar, dass es ihr beim Anziehen eigentlich aufgefallen sein muss. Sie knabbert an ihren schwarz lackierten Fingernägeln, reißt ihre Augen dann aber doch vom Bildschirm los und blickt zu mir. Ihre dicken Haare fließen über ihre Schultern, wie man sich das bei einer Meerjungfrau vorstellt. Sie ist schön.

»Wenn du die Treppe hochkommst, die letzte Tür rechts«, sagt sie. Sie lächelt mich an, freundlich, abschätzend, ihr Blick wandert dabei einmal über meinen Körper, als würde sie mich abchecken.

»Okay, danke«, sage ich, etwas verwirrt von ihrem Blick.

»Wie trainierst du?«, fragt sie, bevor ich mich umdrehen kann.

Ich halte überrascht inne. »Ich ... tanze Ballett.«

»Du hast einen heißen Körper. Vielleicht sollte ich auch mal so ein Training machen.«

Ein Typ in einer blauen Adidashose schaut bei der Bemerkung über den »heißen Körper« auf und sieht sich suchend um, bis sein Blick bei mir ankommt.

Ich ziehe eine Augenbraue nach oben. Er grinst, weil er weiß, dass ich ihn ertappt habe. Unangenehm ist es ihm nicht. »Ich muss leider noch ein paar Leute umbringen, sonst würde ich dir den Weg zeigen«, sagt er weiterhin grinsend, während er wieder zum Bildschirm schaut und hektisch die Knöpfe auf dem Controller bearbeitet.

Ich rolle mit den Augen. »Keine Sorge, ich schaffe es allein, eine Treppe hochzulaufen.«

Das Mädchen mit dem Brustwarzen-Shirt schaut den Gamer tadelnd an. »Keine Sorge, wir erziehen ihn noch«, sagt sie an mich gewandt und grinst mich an.

Eine Minute später klopfe ich vorsichtig an die letzte Tür im Gang.

»Ja?«, erklingt die hektisch wirkende Stimme von Hazel.

Ich drehe den etwas wackeligen goldenen Türknauf und trete in ihr Zimmer. Hazel trägt sehr kurze Jeansshorts und ein weites Oberteil. Auf ihrem Bett verteilt liegen noch jede Menge andere Sachen. Gerade zieht sie sich geschnürte Boots mit Absätzen an.

Man sieht nur noch ein Stück einer Überdecke mit Blümchen, die auf den Boden gefallen ist. Vor dem Fenster hängt eine Lichterkette. Die Zimmerhälfte ihrer Mitbewohnerin sieht irgendwie kahl aus.

»Hast du das Zimmer für dich alleine? Das sieht so verlassen aus.«

»Meine Mitbewohnerin hat sich direkt in der ersten Woche verliebt und ist jetzt mehr oder minder bei ihrem Freund eingezogen. Ich kenne sie kaum.«

»Einzelzimmer. Du hast Glück.«

Hazel zuckt mit den Schultern. »Ich finde es manchmal etwas einsam. Niemanden, mit dem man mal zur Mensa gehen kann und so. Kannst du mir bitte sagen, wie ich aussehe?« Sie blickt mich aus ihren dunklen Augen erwartungsvoll und etwas nervös an. Ihre Wangen sind gerötet. Ihre Haare liegen glänzend um ihre Schulten, und an den Ohren baumeln goldene Kreolen, die ich noch nie gesehen habe. Dazu hat sie die Lippen weinrot geschminkt und sich einen schwarzen Lidstrich gemalt, der in einem schwungvollen Wing endet.

Sie dreht sich einmal um sich selbst, wobei klar wird, wie kurz die Jeans sind, die zudem so eng um die Taille geschnallt sind, dass die Pobacken nur geringfügig bedeckt sind.

»Es sieht gut aus, aber ganz ehrlich, tut das nicht weh, also, ich meine zwischen den Beinen? Das sieht nicht sehr bequem aus.«

»Jane hat mir die Jeans abgeschnitten. Sie meinte, sie wäre sonst zu spießig.« Sie seufzt.

»Hauptsache, ich sehe nicht aus wie eine Kleinstadtpflanze, die versucht, irgendeinen Trend nachzumachen, den sie weder verstanden noch je gesehen hat. Es ist echt zum Heulen, alle anderen hier haben es voll drauf, ich komme mir wirklich vor wie das Mädchen vom Land.«

»Wir sind auf dem Land. Mehr auf dem Land geht wohl kaum«, sage ich und deute aus dem Fenster.

»Auch wieder wahr. Aber du kommst aus New York, du siehst immer cool aus.«

»Ich sehe cool aus? Mein Shirt ziehe ich manchmal zum Tanzen an, und der Rock hat einen gemütlichen Gummizug.«

»Ich glaube, an dir sieht einfach alles so gut aus, weil dein Körper so schön ist.«

»An der Waganowa-Akademie in New York war ich das fette Mädchen. Alles relativ.«

Hazels Mund bleibt für einen Moment offen stehen.

»Nein, ich bin drüber hinweg, immerhin bin ich ja trotzdem hier. Aber wenn du mal gehört hast, wie bei der Auswahl für ein Stück die eine Lehrerin zu der anderen gesagt hat: ›Nicht die mit den Schenkeln‹, dann vergisst du das nicht so schnell.«

»Das ist verrückt.« Hazel sieht mich geschockt an.

»Ich sag doch, ist alles relativ. Aber die Shorts solltest du ausziehen, nicht, weil sie zu kurz sind, sondern weil es wirkt, als würden sie dich vergewaltigen. Wer war denn die Mitbewohnerin mit der flinken Schere? Nicht zufällig das Mädchen mit den superlangen schwarzen Haaren unten?«

Hazel nickt. »Genau, das ist Jane. Woher weißt du das?«

»Keine Ahnung, nur so eine Vermutung. Erstaunlich, dass sie nicht auch zu der Party geht, wenn die so cool sein soll. Sie hat mir gerade bestätigt, dass ich scharf bin.«

»Sie ist lesbisch – oder warte mal, ich glaube, sie ist bi, ich komme manchmal total durcheinander. Sie geht nur nicht, weil sie ihre Tage hat und so ein feministisches Reinigungsritual geplant hat. Sie lässt momentan alle an allem teilhaben. Und ohne das Kompliment mindern zu wollen, sie sagt ziemlich vielen Frauen, dass sie scharf sind.« Hazel löst den Gürtel und schiebt die Hose nach unten, damit sie nicht mehr so zwischen den Beinen beziehungsweise in ihr klemmt.

»Vielleicht ist ihr Fashion-Advice etwas zu einseitig auf Sex ausgerichtet«, bemerke ich. Ich denke an die Brustwarzen in dem Top. Vielleicht waren die künstlich?

Seufzend zieht Hazel die Shorts komplett aus. Nach kurzer

Überlegung zieht sie ein blaues mittellanges Kleid aus dem Schrank, das eher so aussieht, als würde sie in Kürze zu einem gediegenen Nachmittagstee aufbrechen. Die Frau ist verwirrt, was ihre Kleiderwahl angeht.

»Du schwankst zwischen Prostituierter und britischer Thronfolgerin in deinem Stil.«

Hazel blickt mich einigermaßen verzweifelt an: »Leider schwanke ich nicht nur in der Kleiderwahl zwischen beidem. Ich habe das Gefühl, ich fange gerade noch mal ganz von vorn an mit Pubertät und Identifikationsfindung und so.«

»Ich hatte nie eine Pubertät. Hatte ich keine Zeit zu.«

Sie hält inne und stützt die Hände in die Hüften. »Ich bin echt froh, dich getroffen zu haben. Ohne dich wäre ich ganz schön verloren.«

Ich zucke mit den Schultern. »Gleichfalls«, murmele ich und schaue konzentriert in ihren Schrank. Ich bin nicht so gut in solchen emotionalen Momenten. Früher ist man aus der Ballettgruppe geworfen worden, wenn man geweint hat. Man musste so lange draußen warten, bis man aufgehört hat.

»Geh doch einfach ganz normal auf die Party, so, wie es dir gefällt. Versuch's mit einer Jeans.«

Hazel schaut auf die Jeans in ihrer Hand.

»Also, ich meine eine Jeans, die nicht in deine Vagina kriecht.«

»Du machst dich über mich lustig.«

»Das musst du dir einbilden. Und vergiss nicht, ich komme echt nur eine Stunde mit, das war's.«

»Hat dir schon mal jemand gesagt, dass du wirklich ein unzähmbares Party-Animal bist?«, bemerkt Hazel, während sie eine Jeans und ein schwarzes T-Shirt herauskramt und irgendwie wieder aussieht wie sie selbst, nur mit Lippenstift und etwas mehr Eyeliner. Es steht ihr richtig gut, sie selbst zu sein.

Dreizehn

Yuna

Es ist noch kühler geworden, der Unterschied zwischen den Temperaturen tagsüber und nachts ist manchmal enorm. Die Natur ist einfach stärker hier. In New York habe ich oft das Gefühl, dass sich die Temperatur im Sommer tagsüber und nachts überhaupt nicht unterscheidet, weil die Stadt selbst eine hohe Eigentemperatur hat und die Hitze vom Tag ewig speichert. Wie oft habe ich neben meinem Ventilator in meinem Bett in Queens gelegen, die Fenster geöffnet, obwohl ich wusste, dass ich dann höchstens mit Ohropax schlafen konnte, weil die Autos so laut waren. Die Hitze ist dort im August zäh und klebrig wie Honig.

»Schau mal, Yuna«, sagt Hazel und deutet nach oben. Der Sternenhimmel ist prächtig und schimmert in tiefem Blau. Es ist völlig surreal, über den nächtlichen Campus zu laufen.

»Hast du dir schon mal überlegt, dass Miles auch auf der Party sein könnte?«, fragt Hazel, und ich weiß, dass sie dabei grinst, ohne sie ansehen zu müssen.

»Quatsch«, gebe ich zurück, obwohl ich ehrlicherweise diesen völlig abwegigen Gedanken auch schon hatte. Aber das macht natürlich null Sinn, denn er ist kein Student.

»Klar, er hat ja ’ne Freundin. Du bist supercool«, ergänzt

Hazel ironisch. »Du weißt schon, dass Layla diejenige ist, die für ihn geschwärmt hat? Vielleicht hat sie ihn gefragt?«

»Ich glaube nicht, dass er der Typ ist, der zusagen würde.«

»Wenn du meinst. Du glaubst, er sagt allen anderen ab, nur mit dir will er sich treffen, um ›Fahrradfahren‹ zu lernen?« Bei dem Wort Fahrradfahren malt sie Anführungszeichen in die Luft.

»Er hat eine Freundin«, wiederhole ich noch mal. Vielleicht auch, weil ich es mir selbst immer wieder sagen muss, wenn ich an ihn denke. »Er ist nett, ich mag ihn, aber es ist nicht so. Sonst würde ich ihn nicht treffen. Ich will gar keine Ablenkung. Keinen Freund.«

Hazel hebt beschwichtigend die Hände. »Ist ja schon gut.«

Die Party ist nicht nur von Layla, sondern von einem ganzen Haus voller Schauspieler organisiert, aber keine öffentliche Party. Mehr als unwahrscheinlich, dass Miles dort als Gast ist oder aushilft. Vielleicht ist allerdings jemand aus dem Tanzprogramm da und wird Zeuge, dass ich etwas unternommen habe. Das Chekhov-Haus ist so ähnlich wie mein Haus, nur eben ganz anders, weil dort ausschließlich Schauspieler wohnen. Außerdem besitzt es einen pompöseren Eingang mit großen weißen Säulen, als würde es in den Südstaaten stehen. Das Haus selbst ist nicht weiß wie unseres, sondern aus roten Backsteinen mit weißen Fensterrahmen.

Noch einige andere Studenten gehen in Richtung des Hauses, einige trinken schon aus mitgebrachten Bechern, das College fährt eine grundsätzliche Toleranzschiene, weil klar ist, dass auf so einer Party viele Leute unter einundzwanzig trinken. Seit der ersten Party für Studienanfänger, wo ich Miles zum ersten Mal gesehen habe, habe ich keine mehr besucht, und ich fühle mich wie in einer Parallelwelt, die die ganze Zeit weitergelaufen ist, ohne dass ich es richtig bemerkt habe.

»Es ist echt cool hier«, murmelt Hazel aufgeregt neben mir.

»Meine Eltern hätten wissen müssen, dass ich dadurch, dass sie mir immer alles verboten haben, auf dem College alles nachhole. Hast du nie das Gefühl, was zu verpassen?«

Ein betrunkener Student, dessen Unterhose gut sichtbar aus der Jeans herausschaut, bewusst oder versehentlich, rempelt mich an, um sich danach überschwänglich zu entschuldigen.

»Es gibt viele Dinge, die ich nie gemacht habe, nach denen ich aber auch nicht das geringste Verlangen verspüre, wie zum Beispiel Trinken«, bemerke ich. »Keine Ahnung, ich habe mich vor so langer Zeit entschieden. Ich kann mir ein Leben ohne Tanzen gar nicht vorstellen.« Tanzen nimmt so viel Raum ein, ein Leben ohne Tanz wäre völlig leer.

»Du bist mit dir selbst so im Reinen«, sagt Hazel. »Wie machst du das?«

»Glaub mir, ich bin nicht mit mir selbst im Reinen. Aber Alkohol interessiert mich nun mal nicht«, sage ich. »Außerdem bin ich eine Zeit lang schon auf Partys gegangen, aber es war es dann irgendwie nicht … wert.« Ich zucke mit den Schultern.

»Okay, aber vergiss mal diesen Maxwell. Es gibt mit Sicherheit noch andere. Zum Beispiel Miles?«

Ich boxe sie in die Seite. »Bitte, wie oft muss ich das noch sagen.«

Die Party ist schon auf die Straße übergeschwappt, wo einige Studenten – wahrscheinlich auch Schauspielprogramm – stehen, laut sprechen, lachen. Viele blasen Rauch aus, Zigaretten, E-Zigaretten, irgendwelche chemischen Variationen oder Gras.

»Das Schauspielprogramm bringt ziemlich viele Raucher hervor.«

»Das fange ich jetzt nicht auch noch an, nur um dazuzugehören«, erwidert Hazel trocken.

Eine Wolke Marihuana hüllt uns ein, so dick, dass die Gefahr besteht, selbst high zu werden, wenn wir zu tief einatmen.

»Mag ja sein, dass das in Los Angeles legal ist, aber in Montana ist es noch immer verboten. Haben die keine Angst aufzufallen?«

»Ich glaube, die meisten haben insgesamt nicht sonderlich viel Angst. Die wirken so unbesiegbar. Gott, hier sind ganz schön viele, die ich aus dem Programm kenne«, raunt Hazel mir zu. Ihre Wangen sind leicht gerötet.

Wenn die Eingangstür zum Haus aufgeht, entweicht mit den Leuten ein Schwall Musik, irgendetwas aus den Charts, das tief in den Eingeweiden surrt und einen wohl daran erinnern soll, dass man ein instinktgetriebenes Wesen ist und sich beeilen sollte, einen Partner zu finden. Klassische Musik hat auf mich den gegenteiligen Effekt und lässt mich vergessen, dass ich überhaupt einen Körper habe. Ich erstarre kurz, als ich einen großen, dunkelblonden Typ sehe, dessen Silhouette mich an Miles erinnert. Aber nein, es ist natürlich nicht Miles. Mir schießt trotzdem das Blut in die Wangen, weil ich schon wieder an ihn gedacht habe.

»Komm, wir drehen eine Runde«, schlägt Hazel vor und geht los, ohne auf meine Antwort zu warten. Klar, was soll man sonst machen? Wir drehen ein paar Runden, um die Menge zu scannen. Dann folgen wir einem Strom Leute, der uns aus der gleichen Richtung entgegenkommt, und nähern uns scheinbar einer Art Zentrum, weil das Gedränge zunimmt. Das Haus hat vertäfelte Wände und besitzt eine fast altmodische, wenn auch etwas abgenutzte Ausstrahlung. Im Flur trifft unterschiedliche Musik aus verschiedenen Zimmern zusammen, die im Treppenhaus zu einer verwegenen Mischung kollidiert, was niemanden zu stören scheint. Wahrscheinlich sind hier alle zu individuell für eine einzige Playlist.

Und dann landen wir im Zentrum des Orkans, der Küche mit dem Kühlschrank, einer Menge Flaschen und roten Plastikbechern sowie einem Bierfass, dessen genauer Standort aber nur zu erahnen ist durch die Menge an Leuten, die sich darum geschart hat wie um ein Totem. Hazel begrüßt ein paar Leute, stellt mich mit Namen als ihre Freundin vor und holt sich ebenfalls einen Plastikbecher.

»Sollen wir noch ein bisschen weiter das Haus anschauen?«, flüstert sie dann. Scheinbar hat sie auch keine Lust, länger mit den anderen zu sprechen. »Ich wollte hier schon immer mal rein.« Ich nicke ihr zu, es ist ja nicht so, als hätte ich was anderes vor. Wir inspizieren die anderen Leute, ein Esszimmer mit rot gestrichenen Wänden und Kronleuchter, eine Art Bibliothek, die ihre beste Zeit schon hinter sich hat. Auf der Treppe nach oben folgen wir wieder einem Strom von Studenten, als hätten wir ein Ziel. Die Wände sind hier von vielen gerahmten Bildern von Film- und Theaterstars gesäumt. Das Haus strahlt den Charme einer verflossenen Filmära aus und ist vielleicht deshalb besonders schön.

»Hier zu wohnen wäre ja so cool«, sagt Hazel andächtig.

»Das Haus ist schön, aber ist das hier deine Crowd?« Ich werfe ihr einen Blick zu, der ausdrücken soll, dass ich noch nicht überzeugt bin.

»Ich finde, es wirkt wie eine tolle Gemeinschaft«, sagt sie. »Nur gehöre ich nicht wirklich dazu. Aber ich habe ja noch drei Jahre.«

»Weil alle Studenten gemeinsam um ein Bierfass herumstehen?«, frage ich. »Ich weiß nicht, ob das reicht.« Wir schlendern zurück in den vertäfelten Hauptraum im Erdgeschoss, wo gerade getanzt wird. Und geknutscht. In der Mitte des Raums haben zwei Mädchen die Arme umeinander geschlungen und küssen sich leidenschaftlich. Beide sehen aus wie Zwillinge mit ähnlicher Frisur und gleich kurzen Faltenröcken. Es wirkt, als hätten sie sich in ihr Spiegelbild verliebt. Ich kann meinen Blick nur mühsam von ihnen lösen.

»In dem Ort, wo ich herkomme, wäre das ein Skandal gewesen«, bemerkt Hazel. »Die sind alle so … frei hier. Bei uns kann man für öffentliches Küssen von der Schule geworfen werden.«

»Ich weiß nicht, ob sie frei sind oder einfach nur ... horny?«

Hazel kichert. »Das kann sein, aber horny bin ich natürlich irgendwie auch, wobei ...«, sie bricht ab.

»Wobei was?«

Sie seufzt. »Ich verrate dir jetzt noch ein Geheimnis. Ich weiß, dass Sex toll sein soll, alle in meinem Studiengang haben ständig Sex und schwärmen davon. Aber ich ... es ist nicht nur, dass ich wenig Erfahrung habe. Ich finde auch, also, hast du dir schon mal so einen haarigen Hoden angeschaut? Ich find's einfach ekelig. Ich habe keine Ahnung, wie man jetzt scharf darauf sein kann, so was in den Mund zu nehmen. Und das wird ja heute irgendwie erwartet.« Sie kräuselt die Nase. »Ich möchte schon gern Sex haben, aber vielleicht, ohne hinzuschauen? Mit Nasenklammer?«

Sie sieht mich fragend an.

»Mit der Aussage habe ich jetzt nicht wirklich gerechnet«, erwidere ich. Und dann prusten wir beide los.

»Vielleicht waren ja auch nur die hässlich, die ich gesehen habe«, bringt Hazel irgendwann mühsam zwischen Lachern hervor. »Ich brauche einfach dringend mehr Erfahrung.«

Wir müssen mehr kichern, und dann gehen wir in ein anderes Zimmer, wo es etwas kühler ist. Neben dem geöffneten Fenster stehen zwei Studentinnen, die eine mit den knallroten Haaren ist Layla. Sie trägt eine silberne Flasche mit dazu passenden Shotbechern. »Hazel, cool, dass du auch da bist, willst du Beschleuniger?«

»Hey«, sagt Hazel. »Coole Party.«

»Danke.« Layla schenkt lächelnd einen Becher voll.

»Du auch einen?«, fragt sie an mich gewandt.

»Nein danke«, sage ich so normal wie möglich. So euphorisch, wie alle sind, hat man das Gefühl, dass sie noch nie was zu trinken gesehen haben und jetzt alle Silvester und Proms der letzten Jahre auf einmal nachholen wollen. Hazel unterhält sich mit den beiden und trinkt einen Shot. Mein Blick wandert zu einem Typen, der nur ein paar Meter entfernt in einer Gruppe steht, die hauptsächlich aus Frauen besteht. Die Gruppe hängt an seinen Lippen. Irgendwie wirkt er so, als würde er häufiger im Zentrum der Aufmerksamkeit stehen, ich tippe auf Schauspielprogramm. Ja, er sieht gut aus, durchtrainiert, dunkle, etwas längere Haare, die er gerade mit einer weit ausholenden Geste nach hinten schiebt, wobei seine Armmuskeln zur Geltung kommen. Wieso sieht das nicht nach Zufall aus? Er blickt in meine Richtung, aber nicht zu mir. Moment, ich glaube, das ist wieder dieser Schauspieler Landon Bonell, der auch letztens im Gym war. Ich folge seinem Blick und lande bei Hazel. Sie ist noch im Gespräch und zwirbelt dabei eine Haarsträhne. Als ich zu dem Typen zurückschaue, blickt der immer noch zu Hazel. Er schaut sie an, und zwar sehr intensiv, ohne dass sie das im Geringsten zu bemerken scheint. Reflexartig stoße ich sie unauffällig mit dem Ellenbogen an, und sie schaut zu mir hoch. »Der Typ da vorn starrt hier herüber, als würde er dich kennen«, sage ich zu ihr, einigermaßen leise, damit er es nicht mitbekommt, und nicke mit dem Kopf in die entsprechende Richtung.

Sie folgt der angedeuteten Richtung, und, nein, ich habe mich nicht getäuscht. Ein Lächeln breitet sich auf seinem Gesicht aus, und er zieht die Augenbrauen fast etwas provozierend hoch, als sie zu ihm schaut.

Er hebt sein Glas, in dem irgendein farbiger Drink ist. Erst denke ich, dass er ihr zuprosten will, doch stattdessen schüttelt er langsam den Kopf, so, als würde er sie warnen wollen.

Ich blicke zu Hazel, deren Augenbrauen sich zusammengeschoben haben. Sie blickt zu mir.

»Ich habe keine Ahnung. Das ist Landon Bonell. Totaler Idiot«, raunt sie mir zu.

»Warum starrt Landon Bonell dich so an?«, fragt Layla. »Gibt es da etwas, das ich wissen müsste?«

»Ich habe wirklich keine Ahnung.«

»Warum ist er eigentlich bekannt?«, erwidere ich und schaue von einem zum anderen.

Hazel seufzt. »Star der *Family-Forever*-Show. Und seine Mutter ist auch ziemlich einflussreich in Hollywood. Früher jedenfalls.«

»Die Show habe ich nicht richtig verfolgt, aber kennen tue ich sie schon.«

»Dann schau noch mal genau hin.«

»Warte mal, ist das der, der den kleinen Charly gespielt hat? Der vorlaute Junge, der immer seine große Schwester genervt hat?« Jetzt erinnere ich mich und, ja, man erkennt es schon, wenn man es weiß.

»Und wie du siehst, hat er sehr viele Fans.« Sie hat sich gebückt, um ihren Schnürsenkel neu zu binden, und spricht von unten zu mir hoch.

»Und er ist ein Fan von dir. Er kommt gerade auf dich zu«, erwidere ich, weil Landon sich von den ihn anhimmelnden Fans gelöst hat, direkt auf Hazel zusteuert und scheinbar zu erkennen versucht, warum Hazel am Boden hockt.

Hazels Kopf schnellt nach oben, und sie schaut ungläubig in Richtung Landon.

Tatsächlich, der Typ hat sich von der Mädchenrunde gelöst und kommt auf uns zu. Seine Haare sind etwas länger und wirken, als hätte er eine große Portion Festiger benutzt. Sein Körper ist ebenfalls fast ein bisschen zu perfekt trainiert, zwei Knöpfe seines Oberhemds sind geöffnet, darunter kann man eine komplett haarlose Männerbrust sehen. Die professionelle Partybeleuchtung erhellt den Raum wie in einem Club, und hinter ihm dreht sich ein Scheinwerfer, sodass er im Moment aussieht wie ein Star im Bühnenlicht. Ob das wirklich Zufall ist? Er wirkt so selbstbewusst, als wüsste er sehr genau, dass ihm einige Blicke folgen. Ein Lächeln umspielt seine Lippen, und er fixiert Hazel, auch wenn sein Blick ganz kurz einmal zu mir gleitet.

Er tippt auf ihre Hand, in der sie noch einen Becher aus der Küche hält, gerade hat ihr Layla wieder ein Shotglas in die andere Hand gedrückt. Ich weiß, dass Hazel aber gar nicht viel getrunken hat, sie hat mehr aus Aufregung an den Gläsern genippt.

»Na, alles unter Kontrolle? Nicht zu viel trinken, wenn man das nicht verträgt«, sagt er. Er sieht ebenfalls aus direkter Nähe sehr gut aus, aber zugleich ein klein bisschen angestrengt dabei, wie ein Mädchen, das zu viel Make-up benutzt.

Hazel schaut ihn ratlos an.

»Danke für den Ratschlag«, sagt sie ironisch. Ihre Wangen sind gerötet.

»Ich habe den Eindruck, dass es dir gelegentlich schwerfällt abzuschätzen, was du verträgst und was du nicht verträgst.«

»Äh, Entschuldigung, aber du klingst etwas verrückt«, sagt Hazel. Er mustert sie noch mal genau, und dann lächelt er wieder, diesmal jedoch etwas angespannter.

»Du erkennst mich echt nicht«, stellt er dann fest.

»Sag mal, kann es sein, dass du ein Ego-Problem hast?«, fragt Hazel. Sie wirkt ausnahmsweise nicht schüchtern, sondern wirklich irritiert. »Du bist Landon Bonell. Entschuldigung, dass ich dich nicht sofort erkannt habe, aber du sahst in *Family Forever* schon ein bisschen anders aus«, erklärt sie. Layla kichert, aber dann zieht jemand sie zur Seite und sie verschwindet in der Menge hinter uns.

»Das meine ich nicht. Ich meine, du erkennst mich nicht. Ich hatte bei unserem letzten Treffen einen Bart. Also … bei der Aufnahmeprüfung. Wir haben im gleichen Motel übernachtet?« Er sieht sie fragend an. »Stimmt, ich hatte auch noch diese weißblond gefärbten Haare dazu von einem Werbe-Gig.«

Und dann reißt Hazel quasi in Zeitlupe die Augen auf und starrt ihn an. Ihr Mund öffnet sich, und sie fährt sich mit der Hand über den Mund.

»Im *Drunk Bull*«, flüstert sie. Sie ist kreideweiß. »Das warst du? Der Bart …?«

Er nickt langsam und nachdrücklich. »Zu dem Thema kann ich nun Folgendes sagen: Viele Frauen mögen keinen Bart. Aber wenn sie einen Bart mögen, dann mögen sie ihn so richtig, dann lassen sie dich das auch sehr schnell wissen. Man könnte also sagen, die Gruppe der Bart-Fans ist klein, aber sehr leidenschaftlich. Ich hatte mich schon gefragt, ob du durch die Prüfung gekommen bist und ich dich hier noch mal sehe.«

Er mustert sie mit einem seltsamen Blick, den ich nicht einschätzen kann, eine Mischung aus herablassend, amüsiert und irgendetwas anderem. Ich kann förmlich zuschauen, wie Hazel seine Worte im Kopf herumdreht und wie es langsam klick macht. Das Bild, das dabei entsteht, scheint allerdings kein schönes zu sein.

»Du bist auch Schauspieler«, sagt sie leise.

Eigentlich möchte ich wirklich wissen, was hier los ist, aber ich habe das deutliche Gefühl, dass das keine gute Idee ist. Ich versuche, mich vorsichtig zu entfernen, damit sie das unter sich klären können, als Hazel meinen Ellenbogen fest umgreift. Ich soll bleiben.

»Einige Frauen mögen auch das kratzige Gefühl zwischen den Beinen.« Er zuckt mit den Schultern und lächelt wieder. Aber ich habe den Eindruck, er mustert sie genau, um die Wirkung seiner Worte zu testen.

Hazel wird weiß. »Du bist echt total widerlich. Du bestätigst die schlimmsten Vorurteile, die man gegenüber Hollywood haben kann.«

»Das war ein Witz. Aber du siehst so schockiert aus, als wäre ich der Teufel.«

Hazel zieht eine Augenbraue nach oben.

»Das ist doch nur so ein Ausdruck. Trink nicht zu viel, damit du nicht zu freundlich wirst und später fremden Männern deine Geheimnisse erzählst.« Er setzt an, sich umzudrehen.

Hazel wirkt erst so, als wollte sie antworten, dann nimmt sie einfach ihren Drink hoch. »Warte. Cheers«, murmelt sie verbissen. Sie setzt an und trinkt den Becher in großen Schlucken leer, ohne abzusetzen. Landon hat die Stirn in Falten gezogen. Entschlossen nimmt sie im Anschluss das Shotglas und trinkt es ebenfalls aus.

Landon sieht sie verärgert an.

»Wupps.« Hazel lächelt. Ihr Ausdruck ist nur ein wenig gequält, weil sie offensichtlich nicht zeigen will, dass der Drink und der Shot nicht so lecker waren. Dann umklammert sie wieder fest meinen Ellenbogen und zieht mich weg.

»Okay«, murmele ich. »Ich glaube, da gibt es noch ein paar offene Fragen.« Ich stolpere ihr nach durch einen Raum, wo die Musik superlaut ist und ziemlich in den Ohren dröhnt. »Woher kennst du den Typen, bitte?«

»Ich bin ihm schon mal begegnet«, sagt Hazel. »Was für ein Arsch. Und ich habe ihn beim ersten Mal nicht erkannt. Er wusste das und hat mich voll auflaufen lassen. Und er weiß genau, dass ich total unsicher bin, und macht sich da einen Spaß draus.« Hazel hat immer noch meinen Arm umschlungen, obwohl ich freiwillig neben ihr herlaufe, bis wir in einem Zimmer neben der Küche landen, das etwas leerer ist.

»Ich fürchte, ich verstehe das immer noch nicht«, erkläre ich. Wie konnte ich eigentlich annehmen, dass ich die Einzige hier mit Geheimnissen bin? »Dabei sah er aus wie dein Typ?«

»Wie bitte?«

»Der glatt rasierten Brust zufolge hat er bestimmt auch sonst nirgendwo Haare.«

Sie verdreht die Augen. Dann atmet sie lange aus. »Glaub mir, das macht nichts. Es reicht zu wissen, dass der Typ ein Arschloch ist.«

»Hast du deshalb gerade das ganze Zeug getrunken, um ihm zu zeigen, wie selbstsicher du bist?«, kann ich mir nicht verkneifen zu fragen.

»Nein, aber ich lasse mir von ihm bestimmt nicht sagen, was ich zu tun habe«, erwidert Hazel. Ich meine jedoch, dass Tränen in ihren Augen schimmern.

»Ich glaube, ich will nach Hause gehen. Und ich weiß, dass ich bei dir nicht drum betteln muss.« Hazel sieht mich durch ihre verwuschelten Haare an.

»Da hast du recht«, erwidere ich. »Und wenn du magst, kannst du mir auch erzählen, was los ist.«

Wir schlängeln uns durch die Studenten, bis wir die Haustür erreichen, und rempeln dabei leicht die beiden knutschenden Mädchen von der Tanzfläche an. Hazel begrüßt sie – wieso wundert es mich nicht, dass sie auch aus dem Schauspielprogramm sind?

»Du hast ja direkt mit unserem A-Lister angebandelt«, sagt die eine ironisch und wackelt mit den Augenbrauen. Okay, die beiden haben es natürlich auch gesehen.

»C-Minus-Lister. Das Problem ist, dass er glaubt, dass er ein A-Lister ist, unangenehm.« Ich schaue seitlich zu Hazel. So gehässig kenne ich sie gar nicht.

Nachdem wir ein paar Schritte gegangen sind, dreht sie sich zu mir um. »Du bist mir nicht böse, wenn ich das gerade nicht erzählen will, okay?«, fragt Hazel.

»Natürlich nicht. Es gibt jede Menge Dinge, die ich nicht erzählen will«, erwidere ich.

Hazel schaut mich an. »Danke«, seufzt sie.

Ein paar Minuten später verabschieden wir uns vor ihrem Haus. Sie umarmt mich noch mal fest zum Abschied, etwas zu fest.

»Weißt du, das bedeutet mir viel, dass ich dir nicht alles erzählen muss und du trotzdem weißt, dass du meine engste Freundin hier bist.«

»Ich bin doch auch froh, dass ich dich gefunden habe«, sage ich nur, weil ich gerade nicht viel mehr rausbekomme. »Und dass du ein bisschen verrückt bist, ist für mich total okay. Sind wir doch alle hier. Jeder auf seine Art.«

Hazel ist anders als ich in vielerlei Hinsicht. Ich liebe die Bühne, weil sie mich so frei macht, weil sie keine Fragen stellt, weil alles perfekt ist, wenn ich darauf stehe. Hazel hat Lampenfieber, sie ist unsicher, aber die Rollen geben ihr die Möglichkeit, jemand anders zu sein. Irgendwie ist sie in der kurzen Zeit trotzdem die Freundin geworden, die ich mir schon immer gewünscht habe.

Ich bin definitiv sentimentaler geworden, seit ich aus New York weg bin. Vielleicht liegt das an der Luft. Ich laufe allein zurück über den Campus und beschließe, noch einen kleinen Bogen zu gehen, der mich am Gym vorbeiführt. Mir fällt erst jetzt auf, wie verräuchert die Luft auf der Party war. Außerdem habe ich erst hier in Montana gemerkt, dass ich in meinem bisherigen Leben nur in Ausnahmefällen normale Luft geatmet habe. Größtenteils habe ich mich in geschlossenen Räumen mit Klimaanlage aufgehalten. Unsere Anlage in der Küche ist im Sommer so laut, dass sie sogar die Geräusche der Autos übertönt. Aber meine Eltern stellen sie nur selten aus, weil sie die einzige im Haus ist.

Ich bin merkwürdig aufgedreht. Und ich denke an Miles und an das, was Hazel gesagt hat. Dass es eine Ausrede sein muss, dass ich ihm Fahrradfahren beibringen soll. Der Campus ist erleuchtet, aber die Lampen haben einen gelblichen Farbton, sodass alles warm und einladend wirkt. Insgesamt ist der Campus mit seinen nicht abgeschlossenen Türen, den saftigen Wiesen und den freundlichen Mitarbeitern ohnehin unglaublich einladend. Keiner hat Angst vor Einbrüchen, nur einige Labore werden nachts abgeschlossen, der Rest bleibt offen.

Es ist erst kurz vor elf. Perfekt, denn dann kann ich morgen früh ins Gym, um an ein paar Kombinationen zu arbeiten. Ich mag gerade nicht zurück in mein Zimmer, wo meine verschwiegene Mitbewohnerin Julie wahrscheinlich noch liest. Sie spricht nicht viel mit mir, doch manchmal fehlt mir ein Einzelzimmer, ein Raum, wo man verlässlich hingehen kann, um allein zu sein.

Die Sportanlagen tauchen vor mir auf, das Gym ist rund um die Uhr geöffnet, und auch jetzt sieht man durch die großen Glasscheiben noch vereinzelt einige Studenten an den Geräten. Hinter dem Campus versinkt die Welt in Schwarz. Es gibt bloß ein Restlicht, das noch über den Bergen schwebt, den Sternen und dem Mond, der alles ein klein wenig erhellt, weil er in seiner helleren Phase ist. Der erste Teil der Straße, die vom Parkplatz wegführt, ist beleuchtet. Als ich fast auf Höhe des Eingangs bin, den ich ausnahmsweise nicht betreten will, geht die Tür auf, und jemand tritt heraus. Ich blinzele noch mal, und fast bleibe ich stehen, als die Person in den Lichtschein der Laterne vor der Eingangstür tritt. Es ist Miles.

Es gibt über zweitausend Studenten hier, das ist nicht so viel, trotzdem ist es mehr als Zufall, dass er gerade in diesem Moment aus der Tür des Gyms tritt.

Er hat mich auch gesehen. Ich kann nicht genau erkennen, wo er hinschaut, doch es ist meine Richtung.

»Yuna«, sagt er und klingt atemlos und überrascht. Es ist eine sehr wohlklingende Mischung. Seine Haare sehen aus, als wären sie nach dem Duschen einfach trocken gerubbelt worden, und stehen von seinem Kopf ab. Er kommt auf mich zu.

»Du stalkst mich schon wieder?«, fragt er. Obwohl ich seinen Gesichtsausdruck im Gegenlicht nicht so genau erkennen kann, höre ich, dass er lächelt.

»In New York war es irgendwie leichter, Leuten aus dem Weg zu gehen«, erwidere ich witzelnd. Das stimmt, wobei man sich in den einzelnen Stadtteilen auch häufig wiedersieht.

In New York ist man nie allein, hier ist so ein Treffen auf der Straße fast … privat. In der Großstadt kann man unauffällig den Kopf wenden und so tun, als hätte man sich gerade übersehen, oder verschmilzt kurz mit der Stadt oder einer Gruppe Menschen.

»Muss ich aufpassen, dass du nicht gleich wieder über mich herfällst?«

»O Gott, das kann ich mir jetzt wohl immer anhören.«

»Ich glaube, du hast echt gehofft, dass du mich küsst und wir uns dann nie wiedersehen«, sagt er. Aber seine Stimme krächzt dabei etwas.

Mir entfährt ein kleines Geräusch. Ich denke an den Kuss, und sofort breitet sich Hitze in mir aus. Er hat eine Freundin, versuche ich lautlos in meinem Kopf zu wiederholen. Er ist nur ein netter Typ, der eine Freundin hat. Genau deshalb darf ich ihn treffen.

Er verlagert sein Gewicht von einem Bein auf das andere, vielleicht spürt er auch, dass dieser Moment irgendwie … sehr intim ist? Nein, spürt er nicht, er wohnt ja schon länger hier, wahrscheinlich bin ich einfach ein bisschen komisch mit meinem New-York-Kulturschock in Montana.

»Vielleicht hast du ja morgen Zeit für die Fahrradstunde«, sagt er nach einem Moment. Er nuschelt ein bisschen beim Sprechen. »Ich … ich habe morgen frei, und … falls du auch Zeit hast, weil ja keine Kurse sind.« Er zuckt mit den Schultern, aber das lässige Zucken widerspricht seinem Blick, mit dem er mich sehr genau betrachtet. Und ja, da sind sie wieder, diese blaugrauen Augen, die so intensiv schauen können. Wenn er mich ansieht, fühlt es sich intensiver an, als wenn Maxwell, der Idiot, mich angefasst hat. Und das kam mir damals, als ich keinen Vergleich hatte, gar nicht so schlecht vor. Warte mal, was sind das hier schon wieder für Gedanken? Mein Gehirn rastet mal wieder völlig aus. »Also …«, fährt er fort.

»Ich habe Zeit. Morgen ist super«, sage ich hektischer, als ich wollte. Ich habe irgendwie Angst, dass er es wieder zurücknimmt und wir uns womöglich doch nicht sehen.

Er nickt. Lächelt. Dabei sieht er ziemlich froh aus, er müsste viel mehr lächeln.

»Okay, ich würde dich morgens abholen, gegen neun?«, fragt er.

»Morgens?«, erwidere ich. Irgendwie habe ich nicht mit morgens gerechnet, sondern mit abends, keine Ahnung, ich habe an ein Date gedacht. Es geht um eine Fahrradstunde, Yuna, hallo, hast du dir vorgestellt, dass du unter dem Sternenhimmel von Montana einem süßen Typen eine Fahrradstunde gibst? Ich muss fast lachen, als ich daran denke, was Hazel dazu sagen würde. *Nachtfahrradstunde mit Miles – wir sind nur Freunde* und so.

»Also, wenn du nicht kannst«, beginnt er.

»Ich kann. Neun Uhr passt«, sage ich schnell und hoffe, dass ich nicht zu panisch dabei klinge, auf jeden Fall verhindern zu wollen, dass er doch nicht kommt.

»Wie ist deine Adresse?«, fragt er, und wieder bekomme ich fast weiche Knie unter seinem Blick.

»344 Washington«, erwidere ich.

»Finde ich. Bis morgen.« Miles hebt seine Hand und verschwindet Richtung Parkplatz.

Als ich kurze Zeit später in mein Zimmer zurückkomme, ist Julie nicht da. Keine Ahnung, wo sie steckt, aber irgendwie ist es schön, einen Moment lang das Zimmer für mich zu haben. Ich überlege, mir noch ein paar Videos von der Interpretation des sterbenden Schwans anzuschauen. Aber dann werfe ich mich auf mein Bett und verschränke die Arme hinter meinem Kopf. Das Kissen ist viel zu flach, ich muss mir unbedingt noch ein zweites kaufen. Aber der nächste Ort, falls man das so bezeichnen kann, oder vielmehr ein Straßenabschnitt, an dem es verschiedene Läden gibt, ist nur mit dem Auto zu erreichen, und im Campus-Store ist alles überteuert, und die Auswahl sehr begrenzt.

Eigentlich wollte ich morgens trainieren, so schnell habe ich meine Pläne ja noch nie geändert. Miles. Der Typ bringt mich durcheinander, ich bin nicht ich selbst hier in Montana. Ich muss aufpassen, Hazel hat schon recht. Ich schaue auf Julies Zimmerseite und ihr Bettzeug, das aussieht wie von einem Kind. Es sieht alt aus. Es ist nicht schwer zu erkennen, dass Julie noch weniger Geld hat als ich. Sie hat mir erzählt, dass sie ein komplettes Stipendium fürs College bekommt, mit Extrageld für Bücher und so weiter. Sie muss sehr talentiert sein. Aber ich weiß wenig über sie. Julie ist nicht nur ein wenig seltsam, sondern sehr seltsam und immer noch so introvertiert wie am ersten Tag. Ich habe überhaupt nichts gegen seltsam. Ich mag seltsam, denn ich habe gleichzeitig den Eindruck, dass sie mich nie beurteilt. Dass sie mich einfach akzeptiert, dass sie meine Handlungen nicht analysiert. Sie schaut mich nicht neugierig an, wenn ich irgendwelche komischen Umschläge um meine Beine mache, sondern gibt mir sogar Empfehlungen für Heilpflanzen, weil ihre Mutter Expertin auf diesem Gebiet ist. Sie steigt auch einfach wortlos über mich hinweg, wenn ich mit verdrehten Beinen auf dem Boden sitze und ein Buch lese, um einen Extrastretch einzubauen. Sie betrachtet alles mit Neugierde, die Menschen, den Campus, ihre Bücher, einfach alles. Aber sie ist ziemlich oft im Zimmer und lernt an dem kleinen Schreibtisch dort oder schreibt in die schwarzen Bücher, von denen sie viele besitzt. »Ich mache Gedanken-Downloads«, hat sie mir einmal erklärt, als ich nachgefragt habe. Keine Ahnung, was das genau sein soll. Ich seufze und schließe die Augen. Ich versuche, meinen Kopf zu leeren und nicht an Miles zu denken, um zu schlafen.

Vierzehn

Miles

Ich bringe den Pick-up vor dem weißen Haus zum Stehen. Ich habe mich nicht direkt vors Haus gestellt, sondern ein paar Autolängen entfernt. Vielleicht wäre es Yuna sonst unangenehm. Der Motor geht aus, und es ist ganz schön still. Spike schaut mich an, und ich muss zugeben, dass ich froh bin, dass er mitgekommen ist. Hoffentlich hat sie keine Hundeallergie. Keine Ahnung, warum ich das gerade denke. Fast wäre ich nicht gekommen. Es ist vielleicht falsch, sie zu treffen, weil ich sie viel zu sexy finde, und ich kann mir viel vormachen, sie ist es. Ich bin ja nicht blind.

Ich möchte keine … Verwirrung. Deshalb habe ich ihr das mit Olivia gesagt. Schließlich habe ich Olivia ein Versprechen gegeben. Ich versuche, den Gedanken wegzuwischen, was auch immer der Gedanke ist. Keine Ahnung, warum ich das mit dem Fahrrad überhaupt erzählt habe. Sie bringt mich dazu, die Wahrheit zu sagen. Und auch wenn ich es gern leugnen würde, weiß ich, dass diese Aktion schräg von mir ist. Ich schicke ihr eine Nachricht.

Die Tür geht auf, und sie tritt heraus. Sie trägt Shorts, Turnschuhe und ein dickes Sweatshirt. Ich nehme ihr Aussehen wahr, als würde ich es einsaugen und alles speichern, ein fertiges Bild. Ich befürchte, ich könnte diesen Moment, wie sie aus der Tür tritt, aus dem Gedächtnis malen, und ich weiß nicht, ob das gut ist. Sie blickt auf die andere Straßenseite, ohne mich zu sehen, streift danach den Stoffbeutel vom Arm und wühlt darin herum, wahrscheinlich sucht sie ihr Handy. Dabei beugt sie sich vor, und ich kann die Muskeln ihrer Unterschenkel sehen. Faszinierend, wie definiert sie sind. Ich gebe mir einen Ruck und presse die Handfläche kurz auf die Hupe.

Sie fährt zusammen, kein Wunder, die Hupe des Autos ist alles andere als dezent, obwohl ich extra kurz gedrückt habe. Spike blickt mich vorwurfsvoll an.

Sie schneidet eine Grimasse, aber sie grinst. Über der Schulter trägt sie eine Stofftasche, auf die »New York Ballet Company« gedruckt ist. Ich glaube, sie besitzt keine einzige Tasche ohne einen Schriftzug von irgendeiner Sportveranstaltung. Sie öffnet die Tür zu meinem Pick-up, was ziemlich viel Kraft benötigt, aber ich liebe meinen Ford, der gefühlt aus dem letzten Jahrhundert stammt. *Betrachte ihn wie deinen.* Ich kann es immer noch nicht glauben.

»Hi, Miles.« Sie strahlt. Ihr Blick fällt auf die Fußmatte, wo Spike sitzt und sie erwartungsvoll anschaut, ein Ohr steht nach oben.

»Spike?« Ich nicke mit dem Kopf nach hinten.

Spike versteht und verzieht sich mit einem Satz auf die Rückbank. Der Wunsch, mir zu gefallen, ist über jede Eifersucht erhaben.

»Er kann ruhig dableiben«, versichert Yuna. »Ich mach mich klein.«

»Er leckt dir möglicherweise die Zehen ab. Er mag Füße«, erkläre ich, und sie muss lachen. Mir gefällt ihr Lachen, und mir gefällt, dass sie über meinen Witz lacht. Mit Schwung zieht sie sich auf den Beifahrersitz. Dann atmet sie einmal laut aus. »So.« Sie sieht mich erwartungsvoll an. Ihre Haare sind in einem Dutt hoch auf ihrem Kopf zusammengewurschtelt, wobei einige Haare seitlich herausfallen. Impulsmäßig will ich eine Strähne wegschieben, die auf ihrer Wange klebt, aber ich kann mich im letzten Moment beherrschen.

»Und, hast du schon deine Knieschoner bereit?«

Jetzt muss ich lachen. Wir sind beide aufgedreht.

»Das ist das erste Mal, dass ich vom Campus wegkomme, seit ich hier bin. Dafür bringe ich dir auch noch ein paar Ballettsprünge bei. So als Ausgleich zum Boxen.«

»Ich weiß nicht, wie viel ich an einem Tag lernen kann.«

»Okay, gib Gas, wir haben viel vor, und ich wollte schon immer mal in so einem Pick-up fahren.«

Mein Auto ist plötzlich klein mit ihr darin. Sie kurbelt das Fenster herunter und lässt ihre Hand aus dem Wagen heraushängen. »Das wollte ich auch schon immer mal machen«, sagt sie an mich gewandt.

Ich fahre den Weg, den ich so oft fahre, und nach nur fünfzehn Minuten parke ich schon auf dem Hof. Ich nehme den Parkplatz von den Gästen, denn die Chance, hier Rich oder Ellen zu treffen, ist geringer. Es ist natürlich völlig in Ordnung, dass ich jemanden mit nach Hause bringe, im Gegenteil, ich weiß, dass sie sich darüber freuen würden, dennoch möchte ich es lieber nicht erklären. Schließlich ist nicht zu übersehen, dass Yuna extrem attraktiv ist. Jemand müsste schon sehr blind sein, um das nicht festzustellen, und das würde zu mehr Fragen führen. Ich ermuntere Spike, sich für den Moment einen anderen Spielkameraden zu suchen oder seinen täglichen Ausflug in die Umgebung zu machen. Nach einer Weile trabt er davon.

Yuna und ich gehen an einigen der Gebäude vorbei. Ich habe die Fahrräder schon neben die Scheune gestellt, damit wir sie nicht noch aus der Gästegarage holen müssen und wirklich jeder mitbekommt, dass Yuna zu Besuch ist.

Mein Trailer liegt etwas abseits und meine Scheune ebenso. Wir schlendern zu Fuß dorthin. Yuna geht neben mir und sieht völlig entspannt aus. Ich bin alles andere als entspannt, und das nicht, weil ich Angst habe, mich mit dem Rad zu blamieren.

»Woher weißt du eigentlich, wie du einem Erwachsenen Radfahren beibringst? Macht man das nicht normalerweise mit Stützrädern?«, frage ich sie.

»Ich hatte Stützräder«, stimmt Yuna zu. »Wobei in New York kann auch nicht jeder Rad fahren. Aber mein Vater hat es mir beigebracht, als ich noch klein war. Haben deine Eltern es dir nicht beigebracht?«

Ich schüttele den Kopf.

Sie sieht mich verwundert an. Ich will jetzt zwar nicht lang von meiner Vergangenheit erzählen, aber es dann doch lieber hinter mich bringen. »Meine Eltern sind früh gestorben. Es hat sich nicht ergeben.« Es stimmt so halb. Sie haben mich zur Adoption gegeben und sind verschwunden. Ich könnte mir irgendeine schöne Geschichte für ihr Schicksal ausmalen, wie das so viele tun, denen es ähnlich ergangen ist. Aber wahrscheinlich sind sie entweder immer noch auf den Straßen Chicagos als Obdachlose unterwegs oder gestorben. Letzteres ist wahrscheinlicher. Sie sind drogenabhängig. Oder waren es. Was auch immer. Meine Mutter jedenfalls, über meinen Vater weiß ich sowieso nichts. Ich weiß gar nicht, ob er weiß, dass ich existiere. Aber ich gebe mich keinen Fantasien hin, ihn jemals ausfindig zu machen. Doch *die* ganze Story will ich ihr bestimmt nicht auftischen. Hilft ohnehin niemandem.

»Das … das tut mir so leid.« Sie sieht mich mit ihren warmen, braunen Augen an. Mitleid und etwas Hilflosigkeit stehen darin, weil es natürlich nicht so richtig etwas gibt, was man darauf antworten kann. Ein Blick, den ich nicht mag – und den ich häufiger als Reaktion darauf erhalte. Sonst mag ich Yunas Blicke eigentlich sehr. Ihre Augen haben eine Tiefe, und ihre Form ist absolut faszinierend. Ich werde mich zurückhalten müssen, sie nicht zu zeichnen.

»Es ist okay, es ist ewig her, mir geht's gut«, ergänze ich schnell. »Also, wie machst du es ohne Stützräder? Irgendwie habe ich das Gefühl, dass ich um zerschundene Knie nicht herumkomme.«

Sie schaut immer noch prüfend in mein Gesicht, als wollte sie sichergehen, dass sie das andere Thema wirklich fallen lassen kann, und zum Glück tut sie es.

Wir sind mittlerweile bei den Fahrrädern angekommen. Der Himmel über uns ist leer gefegt. Zum Glück ist Dean nirgendwo in Sicht. Ich habe nicht die Mountainbikes mit den dicksten Rädern genommen, sondern etwas altmodisch wirkende schwarze Fahrräder mit hohen Lenkern und bequemen Sätteln, von denen ich mir erhoffe, dass sie einfacher zu fahren sind.

Wir bleiben vor den Rädern stehen. Okay, vielleicht sind wir beide ganz froh, dass wir einen Grund für diese Verabredung haben. Ihre Wangen wirken gerötet, und ihre Bewegungen sind etwas hektisch. Ihre Nervosität wiederum macht mich ruhig. Wir sind nur befreundet, alles in Ordnung. Ich habe ihr sogar von Olivia erzählt.

»Gut, du nimmst dir jetzt das Fahrrad.« Sie lehnt sich kurz darüber und stellt den einen Sattel tiefer. »So müsste es besser gehen, damit du … dich nicht verletzt«, sagt sie, und ihre Wangen färben sich noch stärker. Sie schaut zur Seite und steigt auf das eine Fahrrad. Beide sind Damenfahrräder mit niedrigen Stangen. Ich muss mir auf die Lippe beißen, um nicht einen albernen Spruch zu machen wie, *Wo genau meinst du, verletzt?* Ich bin nicht schüchtern. Wirklich nicht. Aber ich mag sie nicht verunsichern, so reizvoll es mir plötzlich erscheint herauszufinden, was ihr unangenehm ist. Mein Blick bleibt kurz an ihrem Hals hängen. Ich mag ihren Hals. Fuck. Hör damit auf.

»Du nimmst jetzt einfach das Fahrrad und läufst damit ein wenig, sodass du dich mit den Füßen vom Boden abstoßen kannst. Vergiss die Pedale, okay?«

Ich brauche eine Sekunde, um wieder zu mir zu kommen. Dann nehme ich ein Fahrrad, setze mich auf den Sattel und mache es ihr nach. Ich komme mir unglaublich dämlich vor. »Ich bin mir sicher, dass ich sehr beeindruckend aussehe.«

»Es ist die Erwachsenenversion von Laufradfahren«, erklärt Yuna. »Lauf einfach mit dem Fahrrad zwischen den Beinen.«

»Okay, jetzt bin ich dir dankbar, dass du den Sattel tiefer gestellt hast«, kann ich mir nicht verkneifen zu bemerken.

Sie lacht. »Du wirst weiterhin Kinder haben können.« So schüchtern ist sie auch nicht.

Wir laufen in diesem komischen Entengang ein Stück auf dem holprigen Weg.

»Ich glaube, diese Übung habe ich jetzt gemeistert. Außer du möchtest weitermachen, um mich psychisch zu erniedrigen?«

»Du musst das mindestens eine Stunde durchhalten«, sagt sie so todernst, dass ich einen Moment brauche, um zu verstehen, dass es ein Witz sein soll.

»Du bist echt ein Streber, aber dann gehen wir direkt zur nächsten Übung über. Bitte mir folgen.« Sie läuft mit ihrem Fahrrad im Entengang zu einem Stück Weg, das etwas ebener ist.

»Aha«, brumme ich.

»Nicht so viel Begeisterung«, bemerkt Yuna. Ein Lächeln erscheint auf ihrem Gesicht. Ihre geschwungenen Lippen sind so einladend.

Ich blicke sie zerknirscht an. »Ich habe mich schon mal cooler gefühlt, okay?«, erwidere ich. Auch wenn es mir nicht wirklich peinlich ist.

»So, und jetzt kurz abstoßen und das Fahrrad losrollen lassen. Wir nehmen das Stück hier.«

Ich mache es ihr nach.

»Du musst deinen Blick auf ein Ziel fokussieren, nimm den Baum da, behalte ihn im Auge, nicht nach unten schauen.«

Ich versuche es. Es klappt eigentlich ganz gut. Es ist ungewohnt, aber sobald der Untergrund gerader wird, geht es.

»Wenn es sich gut anfühlt, lass dich länger rollen und heb die Füße weiter, dann bist du nur noch einen winzigen Schritt vom Pedal entfernt.«

Ich nehme noch mal Schwung und lasse das Fahrrad von allein rollen. Dann setze ich die Füße auf die Pedale und trete einmal. Es ist ungewohnt, aber es funktioniert. »Meine Güte, ist das einfach! Ich dachte, du wolltest mir etwas komplizie…« Mit einem schlitternden Geräusch rutscht ein Reifen zur Seite, ich kann das Gleichgewicht nicht halten und falle mit dem Rad um. Instinktiv drehe ich im Fall den Oberkörper zur Seite und kann mein Gewicht auf den Oberarm stützen, sodass es nicht allzu schmerzhaft wird. Die Räder des Fahrrads drehen frei in der Luft. Mein Bein brennt, weil es am Pedal vorbeigeschabt ist.

Yuna lässt ihr Fahrrad ins Gras plumpsen, kommt angerannt und beugt sich mit einem besorgten Gesichtsausdruck über mich.

Ich blicke zu ihr hoch, ihre Augen glänzen, die Haare sind größtenteils aus dem Dutt herausgefallen, und eine Strähne kitzelt meine Wange. Sie sieht wunderschön aus. Sie ist ein perfektes Motiv. Sie ist viel mehr als ein Motiv. Dann merke ich, dass wir beide schon ganz schön lange nichts sagen.

»Alles okay«, murmele ich und winde mich unter dem Fahrrad heraus. »Ich glaube, mein Bein ist gebrochen, aber für einen kurzen Moment bin ich geflogen.«

Sie zieht die Stirn in Falten.

»Nur ein Witz«, sage ich. »Ich denke, das bekomme ich hin. Ich weiß gar nicht, warum ich es nicht schon früher geübt habe, ist total einfach.«

»Deshalb liegst du ja auch hier.«

Ich klopfe mir noch im Sitzen den Staub von den Knien.

»So, ich glaube, das reicht für heute.« Yuna hält mir ihre Hand hin, ich ergreife sie, und sie zieht mich hoch. Sie ist stark. Sie schwankt kaum nach hinten zurück, sodass ich ziemlich nah vor ihr zum Stehen komme. Ihre Handinnenfläche ist weich. Sie lässt meine Hand los und tritt einen Schritt zurück. Ich weiß genau, warum. Ich habe es auch gespürt.

»Beim nächsten Mal üben wir die Pedale. Wenn du diese Woche selbst übst, bekommst du das schnell hin.«

»Warum klingst du wie ein Profiradler? Ich dachte, du bist Ballerina«, entfährt es mir.

Sie zieht ihre Lippe zwischen die Zähne, als wäre sie ein bisschen verlegen. »Willst du die Wahrheit wissen?«, fragt sie und sieht mich etwas zerknirscht an.

»Es gibt eine Wahrheit zu dem Thema?«, frage ich.

»Ich habe ein Youtube-Video geschaut, wie man Erwachsenen Fahrradfahren beibringt«, erklärt sie.

»Okay, du *bist* eine Streberin.«

Sie lächelt. Ich lächele. Ihre Silhouette hebt sich unwirklich klar von dem Hintergrund ab. Hinter ihr liegen nur noch Felder und der Himmel.

»Er ist immer noch komisch, dieser weite Himmel, findest du nicht?« Sie kommt aus New York, ihr muss es genauso gehen.

»Glaub mir, ich habe mich noch nie so sehr nach Stadtmädchen gefühlt wie hier. Ich fühle mich erst wie eine New Yorkerin, seit ich in Appleby angekommen bin.«

»Ich weiß, ist bei mir auch noch so. Und ich bin ja schon ein paar Monate hier. Zudem ist es so still.«

Wir heben die Fahrräder hoch und schieben sie langsam in Richtung meines Trailers.

»O mein Gott, es ist sooo still«, sagt Yuna. »Ich habe schon überlegt, ob ich verrückt bin, dass mir das auffällt. Es ist ja nur still, weil da nichts ist. Aber manchmal denke ich, in meinen Ohren rauscht es noch, wie nach einer Party, wo die Musik zu laut war. Nur ist die Party New York und hat schon neunzehn Jahre lang gedauert.«

»Chicago als Party zu bezeichnen, ist vielleicht gar nicht so schlecht«, erwidere ich. »Das Ganze hat mit einem Kater geendet.«

Sie verlangsamt das Tempo. Dann bleibt sie stehen.

»Du hattest keine gute Zeit in Chicago, oder?«

Ich zucke mit den Schultern. »Es war o. k. Nicht alles war schlecht«, erwidere ich. Das stimmt auch. Nur das Ende war phänomenal beschissen.

»Ich vermisse New York, wenn ich ehrlich sein soll. Ich war eigentlich noch nie woanders. Ich will schon ewig mal nach Europa fahren. Also, ich war sogar einmal da, aber das war in Lausanne bei einem Ballettwettbewerb.«

»Du musst so unfassbar gut sein. Du bist auf internationalen Wettbewerben in Europa gewesen?«

Sie nickt. »Ich habe nichts von der Stadt gesehen. Lausanne ist tatsächlich ein ziemliches Ding, ich war so angespannt, weil ich meine Lehrer nicht enttäuschen wollte, die alles in die Vorbereitung investiert hatten, und meine Eltern, natürlich, die so viel Geld bezahlt haben.« Sie hält inne. »Ist es schlimm, wenn andere immer von ihren Eltern erzählen?«

»Nein«, sage ich. »Erzähl ruhig, ist ja normal, Eltern zu haben.«

Sie mustert mich, nicht ganz überzeugt. »Meine Eltern haben ziemlich viel aufgegeben, damit ich tanzen kann«, sagt sie. Es klingt bedrückt. »Mein Traum, Ballerina zu sein, ist mindestens so sehr ihr Traum.« Sie denkt einen Moment nach. »Und, bist du schon in Europa gewesen?«

»Ich habe Chicago auch kaum verlassen, aber ich kenne ziemlich viele Stadtviertel sehr genau.«

Es ist komisch, dass wir beide irgendwie nach Gemeinsamkeiten suchen. Oder welche haben. Es gefällt mir mehr, als es sollte.

»Warum hast du New York verlassen, wenn es dir so gefallen hat? Wärst du nicht auch woanders angenommen worden? Du bist doch bestimmt total gut.« Wir sind in der Nähe eines Stalls. »Warte, antworte mir erst gleich. Wollen wir die Fahrräder hier abstellen … dann kannst du noch ein bisschen mehr von der Magnolia Ranch sehen?« Bevor ich lange darüber nachdenken kann, sind die Worte ausgesprochen.

Sie nickt. »Das wäre toll. Ich will gern noch mehr Tiere sehen, ich habe mit acht mal eine Kuh mit einem Pferd verwechselt. Das habe ich jetzt gelernt, aber ich fürchte, es kann peinlich werden.«

Ich mag, wenn sie die Stirn in Falten zieht. Vielleicht, weil die zarten Falten noch mehr betonen, wie schön ihre Haut ist.

»Das hier ist ziemlich süß, ich bin sicher, dass es dir gefällt.«

Wir sind vor dem Stall angekommen, wo die Katze ihre Box hat, die vor Kurzem ihre Jungen bekommen hat. Ich schiebe den Riegel zurück und drücke die Tür zur Seite, sodass wir ins viel dunklere Innere treten können. Ein leichter Geruch von Gülle schlägt uns entgegen.

Ich drehe mich zu Yuna. »Frag mich nicht, warum sich die Katze gerade diesen Stall ausgesucht hat, in dem sowohl die Ziegen als auch die Schweine nachts sind. Nicht unbedingt geruchsneutrale Tiere, aber du willst es sehen, versprochen.«

Sie nickt, der Geruch scheint sie nicht weiter zu stören. Ich führe sie in den hinteren Teil an einigen Boxen vorbei. Dann öffne ich vorsichtig eine Boxentür, damit die Tiere Zeit haben, zur Seite zu springen.

Sofort beginnt das zarte Miauen der noch sehr jungen, aber neugierigen Katzen, die sofort auf uns zukommen und dabei über ihre eigenen Füße stolpern.

»Oh«, sagt Yuna begeistert und lässt sich sofort auf die Knie fallen.

»Das sind keine Hunde«, bemerke ich, »nur zur Sicherheit.«

Sie sieht mich einen Moment verwirrt an, dann stiehlt sich ein Lächeln in ihr Gesicht.

»Okay, das hätte ich dir wohl nicht erzählen sollen mit der Kuh.« Sie sieht entspannt aus, wie sie im Stroh kniet, das ich am Morgen frisch aufgeschüttet habe. In einem Teil der Box sind Sägespäne. Die kleinen Kätzchen kommen sofort näher und beschnüffeln ihre Beine. Ich setze mich daneben und kraule die Mutter, die sich gegen mein Bein reibt.

Die Katzen sind schwarz oder schwarz-weiß wie ihre Eltern.

»Wie zutraulich sie sind.« Yunas Haare fallen nach vorn, sie hat inzwischen das Haarband herausgezogen und um ihr Handgelenk geschoben. Sie beugt sich zu den Katzen. »Sie haben nur gute Erfahrungen mit Menschen gemacht, sie können sich nicht vorstellen, dass jemand ihnen jemals wehtun könnte. Vielleicht helfen die gegen das Heimweh nach New York«, erkläre ich.

»In 344 sind keine Tiere erlaubt.«

»Ich meinte auch nicht, dass du eine mitnehmen sollst«, erwidere ich.

»Aber ich kann sie hier besuchen«, bemerkt Yuna.

Ich zucke mit den Schultern. »Klar.« Es fühlt sich schon nach diesem einen Tag so vertraut mit ihr an, verrückt. Es ist total schön, mit ihr zusammen zu sein. Die Leute hier auf dem Hof sind nett, sie bedeuten mir so viel, aber alle sind mindestens vierzig.

»Deine Freundin … ist auch hier?«, fragt sie, während sie konzentriert auf die Katze sieht und ihr Fell streichelt.

Die Frage trifft mich total unvorbereitet. Ich habe ausnahmsweise überhaupt nicht an Olivia gedacht.

»Chicago«, erwidere ich kurz angebunden.

»Das muss schwer sein«, sagt Yuna.

Ich erwidere nichts. Ich … müsste ihr vielleicht sagen, wie kompliziert alles ist, allein der Gedanke daran. Und dass es ziemlich anders ist, dass es nicht eine so ganz normale Freundin ist und … aber das wäre definitiv zu viel über mein Leben. Ich will nicht von mir reden und davon, weil es zu wehtut. »Und … du hast mir noch nicht geantwortet. Warum bist du gekommen, wenn du New York so vermisst? Da wird es doch auch Tanzakademien geben, oder nicht?«

»Das Montana College of Performing Arts ist eine der absolut führenden Ausbildungsstätten in den USA. Es ist … etwas besonders. Vor allem wegen dem Konzept, dass die Tänzer so lange in der Einsamkeit der Rockys reifen sollen. Einige sagen, das ist besser als Juilliard, weil alle so lange für sich trainieren und sich entwickeln und sich nicht sofort der Meinung des Publikums unterwerfen. Ich habe halt dieses Stipendium bekommen, und so habe ich mich dann gar nicht woanders beworben. Sonst wäre ich nie gekommen.« Pumpkin, die Katzenmutter, ist inzwischen zu ihr gekommen und schnurrt, weil Yuna sie ausgiebig unter dem Kinn krault.

»Und … gefällt dir die Tanzausbildung hier?«

Sie nickt. Langsam, mehrmals.

»Es gibt ein Aber?«

»Im Studio bin ich fokussiert auf die Musik, auf die Stimmen der Lehrer. In meinen Kursen sind es die Worte der Studenten und Professoren. Und früher, in New York, war es laut, sobald ich draußen war. Überall ist immer so viel passiert. Die ganze Zeit. Die Stadt war so lebendig, egal, wo man hingegangen ist, waren da Leute, Musik, Cafés, immer gab es etwas zu sehen. Man kam nicht zum Nachdenken. Hier … Ich weiß nicht. Hier ist so wenig Ablenkung. Wenn ich nicht gerade tanze oder wirklich etwas unternehme, ist es still. Und in der Stille hat man ganz andere Gedanken und kann Dinge anzweifeln, die man vorher nie angezweifelt hat.« Sie schüttelt sich, als wollte sie ein Insekt vertreiben. »Ich weiß nicht, ob ich so gut darin bin, allein zu bleiben.« Das letzte Wort verschluckt sie fast, als hätte sie Angst, was Komisches gesagt zu haben. Dabei weiß ich, was sie meint. Wenn es zu still ist, male ich.

»Hey, wenn du einen Ex-Städter brauchst, der dich versteht, kannst du ja mich nerven. Für mich ist das auch noch ein ziemlich fremder Planet hier, aber ein schöner. Die Murphys sind gute Menschen. Die Ranch ist vielleicht nicht top in Schuss und auch nicht luxuriös, doch es gefällt mir. Es ist wahrscheinlich wirklich der schönste Ort, an dem ich je war. Aber manchmal, da denke ich auch, wie es wäre, wenn ich in Chicago geblieben wäre.« Wenn alles anders gekommen wäre. Dann denke ich jedoch wieder an Rich und komme mir mehr als undankbar vor. Und dann lasse ich es. Den letzten Teil denke ich nur.

Bevor ich sie wieder zum Campus zurückbringe, führe ich sie noch zu den Pferdeställen. Auf dem Weg dahin kommen wir an den Schweinen und Hühnern vorbei. Natürlich taucht Dean auf dem Weg auf.

Ihm fallen fast die Augen aus dem Kopf, als er Yuna sieht. Aber er reißt sich schnell wieder zusammen, hebt die Hand zum Gruß. »Hi, Miles, hi, Lady«, sagt er und geht weiter, als wäre alles normal. So viel zum Thema, Yuna heimlich hierhin zu bringen. Er wird mich nachher löchern. Trotzdem bin ich ihm dankbar, dass er sich so normal verhalten hat und sich sogar ein anzügliches Zwinkern verkniffen hat.

»Wir haben die Tiere hauptsächlich zur Unterhaltung der Gäste. Wir leben nicht davon. Aber eine Ranch ohne Tiere ist keine echte Ranch, und die Murphys lieben natürlich ihre Tiere.«

Vor dem Außengatter der Schweine stehen tatsächlich ein paar etwa zehnjährige blonde Jungs, die mit ihren Eltern ein paar Tage auf der Ranch verbringen. Sie sammeln Gras und Kräuter und füttern die haarigen Schweine, die ihnen ihre rosa Schnauzen gierig entgegenstrecken. Viele Gäste hier nutzen die Magnolia Ranch eher als Bed and Breakfast, wenn sie etwas an der MCPA zu tun haben. Gelegentlich kommen aber auch »echte« Gäste, um die Natur in Montana und die Ranch zu genießen.

»Ich fürchte, wir erzählen den Gästen nicht die ganze Wahrheit«, murmelt Miles.

»Welche Wahrheit?«

»Die sind nicht nur zum Streicheln und Füttern. Im Gegenteil, umso mehr sie sie füttern, umso mehr … Fleisch. Im Frühjahr kaufen wir Junge. Dann fressen sie den ganzen Sommer, im Winter werden sie geschlachtet, und von so ein paar Schweinen kann man den ganzen Winter essen.«

»Oh.« Eines der Schweine schnappt gerade gierig nach dem Gras und wedelt dabei mit dem Schwanz. »Wahrscheinlich wäre es geheuchelt, das komisch zu finden, aber ansonsten welche zu essen. Ich bin eh seit letztem Jahr vegan und gerade ziemlich froh darüber.«

»Okay, hier sind die Pferde. Die sind eigentlich ein großer Luxus, wir haben sechs Stück. Es sind Quarter Horses.« Wir stehen an der Koppel, wo die Pferde in einiger Entfernung grasen. Ihr Fell glänzt in der Vormittagssonne, eins hat sich im Schlamm gewälzt und ist von oben bis unten mit Matsch bedeckt. Sie sehen zufrieden aus und führen mit Sicherheit ein besseres Leben als die Pferde im Central Park.

»Kannst du reiten?«

Yuna schüttelt den Kopf. »Queens ist kein Stadtteil mit hohem Pferdeanteil. Und außerdem hatte ich immer viel zu viel Angst, mich zu verletzen. Sportarten mit Verletzungsgefahr sind nichts für mich. Aber jetzt sag mir nicht, dass du reiten kannst?«

Ich nicke. »Doch, ich kann … ganz gut reiten. Ich mag Pferde.«

Ihre Stirn legt sich wieder in Falten.

»Ich glaube, ich habe noch nie jemanden getroffen, der reiten kann, aber nicht Fahrrad fahren. Ich würde irgendwie denken, das eine kommt vor dem anderen.«

Ich zucke mit den Schultern. »Ich habe in Chicago bei zwei Familien gewohnt, die Pferde hatten. Um die habe ich mich gekümmert. Deshalb bin ich letztlich hier. Dass ich das kann, hat mir den Job verschafft.« Ich winke ab. Mit dieser Erinnerung schießen mir wesentlich mehr Dinge in den Kopf, als ich gerade verarbeiten kann.

»Was ist in Chicago passiert, dass du unbedingt wegwolltest?«

»Du willst es nicht wissen.«

»Doch«, sagt sie schlicht. »Du willst es nicht erzählen«, sagt sie ruhig. »Es ist in Ordnung«, sagt sie. »Jeder hat Dinge, die er nicht erzählen will.«

Ich blicke sie dankbar an. »Vielleicht ein andermal«, sage ich vage. Doch ich weiß, dass ich es nie erzählen will.

Eine halbe Stunde später hält mein Pick-up vor 344 Washington. Spike hat sich nicht nehmen lassen, für die Rückfahrt wieder mit ins Auto zu springen. Er hat es sich an ihren Füßen bequem gemacht und die Chance genutzt, ihre Fußgelenke abzuschlecken. Yuna krault ihn zum Abschied.

»Das war schön«, sagt sie zu ihm.

Dann richtet sie sich auf und blickt zu mir. Spike schaut sie glücklich an, aber ich schaue sie wahrscheinlich nicht weniger glücklich an.

»Wenn ich ehrlich bin, war das sogar der schönste Tag, seit ich hier angekommen bin. Danke dafür. Und sorry, dass du immer noch nicht Fahrrad fahren kannst.«

Sie rutscht vom Beifahrersitz, und ich muss mich zurückhalten, nicht den Dreck von ihren Beinen abzuwischen. »Danke, Yuna. Ich werde üben. Du wirst beeindruckt sein, wie schnell ich lerne«, erwidere ich und zwinkere ihr demonstrativ zu.

»Ich werde einen Kontrollbesuch machen«, sagt sie und

grinst, klettert aus dem Auto und wirft die Autotür mit etwas zu viel Schwung zu, sodass es laut scheppert. Erschrocken sieht sie sich um.

Ich lehne mich zum noch geöffneten Beifahrerfenster herüber: »Du bist so eine Art Hulk, der seine Kraft nicht wirklich unter Kontrolle hat. Ich versteh schon, ihr Balletttänzerinnen seid doch alle gleich.«

Sie lacht glucksend, wobei ihre Schultern etwas beben. Dann wende ich und fahre davon. Ich sehe im Rückspiegel, wie sie dort steht, an ihren Beinen klebt der Dreck, und ihre Haare sind zerzaust vom Fahrtwind. Sie schaut dem Auto kurz nach und geht dann zurück Richtung Haus. »Der schönste Tag, seit ich hier angekommen bin.« Es war definitiv *mein* schönster Tag, seit ich hier angekommen bin. Und nicht nur das. Der schönste Tag seit sehr, sehr langer Zeit.

Fünfzehn

Yuna

Das Training ist brutal. Mein Trikot klebt an meinem Körper, und ich spüre, wie die Muskeln nachlassen. Obwohl ich mich stark fühle nach den letzten Wochen. Ich bin fast wieder so, wie ich war. Aber es ist anstrengend, ein normales Collegeleben mit dem Tanzen zu vereinigen. Ich weiß, dass ich auch in meinem Kopf den Zweifel vertreiben muss. Was bringt mir Zweifel? Er macht mich schwach.

Lidia konzentriert sich eine ganze Weile auf mich. Und wenn jemand gequält wird, so ist das im Unterricht ein Kompliment. Als ich nach Lausanne gefahren bin, drehte sich monatelang alles um mich. Es ist eine Ehre. Jedoch eine Ehre, die mit Schmerzen, Erschöpfung und Erniedrigung während des Trainings verbunden ist.

Ich weiß, dass Iris die Aufmerksamkeit in letzter Zeit nicht entgangen ist. Sie ist misstrauisch. Natürlich will sie der Star sein. Wir trainieren gerade eine Szene aus dem *Schwanensee*, und sie will der Schwan sein. Alle möchten der Schwan sein. Es ist nur für eine kleine Aufführung »Work in Progress« für das bevorstehende Parents' Weekend, an dem einige Eltern und Ehemalige zu Besuch kommen. Aber wir wissen alle, dass es Weichen stellt. Iris ahnt nicht, wie wichtig das alles für mich ist. Das hier ist das Einzige, was ich habe. Sie hat noch ihre Familie, sie hätte noch ein anderes Leben. Wenn ich scheitere, ist damit auch das Leben meiner Eltern gescheitert. So einfach ist das.

»Du wirst auffallen, Yuna«, sagt Lidia zu mir. »Mach es zu deinem Vorteil. Du willst doch in der Klassik bleiben, oder nicht?«

Ich versteinere innerhalb von Sekunden. Wie kann sie so etwas fragen? Und dann noch vor allen anderen? Das ist absolut erniedrigend. Sie weiß sehr genau, dass ich momentan keinen einzigen Kurs in Modern Dance belege.

»Natürlich«, sage ich, und meine Stimme klingt zittrig. »Natürlich«, wiederhole ich lauter. Das Hochgefühl, von ihr für ein extrahartes Training ausgewählt zu sein, verpufft. Ich sehe ein Lächeln auf Iris' Gesicht.

Lidia hat vorgeschlagen, dass wir nach dem Training gemeinsam in die Mensa gehen, und plötzlich sitze ich mit meinem Tablett an einem Tisch – gemeinsam mit ihr und Iris und Mike und Rosie und den anderen Tänzern aus der Gruppe. Keine Ahnung, vielleicht will sie ja kontrollieren, was wir essen. Wahrscheinlich bin ich zu paranoid, was das angeht, weil wir an der Waganowa-Akademie in New York jede Woche auf die Waage mussten und uns erklären sollten, wenn wir bloß zweihundert Gramm zugenommen hatten. Pubertät oder Wachstum wurden bei der Gewichtszunahme nicht eingerechnet. Einige Lehrer an der Akademie sind vor Kurzem wegen psychischem Missbrauch angeklagt worden, und, ganz ehrlich, das wundert mich da nicht im Geringsten. Ballett war auf eine eigene Weise brutal, und wenn man so will, ist es jeder Leistungssport. Wenn man anfängt, ist man noch ein Kind.

Wir hatten uns alle brav große Mengen an Salat mit einer Proteinbeilage auf die Teller geschaufelt, um zu demonstrieren, wie gesund wir essen. Wobei essen für mich kein Problem mehr ist, ich habe sogar meine eigene Kanne grünen Tee mitgebracht. Wenn er wirklich so wirksam ist, dürfte kein einziges freies Radikal in meinem Körper übrig sein, bei den Mengen, die ich davon trinke. Meine Eltern, insbesondere meine koreanische Mutter, sind natürlich begeistert von meiner neuen Besessenheit von grünem Tee und loben mich immer, wenn ich abends mit ihnen skype. Das tue ich viel zu selten. Ich merke ihnen an, wie sehr sie mich vermissen.

Ein paar Tische weiter sehe ich Nate und den Schauspieler Landon. Auf irgendeine Weise passen die beiden ziemlich gut zusammen, aber ich kann mir wirklich nicht vorstellen, dass Hazel begeistert ist, sollte Landon demnächst häufiger bei uns im Haus auftauchen. Ich werde ihr besser nicht erzählen, dass ich die beiden gesehen habe. Sie hat noch nicht genau erzählt, was bei dieser Begegnung vor Beginn des Studiums passiert ist. Trotzdem traue ich ihr durchaus zu, auch in Zukunft sichergehen zu wollen, dass sie keine Kurse gemeinsam mit ihm hat. Sie wird es mir irgendwann erzählen. Ich respektiere die Geheimnisse von anderen.

»Ihr Lieben, ich möchte mit euch über ein Thema reden, das mir schon eine Weile auf dem Herzen liegt.«

Alle blicken aufmerksam zu Lidia. Wir haben noch feuchte Haare und tragen gemütliche Klamotten. Jeder stochert mit mehr oder weniger Appetit in Hühnerfleisch, Fisch oder Linsen und Tofu. Immerhin, das Angebot in der Mensa ist wirklich überdurchschnittlich gut. Nicht, dass ich andere Mensen kenne, aber mein Salat ist frisch und knackig, es gibt eine große Auswahl an Makros und guten Proteinen, Olivenöl, alles da. Man kann sich ziemlich einfach gesund ernähren. Die Schule weiß sehr gut, dass sie mit Schauspielern und Tänzern allein schon jede Menge Fitness-Freaks zu versorgen hat.

»Ich wollte mit euch heute in einem informaleren Rahmen über eure Zukunft reden. Ihr könnt euch vorstellen, dass ich schon jetzt immer wieder von einigen großen Kompanien nach euch und der Entwicklung der Gruppe gefragt werde und natürlich nach Talenten. Ich antworte stets, dass ich Talente habe und dass ich die Hoffnung habe, dass in den nächsten Jahren noch viel Entwicklung stattfinden wird.«

Auf den Gesichtern der meisten ist eine Mischung aus Stolz und Aufregung zu sehen. »Aber es gibt eine weitere Frage, die ich in letzter Zeit immer häufiger gestellt bekomme. Diese Frage hat nichts mit Tanzen zu tun. Sie lautet: Wie viele Social-Media-Follower hat die Tänzerin?«

Mit dieser Ankündigung habe ich irgendwie überhaupt nicht gerechnet.

»Zu meiner aktiven Zeit spielte das alles keine Rolle, aber ich wollte euch das weitergeben, denn ich fürchte, dass die Kompanien auf solche Dinge immer mehr Wert legen werden.«

Wir blicken uns gegenseitig an, ich weiß, dass einige der Tänzerinnen Social-Media-Konten haben und Tanzvideos oder Fotos posten. Ich habe sogar mal ein Konto eröffnet, aber ich kam mir albern vor.

»Ich möchte euch nahelegen, mit Social Media zu beginnen, falls ihr es noch nicht nutzt. Ich weiß, dass einige es schon sehr erfolgreich tun. Die Kompanien betrachten euch mehr und mehr auch als Werbepartner, und wenn sie sehen, dass eine Ballerina ihre eigenen Fans mitbringt, dann werden sie diese letztlich einer anderen, die genauso gut ist, vorziehen.«

Keine Ahnung, warum mich diese Aussage wütend macht. Aber sie tut es. Ich blicke auf Lidia, die Meisterin des klassischen Tanzes, die so streng ist, die durch eine noch viel strengere Schule gegangen ist als ich, die jungen Ballerinen in Russland wurden sicherlich nicht mit Samthandschuhen angefasst.

»Es geht nicht mehr darum, wer am besten tanzt«, sage ich und kann die Bitterkeit in meiner Stimme nicht unterdrücken.

Lidia sieht mich an. »Es ging schon immer um mehr. Es geht um euer Aussehen, darum, wie ihr euch in die Gruppe einfügt, darum, wie gut man mit euch arbeiten kann. Es geht um eure Persönlichkeit, um das, was euch ausmacht.«

»Aber warum sollte mir jemand folgen, die folgen doch lieber einer Maria Khoreva vom Mariinski-Theater. Würde ich doch auch machen«, bemerkt Ellen.

»Du musst dir ein Alleinstellungsmerkmal suchen, etwas, das dich auszeichnet«, erklärt Iris. Sie sieht zufrieden aus. Sie trägt ein rosafarbenes Sweatshirt und hat ihre nassen Haare zu einem hohen Zopf zusammengebunden. Ich habe keine Ahnung, wie viele Follower sie hat, wahrscheinlich viele. Dann wendet sie sich an Rosie. »Du könntest zum Beispiel mit Mike ein Partnerkonto aufmachen, *Ballet in Love* oder so was.«

Ich sehe, wie Rosie sich unter den Blicken der anderen windet. Natürlich sind die beiden zusammen, wir alle wissen das, männliche Balletttänzer sind nicht alle schwul, wie einige glauben. Aber vor Lidia spricht niemand davon, und ich kann mir kaum vorstellen, dass Rosie oder Mike wollen, dass Lidia davon weiß.

Aber Lidias Gesicht spiegelt keine Überraschung oder sonstigen Gefühle wider. Entweder wusste sie es, oder sie zeigt uns gerade wieder ihr jahrelang in Russland trainiertes Maskengesicht.

»Und Yuna, zum Beispiel, hat auch Glück. Sie kann so was wie *Korean Ballerina* oder *Brown Ballerina* oder so nehmen«, fährt Iris fort.

»Warum nicht gleich *Appaloosa Ballerina?*«, frage ich zurück. Es ist mir so rausgerutscht. Und ich hoffe, die anderen haben nicht gehört, wie meine Stimme dabei gezittert hat.

»Appa-was?«, fragt sie.

»Vergiss es.«

Als wir die Mensa verlassen, gibt Lidia mir ein Zeichen, dass ich kurz stehen bleiben soll. Sie wartet, bis die anderen verschwunden sind, und ignoriert die fragenden Blicke. Sie trägt einen schwarzen Rollkragenpullover. Wenn sie so vor mir steht, nicht in Trainingsklamotten, nicht als Herrscherin des Studios, wirkt sie plötzlich klein.

»Yuna. Warum regst du dich darüber so auf?«

»Ich dachte, es geht ums Tanzen.«

»Es geht ums Tanzen. Aber worum geht es beim Tanzen?«

Ich habe keine Ahnung, worauf sie hinauswill.

»Es geht darum, dich selbst einzubringen in den Tanz. Du sollst nicht tanzen wie andere. Du sollst dich nicht anpassen. Du sollst du selbst sein, auch wenn du berühmte Choreografien tanzt, die schon zahllose vor dir getanzt haben. Daran musst du arbeiten. Das funktioniert nicht im Studio, sondern in deinem Kopf.«

»Und es geht um neue Follower.«

Lidia macht eine wegwerfende Handbewegung. »Ich sage euch das, weil ihr es zu eurem Vorteil nutzen könnt. Sei nicht so empfindlich. Glaub an dich. Glaub an dich, genau so, wie du bist.«

Und damit lässt sie mich stehen und verschwindet. Das war ja fast ein Pep-Talk. Morgen im Studio werde ich wieder doppelt kleingefaltet, da bin ich mir sicher.

Sechzehn

Miles

Yuna kommt gleich, und ich bin viel zu aufgeregt. Es ist ein wunderschöner Herbsttag, mein erster Herbst in Montana, und Ellen hat nicht zu viel versprochen. Die Laubbäume leuchten in den verrücktesten Gelb- und Rottönen, dazu der ewig blaue Himmel. Die Weizenfelder glühen fast, wenn die Sonne aufgeht oder abends die letzten Strahlen darauf wirft. Die Luft ist kühl. Heute kommt Yuna. Ich habe heute Morgen daran gedacht, heute Vormittag, als ich die Ziegen und Hasen versorgt, nach den Pferden gesehen, die Hühner aus dem Stall gelassen und ihre Eier gesammelt habe. Heute war ich nicht im *Books & Beans*. Jetzt fühle ich mich frisch, weil es mein zweites T-Shirt ist, das ich heute angezogen habe, auch das Flanellhemd riecht nach Waschmittel. Gut, dass Ellen nicht da ist, sie hätte sofort gedacht, dass hier etwas läuft, auch wenn ja gar nichts läuft.

Ich bin gerade in meinem Trailer, vielleicht habe ich mir darin auch extra viel zu tun gesucht, um sicherzugehen, dass sie mich auch sofort findet, wenn sie zur Ranch kommt. Aber dann habe ich angefangen, dieses Buch zu lesen, das Ellen mir letztens gegeben hat. Ich habe früher kaum gelesen, das habe ich erst hier angefangen, doch jetzt packt es mich, obwohl ich nicht sonderlich schnell lesen kann. Das weiß ich, weil ich sehe, wie schnell einige Studenten im Café durch ihre Bücher blättern. Ich brauche länger, um jede Seite zu lesen, jeden Satz zu verdauen. Ich weiß nicht, wie sie so schnell lesen, ohne dass ihnen das meiste entgeht. Das Buch hält mich fest, sodass ich das Klopfen an der Tür überhört haben muss und erst hochschrecke, als die Tür vorsichtig aufgeht: »Hallo?«, höre ich Yunas melodische Stimme.

Ich setze mich abrupt auf und muss blinzeln, als ich ins Licht schaue, das jetzt von der Türöffnung hereinfällt. Die Sonne steht direkt hinter ihr, und ihre Silhouette zeichnet sich im Türrahmen ab. Die Umrisse ihres perfekt geformten Körpers, ihre langen glatten Haare. Sie trägt Jeans und ein graues Sweatshirt. Ich sauge das Bild von ihr auf. Das sollte ich nicht, doch ich kann es nicht verhindern.

»Du bist schon da.«

»Du klingst so, als wäre es dir vielleicht lieber gewesen, dass ich nicht komme? Oder hast du es vergessen?« Yuna verzieht ihr Gesicht. Aber sie lächelt.

»Glaub mir, ich habe es nicht vergessen«, erwidere ich und springe von der Bank hoch, auf der ich mich vorher beim Lesen ausgestreckt hatte.

»Rich hat mir gesagt, dass du hier bist.«

»Du hast Rich getroffen?«

»Ja, er war vorn an der Rezeption. Ich wusste nicht, ob ich einfach so über den Hof fahren darf.« Sie hält einen Moment inne. »Ich wusste gar nicht, dass er im Rollstuhl sitzt.« Sie fährt sich mit den Händen durch die Haare. »Irgendwie hätte ich das nicht erwartet, wie du von ihm erzählt hast, vielleicht, weil er so dynamisch und jung in deinen Erzählungen rüberkommt.«

Okay, dann wird Rich mich nachher natürlich ausquetschen. Ein Seufzer entweicht mir. Egal, Yuna und ich sind befreundet. Wir leben ja nicht im 19. Jahrhundert, wo man keine weiblichen Freunde haben kann. Wobei in Montana die Zeit manchmal ein bisschen stehen geblieben ist. Und außerdem, wem will ich das eigentlich erzählen? Rich ist ja nicht blind, und dass ich, obwohl ich noch nie jemanden hierhatte, jetzt mit einem superhübschen Mädchen einfach befreundet bin? Er wird denken, dass das Bullshit ist.

»Wie bist du hergekommen?«

»Hazel hat mir ihr Auto geliehen. Oder vielmehr das Auto ihrer Großmutter, die es ihr überlassen hat. Ich habe totale Angst, dass ich eine Beule reinfahre. So viel bin ich zu Hause nicht gefahren, New York ist ja nicht unbedingt eine Autostadt.«

»Ich hätte dich abholen können.«

»Ich weiß.« Sie zuckt mit den Schultern.

Sie steht noch nahe der Eingangstür und schaut sich um.

»Es ist total gemütlich hier«, bemerkt sie. »Und sehr ordentlich.«

Ich sehe mich um und versuche, das Innere des Trailers mit ihren Augen zu sehen. Es ist einfach. Es ist nicht neu. An einer Seite ist die Küche mit den Regalen mit Lebensmitteln und ein wenig blauem, weißem und rotem Geschirr, das nur in Ausnahmefällen zusammenpasst. Ich habe den Trailer bei der Übernahme mehr oder minder auseinandergenommen und wieder zusammengesetzt, um ihn sauber zu machen, und die Küchenschränke und Regale dunkelgrün gestrichen. In der Mitte steht ein Tisch mit Bank und ein Sessel. Die kurze Seite unter dem Fenster wird von meinem Bett eingenommen. Dahinter habe ich die Wand weiß gestrichen, der Rest des Innenraums besitzt noch die alten Holzwände, die ich alle abgewaschen habe. Ich habe das Bett vorhin gemacht, wobei ich es meistens mache, aber diesmal ist die Überdecke besonders gerade gezogen. Es stimmt, ich bin ordentlich, fast ein wenig pingelig. Aber ich liebe diesen Ort, mein Zuhause, wo mir keiner reinreden kann. Wo ich machen kann, was ich will.

»Die Blümchenvorhänge stehen dir.« Yuna grinst. »Ich hätte sie eher bei einer älteren Lady erwartet, aber das ist irgendwie süß.« Die Blümchenvorhänge, die sie meint, haben ein altmodisches Muster mit kleinen roten Rosen auf dunkelgrünem Untergrund.

»Hey, die sind frisch gewaschen. Ich finde, sie bringen meine weibliche Seite zur Geltung«, erkläre ich und zucke mit den Brauen. »Ich habe sie selbst genäht.«

Sie blickt mich ein bisschen verwirrt an. Mein Trailer erscheint mir gerade mindestens so klein wie der Pick-up, als sie letztens darin saß. Wir stehen nah voreinander, und es macht sie … nervös?

Ich grinse. »Habe ich nicht, aber Ellen will mir irgendwann ihre Nähmaschine erklären, dann kann ich mir neue nähen. Ich fänd's cool. Ich mag es, Dinge mit den Händen zu machen.« Ich zucke mit den Schultern. »Hätte ich eine Oma gehabt, die es mir beigebracht hätte, hätte ich auch Stricken mit Sicherheit cool gefunden.«

»Meine Oma hat mir Stricken beigebracht, aber glaub mir, wenn du einen auf die Finger bekommst, sobald du eine Masche fallen lässt, verlierst du schnell die Lust.«

»Okay, gemütliche, gemeinsame Strickabende vor dem Fernseher wird es bei uns also nicht geben«, seufze ich resigniert.

Yuna kichert. »Sorry.« Sie blickt suchend in die andere Richtung. »Sag mal, komische Frage, aber gibt es hier eine Toilette?«

Ich lächele. »Hier drin nicht. Aber draußen hast du die Wahl. Es gibt eine nagelneue moderne Toilette links und noch das alte Toilettenhaus, also Holzkabine mit Herzchen auf der Tür. Plumpsklo. Aber es ist … ganz schön.«

»Schön?«, fragt sie zweifelnd. »Jetzt bekomme ich doch langsam Angst.«

»Nicht schön. Appetitlich.«

»Okay, das kannst du mir ja dann das nächste Mal zeigen.«

Ich muss grinsen. »Für Städter ist das schwer vorstellbar, doch glaub mir. Ich war auch mal an dem Punkt, wo du jetzt stehst.«

»Du hörst dich ein bisschen wie Yoda an, der mich einweihen will.«

Ihr Blick fällt auf das Buch, das aufgeklappt auf der Bank liegt. »Was liest du?«

Die Kissenauflage der Bank ist mit einem grünen, weichen Cordstoff bezogen. Ellen hat die Hülle erst vor ein paar Wochen gemacht, als sie mal etwas für die Gästewohnungen genäht hat. Hat sie jedenfalls gesagt. So, wie sie immer »nebenbei« etwas mitkocht. Sie macht das, damit ich mich nicht schlecht fühle, das habe ich schon durchschaut.

»*Hundert Jahre Einsamkeit*«, erkläre ich ihr. »Es gefällt mir.«

Sie nickt und blättert in dem Buch, wobei sie mit dem Finger die vorher aufgeschlagene Seite markiert, um sie nicht zu verblättern. Ich mag ihre Achtsamkeit. »Was gefällt dir?«

»Schwer zu sagen. Alles. Es gibt so viel fucked-up Shit darin, Personen, die katastrophale Entscheidungen fällen. Fehler machen, weil sie es nicht besser wissen. Keine Ahnung, das gibt mir Frieden. Ich verstehe alles irgendwie besser? Ich kann es schwer beschreiben.« Ich seufze. »Gut, ich weiß schon, warum ich nicht aufs College gehe, kannst du dir vorstellen, was passiert, wenn ich versuchen würde, einen Aufsatz darüber zu schreiben?«

»Du müsstest vielleicht das ›fucked-up Shit‹ streichen, aber sonst … Ich habe das Buch mal in der Schule gelesen. Ich kann mich allerdings kaum noch daran erinnern, denn ich habe es superschnell gelesen, damit ich einen Test darüber schreiben konnte.«

»Sag mir bitte nicht, dass du trotz dem ganzen Ballett auch noch gut in der Schule warst.«

Sie presst die Lippen in gespielter Resignation zusammen.

»Ich wusste es.«

»Meine Mutter ist, so lieb sie mich hat, ganz Koreanerin. Es wäre mir nie eingefallen, mit schlechten Noten nach Hause zu kommen. Sie ist keine Tiger-Mom, doch auch bei einer liebevollen Katze kommst du nicht mit einer Drei nach Hause. Aber ich bin natürlich froh, sonst hätte das MCPA mich nie genommen. Ich kenne viele Balletttänzer, die noch nicht mal einen Highschool-Abschluss haben, weil es wirklich viel ist, alles gleichzeitig zu schaffen, wenn man eine Tanzkarriere will.«

»Und du wolltest beides. Tanzen und College?«

Sie nickt, allerdings etwas zögernd, als wäre sie selbst nicht ganz überzeugt, und blättert abwesend weiter in dem Buch.

»Du hättest es doch bestimmt überall schaffen können.«

»Das weiß man nie«, sagt Yuna und wendet sich nach unten zu Spike, um ihn zu kraulen. »Und du?«, fragt sie, bevor ich mehr fragen kann.

»Ich habe noch nicht mal einen Highschool-Abschluss.« Keine Ahnung, warum ich das Gefühl habe, ihr das sagen zu müssen. Aber ich muss es. Sonst fühle ich mich, als würde ich das absichtlich vor ihr verheimlichen. »Es ist allerdings nicht wegen meiner Tanzkarriere. Oder überhaupt einer Karriere, für die ich den Highschool-Abschluss aufgegeben habe.«

»Und warum hast du die Highschool nicht fertig gemacht?« Sie fragt das ganz neutral.

Ich schüttele den Kopf. »Es war damals schwierig mit der Pflegefamilie und so. Ich wollte ihn sogar letztes Jahr noch mal nachholen, aber es ist dann was dazwischengekommen.«

»Und warum machst du es nicht jetzt?«

Sie sagt das so, als wäre das eine ganz normale Überlegung. Als wäre es noch nicht zu spät, auch nicht mit einundzwanzig. Es klingt so unkompliziert, wie sie es formuliert.

»Ich weiß nicht, ich habe nicht so richtig Zeit mit dem Job, der Arbeit bei den Murphys. Ich müsste erst mal eine Schule finden, die es anbietet.« Ich gerate gerade in Erklärungsnot und zucke mit den Schultern. »Ich brauche es, glaube ich, nicht mehr.«

»Online?« Sie hält inne. »Du, ich will dir das gar nicht einreden. Ich klinge schon wie meine koreanische Mutter«, schmunzelt Yuna. »Ich denke nur, wenn ich meinen Beruf nicht mehr ausüben kann, was bei Tänzern ja ziemlich früh passiert, habe ich mehr Möglichkeiten.« Sie hebt die Schultern. »Deshalb ist der Druck ja auch so groß, möglichst früh erfolgreich zu sein. Man hat eh so wenig Zeit«, erklärt sie und lässt sich auf die Bank sinken. Sie wirkt ein wenig hibbelig und unruhig in meinem Trailer. Als wüsste sie nicht so recht, wohin mit sich.

»Und trotzdem gehst du hier zum College und tanzt. Du willst alles.«

Sie hält inne und starrt mich an. Dann setzt sie an, etwas zu sagen, überlegt es sich jedoch anders. »Na ja, vor zwei Jahren hätte ich nie gedacht, dass ich aufs College gehe. Ich hätte gedacht, dass es Zeitverschwendung ist«, fügt sie hinzu, ohne mich anzuschauen. »Aber es ist wohl besser so.« Sie blättert immer noch in meinem Buch, als würde sie eine Stelle suchen, aber ich glaube, sie ist irgendwie schüchtern oder nervös.

Sie schiebt ein Flanellhemd zur Seite, das auf der Bank liegt. Dann nimmt sie es hoch und hält es gegen das Licht. Sie hält den Kopf schief. »Jetzt mal ehrlich, Miles. Was ist das Geheimnis von diesen Flanellhemden, die du jeden Tag trägst? Dein Stil ist, nennen wir es mal ›konsistent‹. Hast du das in Chicago auch schon immer so getragen?«, grinst Yuna.

»Sagt die Frau in den Yogapants. Okay, heute mal Jeans.«

»Hey, der ganze Campus trägt sie, aber ich sehe nicht jeden Tag hundertprozentig gleich aus. Es macht mir nichts aus, ich mag Flanellhemden, aber siehst du dich nicht irgendwann satt an dem Look?« Sie grinst. »Obwohl, sie sind wirklich sehr, sehr weich.« Sie betrachtet das Hemd genauer, als mir lieb ist. Es ist ganz schön abgetragen.

Ich seufze. »Du hast recht, es ist ein Tick von mir. Ich mag irgendwie keine neuen Dinge kaufen. Ich muss mir für den Winter auch eine neue Jacke kaufen, mein Fleece reicht nicht.«

Dann schaut sie abrupt hoch. »So, bevor wir es vergessen. Du hast behauptet, jeder könnte reiten lernen, auch Menschen wie ich, die ein klein wenig Angst vor Pferden und panische Angst vor Verletzungen haben?«

»Du bist wirklich noch niemals geritten? Jedes dreizehnjährige Mädchen will doch mal auf einem großen Pferd sitzen.« Mit diesem Satz kommen leider Gedanken an Olivia zurück. Sie hatte natürlich als Dreizehnjährige ein Turnierpony bekommen. Und später noch weitere Turnierpferde. »Ein Pferd soll bei Mädchen den Freund ersetzen«, hatte ihr Vater zu mir gesagt, natürlich, bevor er wusste, dass Olivia die Lust auf das Pferd inzwischen eingetauscht hatte für die Lust auf mich. Insofern stimmte vielleicht die Theorie, dass das Pferd Ersatz gewesen war. Für einen Moment wurde mir fast schwindlig bei dem Gedanken an die Stunden mit ihr in ihrem Kinderzimmer.

»Also, was ist, ich habe Angst vor Pferden und vor Verletzungen, spürt das Pferd das nicht?«, dringt Yunas Stimme an mein Ohr.

»Und ich stehe immer noch zu meinem Wort«, sage ich. »Es ist kein Problem.«

Siebzehn

Yuna

Wir laufen den geschotterten Weg zum Stall hinüber, und ich spüre gelegentlich Miles' Blicke auf mir, während ich mich auf der Ranch umschaue. Also spüren im wörtlichen Sinne, als wären das nicht Blicke, sondern Berührungen. Dafür, dass er eine Freundin hat, wie er mir bestätigt und auch sehr deutlich gemacht hat, denke ich viel zu viel über seine Nähe nach. Es tut so gut, weg vom Campus zu sein. Hier stehe ich nicht unter Beobachtung, muss keine Rolle spielen. Also außer unter der Beobachtung von Miles, aber die ist eher mein Problem und in meinem Kopf. Die Ranch gefällt mir, alles ist gepflegt und doch irgendwie wild. Man fühlt sich direkt frei, es gibt so viel Platz.

»Du kannst in den Jeans reiten, aber ich gebe dir ein Paar Stiefel, okay? Wir haben welche für die Städter, die zu Besuch kommen«, erklärt Miles. »Leute wie du und ich«, grinst er.

Wir laufen auf einem staubigen, aber mit Pflastersteinen begradigten Weg in Richtung der großen Stallgebäude. Der Staub wirbelt zwischen unseren Schuhen hervor, es hat in den letzten Wochen immer noch nicht viel geregnet, abgesehen von ein paar Tropfen. Die Landschaft ist ausgetrocknet, doch trotzdem lässt die Sonne sie in satten Farben erstrahlen: Goldgelb, leuchtende Rottöne und warmes Braun. Der blaue Himmel ist heute, abgesehen von winzigen weißen Wölkchen, leer gefegt, ich werde mich nie an die Weite gewöhnen. Unvorstellbar, dass es der gleiche Himmel sein soll, der über New York steht. An den Stellen, wo die Sonne auf die Haut trifft, ist es sogar richtig warm.

Wir gehen in einen Raum neben dem Stall, in dem es nach Leder riecht. Der ganze Stall hat einen intensiven Geruch nach Heu, Stroh und den Pferden – herb, aber nicht abgestanden, sondern würzig frisch. An den Wänden aufgereiht hängen die Sättel und Trensen, alles ist mit den Namen der Pferde beschriftet.

»Was für eine Größe hast du? Hier sind die Stiefel und Helme für die Gäste.«

»Neununddreißig«, antworte ich.

Er zieht zielsicher ein paar Cowboystiefel aus dem Regal. Sie haben ein sattes Braun mit einem eingestanzten Muster und gefallen mir sofort. Ich streife meine Sneaker ab und gleite mit Socken hinein. Ich habe sie schon vorsorglich angezogen, denn obwohl ich es mir nicht so recht eingestehen will, möchte ich nicht, dass er meine Füße sieht. Sie sind mal wieder in ziemlich schlechter Verfassung, Ballerinafüße eben.

»Ich habe Zelda für dich ausgewählt. Sie wird dir gefallen«, erklärt Miles. »Außerdem ist sie sechsundzwanzig Jahre alt und größenmäßig zwischen Pony und Pferd, egal, was du machst, sie hat schon alles erlebt.«

Er nimmt eine Trense von der Wand und legt sie sich über die Schulter, dann schiebt er einen Sattel vom Holzhalter über seinen Unterarm.

»Du wirkst so, als hättest du das schon Tausende Male gemacht«, sage ich.

»Meine alte Pflegefamilie hatte einen Reitstall mitten in Chicago. Aber für die Tiere war es nicht schön, die waren in der Box oder in der Halle. Ich habe da viel geholfen. Das ist vielleicht auch ein Grund, warum ich keinen Highschool-Abschluss gemacht habe. Sie hatten noch zwei andere Pflegekinder. Dadurch brauchten sie nicht so viele Angestellte für den Hof zu bezahlen«, erklärt er.

»Du warst deren Arbeitskraft?«

Er zuckt mit den Schultern. »Der Vater hat getrunken. Die Mutter wusste sich, glaube ich, nicht zu helfen. Aber ich habe viel über Pferde gelernt in der Zeit.«

Wir gehen nach draußen, wo auf der anderen Stallseite bereits zwei Pferde angebunden sind. Er muss das schon vorbereitet haben. Sie sehen perfekt gebürstet aus, sodass ihr Fell glänzt. Die kleine Schimmelstute sieht neugierig zu uns herüber. »Das ist Zelda«, erklärt Miles, als wir näher herantreten. Er tätschelt kurz ihren Hals, und sie schnüffelt ihn freundlich ab. Dann lässt Miles den Sattel mit einer fließenden Bewegung über ihren Rücken gleiten.

»Sie beißt nicht.«

Ich trete langsam an Zelda heran und strecke meine Hand nach vorn. Sie beschnuppert sie, und ihre Tasthaare kitzeln auf der Handfläche. Sie schaut mich aus großen, freundlichen Augen an und wirkt so tiefenentspannt, als hätte sie ihr ganzes Leben lang Yoga gemacht. Außerdem ist sie nicht so groß und macht mir tatsächlich keine Angst. Vorsichtig lege ich meine Hand an ihren warmen Hals. Ihr Fell ist glatt, nur unter dem Hals wird es etwas zotteliger. Es ist irgendwie beruhigend, sie zu streicheln.

»Werden die Pflegeeltern nicht überprüft?«

Er nickt. »Schon. Wir haben ihn nicht verraten. Und er konnte sich gut zusammenreißen. Gefährlich wurde er eher abends.« Er sagt das leichthin, als würde er erzählen, dass sie häufig Eis essen waren.

»Gefährlich?«

»Man sollte ihm dann besser aus dem Weg gehen. Aber das hat meistens auch ganz gut geklappt.«

»Das klingt … schlimm.«

»Es klingt schlimmer, als es war. Wirklich. Aber wir wollten auch wegen der Tiere nicht weg. Wenn wir uns nicht gekümmert hätten, keine Ahnung, wer sich dann gekümmert hätte. Sie haben den Hof dann irgendwann zugemacht. Egal.« Er wischt die Erinnerung mit einer Hand weg.

»Wie oft hast du denn die Familie gewechselt?«, frage ich, als wir den nächsten Sattel holen. Ich will nicht, dass er aufhört, von sich zu erzählen. Er erzählt viel zu selten von sich. Ich habe immer den Eindruck, dünnes Eis zu betreten, wenn es um seine Vergangenheit geht. So offen wie heute ist er selten.

»Vielleicht achtmal?« Er zuckt mit den Schultern. »Gerade, wenn man nicht mehr so jung ist und als nicht ganz einfach gilt, ist es für Jungs schwer, etwas zu finden. Aber man lernt dadurch viel über Menschen.« Vielleicht entspannt der Umgang mit den Pferden ihn, die Natur, die Tatsache, dass wir nicht auf dem Campus sind, die auch mich irgendwie freier atmen lässt.

»Dein Leben ist so anders als meins verlaufen«, spreche ich das Offensichtliche aus, als er nichts mehr hinzufügt.

Er zieht eine Augenbraue nach oben. »Du meinst, ich hätte eine Tiger-Mom manchmal ganz gut gebrauchen können? Da stimme ich dir zu.« Er stellt sich neben den Kopf der Stute und streichelt ihr über die Stirn. Mit geübten Handgriffen lässt er die Trense ins Maul gleiten und zieht das Halfter hinunter. Wir sind fertig.

»Und du bist sicher, dass ich das kann? Wenn ich hier runterfalle und mir irgendetwas breche, bin ich echt geliefert.«

Miles hält inne und sieht mich über den Pferderücken hinweg an. Seine graublauen Augen sind wieder so intensiv, dass sie etwas tief in mir in Bewegung bringen. »Ich mache nichts, was du nicht willst«, sagt er. Der Satz macht meine Verwirrung nicht besser. Im Gegenteil, er erinnert mich daran, dass ich in seiner Nähe an Dinge denke, an die ich nicht denken sollte. Wir sind Freunde.

»Zelda ist eine reife Dame, sie ist topfit, weil sie, wie alle

Pferde hier, ein Traumleben führt. Es gibt nichts, was sie aus der Ruhe bringen kann. Sie hat schon alles gesehen, und für sie ist es auch okay, nur Schritt zu reiten. Wir machen einfach eine kleine Runde am Fluss entlang. Zelda gebe ich auch den Sechsjährigen, die behaupten, dass sie reiten können, aber nur einmal im Zoo im Kreis geführt worden sind.«

»Alles klar, ich vertraue dir«, sage ich.

»Du musst nicht mir vertrauen, du musst ihr vertrauen«, lächelt Miles. Wie immer hellt sich sein ganzes Gesicht auf, wenn er lächelt. Mein Leben war eine kitschige Romanze im Vergleich zu seinem.

Miles' Pferd wirkt wesentlich wacher als meine Stute und scheint unsere Umgebung sehr kritisch danach zu beurteilen, ob es etwas gibt, wovor es Angst haben muss.

»Okay, meine Stute wirkt ungefähr hundert Jahre älter als dein Pferd.«

»Nicht hundert, zwanzig. Oakley ist schon sechs, aber noch nicht so viel geritten worden. Es tut ihm ganz gut mitzukommen, damit wir ihn bald für die Gäste einsetzen können. Im Moment ist das noch ein wenig schwierig.«

Miles bindet mein Pferd los und tritt neben mich. Seine plötzliche Nähe lässt meinen Atem stocken. Schon wieder, ich muss mir das abgewöhnen. Seine Mundwinkel sind angehoben. »Bereit?«, fragt er.

Ich nicke. »Bereiter werde ich wohl nicht.« Meine Stimme klingt kratzig.

»Ich helfe dir beim Aufsteigen. Stell dich hierhin, direkt vor mich.« Ich stelle mich vor ihn, und seine Nähe macht mich noch nervöser. Als ich zu ihm hochschaue, lächelt er.

»Nein, genau so, wie ich stehe, in die gleiche Richtung.« Ich drehe ihm den Rücken zu. Ich habe das Gefühl, seinen Atem im Nacken zu fühlen, was Einbildung sein muss aus der Entfernung. »Ich halte jetzt den Steigbügel fest, du steigst mit dem linken Fuß hinein.«

Ich mache, was er sagt. »Dann einmal abstoßen und das andere Bein über den Rücken von Zelda auf die andere Seite. Lehne dich weit nach vorn, keine Angst, ich halte dein Bein hier.«

Ich drücke mich vom Boden ab und mache es genau so, wie er vorgeschlagen hat. Er umfasst mein Bein und gibt mir Stabilität. Es funktioniert, und ich sitze obendrauf. Zelda bleibt ganz ruhig stehen.

»Alles klar, das war gut. Glaub mir, viele Leute bekommen ihr Bein gar nicht so weit hoch. Reiten ist der perfekte Ergänzungssport zum Ballett.«

Ein paar Minuten später reite ich tatsächlich. Es schaukelt und fühlt sich mehr als ungewohnt an, meine Beine baumeln etwas unkoordiniert um Zeldas warmen Körper. Miles reitet neben mir, gibt mir den Hinweis, mich weiter aufzurichten, und erklärt mir, wie ich die Zügel halten soll. Ehrlicherweise scheint es Zelda völlig egal zu sein, wie ich die Zügel halte, sie läuft einfach dahin, wo Miles ist. Ich fühle mich tatsächlich ziemlich sicher.

»Wir reiten nur eine kleine Runde, okay? Wie fühlst du dich?«

Ich nicke. »Gut. Es gefällt mir besser, als ich gedacht hätte.« Ich lehne mich vor und klopfe Zeldas warmen Hals. Sie läuft stetig und mit sicherem Schritt über den unebenen Pfad. Wenn ich über ihren Kopf hinwegschaue, sehe ich die Wiesen, weiter hinten die Berge, die zum Teil bewaldet oder von Sträuchern bedeckt und ausgeblichen grün sind. Es fühlt sich gut an, etwas erhöht vom Boden zu sein. Auf den entfernteren Weiden grasen Schafe. Der Himmel ist getupft mit kleinen Wolken, die so wirken, als wären sie zur Dekoration da.

»Gehören die Schafe zur Ranch?«, frage ich Miles und zeige auf die weißen Punkte in der Ferne.

Er nickt. »Ja, tun sie. Früher hatte Rich Rinder, eine riesige

Zucht, die er von seinem Vater übernommen hat. Seit dem Unfall kann er das aber nicht mehr.«

»Was ist passiert, dass er im Rollstuhl sitzt?«

»Er war als Soldat in Afghanistan. Sie hatten einen Einsatz, und es gab einen Autounfall bei dem Versuch, einen flüchtenden Wagen aufzuhalten. Er hatte eine harte Zeit, damit klarzukommen. Aber das weiß ich nur von Ellen.«

»Er wirkt so dynamisch, auch im Rollstuhl.«

»Er war ein begeisterter Sportler, es ist in ihm drin«, erklärt er.

Für eine Weile reiten wir an dem kleinen Flusslauf entlang, dann biegt Miles ab. »Wir machen einen Bogen über die Berge zurück. Man hat so einen schönen Blick von dort oben, es wird dir gefallen«, sagt er. Während er spricht, dreht er sich weit auf dem Sattel um. Er sitzt so sicher auf dem Pferd, davon bin ich noch weit entfernt. Ich bin froh, dass er mich nicht drängt, zu traben oder zu galoppieren.

Miles hat nicht übertrieben, denn als wir oben ankommen, ist die Sicht atemberaubend. Auch hier ist das Gras gelblich von der Trockenheit der letzten Wochen, aber mit dem blauen Himmel und den Bäumen und Sträuchern als Kontrast sieht es dennoch frisch aus. Das Gefühl von Freiheit, das diese Weite vermittelt, ist schwer zu beschreiben.

»Ich glaube nicht, dass man sich je daran gewöhnen kann«, sagt Miles.

Ich blicke zu ihm, irgendwie macht mich der Satz glücklich. Ich weiß sofort, was er meint. Und wieder fühle ich mich auf diese besondere Art und Weise mit ihm verbunden. Seine Worte überraschen mich immer wieder. Einerseits ist er so verschlossen und ernst, andererseits wieder lustig oder sagt solche Dinge wie das jetzt.

»Ob man die Schönheit noch bemerkt, wenn man sie jeden Tag sieht?«

»Ich habe Dean gefragt, den du, glaube ich, schon getroffen hast. Er sagt, dass er sie immer noch sieht. Dass er nie wegwill. ›Ich bin fucking verliebt in Montana‹, hat er wörtlich gesagt.« Miles gibt ein glucksendes Geräusch von sich. »Ich glaube, für die Leute hier ist Montana wie eine Droge. Je länger sie hier sind, desto weniger wollen sie weg. Pass auf, am Schluss willst du auch hierbleiben.« Miles grinst.

»Es gibt hier nicht so richtig viele Möglichkeiten für Tänzerinnen«, erwidere ich. »Oder, besser gesagt, überhaupt keine, wenn man nicht gerade Lehrer am MCPA ist. Wenn man mit dem College fertig ist, muss man weg. Es gibt keine andere Tanzschule, die so weit von irgendeiner Stadt mit Bühnen entfernt ist. Aber das ist eben dieses MCPA-Konzept. Künstler sollen sich hier vor allem auf sich selbst konzentrieren und experimentieren können und nicht nur damit beschäftigt sein, dem Publikum zu gefallen. Das einzige Publikum ist der Rest vom Campus.«

»Und, klappt es? Entwickelst du dich weiter?«, fragt Miles.

Ich seufze. »Ich weiß nicht. Ich versuche, gerade erst dort anzukommen, wo ich früher war. Ich bin eine Weile krank gewesen. Im Moment sehe ich nicht so richtig die künstlerische Entwicklung. Ich will einfach gut sein.« Ich denke an Lidias Worte. Ich weiß, dass irgendetwas nicht genügt, aber ich weiß nicht, was.

»Willst du traben?«, fragt er auf dem Weg zurück. »Galoppieren?« Er zuckt mit den Augenbrauen.

»Vielleicht einmal ganz kurz traben.« Ich bin übermütig. Das Wetter ist so schön.

Miles schnalzt mit der Zunge, und die Pferde beschleunigen sofort das Tempo. Miles' Pferd galoppiert kurz nervös los. Doch er hat recht, Zelda lässt sich durch nichts aus der Ruhe bringen und trabt brav weiter wie auf Schienen. Es ist gar nicht so schwer, es wackelt, doch nach ein paar Metern finde ich auch in dieser neuen Bewegung meine Balance. Es geht eigentlich. Ich sehe bestimmt nicht elegant aus, aber ich kann mich halten. Ich bin begeistert und strahle Miles an, der sich alle paar Schritte nach mir umdreht, um zu überprüfen, ob es mir gut geht. Bis es plötzlich ganz schnell geht. Im nächsten Moment ist Zelda mit einem Fuß eingeknickt, ich verliere das Gleichgewicht und falle kopfüber über ihre Schulter ins Gras. Sofort fährt mir ein stechender Schmerz in die Rippen, und mir bleibt die Luft weg. Ich muss auf einem Stein gelandet sein. Zelda rappelt sich erschrocken auf, läuft ein paar Schritte weiter und bleibt dann von alleine stehen.

Zwei Sekunden später steht Miles neben mir, gleitet vom Pferd und beugt sich über mich.

»O nein, alles okay?«

Seine Augen wirken besorgt. Meine Rippen brennen. Das kann doch jetzt nicht wahr sein.

Ich nicke. »Ich glaube schon.« Ich taste vorsichtig nach der Stelle und ziehe mein Sweatshirt hoch. Meine Seite brennt und pulsiert, aber ich kann nichts erkennen, ohne mich auszuziehen und ohne einen Spiegel. Ich versuche, meine Atmung zu beruhigen.

»Kannst du mal kurz schauen?«, frage ich. Es darf einfach nichts Ernsthaftes sein.

Er nickt. »Darf ich?« Vorsichtig schiebt er mein Sweatshirt weiter nach oben, um meine Seite zu betrachten. Ich muss mich beherrschen, nicht zusammenzuzucken. Nicht vor Schmerz, sondern vor der plötzlichen Berührung seiner Finger. Der Schmerz ist ziemlich stark, aber seine Nähe und sein Daumen, der zart auf die verschiedenen Rippen drückt, ist mindestens genauso verwirrend.

»Tut das sehr weh?«, fragt er und tastet vorsichtig und sieht mich dabei an. Er ist sehr nah, und ich kann nichts anderes machen, als in sein Gesicht zu schauen. Seine Wimpern sind ziemlich lang. Ungewöhnlich bei einem Mann. Wobei ich nicht weiß, warum Männer kürzere Wimpern haben sollten.

Ich schüttele den Kopf und schlucke. Reden kann ich gerade nicht.

»Hier?« Ich schüttele noch mal mit dem Kopf. Er probiert noch ein paar andere Stellen. Es tut mal mehr weh, mal weniger, doch dann schiebt er das Sweatshirt wieder nach unten.

»Ist, glaube ich, nichts Schlimmeres. Ein mitteltiefer Ratscher, der blutet, da solltest du was draufmachen. Aber gebrochen ist da nichts. Das gibt bestimmt nur einen dicken blauen Fleck.«

Sein Gesicht ist immer noch nah vor meinem. Dann fährt er sich durch die Haare.

»Scheiße, es tut mir so leid. Und gerade, weil es so wichtig für dich ist. Zelda ist eigentlich so trittfest, das muss ein Loch gewesen sein. O Mann.«

»Ist okay«, presse ich hervor. Nichts ist okay. Ich ärgere mich so über meine eigene Leichtsinnigkeit. Aber ich kann jetzt keinen Panikanfall bekommen. Wenn es wirklich nichts Ernsthaftes ist, wird es schon gehen. Zur Not muss ich vor der Stunde ein paar Schmerzmittel schlucken, damit es Lidia nicht auffällt, wenn ich bei irgendwelchen Hebefiguren zusammenzucke.

Wir reiten im Schritt zurück, nachdem ich fünfmal versichert habe, dass es für mich in Ordnung ist. An der Ranch angekommen, bringt er die Pferde zum Paddock und kommt dann zu mir. Ich habe mich auf einen Holzstumpf gesetzt und noch mal nach der Verletzung geschaut.

»Wir sollten das desinfizieren. Ich habe Desinfektionsmittel und Verbandszeug da.«

Schweigend gehen wir in Richtung des Trailers. Aber dann biegen wir vorher ab und gehen auf die Scheune zu, die in der Nähe seines Trailers auf dem hinteren Teil der Ranch steht. Miles geht voraus. Er wirkt irgendwie nervös, als er mich ansieht.

Dann schiebt er den Riegel der Holztür zur Seite und stößt die Tür auf. Er lässt mich vorgehen. Zögernd betrete ich einen überraschend hellen Raum. Ich hatte mit einem Halbdunkel gerechnet, einer normalen Scheune, doch auf der einen Längswand sind zwei große Fenster eingebaut, genauso wie im Dach, sodass Teile der Scheune lichtdurchflutet sind. Durch die Fenster sieht man direkt auf die Wiesen hinter der Ranch, die Berge, die Einsamkeit. Es ist faszinierend. Eingerahmt durch die Scheibe wirkt die Natur selbst wie ein Bild.

»Wow«, entfährt es mir. »Das habe ich nicht erwartet.«

In der Scheune steht ein Tisch, auf dem alle möglichen Farben aufgereiht sind, Tuben, Sprühflaschen und kleine Dosen, genauso wie auf einem Regal. Es gibt auch kleine Eimer mit Pinseln und allen möglichen Stiften. In der Ecke steht ein schwarzer Ofen, neben dem Tisch steht ein Sofa, über dem eine Patchworkdecke mit einem roten Muster liegt. Obwohl einige Dinge herumstehen, sieht es grundsätzlich ordentlich aus. An einer Wand lehnen jede Menge Leinwände, einige Vorderseiten sind erkennbar, viele stehen allerdings mit der Bildseite gegen die Wand.

»Ich glaube, ich bin zu oft hier, als dass mir auffällt, wie unordentlich es ist. Entschuldigung. Es ist nicht so, dass ich normalerweise viele Gäste empfange«, sagt Miles, und seine Stimme ist dunkel und ziemlich leise. Er geht zu einer Seite, an der ein kleiner Holztresen steht und ein Waschbecken in die Wand eingelassen ist. Er wäscht sich die Hände und das Gesicht. Dann holt er aus einem Schrank einen Kasten.

»Möchtest du dich auch kurz waschen? Wir sind ganz schön staubig«, sagt er.

Ich gehe zu dem kleinen Waschbecken und wasche ebenfalls meine Hände. Über dem Becken hängt ein kleiner Spiegel an einem Lederband. Als ich mein Spiegelbild sehe, schrecke ich zurück.

»Habe ich schon die ganze Zeit diesen riesigen schwarzen Schmutzfleck im Gesicht?«

»Ja, stimmt, das wollte ich dir sagen«, gibt Miles schmunzelnd zurück.

»Wann genau wolltest du es mir sagen? Bevor ich andere Leute treffe oder danach?« Ich nehme mir auch die Seife und wasche mir das Gesicht. Der Duft ist angenehm, sie riecht nach Oliven. Ich versuche, meine Augen auszusparen, denn ich habe mir die Wimpern getuscht, bevor ich hergefahren bin, und will jetzt nicht aussehen wie ein Faultier. Meine Rippe pocht noch, und ich spüre das Brennen der Wunde, aber ich glaube, es ist tatsächlich nicht so schlimm.

»Und es ist total ordentlich hier. Ich hoffe, du wirst nie mein Zimmer sehen«, sage ich.

Miles erwidert nichts, sodass der Satz etwas nachklingt und ich ihn fast zurücknehmen will, denn natürlich kann Miles mein Zimmer sehen. Ich würde ihn sofort einladen. Er steht immer noch näher an der Tür als ich, als würde er gleich weglaufen wollen.

»Setz dich doch mal kurz hierhin«, sagt er, und ich setze mich auf den Küchentresen.

»Du solltest es desinfizieren«, sagt er. »Wirklich.«

Ich nicke. Er holt eine Sprühflasche mit Desinfektionsmittel aus der Box. Er blickt mich fragend an. »Ich denke, es ist das moderne Zeug, das nicht brennt. Sicher bin ich mir allerdings nicht.«

Ich halte mein Sweatshirt etwas hoch, und er sprüht die Wunde ein. Ich zucke wegen der Berührung und dem kalten Gefühl zusammen, doch das Brennen hält sich tatsächlich in Grenzen. Dann nimmt er ein weiches Pad aus dem Kasten und sprüht es ebenfalls ein.

»Damit keine Fasern von deiner Kleidung in die Wunde kommen, okay? Es sieht wirklich nicht so tief aus, ich denke, in ein bis zwei Wochen ist es wieder weg.«

Ich nicke. Ich würde den Schmerz eventuell sowieso nicht wahrnehmen. Eigentlich nehme ich nur Miles wahr, während er das Pad mit ein paar Klebestreifen befestigt.

»Du malst ernsthaft«, sage ich, als ich mein Sweatshirt wieder heruntergleiten lasse und seine Hand leider wieder weit weg von mir ist. »Du hast mal gesagt, du magst Bilder. Dass du ein ganzes Künstleratelier hier hast, davon war keine Rede.« Mein Blick fällt auf die Staffelei, den Holztisch mit den Bechern, in denen Bleistifte stehen, das Regal mit den vielen Farben, dem Papier.

Er wirkt verlegen und braucht ziemlich lange, um das Verbandszeug wieder wegzupacken. »Die Bilder sind nicht wirklich zum Zeigen da. Es ist so … für mich. Zur Entspannung.« Er zuckt mit den Schultern.

»Darf ich sie mir anschauen?«, frage ich. Er schaut mir kurz in die Augen. Dann fährt er sich mit beiden Händen durch die dunkelblonden Haare. Der Ärmel seines T-Shirts ist bei der Bewegung zurückgerutscht, und ich nehme an der Unterseite eines Oberarms plötzlich ein winziges Tattoo war. Es ist mir noch nie aufgefallen, es sieht aus wie ein Wort, aber ich kann es nicht erkennen.

»Ich kann deinen Gesichtsausdruck gerade nicht deuten. Irgendwo zwischen Lächeln und Horror?«, frage ich.

Ein etwas verkrampftes Lächeln erscheint auf seinem Gesicht. Ich liege nicht so falsch.

Er atmet tief aus. »Okay«, sagt er.

»Nicht so viel Begeisterung. Hey, ich könnte dein Fan werden, dann zeige ich bei einem Besuch zu Hause jemandem im Deli meiner Eltern das Bild, der kennt einen Galeristen, Ausstellung in New York, und schwupps, du bist ein Star.« Ich grinse ihn an. »So werden Künstler entdeckt, dachte ich.«

»Das wäre mein Albtraum.«

»Es wäre dein Albtraum, entdeckt zu werden? Das macht keinen Sinn.«

Er zuckt mit den Schultern. »Ich male nur für mich«, sagt Miles.

»Irgendwie bin ich mir sicher, dass du bescheiden bist.«

»Das ist nett. Aber du hast sie nicht aus der Nähe gesehen. Ich glaube eher, dass ich nicht bescheiden bin, sondern größenwahnsinnig, überhaupt so viel Zeit ins Malen zu investieren. Aber, wie gesagt, ich mache es für mich. Ich arbeite für die Farben und die Leinwände im *Books & Beans,* ich kann machen, was ich will.«

»Du brauchst dich nicht zu verteidigen«, erwidere ich.

»Die Scheune soll für Feste sein, Hochzeiten und so. Im Moment schaffen sie das allerdings nicht. Die Fenster unten habe ich zusammen mit Dean eingebaut. Sie sind cool geworden, finde ich.«

»Es ist atemberaubend. Funktioniert der Ofen?«

»Er funktioniert. Wenn es kalt wird, kann man richtig einheizen. Sonst kann man morgens seine Finger nicht bewegen und das Malen vergessen. Aber einen richtigen Winter habe ich hier ja auch noch nicht erlebt.«

»Es ist so schön hier. Wahnsinn. Ich liebe es.« Ich kann gar nicht ausdrücken, wie ernst ich das meine, sonst wirke ich wie ein hysterisches Fangirl einer Boyband. Es ist wie ein Traum, die Bilder und die Scheune. Ich nähere mich einer der Leinwände, die an der Wand lehnen. Dort stehen welche, die sich ziemlich ähnlich sehen. Sie zeigen, wie ich nach einem kurzen Blick aus dem Fenster feststelle, den Blick von hier nach draußen. Zu unterschiedlichen Tageszeiten, mit unterschiedlichem Lichteinfall. »Ich kann nicht glauben, wie gut du bist. Das ist einfach Wahnsinn. Es ist so … stark.«

»Es ist eben der Blick aus dem Fenster«, murmelt Miles.

»Aber es ist *nicht* nur der Blick aus dem Fenster. Es steckt mehr darin.« Ich drehe mich zu ihm um. Miles hat die Hände in die Hosentaschen gesteckt und sieht schüchtern aus. So verlegen habe ich ihn noch nie gesehen. Er ist oft zurückhaltend. Aber dies ist ein anderer Blick.

»Sag mal, du weißt doch, dass diese Bilder wirklich richtig gut sind?«

Er atmet ein und zieht dabei die Schultern hoch.

»Ich male sie nicht, um gut zu sein. Ich denke gar nicht in solchen Kategorien, verstehst du? Ich male einfach gern, es … macht mich ruhig. Es ist friedlich.«

Ich blicke ihn an, wie er dort steht. Am liebsten will ich zu ihm laufen und ihn umarmen. Einfach so. Wirklich einfach so. Aber das wäre schon sehr schräg und mit Sicherheit falsch zu verstehen. Oder richtig zu verstehen, was noch schlimmer wäre.

»Ich könnte mir die Bilder stundenlang anschauen. Ich glaube, ich weiß doch, was darinsteckt. Es ist ein Stück von dir.« Ich verstehe es, weil es das ist, was Lidia mir vorwirft. Ich soll mehr von mir ins Tanzen einbringen, aber ich weiß immer noch nicht, wie ich es schaffen soll. Miles hat es geschafft.

Er wirkt unruhig, er sucht wahrscheinlich nach einem Grund, dass wir wieder nach draußen gehen. Schnell wende mich einem weiteren Bild zu, das mit der Bildseite in Richtung Zimmer steht. Eine Szene von Kindern, die in einer riesigen Pfütze spielen. Einige tragen nur Hosen, andere zu große T-Shirts. Sie planschen im Wasser, das sich scheinbar durch eine Überschwemmung gesammelt hat, denn im Hintergrund sieht man eine Hochhaussiedlung. Die eintönigen Häuser mit kleinen Fenstern erinnern mich an die rötlichen Sozialwohnungsprojekte an der Lower East Side oder in Harlem, die zerbröckeln wie die Ruinen der alten Maya, obwohl sie ein paar Tausend Jahre weniger alt sind. Aber die Kinder sind glücklich, man kann die einzelnen Gesichter erkennen. Sie sehen aus wie die halb verwahrlosten Kinder, die es in New York ebenfalls zur Genüge gibt.

»Und das?«

»Das ist nur aus dem Kopf.«

»Ein Andenken an früher?«

Er zögert. »Ja, wobei ich nie garantieren kann, dass die Erinnerung auch wahr ist. Dass es alles so stimmt. Es gibt diese Experimente, wo Versuchspersonen immer wieder bestimmte Bilder gezeigt werden, und irgendwann glauben sie, dass es ihre Erinnerungen sind. Manchmal bin ich mir nicht sicher, ob alle Erinnerungen echt sind oder ob ich mir gewünscht habe, dass es so war, oder ob ich die Wahrheit dadurch verändere, dass ich sie male. Das ist manchmal gut.« Er seufzt. »Gott, du denkst, ich bin irre.« Er hebt seine Hand und zeichnet mit dem Zeigefinger einen schnellen Kreis neben seinem Kopf.

»Viele Studenten klingen wesentlich durchgeknallter. Tänzer sind auch meschugge. Es gibt keine Ballerina, die nicht ziemlich viele körperliche Schmerzen auf sich nimmt, um perfekt zu tanzen. Und dabei lächelt. Aber ich fühle mich trotzdem nicht wie ein klassischer Masochist.«

»Da ist was dran.«

»Du lässt das Schöne in dem, was du malst, irgendwie heller strahlen. Es ist … berührend.« Ich traue mich nicht, ihn anzusehen, nachdem ich das gesagt habe. Es ist so ehrlich. Die Luft im Raum ist so angefüllt mit uns. Mein Nacken prickelt. Dann suche ich doch seinen Blick. Seine Wangen sind etwas gerötet, nicht in der Mitte, eher in Richtung seines Kiefers. Und dann blickt er mich ebenfalls direkt an, und seine Augen sind flüssig und offen und voller Gefühl. Ich mache einen Schritt auf ihn zu, ohne darüber nachzudenken. Ein paar einzelne Haarsträhnen auf seinem Kopf leuchten durch die Sonnenstrahlen, die durchs Fenster fallen. Aber er wendet abrupt den Blick ab und fährt sich durch die Haare. Ich bleibe genauso abrupt stehen.

»Keine Ahnung«, sagt er. Seine Stimme klingt rau.

Ich wende mich zurück und betrachte das Bild mit den

Kindern. »Bist du auch darauf?« Mein Herzschlag beschleunigt sich.

Ich höre, wie er an mich herantritt, und konzentriere mich auf meinen Atem, der sich ebenfalls beschleunigt hat. Hör auf damit. Es ist so albern, wie konnte mir das passieren? Habe ich nicht noch letztens gesagt, ich will mich nicht in die Reihe der Fangirls einreihen? Das hat ja ganz wunderbar geklappt.

Er beugt sich nach vorn und greift um mich herum, um auf einen Jungen auf dem Bild zu zeigen, der am Rand steht und den anderen Kindern zuschaut. Sein Arm streift dabei meinen, und sofort breitet sich eine Gänsehaut auf meinem Arm aus. Ich möchte im Boden versinken und betrachte weiterhin das Bild, ohne es wirklich zu sehen. Hoffentlich hat er nichts gemerkt.

Für einen Moment stehen wir so nah aneinander, dass ich die Wärme seines Körpers spüre. Mein Hals ist trocken, und ich konzentriere mich auf das Bild, als würde ich ihn überhaupt nicht wahrnehmen, dabei ist es in Wirklichkeit genau umgekehrt. Das Bild schaue ich schon lange nicht mehr an, mein Blick ist nach innen gerichtet. Irgendwann halte ich es nicht mehr aus und mache ein paar Schritte in Richtung der Leinwände, die mit der Bildseite gegen die Wand lehnen. Es sind viele.

»Hast du die alle gemalt, seit du hergekommen bist?«, frage ich. So lange ist er ja auch noch nicht hier.

»Ein paar habe ich mitgebracht. Bilder sind ein Fluch, wenn sie auf Leinwand gespannt sind und nicht einfach in einer Rolle transportiert werden können. Ich habe nur ein paar mitgenommen, als ich hergekommen bin. Dafür hatte ich keine Möbel und auch kaum Klamotten.«

»Stimmt, ich glaube, das Flanellhemd habe ich schon mal gesehen.«

»Hey, du machst dich schon wieder über meine Hemden

lustig. Ich habe mehrere davon, und sie werden immer gewaschen, falls dich das beruhigt.«

»Dieses Karomuster kann sogar ich im Tiefschlaf zeichnen. Und ich kann wirklich gar nicht zeichnen.« Ich muss lächeln, und irgendwie ist es angenehm, wieder zu einem leichteren Thema zu kommen. »Ist es schlimm gewesen, Bilder zurückzulassen? An denen hängt man doch.«

»Möchtest du einen Tee? Ich bin besser ausgerüstet, als du dir vorstellen kannst.« Er geht zu einem selbst gezimmerten Küchenschrank. Auf dem dunklen Holz sind ein paar Tassen ordentlich aufgereiht, daneben steht ein Gasherd, den ich bisher noch gar nicht bemerkt habe. Er nimmt einen altmodischen Kupferkessel und zündet mit einem Streichholz den Herd an. Sofort sticht eine helle Flamme empor. »Klar war ich traurig. Aber ich versuche, es mir abzugewöhnen. Man sollte nicht so stark an Dingen hängen. Man muss loslassen können. Okay, das ist Bullshit. Keine Ahnung. Egal. So ist es jetzt.«

»Kann sie dir niemand hinterherschicken? Wenn man den allerlangsamsten Transportweg nimmt, kann das doch gar nicht sooooo teuer sein.«

»Ist schon okay.«

Ich trete an den Tisch heran, wo noch eine geöffnete Mappe liegt, in der einige Zeichnungen sind.

Meine Finger kribbeln, vorsichtig schiebe ich ein Blatt etwas zur Seite, um ein anderes freizulegen. Als ich hochschaue, merke ich, dass Miles erstarrt ist. Ich zögere.

»Entschuldigung. Ich bin zu neugierig. Du hast ja gesagt, dass du sie noch nicht so vielen gezeigt hast«, sage ich.

»So viel wie du hat noch niemand gesehen. Ist ungewohnt.«

»Deine Bilder sind so gut, und ich darf dein erstes Publikum sein? Ich fühle mich geehrt und privilegiert und nehme die Verantwortung auf mich. Ich habe Picasso in Montana entdeckt.« Er weiß gar nicht, *wie* gut diese Aussage mir gefällt.

Er rollt mit den Augen. »Ja, genau.«

»Hey, du bist verlegen. Das steht dir sehr gut. Wie kann man dich noch mehr verlegen machen? Du kannst keine Komplimente annehmen. Ich habe deine Schwachstelle gefunden. Sehr gut. Noch weitere Schwachstellen?«

Miles schaut auf die beiden Tassen vor sich herunter, während er sie hin und her rückt. »Nutze deine Macht über mich lieber nicht aus, Yuna«, sagt er dann leise. »Besser so.« Und dann blickt er mich so direkt an, seine Augen dunkler als sonst, dass ich weiß, dass er viel mehr gemerkt hat, als ich dachte. Dass er nicht die Bilder meint. Und dass die Warnung ernst gemeint ist.

Achtzehn

Miles

Sie sollte besser gehen. Aber nein, ich will nicht, dass sie geht. Fuck. Ich will es auf keinen Fall. Es ist okay. Wir sind Freunde. Sie steht auf und geht zu einem Bild, das etwas weiter hinten steht. Ich weiß, welches es ist. Natürlich geht sie dorthin, als würde sie magnetisch angezogen. War ja klar.

»Darf ich?«

Ich nicke überrumpelt, auch wenn ich meine Komfortzone, von der Matt im Café immer redet, schon sehr lange verlassen habe. Sie zieht das Bild heraus. Es ist das Bild von Ruth, von Olivias Mutter, das ich vor einiger Zeit gemalt habe. Es ist ganz gut geworden, aber wie es mit so vielen Bildern ist, die ich fertiggestellt habe, interessieren sie mich danach nicht mehr besonders. Es ist, als hätte ich etwas abgeschlossen, wenn ich sie fertig gemalt habe.

»Die Frau ist irgendwie beeindruckend glamourös. Wer ist das?«

»Das ist Ruth, die Mutter aus meiner letzten Pflegefamilie aus Chicago.«

Ich habe das Bild nicht mehr angeschaut, nachdem ich es gemalt habe. Das Blau des Kleides gefällt mir. Genau so sah es aus.

»Hast du sie … sehr划gerngehabt?«

Ich verschlucke mich fast beim Atmen. Fasse mich dann aber wieder.

»Nein.«

Yuna blickt mich mit echtem Erstaunen an. »Warum nicht?«

»Sie war kein sonderlich guter Mensch.«

»Du hast sie gemalt wie einen guten Menschen. Malst du Leute, die du nicht magst, immer so schön?« Yuna sieht mich neugierig an.

»Ich mache keine Unterschiede. Schwer zu erklären. Es spielt keine Rolle«, antworte ich.

»Versuch, es zu erklären«, bittet sie. »Es klingt spannend. Bitte.«

»Ich mag einfach einen Moment, ein Bild, das ich im Kopf habe. Sie hat fast königlich ausgesehen, wenn sie mit Bill ausgegangen ist.«

»Ich sag doch, du lässt alles heller strahlen, was du malst.«

Vielleicht hat Yuna recht. Es gibt keinen Hass in diesem Bild. Oder in meinen anderen. Ich weiß auch nicht, warum es so ist, aber wenn ich male, bringe ich einfach die Bilder nach draußen, die in mir drin sind. Alle schlechten Gefühle, die ich mit der Person verbinde, sind dann weg.

»Wann hast du mit dem Malen angefangen?«

»Keine Ahnung, als ich Papier hatte. Irgendein Betreuer hat mir mal gesagt, ich soll malen, was ich denke. Das war leichter, als zu versuchen zu sprechen. Es war früher das Verrückteste, was ich tun konnte. Irgendwo zu sitzen mit Papier und Stiften. Wer tat das? Das taten Kinder wie ich nicht. Kinder wie ich liefen draußen herum, schmachteten danach, ein Handy zu bekommen. Oder von einer richtig reichen Pflegefamilie aufgenommen zu werden. Darüber fantasiert man, wenn man klein ist. Aber die Reichen spenden meistens nur die Weihnachtsfeiern oder adoptieren Babys und kleine Mädchen.« Ich halte inne. Ich rede zu viel.

Wir lassen uns auf das Sofa fallen und warten, bis das Teewasser kocht. Yuna sitzt weit entfernt, als würde sie versuchen, den maximalen Abstand auf dem Sofa auszutesten. Besser so.

»Und was mich jetzt interessiert, ist: Hast du in Vorbereitung auf meinen Besuch irgendwelche Bilder weggepackt?« Sie hat die Knie angewinkelt und sitzt in einer Art Schneidersitz auf dem Sofa, was für sie eine völlig natürliche Haltung zu sein scheint. Die Frage trifft mich überraschend, und ihr Blick liegt prüfend auf mir.

»O nein«, sagt sie schmunzelnd. »Wenn das dein Pokerface ist, dann musst du noch daran arbeiten.«

Ich zucke mit den Schultern. »Ich hatte vielleicht gehofft, dass du nicht wirklich fragst. Aber ich habe mich vorsichtshalber vorbereitet, *falls* du fragst. Und jetzt, nun ja, es ist gar nicht so schlimm eigentlich.«

»Nacktbilder? Ein Selbstbildnis – ebenfalls nackt?« Yuna sieht mich mit gespielt aufgerissenen Augen an.

Ich pruste los. »Du hast Fantasie. Mhm, ein nacktes Selbstporträt, darauf bin ich bisher nicht gekommen.«

»Vielleicht hast du schon eins und hast nur Angst, dass ich enttäuscht wäre?«

»Das hast du gerade nicht gesagt.«

»Und warum darf ich sie nicht sehen?«

»Zu persönlich. Also, ich meine, alle sind total persönlich. Es … Du bist nicht nur die Erste, die sie sieht. Du bist auch die Erste hier in der Scheune, abgesehen von den Leuten auf der Ranch.«

Einen Moment lang bleibt ihr Mund offen stehen. »Nicht dein Ernst«, sagt Yuna.

»Ellen war schon hier. Aber sie ist immer sehr zurückhaltend und will mich nicht in Verlegenheit bringen. Du hast damit scheinbar weniger Probleme. Dean schaut gar nicht hin. Er findet das strange und unmännlich, dass ich male, damit kann er nicht umgehen.« Ich lächele.

»Wie viele Bilder hast du weggenommen?«

»Fünf«, erwidere ich, ohne zu zögern.

»Deine Ehrlichkeit ist entwaffnend. Fünf. Einfach so zur Sicherheit. Dann hast du vielleicht doch schon gedacht, dass es sein könnte, dass ich hier reinkomme«, sagt Yuna.

»Vielleicht.«

»Zeigst du sie mir ein andermal?«

»Vielleicht.«

Sie wechselt die Position auf dem Sofa. »Wirst du sie mir eines Tages zeigen, und dann weiß ich, dass wir … wirklich befreundet sind?«

»Jetzt bist du total fixiert auf die fünf Bilder, die ich dir nicht zeige, obwohl du mehr siehst, als überhaupt jemals jemand gesehen hat.«

Sie zögert. »Ich weiß, dass es ein Geschenk ist. Aber … du solltest deine Bilder noch anderen zeigen. Es würde mir doch auch nie einfallen, ausschließlich für mich zu tanzen.«

»Das ist etwas anderes.«

»Warum zeigst du sie nicht mal versuchsweise anderen? Sie sind gut. Es ist fast unfair, sie nicht zu zeigen.«

»Erstens bezweifele ich, dass ein Kunstexperte da zustimmen würde. Zweitens ist das …«

»Warte mal, du hast schon bemerkt, dass du mich gerade beleidigt hast, oder?« Hinter uns beginnt der Teekessel zu pfeifen, aber wir ignorieren es.

»Ich habe mich höchstens selbst beleidigt. Aber noch nicht mal das. Ich bin nicht beleidigt. Ich male nicht, um irgendwelchen Ansprüchen zu genügen, außer meinen eigenen. Das ist der Knackpunkt daran. Ich mache es für mich. Es ist kein Geschenk an andere, sondern ein Geschenk an mich. Es tut mir leid, dass das egoistisch auf dich wirkt.« Ich merke, wie entschieden ich klinge, aber ich kann es gerade nicht ändern. Es ist die Wahrheit.

»Du verstehst mich falsch. Und mir ist es wirklich völlig

egal, ob du mich beleidigst, indem du mir jeden Kunstgeschmack absprichst. Man braucht kein Experte zu sein, um zu merken, dass die Bilder gut sind. Aber ich bin mir sicher, dass jeder Experte zustimmt. Bin ich einfach. Beweis mir, dass ich falschliege.«

»Ich mache es eben nicht für andere.«

»Ich tanze auch nicht für andere, sondern für mich. Und für andere. Das eine schließt das andere nicht aus. Ich will doch nur sagen, dass es andere beglücken würde.«

»Vielleicht will ich niemanden beglücken.«

»Na ja, ich sage mal so, wenn ich auf der Bühne stehe, macht es mich auch irgendwie high, es ist zudem ein Dopamin-Adrenalin-High, auf der Bühne zu stehen. Es ist ein Rausch. Es macht mir Spaß, für andere zu tanzen. Das ist nicht reine Menschenliebe, ich mache es ebenfalls aus Egoismus. Dennoch ist es auch für andere. Ich bringe ihnen die Musik näher oder zeige ihnen etwas. Ich zeige ihnen, was Balanchine für eine unglaubliche Choreografie gestaltet hat. Ich zeige ihnen eine neue Art, zu fühlen und auszudrücken, die jenseits von Sprache liegt. Wie du.«

»Und du sonnst dich im Applaus. Du bekommst Bestätigung. Ich möchte keine Bestätigung. Es ist dein gutes Recht. Ich will dich auch auf der Bühne stehen sehen, aber doch nur, weil ich weiß, dass du es selbst willst.«

Sie zögert. Sie wirkt angespannt. Ich bin genauso angespannt. Aber ich kann nicht Dinge sagen, an die ich nicht glaube.

»Du hast recht. Ich liebe es, wenn alle klatschen. Ich liebe die Bestätigung. Insofern bin ich wahrscheinlich ein viel unsicherer Mensch als du, da du das nicht brauchst.«

»Ich habe keine Ahnung, ob ich ein besonders selbstsicherer Mensch bin, aber ich male nun mal nicht für Bestätigung. Ich will auch keine besondere Aufmerksamkeit. Ich bin glücklich hier, und ich war lange Zeit nicht so glücklich wie hier. Ich glaube, unser Tee ist fertig, und wenn wir den Teekessel nicht gleich erlösen, explodiert hier gleich die Scheune mit allen meinen Bildern, und wir können uns die Diskussion ohnehin sparen, okay?«

Sie wirkt erleichtert, und ich bin es auch. Ich will sie gar nicht angreifen. Ich bewundere sie für das, was sie tut. Nur will ich nicht an ihren Platz.

»Du musst ja nicht jedes Bild öffentlich zeigen. Ich tanze auch manchmal nur für mich, so als Hobby«, sagt sie dann leise, als ich den Kessel vom Gas nehme.

»Ich habe bloß Hagebutte. Ansonsten gibt es noch ein Bier und eine Flasche Whiskey, die ich im Schrank gefunden habe. Die könnten hier allerdings auch schon ein paar Jahre stehen. Aber Whiskey wird ja angeblich mit dem Alter besser.«

»Hagebutte ist gut. Alles ist gut.«

Neunzehn

Yuna

Als ich nach dem Tee aufstehen möchte, durchfährt mich allerdings wieder der scharfe Schmerz, und ein kleiner Laut entweicht mir. Dann fasse ich mich, hole tief Luft und stehe auf.

»Scheiße, meinst du, es geht mit dem Training?«, fragt Miles. Es klingt schuldbewusst. »Ich habe so ein schlechtes Gewissen.«

»Du brauchst keins zu haben. Ich habe eins. Aber … ich kann es nicht bereuen. Es wird gehen. Ich habe schon mit einem abgefallenen Zehennagel getanzt, glaube mir, so eine Rippe schockt mich nicht wirklich«, erkläre ich sorgloser, als ich mich fühle.

Miles verzieht das Gesicht, als würde er selbst Schmerzen empfinden.

»Der ganze Tag war es wert«, sage ich. Ich kann ihn kaum ansehen, als ich spreche. Vielleicht, weil die schmerzende Rippe, wegen der ich mich zusammenreißen muss, wenig Kraft übrig gelassen hat, mich wegen meiner Gefühle zusammenzureißen. Die Sorge um mich hat seinen Blick warm und offen gemacht. »Aber ich muss jetzt langsam zurückfahren.« Ich muss natürlich nicht zurückfahren. Doch ich sollte es. In mir drin herrscht ziemliches Chaos.

»Hazel braucht ihr Auto zurück.« Hazel braucht ihr Auto nicht zurück.

Wir gehen nebeneinander zum Spülbecken, um unsere Tassen wegzustellen. Wir sagen beide nichts, meine Beine sind schwer, weil ich eigentlich nicht gehen will, aber ich muss gehen. Während wir laufen, berühren sich aus Versehen unsere Hände, und meine Hand beginnt sofort zu kribbeln. Als wir vor der Spüle stehen, nimmt er mir die Tasse aus der Hand. Dabei streift sie meine, oder der Luftzug seiner Hände trifft mich, jedenfalls merke ich die Wärme seiner Haut.

Ich kann ihm nicht in die Augen sehen, mein Herz schlägt so schnell, und ich habe Angst, dass mein Blick verraten wird, dass ich weit entfernt davon bin, mit der Situation umzugehen wie eine rein platonische Freundin.

»Du hast ganz schön oft die gleiche Landschaft gemalt. Was fasziniert dich daran, sie immer neu zu malen?« Ich versuche, entspannt zu klingen, aber meine Stimme ist leise, heiser. Ich habe keine Ahnung, was ich hier genau frage. Ich weiß nur ziemlich sicher, dass es nichts mit der Landschaft zu tun hat.

Miles greift nach meiner Hand. »Yuna«, seufzt er. Dann umfasst er mein Handgelenk und zieht mich in einer flüssigen Bewegung an seine Brust. Nur zu gern gebe ich dem sanften Ziehen nach. Er lässt das Handgelenk los und legt seine Finger sanft in meinen Nacken, sodass mein Kopf seitlich an seiner Brust liegt. Seine andere Hand liegt auf meinem Rücken, sodass ich plötzlich in seiner Umarmung liege. Ich bin so überrascht, überwältigt von der plötzlichen Nähe, seiner Wärme, dem Geruch, den er verströmt, dass ich wie betäubt seinem Herzschlag lausche, während er vorsichtig über meine Haare zu streicheln beginnt. Die Berührung ist so unendlich zärtlich, ich bin völlig schwerelos. Meine Wange liegt an der Stelle, wo seine Brust in seine Schulter übergeht. Ich möchte, dass dieser Moment nie vorbeigeht. Ich will vielleicht gar nicht mehr. Alles ist perfekt so.

Ich weiß nicht, wie lange wir so stehen, mein Herz schlägt hektisch, aber scheinbar vergisst es, genug Blut durch meinen Körper zu pumpen, denn mir ist schwindelig. Irgendwann hebe ich doch den Kopf, und als ich in seine Augen blicke, schrecke ich fast zurück, so offen sind sie, so voller Gefühle. Seine Lippen sind leicht geöffnet, und sein Blick fällt auf meine Lippen, und dann überbrücke ich die winzige Distanz zwischen uns und presse meine Lippen auf seine, bevor ich weiter darüber nachdenken kann. Es passiert fast von selbst. Es fühlt sich so unbeschreiblich an, warm, weich, ich denke an den Moment, als ich ihn schon einmal geküsst habe, im Gym. Wieder bewegt er sich nicht, aber in seinen Lippen ist Energie. Und dann beginnt er, sich ebenfalls zu bewegen, vorsichtig tastet er sich heran, küsst mich mit leichtem Druck zurück, noch mal, ein kleines Seufzen entfährt ihm, kleine Küsse, die eine viel zu große Wirkung auf mich haben. Seine Hand ist in meinen Haaren, der Daumen liegt an meiner Wange, während die andere weiter auf meinem Rücken liegt, und dann … richtet er sich abrupt auf. Seine Brust hebt und senkt sich in schnellem Wechsel. Er schaut mich an, erschrocken. Auf seiner Stirn erscheint eine Falte, und jetzt sehe ich den Schmerz in seinen Augen.

»Yuna«, sagt er. Er presst die Augen zusammen. »Es … es geht nicht.« Sein Blick ist so flehentlich. Sein Atem geht schnell, mindestens genauso schnell wie meiner.

Für einen Moment möchte ich vor Scham und Schmerz im Erdboden versinken. Miles greift nach meiner Hand, streicht mit seinem Daumen über den Handrücken. »Bitte verzeih mir, bitte, Yuna … versuch es zu verstehen. Ich weiß, das ist viel verlangt, glaub mir, es ist auch so schwer für mich, aber ich würde mich für den Rest meines Lebens hassen. Ich habe jemand anderem versprochen zu warten.«

Für einen Moment sagen wir beide nichts. Ich kann ihm

nicht in die Augen sehen. Spike liegt in einiger Entfernung auf seiner Decke und beobachtet uns.

Ich nicke. »Du hast recht. Entschuldige. Es wird nicht wieder vorkommen. Ich habe keine Ahnung, wie das passiert ist. O Gott.«

»Schhh. Du brauchst nichts erklären. Ich weiß es. Ich will dich auch nicht verlieren, Yuna. Als … Freundin. Auf keinen Fall.«

Für einen Moment schweigen wir beide.

»Wir sehen uns auf dem Campus?«, erwidere ich zögernd und versuche, meiner Stimme einen leichteren Klang zu geben. Freunde. Friendzone. Ich schüttele meinen Kopf, um ihn klar zu bekommen.

Er nickt. Und dann drehe ich mich um, verlasse die Scheune und gehe zu meinem Auto. Hazels Auto. O Gott, was habe ich hier nur angerichtet? Meine Rippe brennt, aber ich glaube, sie brennt nur, weil mein Herz darunter panisch rast und meinen ganzen Brustkorb zum Vibrieren bringt. In den letzten Minuten habe ich sie nämlich überhaupt nicht gespürt.

Zwanzig

Miles

Und dann ist sie weg, und ich stehe wieder allein vor der Scheune. Mein Herz klopft zu schnell, der Wind kühlt mein erhitztes Gesicht. Ich möchte, dass sie zurückkommt und ich sie wieder in meine Arme nehmen kann. Aber es ist unmöglich. Ich würde alles kaputt machen, woran ich glaube. Ich würde den Respekt vor mir selbst verlieren. Dieser letzte Rest, der noch da ist. Denn das Schlimmste an diesem ganzen Prozess ist, dass ich schon oft gedacht habe, dass sie recht haben. Dass ich Olivia ausgenutzt habe. Dass ich nie darauf hätte eingehen dürfen, als sie sich in mich verliebt hat. Sie ist kaum jünger als ich, aber so viel naiver gewesen. Ich hätte es nie tun dürfen.

Ich möchte Oakley aus dem Stall holen und über die Felder rennen lassen. Es gibt so viel, was ich mit Yuna besprechen möchte. Seit ich sie kenne, will ich mehr sprechen, als ich in meinem ganzen Leben gesprochen habe. Wir werden es schaffen. Wir werden Freunde sein und das nicht kaputt machen. Der Wind hat zugenommen, und ich bin gespannt auf meinen ersten Winter hier, den ersten Winter in Montana.

Ich stehe noch eine Weile da. Jetzt, wo ihre Stimme weg ist, die mir erzählt, warum man eine Bühne braucht oder nicht, ist es so still. Und mit einem Mal habe ich das Gefühl, dass diese Stille mich erdrückt. Mein Herz schlägt härter in meiner Brust, die immer enger wird, als Panik in mir aufsteigt. Vor mir liegen die Felder, die Berge, die Endlosigkeit, keine Ahnung, man ist schon ziemlich allein hier auf der Erde. Was hat Yuna gesagt? Die ganzen Geräusche lenken einen ab. Sie betäuben einen und gaukeln einem Gesellschaft vor, aber letztlich, wenn diese Betäubung wegfällt, dann bleibt nur übrig, dass ich ziemlich fucking einsam bin.

Ich gehe zurück in die Scheune. Ich war so aufgeregt, bevor sie gekommen ist. Ich hatte zwischendurch schon bereut, ihr überhaupt angeboten zu haben zu kommen. Aber ich habe das meiste sogar offen herumliegen lassen. Vielleicht habe ich mich letztlich doch nach einem Lob gesehnt. Keine Ahnung, wie armselig ist das, bitte? Und, was soll ich sagen, es wäre gelogen, wenn ich nicht zugeben würde, wie sehr es mir gefallen hat, was sie gesagt hat, wie sehr ich mich darüber gefreut habe. Ich verstehe schon diesen Wunsch nach dem Moment, gelobt zu werden, der einem für ein paar Momente ein High verpasst, der einen aus dieser Unruhe befreit und einen Fixpunkt gibt. Wenn sie mich lieben, dann bin ich es auch wert zu leben. Fuck. Ich will niemandem diese Macht geben, das über mich zu sagen. Es funktioniert nicht. Die Holzlatten der Scheune sind von der Zeit verfärbt, der Tisch hat so viele Macken und steht nur dank ein paar Stücken Pappe stabil. Der Teekessel ist völlig verbeult. Neben meinem Trailer liebe ich diesen Ort so sehr, dass er mich blind macht. Wie harmlos die Scheune auf andere wirken muss, wie unspektakulär und unschick. Hat Yuna nur gesagt, dass es ihr gefällt, weil sie mich nicht verletzen wollte? Quatsch. Das hat sie nicht getan. Es hat ihr gefallen. Ich habe ihre Augen gesehen, als sie hereingekommen ist, als sie gesagt hat: »Ich liebe es.« Sie hat es verstanden. Der Gedanke an ihr Lächeln in der Scheune bringt merkwürdige Dinge in mir zum Schwingen. Ich habe vergessen, dass man sich so fühlen kann. Oder nicht vergessen, vielleicht habe ich mich noch nie so gefühlt. Denn es ist nicht zu ignorieren, obwohl es so vollständig gegen meinen Willen passiert. Oder nein, nicht gegen meinen Willen, mein Wille ist bei all diesen Gefühlen gar nicht beteiligt.

Am späten Nachmittag komme ich in den Trailer zurück. Ich bin erschöpft, meine Arme brennen von den Kisten, die wir vorhin umgeräumt haben. Ich habe noch eine Box repariert, war draußen, um nach den Schafen zu sehen. Als ich auf dem Handy das Datum sehe, denke ich wieder daran, was nächste Woche passiert. Nächste Woche wird noch mal verhandelt. Alles kommt auf die Aussagen an, die gemacht werden. Ich muss nicht anwesend sein, und der Pflichtanwalt hat gesagt, dass es in dem Fall sogar besser wäre, wenn ich nicht da wäre. Olivia wird ihnen sagen, dass es anders war. Sie wird es ihren Eltern deutlich sagen und auch dem Gericht. Dass ich nie irgendetwas ausgenutzt habe. Dass sie die Initiative übernommen hat. Sie war in mich verliebt. Dass die Meryll-Sacklers einen total falschen Eindruck davon hatten, wie es gelaufen ist. Bill und Ruth wollen Olivia beschützen, ihr Ein und Alles. Ich versuche es ihnen nicht übel zu nehmen, aber das ist verdammt schwer, wenn so viel in meinem Leben davon abhängt.

Ich finde, dass ich Fortschritte gemacht habe. Viel von meiner Wut ist weg. Ich bin nicht zu schlecht für ihre Tochter, sie waren nur schockiert. Und Olivia hat es richtig gemacht. Sie hat sich nicht mehr gemeldet, genau wie ihre Eltern verlangt haben. Ich *darf* keinen Kontakt haben, so schreibt das Gesetz es vor, natürlich kann sie mich nicht anrufen. Sie muss zeigen, dass sie eine gehorsame Tochter ist. Das ist wichtig. Es wäre verrückt, wenn ich ihr nicht vertrauen könnte.

Obwohl ich schon erschöpft bin, gehe ich wieder raus, um eine Runde Holz zu hacken. Viel Holz. Neben dem Haus der Murphys liegen die runden Baumstämme, um die Kamine und Öfen auf dem Hof zu heizen. Sie sind schon von den Seitenästen befreit und in runde Holzzylinder zersägt. Jetzt müssen sie nur noch in einzelne Scheite zerteilt werden. Es gibt auch einen elektrischen Holzschneider, der allerdings ziemlich viel Lärm macht. Dean hat mir bei meiner Ankunft erklärt, dass jeder hier ein paar Stunden Holz hacken soll, wenn welches da ist. Das gehört dazu. Man kann es machen, wenn man sich danach fühlt. Das erspart nämlich den Psychotherapeuten, hat er mir zugeraunt. Ich hacke lange Holz. Mit einem schweren Beil zerspalte ich die Stammstücke in handliche Scheite. Die Befriedigung, wenn so ein Stamm nach mehreren Schlägen in einzelne Scheite zerfällt, ist schwer zu beschreiben. Fühlt sich jedenfalls besser an als jeder Psychotherapeut. Keine Ahnung, wie lange ich das mache, eine Stunde? Zwei Stunden? Ich habe eine Lage nach der nächsten ausgezogen, jetzt stehe ich hier mit nacktem Oberkörper. Schweißtropfen rinnen meine Brust herunter, aber die Mischung aus der Anstrengung und der kühlen Abendluft ist die perfekte Kombination. Als ich fertig bin und meine Arme sich wie Pudding anfühlen, gehe ich zurück zu meinem Trailer und stelle mich unter die heiße Dusche. Im Trailer ist eine erstaunlich gute Dusche eingebaut. Ich stütze mich mit den Händen an den Seitenwänden ab, schließe die Augen und lasse das heiße Wasser auf meinen Rücken prasseln. Ich weiß, dass es nicht ewig heiß bleibt, und genieße es umso mehr. Das Holzhacken, der ganze Arbeitstag auf dem Hof haben nicht gereicht, und ich bekomme den Gedanken nicht aus dem Kopf, nein, es ist kein Gedanke, es ist der Impuls, mir einen runterzuholen. Ich will nicht. Das ist so erbärmlich. Man kann es sich abgewöhnen, man muss sich keinen runterholen, aber es fühlt sich auch ziemlich schlecht an, wenn man jemanden so sehr will und es so lange unterdrückt, dass man Bauchkrämpfe bekommt. Und ich weiß noch nicht mal mehr genau, wegen wem ich die Krämpfe bekomme. Olivia. Yuna. An sie will ich jetzt aber auf keinen Fall denken. Das erscheint mir total armselig, sie als Vorlage für meine Fantasien zu benutzen.

Ich habe letztens nämlich aus Versehen einmal an Olivia gedacht, als ich die Bilder in meinem Kopf durchgegangen bin wie die Bilder auf einem Smartphone, das ich noch nicht mal besitze. Ich wische weiter wie auf einer Dating-App, nur dass alles in meinem Kopf stattfindet. Weiterwischen. Und plötzlich ist Yuna da, wie sie mir entgegenkommt. Der Wind weht ihre glatten schwarzen Haare zur Seite. Weil ihre Haare immer so glatt sind, ist es unglaublich anziehend, wenn sie so im Wind wehen, nicht gebändigt von irgendwelchen Spangen. Sie ist da, und ich bin so geschockt, sie dort zu sehen, an diesem Platz. Dass sie ausgerechnet hier auftaucht, wo ich noch nicht mal Olivia dafür benutze. Ich verwende andere schräge Bilder, die ich mir kaum eingestehen mag, dass sie mich anturnen, weil sie so überhaupt nicht mit dem Bild übereinstimmen, das ich selbst von mir habe und was ich mir im wirklichen Leben wünschen würde. Teilweise sind es düstere Fantasien, aber es sind nicht mehr als Fantasien, ich habe keinerlei Bedürfnis, sie in die Realität umzusetzen. Sie sind mehr wie Albträume, aus denen ich froh bin zu erwachen, oder extreme Träume mit mehreren Frauen, für die ich mich schäme, weil sie so primitiv sind, so primitiv, wie ich doch nicht sein möchte. Ich schließe die Augen und strecke meine Hand zum Wasserregler und stelle die Dusche auf eiskalt.

Einundzwanzig

Yuna

Die ersten Tests werden geschrieben, der Stoff in den Kursen wird anspruchsvoller, und der Ehrgeiz der Tänzerinnen wird immer unerträglicher, je näher wir der Aufführung am Parents' Weekend kommen. Lidia hat uns mehrmals versichert, dass es nur ein kleiner Auftritt ist. Aber alle sind ausgehungert nach der Bühne. Wir sollen uns am MCPA unabhängig von der Öffentlichkeit entwickeln, aber wir wären wahrscheinlich nicht hier, wenn nicht jeder von uns die Bühne lieben würde. Es ist das beste Gefühl, dort zu stehen. Seit die Geschichte mit der »Anzeige« wegen der Antidepressiva passiert ist, fühle ich mich außerdem ständig überwacht. Ich kleistere mir ein Lächeln aufs Gesicht, wenn wir in den Umkleiden sind, und ich war sogar bei den letzten beiden »Pizza Nights« mit Blumenkohlpizza, grünen Smoothies und hochprozentiger Bitterschokolade, die im Mund zu Staub zerfällt. Immerhin war die Rippe nach ein paar Tagen wieder vergessen. Ich habe noch mal Glück gehabt. Aber Reiten werde ich erst nach der Aufführung wieder. Oder gar nicht mehr.

Auf die Ranch zu kommen, ist die beste Erholung von der Atmosphäre im Ballettstudio. Ich werde mir das nicht nehmen lassen, auf keinen Fall. Bei Miles kann ich sein, wer ich will. Und ich bin lange genug Tänzerin, ich habe mit Liebeskummer getanzt, wobei mir der Liebeskummer wegen Maxwell im Rückblick geradezu albern vorkommt, und sogar noch nach meiner Diagnose bis zur Woche vor der Operation. Ich werde ja wohl schaffen, meine Gefühle unter Kontrolle zu behalten. Oder sie zu ignorieren, bis sie endlich verschwinden. Wir haben uns im *Books & Beans* wiedergesehen, und Miles hat sich genau wie ich vorgenommen, dass wir befreundet sein können. Ich habe es gemerkt. Und dafür bin ich total dankbar. Ich habe ohnehin keine Zeit für einen Freund, es ist völliger Irrsinn. Die Alternative wäre, nicht mehr herzukommen. Miles nicht mehr zu sehen. Und, ganz ehrlich, das ist keine Alternative.

»Ich erkläre das Projekt *Miles lernt Fahrradfahren* hiermit offiziell für beendet.« Miles radelt an mir vorbei. Schnell. Er hat es gelernt, aber wahrscheinlich braucht man als Erwachsener auch weniger Zeit als als Kind. Wenn ein größerer Buckel kommt, wackelt es noch verdächtig, und Spike ist sich auch noch nicht ganz sicher, was er von der Sache halten soll. Er springt um das Fahrrad herum und bellt, vielleicht will er Miles auch antreiben. Die Sonne scheint heute noch mal stärker, es ist wärmer als in den letzten Tagen. Jetzt, um drei Uhr nachmittags, ist es geradezu heiß.

»Es ist total einfach, wieso habe ich das nicht schon vor Jahren gelernt!«, ruft Miles und spreizt seine Beine weit zu beiden Seiten ab. Wir haben den verkrampften Moment am Anfang weit hinter uns gelassen, in der Sonne scheint plötzlich alles ganz leicht. Er strahlt. Das Fahrrad ist etwas zu klein für ihn, und seine langen Beine sind zu eng angewinkelt, wenn er radelt. Sein Körper vibriert auf dem holprigen Weg, weil die Federung des Fahrrads schon etwas älter ist. Ein paar Gäste sind mit den besseren Rädern unterwegs.

Lachend hält er neben mir. Seine Haare sind zerzaust, und

seine Augen blitzen, er sieht so gelöst aus wie selten. »Vielleicht sollte ich mir angewöhnen, zum Campus zu fahren, das wäre gar kein schlechter Sport«, murmelt er. Wobei es ziemlich anstrengend für Spike wäre. Spike steht hechelnd neben ihm und wedelt mit dem Schwanz.

»Möchtest du noch kurz was trinken?«, fragt er.

»Klar. Ich muss aber in ungefähr einer Stunde zurück.«

»Ich habe Holunderschorle von Ellen in der Scheune. Du wirst sie lieben«, sagt Miles. »Sie macht sie selbst.« Ellen und Rich habe ich inzwischen schon mehrmals getroffen. Sie empfangen mich mit einer unglaublichen Selbstverständlichkeit. Ich kann verstehen, warum Miles sich auf ihrem Hof so wohlfühlt. Es ist total klar, dass Ellen und Rich ihn wahnsinnig schätzen. Miles trägt heute grüne Shorts mit ziemlich vielen Taschen und ein blaues T-Shirt. Ein seltener Anblick ohne sein kariertes Hemd. Er ist in den letzten Wochen scheinbar viel draußen gewesen. Seine Arme und sein Gesicht sind gebräunt, seine Beine sind etwas blasser. Hazel liegt mir in den Ohren, dass ich auf mich aufpassen soll. Dass es unausweichlich sein wird, dass ich Probleme bekomme. Aber wir schaffen es. Ich laufe ihm in die Scheune nach und bin wie immer fasziniert von diesem Ort. Er strahlt so etwas Besonderes aus, Ruhe, eine Art Frieden.

Etwas später sitzen wir auf dem weichen Sofa mit der Patchworkdecke, weil draußen Wolken aufgezogen sind und der Wind plötzlich wesentlich kühler geworden ist. Es ist so gemütlich, dass ich eigentlich nie wieder gehen möchte. Das Licht fällt durch die großen Fenster auf eine Ecke des Sofas, ohne uns zu blenden. Meine Finger werden von der Tasse Hagebuttentee gewärmt, die Miles mir gerade gegeben hat. Er hat eine Playlist angestellt, die ich schon aus dem *Books & Beans* kenne.

»Eine Sache verstehe ich ja nicht so richtig. Wenn dein

Hobby Tanzen ist, worin besteht denn dann genau der Unterschied zum normalen Training?«, fragt Miles. Natürlich, er hört immer sehr genau zu, und manchmal kommt er auf Dinge zurück, die ich viel früher gesagt habe. Sein Blick ruht auf mir und macht komische Dinge mit meinem Magen. Wie immer muss ich mich daran erinnern, dass der durchdringende Blick nur in meinem Kopf ist, dass es nur diese blaugraue Augenfarbe ist.

»In dem Fall sieht man einen ziemlich deutlichen Unterschied, also auch, wenn man Extrem-Laie ist.«

»Extrem-Laien sind so Leute wie ich, nehme ich an? Warum bist du dir da so sicher?« Wir haben beide die Beine angewinkelt, während wir auf dem Sofa sitzen, sodass unsere Füße fast aneinanderstoßen. Nur fast, weil ich peinlich genau darauf achte, dass sie es nicht tun. Weil … ich weiß schon, warum.

»Tanzen ist nicht Tanzen. Das ist so, als wäre ein Comic das Gleiche wie ein Fresko. Mein Hobby ist … K-Pop-Dance.«

»K-Pop?«

Ich nicke. »Korean Dance. Inzwischen gemischt mit Hip-Hop. Und Tribal. So ein Geständnis mache ich nur off-campus. Aber ich versuche, dein Vertrauen zu gewinnen, damit du mir die fünf anderen Bilder zeigst.« Ich ziehe das Gummi aus den Haaren, mit dem ich sie vorhin zusammengebunden habe. Mir entgeht nicht, dass Miles sehr genau dabei zusieht, und das komische Gefühl im Magen, das Kribbeln, breitet sich von dort sternförmig in meinem Körper aus. Stopp.

»Ich mag deine Haare, wenn sie offen sind«, sagt er. Seine Lippen sind leicht geöffnet. Dann schaut er zur Seite und fährt sich durch die Haare, als wäre er kurz abgelenkt gewesen. Ich bin fast erleichtert, dass er an der Friendzone auch arbeiten muss. Denke ich jedenfalls. »Wir sind off-campus. Ich bin kein MCPA-Student. Lass es raus.« Er lächelt, aber irgendetwas anderes ist in seinem Lächeln.

»Meine alte Ballettlehrerin hätte mich dafür gelyncht. Es ist schlimmer als jede andere Sportart, weil es sich Tanz nennt, aber so ziemlich das Niedrigste ist, was es gibt. Allein schon, weil das Wort ›Pop‹ drin vorkommt. Meine Eltern haben die Musik zu Hause bei uns sogar verboten, weil sie meinten, das würde mein Gehör für die klassische Musik zerstören. Ich tanze es, aber vor allem entwerfe ich Choreos. Ich arbeite mit ein paar Choreografen in einem Studio in Seoul zusammen.«

»Ich kann es mir nicht so richtig vorstellen.«

»So eine Mischung aus koreanischem Popstar, Shakira und Beyoncé?«

»Okay, dann weiß ich jetzt, was ich mal sehen will. Dich. Deine Choreos. Ich möchte sehen, wie du tanzt, wenn du nur für dich tanzt.« Seine Worte machen komische Dinge mit mir. Ich lese Sachen darin, die gar nicht da sind. Das Blut schießt mir in die Wangen.

»Warte mal, dich interessiert jetzt mehr, wie ich K-Pop tanze als Ballett? Du bist seltsam.« Meine Stimme klingt kratzig. Ich hoffe, er merkt nicht, was mit mir los ist. Ich wechsle die Position und setze mich anders hin. Er hat sich gleichzeitig gerade hingesetzt. Seine Beine klappen etwas auseinander, und unsere Knie berühren sich. Ich kann nicht weiteratmen. Er scheint es überhaupt nicht zu bemerken. Ich bestehe nur noch aus Knie. Es ist verrückt.

»Du bist mindestens genauso seltsam, Yuna.«

»Das stimmt«, krächze ich heiser. »Aber ich mag seltsam.« Geistesabwesend zupft er an meiner Jeans. Ich fühle mich, als würde ich gleich explodieren.

Wir lächeln uns an. Mein Herz macht einen Sprung, einen wirklichen Sprung, ich kann irgendwie nicht glauben, dass ich nach Montana komme und jemanden treffe, dem ich mich so verbunden fühle. Ich mag jedes Wort, das er sagt.

»Vermisst du Chicago? Irgendwelche Freunde, die du zurückgelassen hast?«

»Vielleicht vermisse ich es manchmal. Aber ich möchte gern hierbleiben.«

»Und deine Freundin?«, füge ich hinzu. Und während ich das sage, beginnt mein Herz zu pochen, weil ich weiß, dass ich eine Grenze überschreite. Ich habe Angst vor dem Thema, und gleichzeitig kann ich es nicht ignorieren, auch wenn mein Körper keinerlei Problem damit zu haben scheint, es zu ignorieren.

Er nimmt einen Schluck Tee.

»Das stimmt«, sagt er leise, aber so abschließend, dass ich nicht weiterfrage. Was gibt es auch weiter zu fragen? Klar, eine interessierte Kumpelfreundin würde weiterfragen, und man würde sich alles anvertrauen, aber bei mir wäre das geschauspielert. Ich muss mir selbst eingestehen, dass ich nur darauf aus wäre, zu erfahren, wo die Schwachstellen liegen, was es für Probleme gibt und ob nicht doch eine Chance besteht, was auch immer. »Warum wolltest du denn überhaupt kommen? Du hast dich dort doch auch um Pferde gekümmert, oder?«

»Sollen wir uns raussetzen?«, fragt er.

Ich nicke, und wir treten vor die Scheune und gehen auf die Seite, die dem Feld zugewandt ist, wo man den Hof nicht sieht, sondern nur die Landschaft mit den Bergen und ein paar weiße Sprenkel, Schafe in der Ferne.

Miles schiebt mir einen Stuhl hin, der dort steht, und setzt sich selbst auf einen Hocker. »Ich habe mich auch um Pferde gekümmert, habe … ich habe versucht, meinen Highschool-Abschluss zu machen, wenn du es genau wissen willst.«

»Wirklich? Du brauchst gar keine koreanische Mutter.«

Er nickt. »Ich vermisse ein paar Menschen. Aber ich glaube, ich würde sie in Chicago auch nicht sehen. Kane ist mein bester Freund, und ich bin total froh, ihn gekannt zu haben. Aber wir waren nur ein paar Monate richtig viel zusammen, und viele meinen, wenn sie von ihrem besten Kindheitsfreund sprechen, jemanden, mit dem sie viele Jahre verbracht haben. Kane fühlt sich trotzdem an wie mein bester Freund von früher. Er hat mich verstanden.« Miles lächelt bei der Erinnerung. »Er ist cool. Ein fürchterlicher Frauenaufreißer, seit er verstanden hat, wie es geht.« Irgendwie denke ich, dass sie damals wahrscheinlich gemeinsam unterwegs waren, dass es andere Phasen in Miles' Leben gab, als er nicht alle Avancen von den Mädchen ignoriert hat wie jetzt im Campuscafé. Natürlich, als Teenager hatte er bestimmt die gleiche Wirkung auf Frauen, nur hat er als neugieriger Teenager wahrscheinlich nicht alle ignoriert, sondern experimentiert. Hinter meiner Stirn beginnt es zu kribbeln. Nicht nur hinter der Stirn, es fühlt sich an, als wäre ein ganzer Bienenschwarm in mich hineingekrochen. Aber ich frage nicht weiter. Ich will es nicht wirklich wissen, weil ich denke, dass ich mit dem Thema nicht umgehen kann, so wie eine normale Buddy-Freundin es tun würde.

»Ich weiß nicht, was Kane jetzt macht. Er ist widerstandsfähig, aber er hat mit Drogen angefangen, als wir uns das letzte Mal gesehen haben, obwohl wir uns geschworen hatten, das nie zu tun. Vermisst du New York und deine Eltern und Freunde?«

Ich zögere einen Moment und blicke in seine Augen. Er weiß selbst, dass er die meisten meiner Fragen nicht beantwortet hat. Vielleicht will er sich selbst auch nicht dabei zuhören, wenn er über sein Leben spricht. Und die vielen traurigen Geschichten, die es darin gibt.

»Ich vermisse sie. Meine Eltern haben einen Deli, einen koreanischen Imbiss mit einem kleinen Shop in Queens.«

»Kommen sie dich mal hier besuchen? Ich kenne da eine sehr nette Gästeranch in der Nähe des Colleges.«

»Sie können den Shop nicht so einfach zurücklassen. Vor Weihnachten sehe ich sie auf keinen Fall.« Ich habe sie plötzlich genau vor Augen, meinen Vater in seinem weißen Hemd hinter der Theke. Oder am Hinterausgang, wo er manchmal mit seinem Freund raucht. Viele ihrer Kunden sind auch koreanisch, aber es ist eine sehr bunte Mischung. »Ich vermisse sie schon ziemlich, wenn ich ehrlich bin. Sie haben immer zu mir gehalten. Ich bin, was ich bin, nur wegen ihnen.«

Für einen Moment schweigen wir.

»Meinst du, du wirst wirklich hierbleiben?« Ich nehme einen Schluck aus der Emailletasse. Eine echte Cowboytasse. Diese Landromantik gefällt mir irgendwie, wer hätte das gedacht.

»Möchtest du Zucker?«

Ich schüttele den Kopf. Miles steht auf, geht zurück ins Haus und kommt mit einer blauen Porzellandose und dem Teekessel zurück. Er gießt heißes Wasser nach und lässt einen Löffel Zucker in seinen Tee rieseln.

»Ich bin seit einem halben Jahr hier. Ich habe einen Vertrag für ein Jahr. Derjenige, der sonst meinen Job macht, ist nur für ein Jahr aufs College gegangen. Wenn er zurückkommt, können die Murphys mich bestimmt nicht noch zusätzlich bezahlen.« Ich ignoriere das Ziehen in der Brust, das seine Worte in mir auslösen.

»Die Landschaft verändert einen. Ich habe mir am Anfang vorgestellt, mein ganzes Leben lang nur diese Landschaft zu malen, und mir würde nichts fehlen.«

»Du könntest die Bilder auch im Shop der Ranch verkaufen.«

»Du gibst nicht auf, oder?«

»Hast du noch nie ein Bild abgegeben?«, frage ich.

»Ich habe eins verschenkt.«

Mein Atem stockt. Ich frage lieber nicht nach, wem er es geschenkt hat. Ich schlinge meine Finger fest um den Becher und nehme die Wärme auf. Es ist schon spät am Nachmittag und wird deutlich kühler.

»Vielleicht solltest du mir die anderen Bilder zeigen?«, schlage ich vor. Unsere Blicke treffen sich, die Falte zwischen

Miles' Augen ist nicht verschwunden. Langsam nickt er. Er weiß genauso gut wie ich, dass es vielleicht helfen wird, diese Gefühle zwischen uns abzutöten.

Er geht zielstrebig an eine Stelle, wo verschiedene Leinwände mit der Bildseite zur Wand stehen. Er zieht eins hervor, stellt es auf die Staffelei und tritt zur Seite.

Alle Luft entweicht aus meinen Lungen, als hätte mich jemand bei einer Hebefigur an der höchsten Stelle fallen gelassen. Oder mir in den Magen getreten. Niemand braucht mir zu erklären, wer das ist, ich weiß es sofort. Das Mädchen auf dem Bild hat blonde Haare mit einer goldenen Schattierung, sogar die Reflexe der Sonne in ihrem Haar sind detailliert eingefangen. Ihre offenen Haare umwehen ihr gleichmäßig geformtes, ovales Gesicht, als würde sie in einer Windmaschine stehen. Ihr Gesicht ist völlig ebenmäßig, was soll ich sagen, sie erinnert mich an Iris. An Seraphina. An alle diese perfekten Mädchen mit den Vorfahren auf der Mayflower, die der Inbegriff der amerikanischen High Society sind. Die Mädchen, die mir schon immer die Rollen weggenommen haben und einmal schon den Freund. Die Mädchen, die nie Sätze gehört haben wie »deine Haare haben eine interessante Struktur« oder »du bist wirklich beeindruckend kräftig an den Beinen und am Po« oder »dein Busen lenkt etwas vom Tanzen ab, da ist noch zu viel Fettgewebe, das verschwindet möglicherweise bei etwas geringerem Gewicht«. Ich will nicht verbittert sein, aber dass genau *hier* ein Bild von so einem Mädchen hängt, ist schwer auszuhalten.

Ich höre, wie Miles hinter mich tritt. Auch er bewegt sich nicht mehr. Die Stimmung im Raum hat sich gewandelt. Er ist genauso angespannt wie ich. »Ja, das Bild habe ich noch nicht gesehen«, sage ich zögernd.

Er erwidert nichts, doch als ich mich kurz zu ihm umdrehe, nickt er. Er sieht aus, als hätte er Schmerzen. Ich wende mich schnell wieder dem Bild zu, weil ich Angst habe, dass ich anfange zu heulen, wenn ich ihn weiter anschaue.

»Du liebst sie sehr, nicht wahr?«, frage ich. Warum frage ich das? Ich bin masochistisch, keine Ahnung. Ich will vielleicht eine andere Antwort erzwingen als die, von der ich weiß, dass er sie geben wird. Ich habe Hoffnung.

Miles seufzt. Dann beginnt er zu sprechen. Seine Stimme ist leise, aber er könnte flüstern, und ich würde jedes Wort verstehen, so konzentriert bin ich auf seine Stimme, die ich inzwischen so gut kenne.

»Ihre Eltern waren meine Pflegeeltern. Eigentlich brauchte ich keine mehr, doch ich habe in dem Stall ausgeholfen, wo ihre Pferde standen. Olivia ist dort geritten. Sie ist eine sehr gute Turnierreiterin.«

Natürlich. Selbstverständlich ist sie auch noch eine fantastische Reiterin.

»Aber der Reitlehrer hat ihnen erzählt, dass ich etwas lernen sollte, dass aus mir was werden könnte. Ich sollte den Highschool-Abschluss nachmachen. Ich habe Bill kennengelernt, und er hat irgendetwas in mir gesehen, was er fördern wollte. Ich war sein Projekt. Sie haben mich unterstützt, und anfangs hat es auch prima geklappt. Ich war gut in der Schule, als ich angefangen habe, tatsächlich hinzugehen.« Er gibt ein leises Schnaufen von sich.

Ich nicke ihm zu, ermuntere ihn weiterzusprechen. Ich möchte es endlich wissen.

»Sie waren stolz auf mich, und, ganz ehrlich, das tat irgendwie gut. Unter der Bedingung, dass man eine Bildungsabschluss nachmacht, kann man den Pflegeelternstatus über das achtzehnte Lebensjahr hinaus verlängern, weil ich ja eigentlich schon zu alt war für Pflegeeltern.«

»Sie haben das gemacht, weil du mit ihrer Tochter zusammen warst?«

Miles schüttelt langsam den Kopf.

»Nein, das war alles vorher. Ich habe Olivia nie auf diese Art … wahrgenommen. Ich habe sie bewundert, weil sie so vollkommen war. Aber nein. Ich war Bills und Ruths … soziales Projekt. Sie sind sehr engagiert.«

»Und Olivia wurde dann deine Schwester?«

Es ist schwer vorstellbar.

»Ich glaube, sie haben es für völlig abwegig gehalten, dass wir etwas miteinander haben könnten. Auf die Idee sind sie gar nicht gekommen.« Er schnauft wieder, diesmal klingt es frustrierter. »Ich. Sie. Das passte für sie einfach überhaupt nicht zusammen. Niemals. Völlig undenkbar.«

»Und dann hast du dich in sie verliebt.«

»Ich habe es erst nicht verstanden. Sie musste überdeutliche Signale geben, um es in meinen Kopf zu pflanzen. Aber dann – vielleicht würdest du es verstehen, wenn du sie kennen würdest. Sie ist strahlend. Sie war irgendwie alles, was ich im Leben nicht gehabt hatte und auch niemals erreichen würde. Sie hatte eine komplett magische Kindheit. Und dann war sie an mir interessiert. Ausgerechnet an mir. Ich habe es am Anfang nicht ernst genommen. Ich dachte, sie findet mich nur spannend, weil ich aus so einer anderen Welt komme. Wäre so eine Art Kuriosum für sie. Aber dann … war es eben so. Ich konnte nicht fassen, dass mir so etwas passieren konnte.«

Er erzählt es endlich. Das ist gut. Ich will jetzt alles wissen, und vielleicht … endet es anders, als ich befürchte. Meine Hände haben sich zu Fäusten verkrampft, ich versuche sie zu lockern. Ich konzentriere mich auf seine Stimme. »Und dann?«

»Wir sind auf die gleiche Schule gegangen, das war Ehrensache für meine Gastfamilie. Sie waren mehr Gastfamilie als Pflegeeltern. Ich bin sogar ein paarmal mit auf ihre Einladungen gegangen. Da waren ziemlich viele Nate-Doppelgänger übrigens. Ganz ehrlich. Im Rückblick denke ich, dass ich für Bill und Ruth eine Art seltene Rasse war. So, wie früher Eingeborene, die man ›gezähmt hat‹, vorgeführt wurden. Sie konnten ihre Menschenliebe und Wohltätigkeitsmission an mir austoben, aber an sich ist das ja nichts Schlimmes.«

Ich sauge diese Sätze förmlich in mir auf. Jedes Wort scanne ich nach Kritik ab, nach irgendetwas, was ihn von Olivia entfernt, nach der endgültigen Erklärung, dass es vorbei ist. Dass es ein Problem ist, das wir lösen können.

»Aber auf dem Bild ist Olivia nur wunderschön.« Es stimmt. Selbst jetzt habe ich noch Hoffnung, denn ich weiß, dass er auch Ruth und Bill in ihren guten Momenten malt, dass er die Menschen in seinen Bildern nie verurteilt.

»Olivia hat damit nichts zu tun«, sagt er, und der Satz fühlt sich an, als würde er einen Pfahl in mein Herz rammen. Vielleicht, weil ich gerade mit jedem seiner vorherigen Worte mehr Hoffnung geschöpft habe. Hoffnung, dass er jetzt die Sätze sagen wird, auf die ich schon so lange warte. Dass es nicht seine Gefühle sind, die das Problem sind, sondern irgendetwas anderes, was wir lösen können.

»Ist sie noch in Chicago?« Meine Stimme gleicht mehr einem Flüstern.

»Als Bill und Ruth herausgefunden haben, dass wir zusammen sind, war das ein Skandal. Es hilft nichts, dass es von ihr ausging. Das sehen sie natürlich anders. In ihren Augen habe ich ihre Großherzigkeit ausgenutzt, um ihre Tochter zu verführen, das Beste, was sie haben. Sie war außerdem erst gerade achtzehn. Ich war eben doch zu fremd, schmutzig. Ich glaube, sie haben es selbst geglaubt. Sie haben eine einstweilige Verfügung erwirkt, dass ich mich weder nähern noch Kontakt mit ihr halten darf …«

»Das haben sie nicht getan.«

Er zuckt mit den Schultern. »Ich habe eben die Situation ausgenutzt. Sie sind völlig ausgerastet. Sie hatten auch keine Zeit, sich an den Gedanken zu gewöhnen.«

»Du verteidigst sie.«

»Ich will niemanden hassen. Und ich hätte nicht darauf eingehen dürfen.«

»Du gibst dir nicht die Schuld daran. Das tust du nicht. Das ist absurd.« Er verteidigt sie. Er beschützt sie. Das tut irgendwie mehr weh als alles andere.

Er zuckt mit den Schultern. »Wir haben keinen Kontakt. Olivia wohnt zu Hause. Sie kann sich da nicht drüber hinwegsetzen. Noch nicht.«

»Ihr habt gar keinen Kontakt? Telefoniert ihr?«

»Ich folge ihr bei Instagram und so.«

Ich blicke auf sein Telefon, das auf der Patchworkdecke liegt, ein altmodisches Teil, kurz vor Antiquitätenstatus. »Du hast noch nicht mal ein Smartphone.«

»Auf dem Computer. Wir müssen durchhalten. Ich … ich bin es ihr schuldig.«

Für einen Moment bin ich wie vor den Kopf geschlagen. Das ist sie also, die Geschichte von Olivia. Der Freundin, die gar nicht da ist.

»Für mich klingt es so, als wäre sie dir was schuldig. Sollte sie nicht mit ihren Eltern reden? Das klingt alles nicht logisch. Meinst du nicht, wenn sie dich wirklich sehen wollte, dann …« Es ist erniedrigend, solche Erklärungen zu suchen.

»Bitte.« Miles umfasst meinen Arm. Fest. Ich kann jeden einzelnen Finger spüren. Vielleicht möchte ich sogar, dass er noch fester zugreift, dass es wehtut. »Bitte, Yuna. Hör auf. Sie ist nicht wie wir. Sie musste nie so kämpfen. Und wenn sie sich über ihre Eltern hinwegsetzt, verliert sie ihre Eltern. Das will ich nicht. Sie hat mir versprochen, alles klarzustellen. Und ich habe versprochen, auf sie zu warten. Ich breche keine Versprechen. Vielleicht brechen andere Versprechen. Vielleicht hatte ich keine Eltern, die mir irgendwelche Werte beigebracht haben. Ich habe sie mir selbst beigebracht. Aber ich halte sie.« Sein Gesicht ist so nah vor meinem, und in seinen Augen ist so viel Schmerz und so viel Enttäuschung. Seine Hand ist heiß.

»Es war deine ganz große Liebe.«

»Yuna«, flüstert er, und ich sehe, wie ihm der Satz zu schaffen macht. Wie zerrissen er ist. »Du musst mir glauben, dass … Ich habe in letzter Zeit auch oft gedacht, dass es …« Aber dann bricht er ab. »Es ist irgendwie alles, was ich habe. Ich will mein Leben nach den Werten leben, an die ich glaube. Wenn das alles nichts bedeutet hat, wenn das Versprechen leer war, dann …«

»Lass uns lieber nicht mehr davon reden«, sage ich, weil ich plötzlich das Gefühl habe, dass gleich der Boden unter mir wegbricht.

Zweiundzwanzig

Yuna

Ich kann nicht schlafen. Und es ist nicht die erste Nacht, in der ich nicht schlafen kann. In den Momenten, wenn ich einschlafe, sehe ich die Bilder von Miles, natürlich nur die, die ich nicht sehen will. Ich habe mich gewogen und mehr abgenommen, als ich wollte. Ich weiß, dass ich unter meinem optimalen Gewicht bin, denn wenn ich zu leicht werde, verliere ich an Kraft. Ich muss mich zum Essen zwingen und notiere akribisch die Nährstoffe in meiner App. Ich esse einfach nur wegen der Nährstoffe und der Kalorien, der Rest interessiert mich nicht.

Irgendwann stehe ich auf, es muss gegen fünf sein, aber ich kann nicht mehr schlafen. Als ich zu Julie rüberschaue, ist sie ebenfalls wach. Ich kann im Schein des kleinen Nachttischlichts sehen, dass ihre Augen geöffnet sind.

»Guten Morgen, Yuna«, sagt sie schlicht, als sie meinen Blick bemerkt.

»Du bist auch wach«, stelle ich fest.

»Du bist so unruhig, und du redest im Schlaf. Aber ich glaube, es ist deine aufgewühlte Aura, die mich nicht schlafen lässt.«

Ich habe mich schon daran gewöhnt, dass Julie häufig ziemlich schräge Dinge sagt, die sie völlig ernst meint.

»Meine Aura wäre ja okay, aber ich habe etwas Angst davor, was ich im Schlaf sonst so von mir gegeben habe.«

Julie fährt sich mit der Hand über ihre Nase und kichert. Sie trägt Tag und Nacht ein dünnes Lederhalsband mit einem Zahn um den Hals, was sie ein bisschen nach Robinson Crusoe aussehen lässt. Wenn ich es richtig verstehe, hat ihr Leben auf Hawaii früher dem von Crusoe ziemlich geähnelt.

»Keine Sorge, du nuschelst, man versteht nicht so richtig viel.«

»Das beruhigt mich.«

Julie seufzt. »Ich wollte dir noch was sagen, und bitte sei nicht böse deswegen.« Sie richtet sich ein wenig auf und drückt sich mit dem Rücken gegen die Wand.

Etwas an dem Tonfall, der Art, wie sie spricht, erregt meine Aufmerksamkeit, und mit einem Mal bin ich viel wacher.

»Ich sehe, dass du nicht glücklich bist. Aber du solltest das Zeug wirklich auf gar keinen Fall nehmen. Es macht deine Seele kaputt. Es ist Chemie.«

Ich habe keine Ahnung, wovon sie spricht. Gar keine. »Was für ein Zeug?«

»Die Tabletten.«

»Ich nehme Vitamintabletten und … ein Medikament gegen eine Krankheit, die ich mal hatte. Damit sie nicht wiederkommt.« Genauer mag ich es nicht erklären. »Ich glaube, halb Amerika nimmt irgendwelche Vitamintabletten, und es scheint bisher niemandem zu schaden. Ich möchte meinen Körper einfach optimal mit Vitaminen und Nährstoffen versorgen. Das ist bei dem Training, das ich absolviere, wirklich wichtig.« Ich habe nach dem wenigen Schlaf irgendwie keinen Nerv auf solche Diskussionen.

»Man ist nicht krank, wenn man traurig ist. Das Leben ist fünfzig Prozent traurig und fünfzig Prozent fröhlich.«

Julie hat sich in ihrem Bett vollständig aufgerichtet. Ihr Oberkörper liegt nicht mehr an der Wand. Ihre blonden Haare mit dem leichten Rotstich fallen ungekämmt um ihr Gesicht und schimmern in dem schwachen Licht. Sie hat, anders als die meisten anderen, immer noch die Nachttischlampe, welche im Raum war, als wir eingezogen sind. Sie ist nicht sonderlich hell und mit einem braunen Stoff bezogen, der alles andere als hübsch ist.

»Du hast recht, ich bin gerade traurig. Sogar ziemlich. Doch ich werde da irgendwie durchkommen. Ich komme immer durch. Keine Sorge, ich nehme keine Drogen, ich weiß gar nicht, wie du darauf kommst.«

»Ich meine nicht die Tabletten im Kühlschrank. Ich meine die in deinem Schrank. Die Antidepressiva«, erklärt Julie. Sie kaut auf ihrer Unterlippe herum.

Ich brauche einen Moment, bis ich die Bedeutung von dem, was sie gesagt hat, wirklich verstanden habe.

»Julie, hast *du* meiner Ballettlehrerin von diesen Tabletten erzählt?«

»Ich habe sie gefunden, als ich den Sicherungskasten gesucht habe, weil die Klappe hinten in deinem Schrank ist. Weißt du noch, am Anfang des Semesters, als der Strom ausgefallen ist?«

Ich erinnere mich vage an den Stromausfall, aber nur jetzt, wo sie es sagt.

»Und dann hast du meiner Ballettlehrerin von den Tabletten erzählt? Warum denn das? Ich nehme die doch gar nicht. Warum hast du nicht mit mir geredet?«

»Hast du Ärger bekommen?« Sie klingt erstaunt, als wäre das völlig abwegig. »Das wollte ich nicht.« Sie blickt mich mit ehrlichem Mitleid an.

»Tolle Frage, natürlich habe ich Ärger bekommen. Wie kommst du nur dazu?«

»Ich wollte nicht zur Studentenverwaltung. Aber ich dachte, deine Ballettlehrerin sieht dich jeden Tag und kann darauf achten, ob du Anzeichen einer Depression zeigst. Ich dachte, das wäre sicherer. Aber ich habe später kontrolliert und gemerkt, dass du bisher keine genommen hast. Ich wollte es dir schon lange sagen und mich dafür entschuldigen. Ich hatte nur Angst um dich.«

Sie sieht mich an, als täte ihr das wirklich leid, trotzdem und vielleicht deswegen steigt Wut in mir hoch.

»Sorry, Julie, aber wie kann man bitte derartig doof sein? Kannst du dir nicht vorstellen, was für einen riesigen Ärger ich deswegen hatte? Bei uns Balletttänzern geht es doch nur darum, dass wir mental und körperlich fit sind. Sonst bekommst du keinen Job. Du hättest mir damit meine Karriere versauen können, ist dir das klar? Vielleicht hast du es sogar.«

Ich bin so unglaublich wütend auf Julie. Sie sieht mich flehentlich an.

»Es ist … ich weiß, dass man sich damit umbringen kann. Ich …«

»Sorry, Julie.« Ich reiße die Schranktür auf und nehme ein paar Klamotten aus dem Schrank, meine Sporttasche steht eh parat. »Ich kann es gerade nicht hören. Lass mich einfach in Ruhe.«

Und damit renne ich aus dem Zimmer. Diese Idiotin. Auf Julie wäre ich nie gekommen. Unglaublich, dass Lidia sogar die Wahrheit gesagt hat. Es war gar nicht Iris. Aber gerade macht es alles kein bisschen besser. Mein Kopf tut weh. Ich gehe in die Küche und suche nach den Aspirin, die dort im Schrank stehen. Ich glaube, sie gehören Nate, der sie nach seinen durchfeierten Nächten tonnenweise einwirft. Ich werde sie ihm später wiedergeben. Ich nehme direkt zwei. Der Kopfschmerz ist brutal.

Nur Minuten später laufe ich in Richtung des Studios zum Training. Ich werde mir nicht alles versauen lassen. Ich lasse es mir nicht kaputt machen. Von niemandem. Während ich rausrenne, klingt der Satz in meinem Kopf nach wie ein Mantra.

»Yuna und Iris. Ich möchte, dass ihr euch heute gegenseitig unterstützt und beide die gleiche Choreo nebeneinander tanzt. Ich möchte, dass ihr aufeinander eingeht. Ihr sollt so tanzen, dass der andere optimal zur Geltung kommt.«

Iris lächelt mir mit zusammengepressten Lippen zu. Ihre Augen bleiben unverändert. Sie trägt einen weißen Einteiler und ich einen schwarzen. Wir wissen natürlich, dass Lidia uns diese Aufgabe stellt, weil die Konkurrenzsituation droht, aus den Fugen zu geraten.

Meine Augen brennen, und mein Kopf schmerzt. Ich kann gerade nicht lächeln, egal, wie ich mich anstrenge. Aber entweder ist Lidia eine unheimlich gute Schauspielerin, oder sie hat wirklich noch nicht entschieden, wer bei der Vorführung die Hauptrolle tanzen wird. Die anderen aus der Gruppe haben schon akzeptiert, dass es zwischen Iris und mir ausgemacht wird.

Natürlich machen wir, was Lidia wünscht, doch wir tanzen mehr synchron als gemeinsam. Dann tanzen wir Passagen abwechselnd. Eigentlich funktioniert es ganz gut. Und dann plötzlich nicht mehr. So viel ist Kopfsache, aber mein Kopf spielt verrückt, und ich vergesse zweimal die Choreo. Das passiert mir sonst nie. Wirklich nicht. Es ist meine Stärke. Im Moment gibt es jedoch so viele Gedanken und Gefühle, die ich unterdrücke, wegschiebe, kontrolliere, dass es zu viel wird für meinen Kopf und er zu platzen droht. Ich versuche, den Strudel wieder unter Kontrolle zu bringen und weiterzumachen, aber es wird immer schwerer.

Am Ende der Stunde bin ich schweißgebadet. Ich habe mein Bestes gegeben. Doch es reicht nicht. Der Kampf in meinem Kopf raubt mir so viel Energie. Ich weiß eigentlich, was ich tun muss. Es ist sogar ganz einfach. Ich muss Miles die Wahrheit sagen. Ich muss ihm sagen, was ich für ihn empfinde und dass es viel mehr als Freundschaft ist. Wenn er das nicht auch empfindet, dann … kann ich nicht mit ihm befreundet sein. Es ist zu schmerzhaft. Ich schaffe es nicht. Hazel hatte die ganze Zeit recht.

Dreiundzwanzig

Miles

Ich verabschiede mich von Matt und trete nach draußen durch die Schwingtür. Ich trage eine Mütze, und ich könnte sehr gut einen Schal brauchen. Der Wind bläst stark und wirbelt die Blätter über den Campus, die Wiese um den Quad ist mit bunten Blättern besprenkelt. Der ganze Campus ist aufgedreht in Erwartung auf das große Fall Fire, das am Wochenende stattfindet. Yuna will mit mir hingehen, und ich habe mich irgendwie verdammt darüber gefreut. Wir gehen als Freunde hin. Wir werden das schaffen, die Zeit, die wir miteinander verbringen, ist zu schön. Es ist das Einzige, was mir momentan Freude macht. Natürlich wird auch ein Haufen anderer Studenten da sein, aber ich kann mit Yuna hingehen, das Feuer ansehen und nach Hause gehen, bevor die berüchtigten Fall-Fire-Afterpartys losgehen. Wobei sie mich immer wieder anbettelt, mich doch mit anderen Studenten zu treffen. Ihnen eine Chance zu geben. Sie wären viel weniger schlimm, als ich immer denken würde. Ich habe den riesigen Holzhaufen gesehen, der auf einer Wiese hinter dem Gym aufgeschichtet wird, und das Feuer wird mit Sicherheit absolut beeindruckend werden.

Neben mir bläst ein Windstoß einen ganzen Schwung Blätter auf einmal vom Baum. Ich schließe den Reißverschluss an meinem Fleece. Ich habe meine Sportsachen dabei und steuere das Gym an. Yuna wollte auch dort sein und eine neue Choreografie für einen Tanz entwerfen. Sie macht es im normalen Gym, nicht in dem Hochglanzstudio, das den Tänzern zur Verfügung steht, weil sie ihren Kollegen dort gar nicht begegnen will. Ich habe sie inzwischen schon einmal tanzen sehen. Sie hat mir gesagt, wann sie Training hat, und ich habe einen Grund gesucht, währenddessen eine Lieferung zu machen. Sie konnte es mir nicht abschlagen nach dem Reiten, nachdem ich ihr die Bilder gezeigt habe. Und auch wenn ich es ihr gegenüber nicht zugeben würde, weil ich eben für mich male, war es ein verrücktes Gefühl, ihr die Bilder zu zeigen. Es war irgendwie befreiend, etwas, das so in mir drin ist, herauszugeben. Ich habe mich fast high gefühlt danach, keine Ahnung, warum genau. Vielleicht fühlt sie sich so, wenn sie auf der Bühne ist und all ihre Gefühle, all ihre Arbeit den anderen einfach so offen anbietet. Vielleicht ist es das.

Das Gefühl habe ich allein schon, wenn ich etwas male. Es tut gut, es nach draußen zu bringen. Das Bild jemand anderem zu zeigen, verstärkt es irgendwie.

Als ich das Gym betrete, legt mein Herz einen Gang zu, ich freue mich darauf, sie zu sehen. Sie bedeutet mir so viel, und ich habe noch nie so gern mit einem Menschen geredet. Noch nie. Die Verhandlung steht kurz bevor. Ich versuche, nicht daran zu denken, um nicht nervös zu werden, aber ich weiß, dass alles gut werden wird. Es muss. Ich habe wenig an Olivia gedacht, manchmal ist alles so irreal, aber ich weiß, was ich damals gefühlt habe, und ich habe mir geschworen, dass die Distanz nichts daran ändern wird. Ich halte mich an dieser Erinnerung fest, als hätte ich sie tief in mir vergraben, damit sie niemand findet und zerstören kann. Sie wird bald kommen. Der Gedanke daran ist seltsam aufregend, auch wenn er von einer anderen, dumpferen Note begleitet wird, die früher nicht dort war. Ich werde jedoch keine Enttäuschung zulassen. Zu viele davon in meinem Leben, ich will keine weitere mehr. Es war keine Lüge.

Ich ziehe mir die Sportsachen an und gehe zu dem Raum, in dem der Boxsack hängt und die schweren Gewichte für die Kraftsportfanatiker stehen, von denen es unter den Studenten einige gibt. Ich trainiere hart, Battle Ropes, bis meine Arme nur noch aus Pudding bestehen, und danach ermüde ich systematisch jeden einzelnen Muskel an den Geräten. Im Anschluss boxe ich noch ein paar Minuten. Yuna wollte mich im Eingangsbereich treffen, wenn ich fertig bin. Ich hätte eigentlich noch Zeit, aber ich war zu früh da, und wenn ich jetzt weitermache, bleibt keine Energie mehr für unser Treffen, noch nicht mal zum Reden. Ich gehe unter die Dusche. Es stört mich nicht mehr sonderlich, dass ich kein Student bin, nur Mitarbeiter des College. Früher war ich in den Einzelduschen, habe versucht, niemandem im Weg zu stehen, habe den Spind ganz außen genommen. Ich weiß auch nicht, wann sich der Schalter umgelegt hat, aber er hat es getan. Es hat mit Yuna zu tun, mit Sicherheit. Nachdem ich mich geduscht habe, ziehe ich ein neues T-Shirt an, Jeans, ein sauberes Flanellhemd, das Fleece packe ich ein. Ich habe mein Buch vergessen. Plötzlich fällt mir ein, dass Yuna vielleicht auch schon früher gekommen sein könnte. Sie ist meistens ein wenig zu früh. Ist so ein Tick von ihr. Nachdem mir der Gedanke einmal gekommen ist, bin ich überzeugt, dass sie schon da ist. Ich gehe an den Trainingsräumen mit den Glaswänden vorbei zu dem hinteren Teil des Studios. Dort gibt es Indoor-Squash-Courts und andere kleinere Räume, die Yuna oft für ihr privates Training nutzt. Ich habe immer noch nicht verstanden, wie der Unterschied zwischen ihrem Hobby und ihrem professionellen Training so groß sein kann. Ihr beim Ballett zuzusehen war eine Erfahrung. Schwer zu beschreiben, was es mit mir gemacht hat, aber es war hypnotisch. Die Leichtigkeit, mit der sie lange Kombinationen tanzt, die Präzision jeder Bewegung, von den

Füßen, der Stellung der Knie, der Handgelenke. Ich hätte ihr ewig zuschauen können, und ich werde mich auf jeden Fall bei den Aufführungen einschleichen, die im Winter und Frühjahr auf dem Campus stattfinden. Wer hätte gedacht, dass ich noch mal Ballettfan werden würde? Ich kenne von ihr inzwischen sogar die Namen der großen Rollen: Odette, Tatjana, Giselle. Ruth und Bill würde die Kinnlade herunterklappen. Ich muss selbst lächeln bei der Vorstellung ihrer fassungslosen Gesichter.

Als ich in den nächsten Trainingsraum schaue, stoppe ich abrupt. Ich bin ein Stück von der Glasscheibe entfernt, sodass man vom hell erleuchteten Court nicht sofort sieht, dass dort jemand steht, wenn man nicht direkt hinschaut. Ich lehne mich mit dem Rücken an die Wand und lasse mich langsam herunterrutschen, bis ich sitze. Yuna ist nämlich nicht nur schon da. Yuna tanzt. Das Licht ist so stark auf den Innenraum ausgerichtet, dass sie mich nicht bemerkt hat. Und ich will sie nicht stören. Wirklich nicht. Sie trägt Ohrenstöpsel und tanzt zur Musik, die niemand anders hören kann. Und ich möchte wetten, dass es keine Ballettmusik ist. Würde ich das machen, würde ich wie ein völliger Idiot wirken. Wenn sie es macht, wirkt es unendlich cool. Sexy. Wie man sich so kontrolliert lässig und cool gleichzeitig bewegen kann, kann ich nicht begreifen. Sie sieht aber vor allem völlig anders aus als in ihren Ballettstunden. Sie trägt eine dunkle, weite Trainingshose und ein lockeres, graues T-Shirt. Ihre offenen Haare fliegen um ihr Gesicht herum, das Gegenteil von den hoch auf dem Kopf zusammengezurrten Haaren, mit denen sie fürs Ballett trainiert und plötzlich, wie von einer Sprungfeder angetrieben, durch den Raum springt und lautlos landet. Die Landung beeindruckt mich immer am meisten, denn die Schuhe müssten ja eigentlich beim Aufprall ein lautes Geräusch machen. Auch jetzt sind ihre Bewegungen unglaublich präzise, doch sie sind kantig, rhythmisch, dann lasziv. Sie hat die volle Kontrolle über jede kleinste Bewegung, es ist absolut hypnotisierend. Dabei singt sie gelegentlich lautlos den Text mit, bewegt ihre Lippen, schließt die Augen. Ich kann den Rhythmus der Musik fast schon dadurch hören, dass ich ihrem Tanz zuschaue. Aber anders als beim Ballett strahlt sie eine ungezügelte Kraft aus. Sie ist viel wilder. Wenn sie beim Ballett durch die totale Kontrolle beeindruckend ist, so ist sie es jetzt durch die Ungezähmtheit, die sie bei diesem Tanz ausstrahlt. Und ich würde gern sagen, dass das keine Wirkung auf mich hat. Ich musste jedoch gerade schlucken und meinen Mund mit Gewalt schließen. Ich sitze hier wie ein Idiot. Sie ist unfassbar sexy. Mir ist heiß in meinem Flanellhemd, aber ich will es nicht ausziehen, damit sie durch die Bewegung nicht aufmerksam auf mich wird. Sie soll nicht aufhören. Obwohl man den Eindruck hat, dass sie völlig in dem Tanz aufgeht, stoppt sie gelegentlich abrupt und wiederholt Schrittkombinationen. Ich kann meinen Blick nicht abwenden. Alles ist genau überlegt. Sie nutzt ihre unglaubliche Beweglichkeit und Kraft für die verrücktesten Kombinationen. Ich sehne mich nach der Musik, wenn ich ihr so zuschaue.

Sollte ich ihr irgendwie mitteilen, dass ich da bin? Doch ich kann den Blick nicht abwenden. Beim Ballett ist sie auch frei, aber hier scheint sie in Einklang mit sich selbst und hat so viel Power, nicht eine Bewegung wirkt unbeabsichtigt und doch so voller Gefühl und roh. Ich merke, wie mein Atem schneller geht, wie ich sie mit Augen verschlinge. Auch wenn ich es mir nicht eingestehen will, sie turnt mich an. Sehr. Ich schließe kurz die Augen und denke an … Pferdemist. Alte Socken. Scheiße, wieso fällt mir denn nicht was richtig Widerliches ein? Ich bin nur ein Typ, das passiert. Es wird vorbeigehen. Es muss vorbeigehen. Außerdem wird's sonst gleich unangenehm. Ich rücke meine Hose zurecht, atme aus und schaue wieder hoch.

Sie ist stehen geblieben. Atemlos. Ihr Blick ist ganz weit weg. Sie bewegt ihre Finger in irgendeinem Takt und scheint etwas zu überlegen. Jetzt erst sehe ich, wie schnell sich ihre Brust hebt und senkt, vorher konnte man überhaupt nicht sehen, dass sie angestrengt ist. Natürlich, sie schafft es, dass man zwischendurch vergisst, was es eigentlich bedeutet, so zu tanzen. Diese Art zu tanzen ist sicherlich mindestens genauso anstrengend wie Ballett.

Ihr Blick gleitet über die Glaswände, als sie der Musik in ihren Ohren lauscht. Er gleitet über mich hinweg, und dann kommt er wieder zurück, und sie fixiert mich. Für einen winzigen Moment bin ich unsicher, ob ich eine Linie übertreten habe, ob sie sauer auf mich ist, weil ich mich hier eingeschlichen habe. Aber nichts davon ist in ihrem Lächeln. Die gleiche Sehnsucht ist in ihrem Lächeln, die ich fühle. Bis es so plötzlich erlischt, wie es gekommen ist. Als wäre ihr etwas eingefallen. Das warme Gefühl, das mich gerade durchströmt hat, löst sich in Nichts auf.

Sie zieht ihre Kopfhörer aus den Ohren und kommt langsam auf mich zu. Ihre Schultern fallen etwas nach vorn, die Spannung ist raus. Sie nimmt einen Zipfel von ihrem weiten T-Shirt, um sich damit den Schweiß vom Gesicht zu wischen. Dabei fällt mein Blick auf ihren Bauch, der fest und muskulös aussieht. Ich reiße meinen Blick los und schaue zurück in ihr Gesicht. Etwas Merkwürdiges liegt in ihrem Blick, eine Zurückhaltung, die ich in den letzten Wochen nicht gesehen habe, sie wirkt vorsichtig. Ihr Blick beunruhigt mich. Irgendetwas stimmt nicht.

Sie öffnet lautlos die Glastür und kommt auf mich zu. Feine Schweißtropfen schimmern auf ihrer Oberlippe. Sie hat schöne Lippen. Wie immer überkommt mich der starke Impuls, sie zu malen, aber irgendwie erscheint mir das nicht angebracht. Als müsste ich sie um Erlaubnis fragen, als würde ich mir heimlich etwas von ihr aneignen, was mir nicht zusteht. Sie wirkt aus der Nähe wesentlich erhitzter als im Court. An ihrem Hals glänzen Linien aus Schweiß.

»Du hast zugeschaut«, sagt sie und atmet schnell. Ihrer Stimme ist die Anstrengung noch anzumerken. Aber jetzt lächelt sie zumindest ein bisschen, auch wenn ihr Blick unruhig ist. »Ich wusste nicht, dass du schon da bist.«

»Ich bin schon länger da, aber ich habe erst trainiert. Ich wollte dich nicht stören, als ich dich gesehen habe.«

Sie blickt mich an, ihre Brust hebt und senkt sich. Sie stützt ihre Hände in die Hüften und lehnt sich kurz nach vorn.

»Ich bin total geflasht. Versteh mich nicht falsch, ich finde es beeindruckend, wie du Ballett tanzt, aber gerade … Es ist wahrscheinlich eine Beleidigung zu sagen, dass es mir noch besser gefallen hat, dich so zu sehen. Es ist total besonders.«

Yuna blickt mich lange an. Sie sieht irgendwie traurig aus.

»Entschuldigung«, stottere ich, »das …«

»Nein. Du hast recht. Ich liebe es, so zu tanzen.« Aber ihr Blick ist immer noch schwer. »Dein Hemd geht kaputt. Vielleicht brauchst du wirklich ein neues. Vielleicht gibt es ja das gleiche Muster, damit du dich nicht umgewöhnen musst. Du kannst dir wahrscheinlich mal was gönnen«, sagt sie, doch das kleine Lächeln, das ihre Lippen umspielt, erreicht nicht ganz ihre Augen.

»Ich fürchte, du hast ausnahmsweise recht. Aber ich war in den letzten zwei Jahren nur in Secondhandläden. Ich bin kein wirklicher Shopaholic, was man als guter Amerikaner wohl sein sollte. Vielleicht leistest du mir Gesellschaft und begleitest mich in ein echtes Geschäft?« Ich grinse sie an. »Es wäre der erste Nicht-Secondhandladen seit Jahren. Das wäre doch ein echtes Ereignis.«

Es stimmt. Ich kaufe nichts. Ich habe Hunderte von Dollar gespart, seit ich hier arbeite, obwohl ich ja nicht unglaublich viel verdiene. Aber ich habe bisher nur einen kleinen Teil von dem, was ich im *Books & Beans* verdiene, für Benzin und Malsachen und ein bisschen was zu essen ausgegeben. Alles, was ich von den Murphys bekomme, spare ich. Ich mag es, Geld zu haben, Geld auszugeben interessiert mich nicht, weder für Kleidung noch für irgendwelche Dinge. Es gibt kaum etwas, was mich noch weniger interessiert als ein fancy Smartphone. Ich mag Geld einfach nur besitzen. Das fühlt sich gut an. Ich habe mal gehört, dass so ein Hoarding-Verhalten typisch ist für Leute, die immer zu kurz gekommen sind. Das nervt mich, aber ich kann es trotzdem nicht ändern, in so ein dämliches Schema zu passen.

Vielleicht sollte ich etwas für Yuna kaufen, wenn wir zusammen einkaufen gehen. Geld für andere auszugeben fällt mir leicht. So habe ich mich bisher nur bei einem Mädchen gefühlt. Der ich alles schenken wollte.

Doch Yuna hat sich hingesetzt und bindet ihre Schuhe neu. Dann steht sie auf, sieht mich an, sieht wieder zum Boden und bindet sich umständlich ein Haargummi um die gebündelten Haare. Ihr Gesicht ist von der Anstrengung noch gerötet.

»Alles in Ordnung, Yuna?« Mir gefällt nicht, was hier passiert. Ich habe gute Instinkte, und die Signale, die sie sendet, sind nicht gut.

»Ich kann nicht mit dir zum Einkaufen gehen«, sagt sie und blickt hoch. Ihre Augen sind riesig und schimmern.

»Du klingst so ernst, wenn du das sagst«, erwidere ich und versuche es mit einem Schmunzeln. »Wir brauchen nicht einkaufen gehen. Ich habe gerade gedacht, dass wir ein Eis essen gehen könnten. Hey, in dem einen Supermarkt gibt es eine Eisecke, das wäre fast ein Date.« Ich zucke albern mit den Augenbrauen, um klarzumachen, dass Date nur ein Witz ist. Was rede ich da für einen Mist?

Sie seufzt, und, ja, in ihren Augen ist ein Ausdruck, den ich nicht deuten kann. Ich will sie in den Arm nehmen, aber ihre Körperhaltung ist abwehrend.

»Ich will nicht mit dir zum Einkaufen gehen«, sagt sie nochmals so bestimmt, als würde das eine große Entscheidung sein. Als wäre sie sauer.

Ich bin verwirrt, ich verstehe nicht, was hier läuft. Es passt nicht zusammen.

»Das ist schon in Ordnung«, sage ich beschwichtigend. »Ich wusste nicht, wie sehr du Einkaufen hasst. Ich wollte dir nicht zu nahe treten mit meinem kapitalistischen Wunsch.« Ich probiere es noch mal mit einem Lächeln, auch wenn ich weiß, dass es nicht funktionieren wird.

Sie nimmt ein blaues kleines Handtuch aus der Seitentasche ihrer Balletttasche, die neben mir auf dem Boden steht, und wischt sich den Schweiß von der Stirn. Und über die Augen. Ihr Brustkorb hebt und senkt sich immer noch schneller als normal. Sie weiß nicht, wie sie auf mich wirkt. Der Gedanke durchfährt mich, dass ich sie so anschaue, wie ich schon ewig niemanden mehr angeschaut habe. Voller Verlangen. Der Gedanke ist beunruhigend.

Sie schaut mir direkt in die Augen. Sie muss es auch merken. Ihre Augen sind dunkel und so anziehend, dass ich darin für immer versinken könnte.

»Ich kann das nicht mehr«, sagt sie und sieht mich entschuldigend an.

Mein Herz springt nach vorn, es hat einen Schlag ausgelassen, um dann nach vorn zu preschen. Ich bin sozusagen Meister darin zu ahnen, wenn etwas passiert, was ich nicht will.

»Was ist los?«, frage ich mit kratziger Stimme. Mein Hals fühlt sich trocken an. Eine altvertraute Panik steigt in mir hoch und drückt mir die Luft ab.

»Ich kann es nicht mehr.«

»Was kannst du nicht mehr? Du kannst alles. Du musst Pause machen, du hast … zu viel trainiert«, sage ich, auch wenn ich schon vorher weiß, dass es nicht darum geht. Ich wünsche mir aber, dass es darum geht.

»Ich kann dich nicht mehr sehen«, sagt Yuna, und der Satz ist ein Schlag ins Gesicht. Wie der Schlag, den ich von meiner einen Pflegemutter bekommen habe, der dann die Lizenz entzogen wurde. Aber dieser Schlag ist schlimmer. Er geht durch mich hindurch.

»Was … aber warum denn nicht?« Ich habe diesen Satz genau so schon einmal gehört. Aber auch, wenn ich inzwischen so schnell atme wie ein Tier auf der Flucht, weiß ich doch ganz genau, dass es nicht sein kann. Nicht der gleiche Grund. Ich kenne ihre Eltern nicht, ihre Eltern sind in New York, betreiben den Deli, haben mich nie gesehen.

»Miles«, sagt sie, und Verzweiflung klingt in ihrer Stimme mit. Sie sieht mich bittend an. »Muss ich das wirklich erklären?«

Ich blicke sie an, und meine Gedanken sind so durcheinander und unklar, dass ich keinen einzigen greifen kann. Dennoch weiß ich, dass zwischen all diesen Gedanken einige sind, die ich eigentlich greifen kann. Sie sind vielleicht nebelig und unklar, aber sie sind es nur, weil ich sie dort halte. Weil ich sie nicht wirklich denken will. Weil ich auf keinen Fall will, dass diese Gedanken sich weiterentwickeln, weil ich nicht mit ihnen umgehen kann, weil sie alles kaputt machen, was sich in den letzten Wochen entwickelt hat.

Sie schließt die Augen. »Ich denke sehr viele Dinge, die ich nicht denken sollte. Ich denke an dich, die ganze Zeit. Ich denke daran, dass ich mit dir zusammen sein will. Aber ich weiß, dass du überhaupt nicht so denkst. Ich weiß, dass du dein Herz an Olivia vergeben hast. Das hast du von Anfang an gesagt. Ich dachte am Anfang, es macht es einfacher, dass es Olivia gibt. Schließlich will ich mich auch nicht verlieben, ich muss mich auf mein Training konzentrieren. Ich kann es mir eigentlich nicht leisten. Es ist völlig idiotisch, dass ich diese Gefühle entwickelt habe. Ich wusste nicht, dass du so gefährlich für mich bist. Aber ich kann mich noch nicht mal mehr beim Training konzentrieren.«

»Bist du verrückt, du warst so gut gerade«, sage ich impulsiv, bevor ich nachdenken kann.

Sie zuckt mit den Schultern. »Hier vielleicht, aber nicht beim Ballett. Ich habe mir selbst etwas vorgemacht.« Bei den Worten lacht sie ein wenig verächtlich, als würde sie ihre eigene Dummheit nicht begreifen können. Sie presst ihre Augen zusammen und öffnet sie wieder. Ich setze an, nach ihr zu greifen, ihren Arm zu nehmen, aber sie schüttelt den Kopf, bevor ich sie erreicht habe. Ich lasse meine Hand wieder sinken.

»Du musst nichts sagen. Du hast die ganze Zeit mit offenen Karten gespielt. Es ist meine eigene Doofheit, die mich ärgert. Ich dachte, dass ich es schaffe, ohne dass es dazu kommt. Aber ich schaffe es nicht. Ich bin abgelenkt. Ich denke an dich. Ich esse falsch. Ich bin nicht mehr gut im Training. Ich schlafe schlecht. Ich … ich muss damit aufhören.«

Ich sollte etwas sagen, ich weiß, dass ich jetzt etwas sagen muss. Aber ich weiß nicht, was. Ich will ihr sagen, wie viel sie mir bedeutet. Dass ich weiß, was sie meint, dass ich aber auch keine Antwort habe. Dass ich geschworen habe zu warten. Ich kann ihr nicht mehr geben. Ich bin genauso unglücklich damit, aber sie sollte deshalb nicht unglücklich sein. Das ist nicht fair. Sie hat es nicht verdient. Ich kann ihr nichts versprechen, ich habe es alles schon einmal versprochen.

»Es tut mir leid«, sage ich nach einer Weile. »Es tut mir so unendlich leid.« Und dann drehe ich mich um und verlasse das Gym. Es fühlt sich ferngesteuert an, gar nicht so, als würde ich diese Entscheidung treffen. Weil ich sie sonst an mich heranziehen und mein Gesicht in ihren Haaren vergraben würde. Und ihren Herzschlag an meinem spüren und jeden einzelnen der hellen Flecken an ihrem Dekolleté küssen würde.

Aber es wäre nicht fair. Deshalb gehe ich. Und doch, während ich laufe, spüre ich ein Ziehen in meinem Magen, einen so starken Schmerz, dass mir schlecht wird. Meine Beine sind schwer, sie kleben am Boden. Aber ich bin stärker. Ich kann darüber bestimmen, was ich tue, und ich weiß, dass ich jetzt gehen muss, weil … ich weiß es auch nicht. Muss ich gehen? Der Gedanke lässt meinen Atem stocken, aber ich stehe schon vor dem Gym. Und ich lasse diesen Gedanken nicht an mich heran, gehe weiter, dort steht mein Auto, der Ford. Weiter. Einfach weitergehen.

Vierundzwanzig

Miles

Mein Kopf ist voll mit Yuna, aber als ich zum Trailer komme, steht Ellen vor der Tür. Sie hat gerade einen Brief unter der Tür durchgeschoben und sieht auf.

»Ein Brief ist für dich gekommen«, erklärt sie überflüssigerweise, als sie mich sieht. Auf ihrem Gesicht spiegelt sich Besorgnis wider. Ich glaube, sie weiß, worum es geht. Sie hat den letzten Brief gelesen, auch wenn sie mich nie nach dem Inhalt gefragt hat.

Sie bleibt stehen. »Miles, darf ich dir etwas sagen?«

Ich weiß nicht, ob ich es hören will, aber ich kann sie auch nicht daran hindern. Sie ist so gut zu mir gewesen, die ganze Zeit.

»Egal, was in dem Brief steht, du bist ein toller Junge. Ich weiß es, und lass dir von niemandem etwas anderes erzählen. Du bist das Beste, was uns auf der Ranch in den letzten Jahren passiert ist.« Sie wendet sich ab und geht zum Haupthaus zurück. Ich blicke ihrer jugendlichen Gestalt hinterher. Ich atme tief durch. Oder jedenfalls atme ich irgendwie, tief ist was anderes.

Von außen sieht der Umschlag so harmlos aus. Doch er ist es nicht. Es ist der Brief vom Anwalt, der Brief, auf den ich so lange warte. Der Brief, der mir mitteilt, ob ich einen dauerhaften Eintrag in meiner Akte bekomme, ob die einstweilige Verfügung, die Order, mich fernzuhalten, ein Fehler war oder nicht. Ob ich wirklich das Vertrauen meiner Pflegeeltern missbraucht habe, um mich ihrer Tochter sexuell zu nähern, wie es förmlich heißt.

Ich hebe ihn auf, meine Hände zittern. Vorsichtig reiße ich den Umschlag auf und nehme die wenigen Seiten Papier heraus. Mir wird übel, und mein Herz beginnt zu rasen. Vor meinen Augen flimmert alles, ich muss mich zusammenreißen.

Dann überfliege ich, so schnell ich kann, was in dem Schreiben steht. Der Anwalt berichtet, wie es gelaufen ist und dass Olivia nicht ausgesagt hat, nur ihre Eltern. Aber ich lese weiter, suche nach den erlösenden Sätzen. Versuche zu verstehen, was dort steht. »Die Verfügung wird nicht aufgehoben und besteht noch ein weiteres Jahr. Sie wird allerdings aufgrund der fallbezogenen widersprüchlichen Aussagen und Uneindeutigkeit der Schuldsituation nicht dauerhaft in die Akte des Angeklagten aufgenommen.«

Ich lasse das Papier sinken. Und dann merke ich, wie sich ganz tief aus mir heraus ein Ton bildet, mein Magen zieht sich zusammen, die Luft ist kurz vollständig weg, und dann entfährt mir ein lautes Schluchzen. Es klingt nicht menschlich. Es kommt so plötzlich und ist so laut, als würde es nicht zu mir gehören. Ich bin so unglaublich erleichtert. Ich lese den Satz immer wieder, doch egal, wie oft ich ihn lese, es steht immer das Gleiche da. Es kommt nicht dauerhaft in meine Akte. Ich werde nicht mein Leben lang mit dem Dreck leben müssen. Ein Jahr schaffe ich. Ich lese es noch mal. Ich heule wie ein Schlosshund. Ich lasse mich auf die Treppenstufen vor meinem Trailer sinken, und Spike legt seinen Kopf auf meinen Schoß. Er springt um mich herum und bellt einmal, wedelt mit dem Schwanz, dann stellt er sich neben mich und winselt. Er weiß genauso wenig, wohin mit seinen Gefühlen, wie ich. Ich bin so erleichtert. »Danke«, sage ich zu Spike, umarme ihn am Hals und heule für einen Moment hemmungslos in sein Fell. Es macht ihm nichts aus. Er wedelt einfach mit dem Schwanz, und als er die Chance bekommt, leckt er mir einmal quer übers Gesicht.

Als ich mich beruhigt habe, lese ich den Brief noch mal und noch ein drittes Mal, um jedes Detail zu verstehen. Und je mehr ich verstehe, desto mehr mischt sich ein weiteres Gefühl in meine Erleichterung. Olivia hat gar nicht ausgesagt. Wie kann das sein? Sie war doch die entscheidende Stimme in dem Prozess. Sie wollte doch für mich eintreten. Darum ging es doch. Ich schaue so konzentriert auf die Sätze, dass die Wörter zerfallen und ihren Sinn verlieren. Aber es ist eindeutig. Sie hat die Situation nicht geklärt. Der ständige Eintrag in der Akte ist fallen gelassen, die Verfügung besteht aber noch weiter. Sie hat jedoch nichts geklärt. Sie hat überhaupt nicht ausgesagt. Ich suche nach Entschuldigungen, vielleicht war sie krank, ihre Eltern haben sie gezwungen. Ich kann gar nicht sagen, dass ich wütend bin. In mir ist irgendwie ein schwarzes Loch, wenn ich daran denke. Und doch. Ich weiß nicht, was diese Erkenntnis mit mir macht, aber vielleicht überrascht sie mich sogar weniger, als ich mir eingestehen will? Hätte ich es nicht eigentlich kommen sehen müssen? In meinem Kopf tobt ein Gedankenstrudel, und ich versuche, die Dinge zusammenzubringen, die unendliche Enttäuschung, die Erleichterung, Yuna. Immer wieder Yuna.

Ein paar Tage später reite ich aus. Abends ist das Fall Fire, auf das der ganze Campus hinfiebert. Ich reite über die gelblich trockenen Wiesen zu den nahe gelegenen Bergen, die bläulich schimmern. Der kleine See, an dem ich vorbeikomme, ist ein perfektes Spiegelbild des Himmels. Der erste Teil des Weges führt an dem Fluss entlang, dessen Rauschen beruhigend wirkt. Rich hat mir erzählt, dass die Murphys die Magnolia

Ranch wegen des Flusses gekauft haben. Er hat gesagt, dass er nur eine Ranch mit Fluss haben wollte, und je länger ich hier bin, desto mehr verstehe ich, dass es etwas ganz Besonderes ist. Oakley stapft über den ausgetretenen Pfad. Er kennt den Weg und wird unruhig, als wir näher zum Berg kommen, an dem ich normalerweise losgaloppiere. Er tänzelt, denn hier oben weht der Wind noch intensiver. Er hebt Oakleys Mähne und bläst die trockene Luft der Berge in mein Gesicht. Spike ist mitgekommen, er bellt aufgeregt, rennt doppelt so viel wie wir und hechelt schon. Ich kann keine zu große Runde drehen. Spike kann schnell rennen und nimmt einfach in Kauf, dass er sich komplett verausgabt, nur um nicht zurückgelassen zu werden. Ich verstehe ihn so gut. Er tut alles, um nicht zurückgelassen zu werden. Ich nehme die Zügel kürzer, gebe ein winziges Kommando mit den Absätzen, und Oakley rennt los. Er ist ein sensibles Pferd, ich mag das. Olivias Pferd war auch sensibel. Sofort ärgere ich mich, dass ich daran gedacht habe. Ich lasse Oakley schneller rennen, spüre seine kraftvollen Schritte unter mir, lehne mich nach vorn, um es einfacher für ihn zu machen, als er den Berg hochgaloppiert. Sein Atem geht schneller unter mir, die Hufe schlagen dumpf auf den harten Boden, und für einen Moment schließe ich die Augen und lasse mich blind tragen. Ich nehme den Moment in mir auf. Ich kann heute unmöglich malen, ich könnte nur Yuna malen, weil alles voller Yuna ist. Die Bilder von Olivia sind völlig überlagert von Yuna, und ich muss mich fast zwingen, Olivias Bild heraufzubeschwören, wenn ich an sie denken will. Ich habe gelernt, dass ich die Versprechen, die ich mir selbst gegenüber gebe, am dringendsten halten muss. Wenn ich sie nicht halte, ist das wie ein Strudel, der mich an Orte ziehen kann, an denen ich nie mehr sein will. Aber plötzlich scheint dieses Versprechen nichts mehr wert zu sein, weil es ihr gar nichts wert ist. Es stellt mich auf die gleiche Stufe wie einen hysterischen Fan eines Hollywoodstars. So denken durchgeknallte Stalker oder Psychopathen, wenn sie glauben, dass der andere nur nicht weiß, dass er sie eigentlich liebt. Aber je weiter ich reite, umso mehr gestehe ich es mir ein. Ich reite tiefer in ein bewaldetes Stück und muss aufpassen, dass mir keine zu großen Äste ins Gesicht schlagen. Wenn ich mich nicht bewusst auf etwas anderes konzentriere, gibt es nur einen Gedanken. Schon seit Längerem. Yuna hat mich übernommen, als hätte sie eine Fernbedienung für meine Gedanken. Ich weiß nicht, wie ich damit zurechtkommen soll, und mir ist klar, dass sie schon lange die Teile übernommen hat, die ich mal für Olivia reserviert hatte. Olivia. Ich habe schon in den letzten Tagen vor dem Brief nicht mehr geschaut, was sie macht. Sie ist weit weg. Und sie will mich überhaupt nicht. Sie will mich nicht.

Nachdem ich zurückgekommen bin, gehe ich Holz hacken. Egal, wie einfach es ist, egal, wie blöd ich mir vorkomme, und egal, ob ich in letzter Zeit wesentlich mehr gehackt habe als die anderen, habe ich das sichere Gefühl, dass es das ist, was ich brauche. Der Schweiß läuft mir den Rücken herunter, ich wische mein Gesicht ständig mit dem Ärmel ab und warte darauf, dass mein Arm schlapp wird. Einmal kommt Rich an mir vorbei und hält seinen Rollstuhl kurz an, um mir zuzuschauen.

»Sehr gut«, grinst er. »Hau es raus.« Dann rollt er weiter. Wie immer habe ich das Gefühl, dass er mich versteht, ohne mich zu verstehen, egal, ob das Sinn macht oder nicht. Später dusche ich heiß und kalt, es wird dämmrig, und auf den Wiesen bildet sich plötzlich Nebel, als ich aus dem Trailerfenster schaue. Ich ziehe mich frisch an. Olivia ist weg. Sie denkt wahrscheinlich gar nicht mehr an mich, vielleicht sollte ich mir das endlich eingestehen nach diesem Brief. Vielleicht will ich es mir nicht eingestehen, weil ich es mir in letzter Zeit heimlich gewünscht habe und so ein fucking schlechtes Gewissen deswegen habe. Ich gönne es mir nicht, dass es so einfach sein könnte, aber ich habe es mir gewünscht. Wem mache ich hier eigentlich etwas vor? Ich schaue noch mal nach den Tieren, was ich heute schon häufig genug getan habe, dann gehe ich am Haupthaus vorbei und frage Ellen, ob ich ihr bei irgendetwas helfen kann. Sie steht in der Küche und backt, die Arbeitsplatte ist voller Mehl, und der Geruch von Schokolade und geschmolzener Butter liegt in der Luft. Spike legt sich vor die Eingangstür und sieht mir zu, als würde er mich bemitleiden. Vielleicht ist es ganz gut, dass er nicht sprechen kann. Ich weiß nicht, ob ich hören will, was er zu sagen hat.

»Du kannst mir helfen, die Cupcakes zu machen. Die Kinder von den Gästen machen eine kleine Geburtstagsparty, und ich habe ihnen Cupcakes versprochen. Du kannst sie auch verzieren. Ich weiß, dass du das gut kannst.« Sie zwinkert mir zu.

Ich hatte mir eher etwas anderes erhofft. Irgendetwas Schweres schleppen, das Tierfutter in die neue Scheune tragen, etwas, was mich fertigmacht. Vielleicht sollte ich einfach noch mehr Holz hacken. Aber dann müsste ich wieder duschen. Es ist ein ewiger Kreislauf, und bald halten mich hier alle für bekloppt.

Sie blickt mich freundlich an und schiebt mir eine Rührschüssel rüber. »Ich muss noch etwas für den Abend kochen. Rich macht gerade die Buchhaltung.« Den letzten Satz sagt sie betont laut. Ich blicke von der Küche in den angeschlossenen Raum, wo Rich sitzt und Fernsehen schaut. Er verfolgt irgendein Baseballspiel. Er liebt Baseball.

»Jaja, ich mache es ja schon. Gleich«, brummt Rich.

»Er ist schlecht drauf. Er hasst die Buchhaltung«, raunt sie mir zu.

»Möchtest du das Spiel von gestern mit mir schauen, Miles?«, ruft Rich stattdessen.

Ich setze an abzulehnen, aber dann zögere ich. Ich schaue

zu Ellen. Sie nickt mir aufmunternd zu, nimmt die Rührschüssel wieder zu sich. Sie deutet mit dem Kopf in Richtung Esszimmer.

»Geh nur. Wenn ihr zwanzig Minuten schaut, machst du danach die Buchhaltung, oder, Schatz?« Den letzten Teil sagt sie laut und zwinkert mir dabei zu.

»Okay«, stimme ich zu. »Warum nicht?« Sie lächelt, vielleicht sehe ich auch einen Hauch Überraschung in ihrem Gesicht. Kein Wunder, ich bin selbst überrascht, wie eng es zwischen uns geworden ist. Aber ich habe seit langer Zeit mal wieder Angst vor dem Alleinsein. Ich habe Angst vor den Gedankenspiralen, die sich in meinem Kopf drehen werden.

Ich gehe an ihr vorbei ins Nebenzimmer. Es ist ein privates Zimmer nur für die beiden. Viele der anderen Zimmer sind zugleich auch Aufenthaltsräume für die Gäste. Momentan sind zwölf Gäste da. Viel mehr kommen eigentlich nur, wenn es am MCPA Veranstaltungen gibt. Ich freue mich für die Murphys, dass es gut läuft.

Rich sitzt neben dem Sofa in seinem Rollstuhl. Ich kann mir nicht vorstellen, wie es ist, immer in der gleichen Position zu verharren, auf dem gleichen Stuhl. An der rechten Seite des Raums steht ein kleines Regal, auf dem seine ganzen Pokale aufgereiht sind. Rich war supersportlich, als er jung war, er hat Pokale vom Skilaufen und vom Baseball. Diesmal schaue ich mir die Fotos an der Wand genauer an. Gerade ist es spannend, und Rich ist vollständig in das Spiel vertieft. Auf einem Foto sieht man Rich mit einer Bergsteigerausrüstung und auf einem anderen an einer Felswand hängen, die fast senkrecht ist. Auf dem nächsten Bild steht er selbst auf einem Gipfel und schaut über eine gebirgige Landschaft, die nie zu enden scheint. Er ist braun gebrannt und muskulös. Es ist ungewohnt, die muskulösen Beine zu sehen, die jetzt sogar durch die Jogginghose hindurch schlaff und dünn aussehen. Der Rest von ihm ist immer noch muskulös.

»Das ist Granit Peak in der Mitte der Beartooth Mountains. Schön, nicht wahr?«

»Es sieht toll aus«, erwidere ich. Und denke gleichzeitig, dass das Gespräch wie so oft in die falsche Richtung geht. Denn natürlich kann Rich nie wieder dorthin zurückkehren. Eines der vielen Dinge, die unmöglich für ihn sind.

»Ich habe es gesehen. Was will man mehr wollen«, erklärt Rich, als hätte er meine Gedanken gelesen. »Die Überlegung ›Was wäre wenn‹ bringt nichts. Es ist so, wie es ist. Das muss man annehmen. Die meisten Leute könnten dorthin und machen es trotzdem nicht«, sagt er. Er greift nach ein paar salzigen Nüssen, die Ellen für ihn bereitgestellt hat. Er schiebt sie etwas näher zu mir, aber ich lehne dankend ab.

»Du meinst Leute wie ich?«, frage ich.

»Du könntest noch hin, ich kann dir Tipps geben«, erklärt Rich. »Du hast ja inzwischen sogar Fahrradfahren gelernt.« Mein Kopf schnellt zu ihm herum.

»Du brauchst mich gar nicht so anzuschauen. Ich spioniere nicht. Aber ich wohne nun mal auf der Ranch. Und ich habe dich genug üben sehen. Du warst überaus motiviert.«

Ich nicke.

»Was ist mit dem Mädchen? Dein Mädchen?« Er lässt sich diesmal nicht so leicht abspeisen.

Ich schüttele den Kopf.

»Stimmt, du hast ja noch das Geistermädchen in Chicago«, sagt Rich. Er nimmt einen Schluck aus seiner Bierdose.

»Wieso Geistermädchen?«, frage ich. Es war ein Köder. Rich will mich zum Sprechen bringen, aber ausnahmsweise nehme ich an. Fast dankbar.

»Du bist jetzt ein paar Monate hier. Der Weg ist weit. Wenn du wirklich in sie verliebt wärst, wärst du nicht gekommen. Wenn sie wirklich in dich verliebt wäre, wäre sie gekommen.«

»Es geht im Moment nicht. Es ist kompliziert.«

»Wenn du meinst.«

Einen Moment schauen wir beide auf das Spiel.

»Wahnsinn, oder?«

»Ich finde Baseball etwas langweilig, wenn ich ehrlich sein soll«, sage ich.

»Du machst Witze.«

»Ich weiß gar nicht, was es dort zu gucken gibt.«

Rich blickt mich mit zusammengekniffenen Augen an. »Miles. Du willst mich verarschen. Du kennst die Regeln nicht? Sag mir nicht, dass du die Regeln nicht kennst.«

Ich seufze.

»Kein Fahrradfahren. Kein Baseball. Es war kein Vater da, um es dir beizubringen, nicht wahr?« Er blickt mich länger an, wohlwollend, nicht neugierig, nicht übermäßig voller Mitleid, sondern sachlich und unaufgeregt, so, wie er sein eigenes Schicksal betrachtet. Er weiß, dass ich im amerikanischen Pflegesystem groß geworden bin.

»Soll ich es dir erklären?«, fragt er dann. »Aber ich warne dich. Es könnte länger dauern. Gehst du nicht noch zum Fall Fire später?«

»Woher weißt du vom Fall Fire?«

»Äh, Miles?« Er zieht eine Augenbraue nach oben. »Wir leben hier nicht unbedingt in einer bewohnten Gegend. In ganz Montana sind wir eine Million. Wie viel ist das, die Hälfte oder ein Drittel der Menschen, die allein in Chicago wohnen? Man bekommt schon mit, wenn was nebenan passiert. Gäste schauen da auch immer vorbei. Es ist ein wirklich tolles Feuer. Und ich bin kein Pyromaniac, oder wie diese feuerbesessenen Leute heißen.« Er sieht mich an. »Du bist doch kein ängstlicher Typ«, sagt Rich. »Du gehörst doch auch zur MCPA. Es sieht beeindruckend aus. Aber du kannst natürlich erst hingehen, wenn ich dir Baseball erklärt habe.« Er lächelt.

»Ich weiß nicht, ob ich zum MCPA gehöre«, sage ich. Der Satz stört mich. Ich habe schon mal gedacht dazuzugehören. Vielleicht nur einmal so wirklich.

Rich sieht mich an. »Du gehörst auf jeden Fall mehr dazu als ich. Du arbeitest dort.«

»Ich arbeite auch hier«, sage ich. »Und …«

»Und was?« Rich wendet mir seine volle Aufmerksamkeit zu, obwohl das Baseballspiel gerade spannend ist, wenn man den Geräuschen im Stadion glauben darf.

Ich verstumme. Ich weiß nicht, was ich sagen wollte. »Ein schlechter Vergleich«, murmele ich nur.

»Ein sehr schlechter Vergleich. Du gehörst als Mitarbeiter zum MCPA, und in den paar Monaten, seit du hier bist, gehörst du zur Familie. Das weißt du doch, Miles.«

Ich habe schon mal gedacht, dass ich dazugehöre, und das war die schlimmste Enttäuschung meines Lebens. Wenn man mal ehrlich ist, bin ich der Einzige, der damals wirklich gedacht hat, dass ich zu den Meryll-Sacklers gehören würde. Bis sich dann ihre Tochter für mich interessiert hat. Und ihnen doch wieder eingefallen ist, dass ich unter ihrer Würde bin. So unter ihrer Würde, dass ich mit allen Mitteln ferngehalten werden muss. Und plötzlich scheint es mir verrückt, dass ich ein Versprechen halte, das schon lange gebrochen wurde. Dass es reine Verbissenheit von mir ist, eine Sturheit, die damit zusammenhängt, dass niemand mir gegenüber je Versprechen gehalten hat und ich es irgendjemandem beweisen wollte. Aber niemand will ein Versprechen von mir …

»Und auch wenn du nicht so scharf darauf bist, ständig mit uns zu Abend zu essen, oder mit mir Baseballspiele schaust. Ich weiß, dass du nicht so viel Familie hast, und ich möchte dir nur sagen: Jeder Vater könnte unglaublich stolz auf dich sein. Und wer das nicht begriffen hat, ist ein Idiot.«

Bevor ich etwas antworten oder rausrennen kann, was ich zuerst tun möchte, weil die Sätze mir fast Tränen in die Augen treiben, fährt er fort. »Jetzt bringe ich dir die Baseballregeln bei, und dann kannst du zum Fall Fire. Und ich an deiner Stelle würde dort mit dem Mädchen hingehen, das für dich da ist.«

Ich nicke. »Okay«, sage ich, ohne dass klar ist, worauf ich gerade geantwortet habe.

»Der Junge hat gerade keine Zeit für Cupcakes, Ellen. Das nächste Mal.« Er zwinkert mir zu. »Also«, beginnt er. »Baseball.«

Und ich konzentriere mich sehr darauf, zuzuhören. Nach ein paar Minuten gelingt es mir tatsächlich. Obwohl ich plötzlich nicht mehr erwarten kann, endlich hier rauszukommen.

Fünfundzwanzig

Yuna

Die letzten Tage waren die Hölle. Alle reden vom Fall Fire. Ich habe es Hazel erzählt, und sie hat mir versichert, dass Miles ein gut aussehendes Arschloch ist und es nicht wert ist. Aber sogar ich habe gemerkt, dass sie nicht ganz überzeugt war. Sie hat es gesagt, weil sie sich als Freundin verpflichtet fühlt, es mir zu versichern. Logo, das ist quasi ihr Job als Freundin: Alle, die doof zu mir sind, sind selber doof. Und ich habe meine Gedankenkontrolle völlig überschätzt. Ich träume von Miles. Wenn ich schlafe und wenn ich wach bin. Ich kann immer noch nicht schlafen. Ich tanze immer noch nicht gut. Es hat alles nichts geholfen. Julie hat mir als Entschuldigung einen Astrobeutel mit Steinen geschenkt, die angeblich zu meinem Sternzeichen Widder besonders gut passen: Achat, Blauquarz, Hämatit und Amethyst. Ich kann ihr nicht mehr böse sein. Sie hat mir eine Notiz geschrieben in einer Schrift, die merkwürdig jung aussieht: dass sie wirklich nur Angst um mich hatte. Dass sie hofft, dass ich ihre Entschuldigung annehme. Sogar Julie geht heute zum Fall Fire.

Wir haben uns warme Sachen angezogen, dicke Pullis und Schals, aber der Tag war mild, und zum Glück ist es nicht zu windig, was der einzige Grund für eine Absage des Feuers gewesen wäre. So ziemlich alle Studenten und auch einige Professoren kommen, um das Schauspiel mit anzusehen, bei dem ein riesiges Feuer am Rande des Campus, in der Nähe der Nassau Hall, angezündet wird. Als wir hinkommen, ist es noch nicht angesteckt, doch die Menge an Holz und die kunstvolle Aufschichtung sind absolut beeindruckend. Als wir dort eintreffen, lassen die letzten Sonnenstrahlen die Wolkenränder in einem pinken Licht erstrahlen, und die Luft riecht nach Herbst, vielleicht sind es die Äste, die aufgeschichtet sind, und das Laub. Die Studenten schleppen Decken, Taschen voller Snacks und Getränke, um sich auf einen längeren Aufenthalt vorzubereiten. Hazel schultert auch eine riesige Tasche. Eduardo hat eine karierte Picknickdecke und einen altmodischen Picknickkorb besorgt, um seinem Image gerecht zu werden. Sogar Wei hat die Videospiele für heute hinter sich gelassen, und auch Elena, Phoebe, Zahra und all die anderen sind da. Unser Haus hat das Tragen des Proviants unter allen Mitbewohnern aufgeteilt, auch Julie ist mitgekommen und Nate, der wie immer hemmungslos mit uns flirtet, weil er sich in Sicherheit wiegt, dass wir ohnehin nicht darauf eingehen werden.

»Nate, manchmal habe ich den Eindruck, du glaubst, dass wir beleidigt sind, wenn du nicht mit uns flirtest und ein paar inakzeptable Machosprüche von dir gibst«, bemerke ich. Nate trägt einen weißen, gerippten Kaschmirpullover und eine dunkelblaue Cabanjacke, keine Ahnung, wie man so einen Upper-East-Side-Look mit derartigem Selbstbewusstsein in die Rockys verpflanzen kann.

Julie wirft ihm einen für ihre tiefenentspannten Verhältnisse geradezu abfälligen Blick zu. Natürlich, Nates offensichtlicher Materialismus, die Sendungen mit hochkarätigen Daunendecken, die er von zu Hause geschickt bekommt, und sein neuestes Tesla-Modell sind so ungefähr das Gegenteil von den Dingen, die Julie schätzt. Ich habe inzwischen verstanden, dass Julie nicht nur sehr wenig Geld, sondern auch keine Sehnsucht danach hat.

Wir diskutieren einen Moment, bis wir den perfekten Platz gefunden haben, um unsere Decken auszubreiten. Näher ans Feuer darf man erst, wenn es stärker abgebrannt ist, sonst wäre es zu gefährlich. Wenn man sich die Höhe des aufgeschichteten Holzes anschaut, scheint sogar der markierte Kreis um das Feuer als Abstand nicht groß genug. Sie haben das Holz teilweise mit Gabelstaplern herangekarrt. Das wird kein normales Lagerfeuer.

»Es ist der Abschied vom Sommer«, bemerkt Julie verträumt. »Das haben wir zu Hause auch häufig mit einem Feuer gefeiert. Ich hätte nicht gedacht, dass es am College so eine Tradition gibt.« Julie ist ein bisschen aufgetaut in letzter Zeit, und manchmal erzählt sie winzige Bruchstücke aus ihrem Leben auf Hawaii.

»Und zu Hause seid ihr bei Vollmond um das Feuer getanzt?«, fragt Nate mit einem glucksenden Lachen, und ich werfe ihm einen mahnenden Blick zu. Er macht sich ein bisschen zu oft über Julie lustig. »Ach Nate«, sagt Julie und schüttelt langsam den Kopf. »Dir entgeht echt was, weil du alles immer nur abtust. Du schaust nie wirklich hin. Du plauderst entweder nach, was deine Eltern dir gesagt haben, das man sagen sollte, oder was deine Freunde aus deiner teuren Boarding School dir gesagt haben, das cool ist.«

Ich blicke erstaunt zu Julie. Sie geht normalerweise nicht weiter auf ihn ein. Ich habe selten gehört, dass sie überhaupt jemanden kritisiert hat. Eigentlich noch nie.

Nate ist auch erstaunt und wirkt fast getroffen von ihren Worten. Als hätte diese Aussage tatsächlich einen Nerv getroffen und wäre wirklich zu ihm durchgedrungen. Er mustert sie. Julie sieht niedlich aus mit ihrer Mütze, sie hat fast unwirklich grün leuchtende Augen, die perfekt zu ihren rotblonden

Haaren passen, und eine Nase, die von zarten Sommersprossen übersät ist, die wie aufgemalt wirken. Der Rest ist unter einem alten Parka versteckt.

»Du wärst überrascht. Ich schaue genauer hin, als du denkst«, sagt Nate. Seine Stimme ist ruhig und plötzlich viel tiefer und ernster. »Zum Beispiel weiß ich, dass du extrem hübsch bist, obwohl du fast professionell versuchst, das mit deinen Sack-Sweatshirts und diesen komischen indischen Hosen zu vertuschen. Du könntest wahrscheinlich ein Model sein und jedem Typen hier den Kopf verdrehen. Die raffen es nur nicht. Ich sehe es. Ich habe keine Ahnung, warum du diese Säcke anziehst, Julie, du wirst deine Gründe haben, aber unterschätze mich nicht.« Sein Blick bleibt an ihrem Gesicht haften, und für einen Moment ändert sich die Stimmung. Dann dreht er sich zur Seite und fährt sich mit der Hand durch seine Haare, die Narbe auf seiner linken Wange schimmert. Auch wenn er da im gleichen Outfit sitzt, in dem er früher im Central Park gesessen hat, kann man nicht leugnen, dass es nicht nur diese Klamotten sind, die ihm eine klassische Schönheit verleihen. Er hat eine perfekte Silhouette mit seinem kantigen Kinn und den vollen Lippen, als wäre er aus irgendeiner griechischen Tragödie entsprungen.

Julies Mund bleibt tatsächlich einen Augenblick lang offen stehen, während ihre grünen Augen an seinen hängen. Dann fasst sie sich wieder. Sie rückt ihre Mütze zurecht, zuckt mit den Schultern und blickt in eine andere Richtung. Die nächsten Minuten über schauen wir den anderen Studenten zu, die ankommen, und begrüßen diejenigen, die wir kennen.

»Lass dir den Moment nicht von einem Mann versauen«, ermahnt Hazel mich leise, weil sie denkt, dass gerade niemand zuhört. Aber genau in diesem Moment sind natürlich alle um uns herum extraleise, und ausgerechnet Nate, der scheinbar mit gespitzten Ohren unserer Unterhaltung gelauscht hat, bekommt es mit.

»Yuna. Meine Lieblingsballerina hat Liebeskummer? Was höre ich da? Du musst mich doch nur fragen, ich stehe immer bereit, dir zu helfen!«, beteuert er. »Warme Umarmungen und die Möglichkeit auf mehr inklusive.«

»Es tut mir leid«, formt Hazel lautlos mit den Lippen und verdreht die Augen. Sie legt mir die Hand auf den Arm. Ich ärgere mich schon fast, dass ich es überhaupt erzählt habe. Ich will gar nicht, dass Hazel mich tröstet, ich will auch nicht, dass sie irgendetwas Schlechtes über Miles sagt. Ich will einfach, dass alles anders ist. Denn, auch wenn ich es mir nicht eingestehen mag, irgendwie habe ich Hoffnung. Doch das darf Hazel erst recht nicht wissen.

»Ich habe keinen Liebeskummer«, sage ich allerdings betont neutral und gelangweilt zu Nate. Keine Ahnung, wie gut es mir gelingt.

»Du weißt, ich verprügele jeden. Zeig ihn mir einfach.« Er legt seinen Arm um mich.

In dem Moment sehe ich, wie Hazels Gesicht an irgendetwas hängen bleibt. Sie blickt konzentriert auf einen Punkt, dann weilt ihr Blick kurz bei mir und wandert wieder zurück. Ich glaube, ich weiß, was sie gesehen hat, bevor ich überhaupt ihrem Blick folge. Oder vielmehr, wen sie gesehen hat. Ich weiß es einfach. Ich folge ihrem Blick. Hier sind jetzt Hunderte Studenten versammelt. Es ist laut und nicht sonderlich hell. Trotzdem brauche ich nicht lange, um ihn zu finden. Er ist es, ganz bestimmt, ich erkenne seine Körperhaltung, die Art, wie er die Hände in die Hosentaschen geschoben hat. Und hätte ich noch irgendwelche Zweifel, dann würde das karierte Flanellhemd, das er trägt – wie immer geöffnet, als hätte sich die Temperatur in den letzten Monaten überhaupt nicht verändert –, ihn verraten. Miles. Er ist gekommen. Mein Herz klopft sofort schneller. Ich will aufstehen und zu ihm hinrennen. Denn er selbst sucht mit den Augen die Menge ab. Aber dann kommt mir ein anderer Gedanke. Was, wenn er gar nicht wegen mir gekommen ist? Wenn er aus einem ganz anderen Grund hier ist? Hätte er mir nicht Bescheid gesagt? Zu meinem schnell klopfenden Herzen gesellt sich ein beklemmendes Gefühl, das mir die Luft abdrückt. Natürlich, es macht alles keinen Sinn.

»Yuna, da drüben, sie kommen«, ruft Julie aufgeregt. Ihre braune Pudelmütze wackelt bei ihren Worten rhythmisch. Tatsächlich betritt eine Gruppe Personen, die wohl für das Anzünden des Feuers verantwortlich ist, den Kreis um das aufgeschichtete Feuerholz. Es ist inzwischen schon ziemlich dunkel. Als ich wieder zu Miles zurückschaue, steht er nicht mehr an der Stelle. Schnell suche ich weiter die Menge ab, immer hektischer, aber es sind wirklich viele Studenten da, und obwohl wir uns einen Platz ein klein wenig erhöht auf dem Hügel gesucht haben und ich jetzt neben Nate stehe, während Hazel und Julie sich schon auf die Decke gesetzt haben, sehe ich ihn nicht mehr. Bis ich ihn dann doch sehe, und zwar direkt vor uns, wie er direkt auf unsere kleine Gruppe zukommt. Er geht zielstrebig, kein Zweifel, dass er zu uns kommt.

Ich merke erst an seinem Blick, der zu meiner Schulter springt, dass Nate immer noch lässig den Arm um mich gelegt hat, während er mit einem anderen Mädchen spricht, das ich aus unserem Französischkurs kenne. Ich glaube, Nate kennt inzwischen jedes Mädchen auf dem Campus. Und wenn ich den Blick beurteile, mit dem sie Nate anschaut, findet sie den East-Coast-Cabanjacke-Hamptons-Sailor-Look äußerst attraktiv. Ich merke an Nates Art zu reden, dass er in verschärften Flirtmodus gerät. Ich habe es möglicherweise zu oft gesehen. Und nicht selten endet es mit Mädchen, die morgens etwas schüchtern in einer Jogginghose von Nate in der Küche stehen. Die Jogginghose habe ich noch nie an Nate gesehen, vielleicht hält er extra ein Outfit für seine Übernachtungsgäste parat. Ich muss ihn das bei Gelegenheit mal fragen. Solche Fragen machen Nate grundsätzlich nicht verlegen, sondern schmeicheln ihm.

Miles kommt noch näher auf uns zu. Ja, er hat mich gesucht, aber ich sehe Verwirrung in seinem Blick. Dann schaut er zu Nate, und mir wird klar, wie es wirkt, wie wir hier stehen. In seinem Blick kann ich erkennen, dass Miles genau diesen Eindruck hat. Dabei hat mich Nate vor allem im Arm, um das andere Mädchen eifersüchtig zu machen. Jetzt verstehe ich, dass es nicht nur eine Redensart ist, dass Augen böse funkeln können.

»Der schöne Coffeeshop-Boy ist ja auch hier«, sagt Nate, als Miles näher kommt. »Ich habe gehört, du brichst reihenweise Mädchenherzen auf dem Campus.« Er lächelt breit. Ich möchte Nate den Hals umdrehen. Weiß er eigentlich, wie er klingt? Ich drehe mich seitlich, sodass Nates Arm von meiner Schulter gleitet. Nate sieht zufrieden aus, er fand diesen Satz völlig normal. Manchmal frage ich mich, ob seine Eltern ihm eigentlich nie erklärt haben, dass man anderen Menschen mit Respekt begegnen sollte.

Als mein Blick zurück zu Miles wandert, mache ich fast einen Schritt zurück. Sein Kiefer ist angespannt, und insgesamt sieht er aus, als würde er sich gerade nur sehr mühsam zurückhalten, Nate keine reinzuhauen. Und Miles ist kein aggressiver Typ. Jedenfalls habe ich noch nie gesehen, dass er so eine Seite hat.

»Du bist so ein beschissenes, verwöhntes, dämliches Arschloch«, zischt Miles und spuckt die Worte fast aus.

»Miles«, rufe ich, doch meine Worte kommen viel zu leise raus.

»Was ist bitte dein Problem, Alter?«, erwidert Nate, der sofort auf den aggressiven Ton einsteigt. Es ist wie ein Spiel. »Komm, wir gehen, Süße. Der Typ hat mir zu schlechte Laune.« Nate will mich zur Seite ziehen, und mühsam schüttele ich seinen Arm ab. »Lass mich«, sage ich zu ihm.

»Oh.« Ein Ausdruck von Erkenntnis zieht über sein Gesicht. »Jetzt verstehe ich, ihr beide steht auf so toxic Sex-Scheiß. Sehr gut.«

Ich haue ihm auf den Arm und hoffe, dass es fest war. »Halt die Klappe«, zische ich.

»Was machst du hier?«, frage ich Miles und schiebe ihn etwas zur Seite, damit die anderen nicht jedes Wort mitbekommen.

Sein Ausdruck ist so angespannt, aber als er von Nate zu mir blickt, verändert er sich. Ich kann zusehen, wie er einem anderen Ausdruck Platz macht, sein Gesicht wird weich. Bittend.

»Ich habe dich gesucht«, sagt er schlicht. »Ich wollte mit dir zum Feuer gehen.« Er presst die Lippen zusammen.

»Ballerina, sag mir nicht, dass *er* dein Liebeskummer ist«, sagt Nate und macht eine abfällige Kopfbewegung in Richtung Miles. Fassungslosigkeit zeichnet sich in Miles' Gesicht ab. Panik und Scham über Nates Dämlichkeit überkommen mich. Und Wut. Seine Augen sind gerötet, und jetzt wird mir erst bewusst, dass er die ganze Zeit schon wieder gedehnt und etwas wirr gesprochen hat. O Mann. »Nate, du hast schon wieder zu viel geraucht. Und getrunken.«

Ich schiebe ihn in Richtung Hazel, die mich mit dem schlechtesten Gewissen der Welt und Panik im Blick anschaut, und in diesem Moment steigt eine riesige Flamme nach oben, weil einige der langen Hölzer, die längs in den Himmel zeigen, Feuer gefangen haben.

Ich drehe mich zu Hazel. »Ich komme sofort wieder.«

»Komm«, sage ich zu Miles und gehe an ihm vorbei. Er folgt mir, aber nach ein paar Schritten merke ich, dass ich gar nicht weiß, wo wir hingehen. Die Wiese und der Hügel neben dem Feuer sind von Studenten dicht bevölkert, erst als wir etwas weiter weg sind, werden die Abstände größer. Ich sehe keine bekannten Gesichter in meinem Umkreis. »Ich … ich habe ihnen nichts gesagt. Also, nichts zu Nate«, stammele ich, weil ich nicht lügen will und gleichzeitig vor Scham im Boden versinken will, da Miles denken muss, dass ich jemand bin, der sofort jede Gefühlsregung in die Welt posaunt. »Ich hätte es auch Hazel gar nicht erzählen sollen, aber sie hat es sowieso mitbekommen.«

»Der Typ ist Dreck«, sagt Miles, der meine Worte gar nicht gehört zu haben scheint. Sein Kiefer ist angespannt.

»Das war ein völlig behämmerter Spruch. Aber Nate … eigentlich ist er nicht so schlimm. Ehrlich, ich glaube, der spielt oft nur die Rolle des hohlen Aufreißers, weil es eine ist, die er gut beherrscht. So eine Art Schutzmechanismus für ihn. Er ist eigentlich harmlos – abgesehen von den Sprüchen.«

»Weiß nicht, ob er so harmlos ist«, murmelt Miles immer noch aufgebracht.

»Und er ist bekifft«, versuche ich sein Verhalten zu erklären.

»Ich glaube, dazu hat ihn niemand gezwungen.«

Für einen Moment sagen wir nichts. Es fühlt sich an, als würden wir erst jetzt in diesem Moment ankommen. Er ist zum Fall Fire gekommen, und wir sollten uns gerade nicht über Nate aufregen. »Warte mal. Kann es sein, dass du eifersüchtig bist?« Ich beiße mir auf die Lippe. Der Satz war zu schnell raus. Zu eindeutig. Zu was auch immer.

Miles presst sich seine Finger gegen die Stirn, dann sieht er wieder hoch. Sein Ausdruck hat sich verändert, die Wut ist verschwunden.

»Entschuldigung«, murmelt er. »Ich bin so ein Idiot.« Er blickt in meine Augen, und wie immer habe ich das Gefühl, dass er in mich hineinschaut, mein Brustkorb wird enger, und mein Herz beginnt zu flattern wie ein eingesperrter Vogel. Nein, es hat die ganze Zeit schnell geschlagen, aber jetzt ist der Grund ein anderer. Die Stimmung ist eine andere. Sein Blick ist ein anderer.

Inzwischen reichen die Flammen des Feuers viel höher in den Nachthimmel und verändern das Licht. An einer Seite der Wiese sind verschiedene BBQ-Stationen und Stände mit Getränken aufgebaut, wie bei einem kleinen Jahrmarkt. Eine Vielzahl von Gerüchen mischt sich mit der kühlen Herbstluft. Herzhafte Gerüche, dazwischen ein paar süße von Bratäpfeln und gerösteten Mandeln. Leute laufen um uns herum, aber ich nehme sie nicht richtig wahr. Ich nehme nur Miles war, wie er im Licht des Feuers steht und mich anschaut. Das Feuer lässt sein Gesicht anders aussehen, kantiger. Er hat sein Flanellshirt ausgezogen und hält es jetzt zusammengerollt in der Hand, obwohl es eigentlich nicht sonderlich warm ist. Er ist nicht der Typ, der betont enge T-Shirts trägt. Vielleicht habe ich auch bloß das Gefühl, dass das T-Shirt eng ist, weil ich so darauf konzentriert bin. Ich nehme jedes Detail auf, das ich von ihm kriegen kann.

»Es tut mir leid, Yuna.« Für einen winzigen Moment denke ich, dass er sich doch nur dafür entschuldigen will, dass er eben nicht kann. Aber sein Blick geht zu meiner Hand, und dann streckt er seine danach aus. Ich halte ihm meine Hand hin, und er fährt mit seinem Zeigefinger über meinen Handrücken. Sein Mundwinkel zuckt, und ich kann sehen, wie sich seine Brust beim Atmen hebt und senkt. Mein Blick wandert ebenfalls zu unseren Händen. Er fährt mit den Fingern mein Handgelenk entlang, und mein Puls explodiert beinahe. Er blickt die ganze Zeit auf meine Hand, unsere Hände, und nicht in mein Gesicht. Vielleicht haben wir beide irgendwie Angst, uns anzuschauen. »Yuna«, sagt er leise. »Es ist so unwirklich.«

»Was ist mit Olivia?«, frage ich. Ich will es nicht fragen, aber ich muss es wissen. Ich weiß, was es für ihn bedeutet.

»Ich habe verstanden, dass nicht ich es bin, der ein Versprechen bricht. Sie hat es schon lange gebrochen. Ich wollte es nur nicht sehen, weil … es fühlt sich beschissen an, von den Meryll-Sacklers zurückgewiesen zu werden. Sie denken, dass ich Abschaum bin, und so wird es wohl bleiben. Aber ich kann es nicht ändern.«

Ich möchte den Schmerz so gern vertreiben. Ich will, dass er weggeht. Ich will ihm helfen, ihn zu vergessen. »Es ist nicht dein Problem. Es ist ihres. Vergiss das nie. Du machst dich verantwortlich für Dinge, für die du nicht verantwortlich bist. Sei netter zu dir selbst.«

»Hey, ihr beiden.« Ich schrecke zusammen. Wir beide tun es und lösen unsere Hände voneinander. Neben uns steht Julie und hält sich die Hand vor den Mund, mindestens genauso bestürzt über unsere Reaktion. »Entschuldigung. Aber ihr müsst kommen, sonst müssen wir unseren Platz abgeben. Komm doch einfach mit.« Sie blickt zu Miles. »Vergiss Nate. Der geht bestimmt sowieso gleich. Da stehen schon ein paar Tanten Schlange. Da hören wir alle nicht zu. Ich finde es cool, dass du da bist.« Sie lächelt, und ich habe plötzlich den Eindruck, dass sie, obwohl ich nie auch nur ein Sterbenswörtchen von Miles erzählt habe, viel mehr verstanden hat, was hier läuft, als alle anderen. Manchmal ist sie überraschend cool. Das Licht lässt ihre Augen leuchten, und ihre rotblonden Haare werden vom Wind um ihr Gesicht geweht.

Ich blicke zu Miles, wir brauchen gerade beide nicht unbedingt Publikum. »Okay«, sagt er zu meinem Erstaunen und setzt an, Julie nachzulaufen, die schon einen Schritt in Richtung der anderen gemacht hat. »Ich will euch Yuna nicht wegnehmen.« Er greift wieder nach meiner Hand, die ich gerade vor Schreck weggezogen hatte, als wäre es die natürlichste Sache der Welt. Er zieht mich nicht hinter sich her, sondern umfasst meine Hand ganz sanft. Er hält sie buchstäblich. Ich bin so durcheinander über das, was gerade passiert, und darüber, dass Miles nicht direkt das Weite sucht. Als wir zum alten Platz zurückkommen, sind noch ein paar andere Studenten dazugekommen. Layla ist da und ein sehr lauter Student aus dem Theaterprogramm, der sich selbst die »Über-Pussy« nennt. Ich kann schon verstehen, dass es für Hazel manchmal hart ist. Das Deckenlager ist größer geworden, alle reden und schauen zum Feuer. Wir haben wirklich die perfekte Stelle auf dem Hügel mit der besten Aussicht. Der Schauspieler, den Hazel nicht ausstehen kann, ist auch da und redet mit Nate, und ich sehe Hazels erleichterten Blick, als die beiden abziehen. Dafür redet sie jetzt mit Layla über ihre Theaterkollegen. Mir entgeht nicht, dass sie immer wieder zu Miles und mir herüberschaut. Ich fürchte, das hier bleibt nicht so richtig lange geheim. Es muss natürlich auch nicht geheim bleiben. Wobei ich nicht weiß, was es ist, das geheim bleiben soll. Ich schaue zu Miles. Vielleicht wollte er ja auch ein Zeichen für Nate setzen, indem wir zurückgekommen sind. Vielleicht denkt er viel pragmatischer, als ich ihm zugestehe, schließlich ist er kein schüchterner Country-Boy, kein verträumter Maler, sondern in Chicagos Straßen groß geworden, die kaum weniger hart sein können als die von New York. Hazel versucht, mir unauffällig Daumen-hoch- und OMG-Zeichen zu geben, sodass ich schnell woandershin schaue, weil ihre geheimen Verschwörungsgesten wesentlich auffälliger sind, als sie glaubt. Einmal denke ich, dass ich Iris sehe, doch ich bin mir nicht sicher. Sie hält sich in letzter Zeit fern von mir. Wobei ich immer noch ein schlechtes Gewissen habe, dass ich so lange dachte, dass sie mich verpfiffen hat. Ich habe ihr unrecht getan.

Wir sitzen dicht aneinander am Rand der Decke. Die nächste Stunde vergeht wie in Trance. Wir sprechen miteinander, so als hätte es den Moment in den Squash Courts nie gegeben. Hazel setzt sich neben uns. Komischerweise ist es überhaupt nicht merkwürdig, hier mit Miles zu sitzen. Wir haben so viel Zeit miteinander verbracht in den letzten Wochen, es fühlt sich total vertraut an. Als ich meinen verspannten Rücken strecke, bietet er mir an, zwischen seinen Beinen zu sitzen und mich an ihm anzulehnen. Julie setzt sich auch neben uns. Sie hat entweder kein Gefühl dafür, anderen Privatsphäre zu geben, oder sie findet es völlig normal, dass ich hier zwischen Miles' Beinen sitze, während ich kaum noch einen Satz herausbringe in dieser neuen Position, mit seiner Wärme im Rücken. Wir trinken eine Art warmen Apple Cider, der einen süß-herben Geschmack im Mund zurücklässt. Die Flammen sind schon ein ganzes Stück heruntergebrannt, aber das Feuer und die helle Glut sind immer noch beeindruckend. Julie erzählt Miles von den Feuern auf Hawaii, und wie immer klingt diese Kolonie, oder was auch immer es ist, wo sie aufgewachsen ist, ziemlich verrückt. Vielleicht spürt sie, dass Miles auch aus einer anderen Familie kommt als die meisten anderen hier. Selbst wenn Miles bisher keine Geistervertreibungen durchgeführt hat oder mit Salbeibündeln sein Haus von negativen Energien gereinigt hat. Ich glaube, sie erzählt manchmal nicht so viel, weil sie uns nicht schockieren will. Ich weiß nicht, ob Miles sich wohlfühlt zwischen den ganzen Studenten, aber Julie ist vielleicht die ideale Brücke zu den anderen.

»Ich war noch nie in einer Schule vor dem College hier«, erzählt sie, als Miles sie etwas fragt.

»Du warst nie auf einer Schule?«, frage ich erstaunt.

»Ich war mal in einer, um einen Test zu machen. Meine Eltern glauben nicht an Schule«, erklärt sie schulterzuckend. »Sie haben mich selbst unterrichtet.« Sie lächelt. Ich schäme mich, dass ich sie nie gefragt habe. Auf die Idee bin ich überhaupt nicht gekommen. Während er mit Julie spricht, streichelt Miles fast unmerklich meinen Nacken mit seinem Daumen, was kleine Schauer meinen Rücken hinuntersendet. Er hat keine Ahnung, was er da tut. Oder vielleicht schon. Seine andere Hand hat er lose um meine Taille gewunden. Ich kann in jeder Sekunde genau sagen, wo sie liegt, jeder einzelne Finger, trotz Jeans und trotz dickem Pullover. Ich kann nicht glauben, wie er seine Zurückhaltung abgelegt hat, als hätte er einen Schalter umgelegt und einen Entschluss getroffen. Er hat offensichtlich kein Problem damit, diesen Entschluss öffentlich zu zeigen. Andere Leute sind ihm egal. Ich wünschte, die Meinung anderer Leute wäre mir genauso egal. Der Gedanke, wie selbstverständlich er sich mir nähert, macht mich schwindelig. Seine Hände machen mich schwindelig. Und das sind nur Hände.

Das Feuer brennt langsam herunter, und die anderen wollen gleich noch zu einer After-Party aufbrechen. Sogar Julie will mitgehen. Das hat es absolut noch nie gegeben. Wir lassen alle aufbrechen und bleiben sitzen. Julie geht also nicht direkt nach Hause, was sie sonst meistens tut. Nach Hause, das ist mein Zimmer. Plötzlich wird mir bewusst, dass wir hier auf dem Campus keinen Ort haben, wo wir Privatsphäre haben. Die Wiese leert sich weiter, die Stimmen werden weniger, und die Glut unter dem Feuer wird immer intensiver, während das Licht abnimmt. Nur noch vereinzelt sitzen ein paar Gruppen zusammen. Natürlich sind einzelne Paare zurückgeblieben. Das Fall Fire ist eine ziemliche Hook-up-Szene fürs MCPA, das hat Hazel schon erzählt, die sich für heute Abend auch Hoffnungen macht. Aber mir ist es egal, dass die romantische Stimmung beim Fall Fire Programm ist. Dass ich mich in eine Reihe von Fall-Fire-Küssen einreihe, wenn ich Miles heute küsse. Mir ist gerade ziemlich viel egal. Nur Miles ist mir nicht egal.

»Als ich dich letztens beim Tanzen gesehen habe, warst du so anders«, sagt Miles.

»Tribal Hip-Hop ist anders als Ballett«, erkläre ich ironisch. »Das ist eine interessante Beobachtung.«

Er pikst mich in die Seite. »Ich hatte das Gefühl, da ist noch eine ganz andere Person in dir drin.«

Es wird kühler, ich lehne mich enger an ihn, und er schlingt seine Arme fester um mich. Ich möchte, dass dieser Moment niemals endet. Seinem Fleece hängt noch ein Hauch von dem Terpentingeruch seiner Farben an. Aber ich mag den Geruch.

Ich mag einfach alles. »Willst du die Wahrheit wissen? Manchmal denke ich, dass in mir drin etwas eingeschlossen ist, wie in einer Flasche. Aber ich habe keine Ahnung, was genau es ist, und noch viel weniger, was passieren würde, wenn es rauskommt. Wer ich sein würde. Ich kann mit mir umgehen, wie ich jetzt bin. So kann ich tanzen und meine Lehrer beglücken. Ich kann vielleicht das schaffen, woraufhin ich mein ganzes Leben lang hingearbeitet habe. Denn was ist, wenn das Mädchen, das dabei herauskommt, nicht weitermachen kann wie bisher? Glaub mir, ich habe mitbekommen, wie einige aufgehört haben, weil sie angefangen haben nachzudenken. Meine Lehrerin in New York hat immer gesagt: ›Kanalisiere deine Gedanken und deine Gefühle in den Tanz, nicht in dein Gehirn, das gibt sonst nur Ärger.‹« Es tut gut, es auszusprechen. »Das klingt für dich wahrscheinlich total durchgeknallt.«

»Ich kann mir vorstellen, dass man nicht anzweifeln kann, was man tut, wenn man so viel trainiert. Wenn man das infrage stellt, hält man nicht durch.« Er legt seine gespreizten Finger auf meine Schulter und fährt meinen Rücken mit leichtem Druck hinunter, als wollte er ihn massieren. Mein ganzer Rücken beginnt zu brennen.

Mit der anderen Hand streichelt er sanft meine Haare, fährt die einzelnen Strähnen mit den Fingern entlang. Dabei entsteht ein leichtes Zupfen an meiner Kopfhaut. Es liegt so viel Zärtlichkeit in allen seinen Berührungen, aber auch so viel Respekt. So anders als in der Ballettstunde, wo mein Körper irgendwie jedem gehört. Mein ganzer Körper ist inzwischen so aufgeladen von Energie, dass es mich wundert, dass ich in der Dunkelheit nicht wie ein Glühwürmchen zu leuchten begonnen habe. Ich bin definitiv bereit für weniger Zurückhaltung. Das bin ich schon seit ein paar Wochen, um ehrlich zu sein. Wahrscheinlich schon seit dem allerersten Tag, als wir uns gesehen haben.

»Sollen wir ein wenig herumlaufen?«, fragt Miles nah an

mein Ohr. Ich will mich ihm am liebsten entgegenlehnen, mein Ohr, meinen Kopf, meine Lippen. Mir geht alles viel zu langsam. Ich muss schlucken, als ich daran denke, ihn zu küssen, und schließe kurz die Augen. Ich habe viel zu oft daran gedacht. Den Kuss in der Scheune immer wieder abspielen lassen wie einen Film. Nicht so wirklich, nicht so richtig bewusst. Das habe ich versucht, mir zu verbieten. Außer vielleicht ein paarmal. Aber jetzt … wir könnten uns doch küssen.

»Ich fürchte, du kannst noch drei weitere Stunden so sitzen, aber meine Beine schlafen gleich ein«, sagt Miles.

Ich muss kichern. Es klingt etwas zu hell und etwas zu aufgeregt.

»Okay«, stimme ich zu. Ich rücke von ihm weg. Sofort ist es kalt. Ich stehe auf und ziehe mir meine dicke Strickjacke wieder an, die ich vorhin ausgezogen hatte. Eine Schicht mehr zwischen ihm und mir. Ich mag diese Schicht nicht. So gar nicht.

Sechsundzwanzig

Miles

Wir sind, ohne dass wir weiter darüber gesprochen haben, in Richtung ihres Hauses gelaufen, 344 Washington. Ihre Hand in meiner. Am liebsten würde ich sie mitnehmen auf die Ranch, weg von den vielen Leuten, ich will sie nur für mich haben. Aber gerade heute Nacht sind ziemlich viele Leute unterwegs auf dem Campus. Wir begegnen ständig jemandem. Ich sehe viele bekannte Gesichter, schließlich ist das *Books & Beans* mehr als beliebt. Ich will eigentlich noch nicht mal, dass jemand anderes Yuna anschaut, aber das ist absurd. Ihr Lebensziel ist, von möglichst vielen Leuten auf der Bühne angeschaut zu werden, diesen Gedanken muss ich mir also total abschminken. Ich merke allerdings, wie unruhig Yuna ist, wenn wir jemanden treffen, den sie kennt, jemanden der »Viel Spaß euch noch« mit einem Zwinkern sagt. In meinem Bauch zieht es. Die Anspannung, die seit Wochen aufgestaute Zurückhaltung, sie nicht einfach zu mir heranzuziehen und sie zu küssen, meine Nase in ihren Haaren zu vergraben. Wir sind schon bald an der Straße, die uns von ihrem Haus trennt, und ich bleibe abrupt stehen und erhöhe den Zug auf ihre Hand, als sie weiterlaufen will, aber sie gibt dem Druck sofort nach und dreht sich in einer fast tänzerischen Bewegung zu mir. Es ist unmöglich, länger zu warten, und ich kann keine Rücksicht mehr auf irgendetwas nehmen, wenn sie es nicht ausdrücklich will. Meine andere Hand gleitet in ihren Nacken, ihre Haare kitzeln meinen Handrücken, ich habe ihren Nacken schon so oft angeschaut, dass ich ihn jederzeit im Detail malen könnte. Zwischen unseren Körpern liegen nur noch Millimeter, ihrer passt perfekt zu meinem. Ihre Lippen sind leicht geöffnet und so unglaublich einladend. Sie beobachtet, was ich mache. Ihr Blick wandert zu meinem Mund, und der Ausdruck in ihren Augen sagt mir, dass sie es auch will. Ihr Atem trifft auf meine Lippen, und bevor ich es tun kann, lehnt sie sich nach vorn und schließt die kurze Distanz zwischen uns. Wir küssen uns. Es ist kein Gedanke, sondern ein Stromschlag, der von meiner Stirn bis zu meinen Zehen durch mich hindurchgeht. Ihre Hand schiebt sich um meinen Rücken, und die leichte Berührung fließt in Wellen durch mich hindurch. Mein Rücken hat sich noch nie besser angefühlt als mit ihren Händen darauf. Ihre Lippen sind warm. Ihr Atem. Ich möchte nie mehr woanders sein, ich möchte einfach so bleiben, meine Lippen auf ihren. Ihr Duft. Ich presse meine Stirn gegen ihre Stirn und löse meine Lippen kurz von ihren, was gar nicht leicht ist, so, wie sie aneinander haften. »Ich wollte das schon eine Ewigkeit tun, auch wenn ich es nie zugegeben habe, Yuna. Ich will nur, dass du das weißt.« Ein Auto fährt mit heruntergelassenen Scheiben die Straße herunter und hupt, jemand gröhlt aus dem Fenster: »Besorgt euch ein Zimmer.«

Wir halten einen Moment inne. Dann entweicht Yuna ein Glucksen. »Ah, die sensible Studentenschaft«, sagt sie. Wir verharren so, unsere Stirn aneinandergepresst. »Aber vielleicht haben sie nicht ganz unrecht.« Wir hören, wie sich eine andere Gruppe Studenten nähert. In der Nacht vom Fall Fire ist der Campus bevölkerter als eine Einkaufsstraße in Chicago am Black Friday. »Komm.« Sie greift nach meiner Hand, und wir gehen weiter. Dann stehen wir vor 344. Etwas Licht dringt von den hinteren Zimmern auf die Straße, aber das Wohnzimmer ist dunkel.

»Willst du mein Zimmer sehen?«, fragt sie. »O Gott, das klingt so ... eindeutig«, kichert Yuna und schlägt sich mit der freien Hand vors Gesicht.

Ich muss schmunzeln. »Glaub mir, eindeutig ist das Einzige, womit ich gerade umgehen kann.« Ich bin so ungeduldig nach den ganzen Wochen, in denen ich diese Gefühle nie zugelassen habe, jetzt kann es nicht schnell genug gehen. Ich muss mich beherrschen, sie nicht einfach an mich heranzuziehen und mich mit ihr auf den Boden zu werfen. Hier, jetzt, sofort. Ich will sie für mich. Mir entfährt ein Seufzen, das sich ziemlich verzweifelt anhört.

»Okay, vielleicht haben wir Glück, und Julie ist noch nicht zurück«, sagt Yuna und sieht mich hoffnungsvoll an.

Mein Glück liegt in den Händen von Julie.

Wir stehen inzwischen vor der Tür. Sie wendet sich zu mir und legt den Finger auf die Lippen. »Schhhhht«, sagt sie. »Ich habe keine Ahnung, ob die anderen da sind und ...«, flüstert sie.

»Du brauchst nichts erklären«, sage ich. »Auf Nates Sprüche kann ich definitiv verzichten.« Vielleicht wäre das der Moment, wo ich sie zu mir einladen sollte, mein Trailer gehört nur mir, aber er erscheint gerade unerreichbar weit weg. Wie soll man es bis dahin aushalten? Unmöglich.

Wir schleichen die Treppe nach oben, und glücklicherweise begegnet uns niemand auf dem Flur. Keine Ahnung, warum wir nicht gesehen werden wollen, für eine Sekunde hallt der Satz von Nate in meinem Kopf nach, »Coffeeshop-Boy«, aber dann werde ich ihn wieder los. Fuck him. Yuna öffnet vorsichtig eine Tür am Ende des Flurs, und dann dreht sie sich mit aufgerissenen Augen zu mir um. »Sie ist nicht da«, flüstert sie aufgeregt. »Sie ist tatsächlich nicht da.« Sie scheint es selbst nicht fassen zu können.

Mir gefallen der Glanz und die Erleichterung in ihren Augen, und zwei Sekunden später stehe ich in ihrem Zimmer, und sie schließt die Tür. Mir entgeht nicht, dass sie den Knopf in der Mitte drückt, der die Tür verriegelt. Mir entgeht überhaupt nichts von dem, was sie tut, so fühlt sich wahrscheinlich ein Raubtier im Jagdmodus.

»Julie ist fast immer hier, wir haben echt Glück«, murmelt Yuna. »Ich …« Sie macht einen halben Schritt auf mich zu.

»Ich noch viel mehr.« Ich nehme ihr Gesicht zwischen meine Hände, ich will alles auf einmal und weiß gar nicht, wo ich anfangen soll. Ihre Augen sind groß, und sie legt ihren Kopf nach hinten, sie ist so unglaublich schön. Ihr Atem geht schnell, und ich streiche mit dem Daumen über ihre Lippen, presse mit leichtem Druck gegen die vollste Stelle. Ihre Lippen geben sofort nach, und ich atme stoßartig aus. »Ich denke schon diesen ganzen fucking endlosen Abend darüber nach und eigentlich auch schon die Wochen davor.« Ein Laut entweicht ihrer Kehle, und dann ist es irgendwie vorbei, und unsere Münder treffen sich in der Mitte, und keiner von uns hat nur ein kleines bisschen Geduld mehr, und wir kollidieren mehr, als dass wir uns umarmen. Ihre Lippen auf meinen sind so stürmisch, so verlangend. Sie öffnet ihren Mund, und ihr süßer Geschmack füllt mich, die Cranberrys, die sie vorhin gegessen hat, der Cider, sie selbst. Es ist das Beste, was ich je gefühlt habe, ihre Zunge in meinem Mund. Ihre Hand in meinen Haaren. Sie drängt sich mir so heftig entgegen, dass ich kurz das Gleichgewicht verliere und gegen den Schrank pralle. Sie lacht auf. »Sorry«, murmelt sie.

Ich ziehe sie zu mir heran und drehe uns herum, sodass sie mit dem Rücken gegen den Schrank steht. Ich lasse für einen Moment von ihrem Mund ab, sie gibt ihn nur widerwillig frei. Ihr Atem geht stoßweise, und ihre Brust wölbt sich mir entgegen. Sie legt den Kopf kurz nach hinten und schließt die Augen. »Miles«, flüstert sie. Sie ist schon jetzt so aufgelöst.

Es spornt mich an. Sie weiß gar nicht, was es mit mir macht, sie so zu sehen. Ich lege meine Hände auf ihre Schultern und schiebe ihre Haare mit den Handrücken zurück. Sie öffnet die Augen. Ich liebe den Schleier, der über ihren Augen liegt. Ich fahre mit den Fingern die Konturen ihrer Schultern entlang und zurück zu ihrem Hals, hake meine Finger in ihre Strickjacke und schiebe sie ihr von den Schultern. Das Shirt darunter ist weit ausgeschnitten, ich sehe die Wölbung ihrer Brüste, ihr Schlüsselbein. Ich beuge mich hinunter und küsse die weißen Flecken auf ihrem Dekolleté. Ihre Haut schmeckt so gut, ich möchte nichts anderes mehr schmecken. Ihre Hände fahren über meine Seiten. Ich zupfe an ihrer Haut, sauge, ziehe eine Linie aus Küssen ihren Hals entlang. Ich höre, wie sie die Luft einzieht, wenn ich sie küsse, es ist ein Spiel, das ich ewig spielen möchte. Meine andere Hand gleitet unter ihr Shirt und umfasst ihre Taille, ihr Körper steht unter einer solchen Spannung, und allein dieses Gefühl bringt mich fast um den Verstand. Ich schiebe ihr Shirt zur Seite und merke, wie sie den Bauch einzieht, als wollte sie es leicht machen. Ich küsse ihren Haaransatz, jeden Millimeter ihres Kiefers entlang, ihre Hände hören nicht auf, über meinen Körper zu fahren, sie wandern über meine Brust, und ich halte schwer atmend inne. Ich richte mich auf, um ihr Gesicht zu sehen. Ihre Augen sind schwarz, und zwischen ihnen ist eine Falte entstanden. Ich löse meine eine Hand von ihrem Rücken und presse meine Finger vorsichtig auf diese Falte. Sie entspannt die Stirn unter dem Druck meines Fingers, und ein atemloses Lächeln erscheint um ihren Mund. Sie lässt mich nicht aus den Augen. Ich greife mit beiden Händen nach dem Saum ihres Shirts und ziehe es nach oben. Sie sieht mir zu, als sie versteht, was ich mache, weiten sich ihre Augen noch ein wenig mehr. Sie streckt ihre Arme nach oben, ohne mich aus den Augen zu lassen, bis ihr Kopf kurz unter dem Shirt verschwindet. Ich ziehe es über ihren Kopf, werfe es hinter mich in Richtung ihres Bettes und fange ihre Arme ab, bevor sie sie herunternehmen kann. »Warte«, flüstere ich. »Bleib so.«

Ihr Kopf rollt ein wenig zur Seite, als würde er nicht mehr ganz fest in ihrem Nacken verankert sein.

»Bitte.« Meine Stimme klingt genauso flehend, wie ich mich fühle. Sie lässt ihre Arme über dem Kopf ausgestreckt und sieht mich voller Sehnsucht an. Ihre langen Arme, ihre schimmernde Haut, die Wölbung ihrer Brüste in ihrem weißen BH, ihre Rippen. Ich halte ihre Arme mit einer Hand über ihrem Kopf fest und beuge mich vor, um sie zu küssen. Ich kann ihrem Mund nicht widerstehen, es ist auch völlig unmöglich. Ich versuche, ein Stöhnen zu unterdrücken, und konzentrierte mich wieder auf ihren Mund, ihre warme Zunge, die sich um meine schlingt. Ihre Arme zucken, aber ich drücke sie sanft zurück, und so konzentriert sich ihre ganze Energie auf ihren Mund. Es gefällt mir. Ich will alles auf einmal, sie inhalieren, ihren Geschmack. Sie küsst mich voller Sehnsucht, Verlangen, sanft und fordernd. Es ist perfekt. Sie ist so geschmeidig und definiert, ihr Körper ist wie ein Kunstwerk. Aber ich möchte sehen, wie dieses Kunstwerk die Kontrolle verliert. Sie ist einfach absurd sexy mit der Einbuchtung ihrer Taille, ihrem runden Po. Ich bin jetzt schon so angeturnt, dass ich aufpassen muss, nicht gleich zu explodieren. Wirklich.

Ich ziehe sie an der Taille noch näher heran, sie ist viel zu weit weg, wir versuchen, unsere Körper enger aneinanderzupassen. Die andere Hand lasse ich über ihren Rücken gleiten, keine Ahnung, warum ich ihren Rücken so anziehend finde. Ihre Muskeln sind fein und doch hart, ich fahre die Linien herunter und wieder herauf, um mir ihre Formen einzuprägen, unter meinen Fingern bricht ihr eine Gänsehaut aus.

Ich lasse beide Hände ihre Rippen hinunterwandern, dabei lasse ich ihre Arme los, und sie nutzt die neue Freiheit sofort, um ihre Hände um meinen Nacken zu schlingen und meinen Kopf noch näher heranzuziehen. Ich streichele ihren Bauch.

Sie küsst mich so konzentriert, dass ihre Hände sich nicht mehr bewegen, nur der Kuss wird immer tiefer.

Sie ist jetzt so nah, und ihre Brüste drücken gegen meine Brust, was mich verrückt macht. Ich stoße gegen das untere Band ihres BHs, umfasse den Stoff, der über ihren Brüsten liegt, ihr Körper vibriert in meinen Händen. Der Stoff ist so dünn, dass ich ihre Brustwarzen dadurch fühlen kann, streicheln kann, mit ihnen spielen kann. Jetzt werden ihre Küsse unkonzentrierter, was mich noch mehr antreibt. Als würde ich das brauchen. Sie besitzt wahrscheinlich den sexysten Busen, den ich je angefasst habe. Ich löse mich von ihrem Mund und beuge mich herunter, um wieder ihr Dekolleté zu küssen, den Ansatz ihrer Brüste, schiebe den Stoff weiter nach unten und konzentriere mich dabei auf ihren Atem. Wie lange ich das schon tun will. Eigentlich, seit ich sie gesehen habe an dem Morgen im Ballettstudio.

Mir bricht der Schweiß aus von der Anspannung, von der Anstrengung, mich zurückzuhalten. Sie reißt den Saum meines T-Shirts nach oben. Ich helfe ihr dabei, mein Shirt über den Kopf zu ziehen, und lasse es ebenfalls auf den Boden fallen. Als sie ihren Oberkörper erneut gegen meinen presst, läuft eine Welle durch meinen Körper. Sie ist genauso gierig. Ich lasse meine Hände zu der Mulde an ihrem unteren Rücken gleiten. Ihr biegsamer Körper gegen meinen, ihr schneller werdender Atem, die kleinen Seufzer, die sie ausstößt, sind wie eine Droge. Ich kann nicht widerstehen, die zarte Haut an ihrem Hals zwischen die Lippen zu nehmen und vorsichtig daran zu saugen, während ich nach dem Verschluss ihres BHs taste.

»Miles«, flüstert Yuna atemlos, und ihr Kopf, der gerade nach hinten gefallen ist, rollt wieder nach vorn. »Ich bekomme … einen Knutschfleck.«

Ich halte inne. Ihre Lider sind nur halb geöffnet.

»Ich will deiner Ballettlehrerin nur ein Zeichen geben, dass die Geschichte damals nicht gelogen war.«

»Das …« Yuna lacht kurz auf, aber sie verschluckt sich fast an ihrem Atmen. »Das kommt im Training nicht so gut …«

»Vergiss dein Training. Vergiss … alles.« Ihre Haare sind inzwischen zerzaust, ihre wunderschönen Lippen geschwollen, ihre Augen, die sich langsam weiter öffnen, sind schwarz. Die Kontrolle ihrer Bewegungen ist fast verschwunden, ich werde sie völlig wegblasen. Ich will sie roh und offen. Aber natürlich respektiere ich ihren Wunsch, ich will *alle* ihre Wünsche erfüllen, und widme mich wieder ihren Lippen, nehme sie vorsichtig zwischen die Zähne, während ich hinter ihrem Rücken den BH öffne und die Träger von ihren Schultern schiebe.

Ein energisches Klopfen holt mich aus der Trance. Vielleicht hat es sogar schon eine Weile geklopft.

»Hallo? Yuna, bist du da drin?«, dringt Julies Stimme durch die Tür.

»O mein Gott«, flüstert Yuna atemlos. »Natürlich. Ich komme«, sagt sie dann keuchend. Sie hält ihren BH fest, greift nach ihrem Shirt und zieht es sich über. Ich taste mit zitternden Fingern nach meinem Shirt und ziehe es ebenfalls an. Yuna blickt prüfend zu mir, ob ich fertig bin, schaltet eine Lampe auf dem Schreibtisch an und öffnet die Tür.

Julie kommt herein, sie blickt Yuna an, dann sieht sie mich. »Oh. Entschuldigung, das tut mir echt total leid«, sagt sie. »Ich wusste nur nicht so richtig, wo ich hinsollte, ich habe mir wirklich extra viel Zeit gelassen, aber es ist saukalt draußen. Ich dachte mir schon fast, dass Miles noch kommt. Aber ich hatte gedacht, ihr seid vielleicht schon, na ja …« Sie bricht ab.

Okay, unauffällig sind wir wohl auch beim Fall Fire nicht gewesen.

Die Lampe erhellt das Zimmer, das ich bisher noch gar nicht wahrgenommen habe. Zwei Betten stehen darin, zwei Schreibtische, zwei Regale. Auf dem Fenstersims liegen jede Menge glitzernde Kristalle, die auch in dem wenigen Licht funkeln. Yunas Bett ist leicht zu erkennen. Darüber hängen

Bilder von Paris und eine Balletttänzerin, die vor dem Eiffelturm einen Spagat springt. Eine Pose, die sie wahrscheinlich problemlos nachmachen könnte. Die kleine Lampe wirkt grell nach der Dunkelheit vorher und der gedämpften Flurbeleuchtung.

»Es ist doch dein Zimmer. Natürlich kommst du rein«, sagt Yuna schnell, und Julie kommt zögernd ins Zimmer gelaufen.

»Ich wollte sowieso gerade gehen«, sage ich. Und wahrscheinlich ist dieser harmlose Satz die allergrößte Lüge, die in meinem ganzen Leben je über meine Lippen gekommen ist.

Siebenundzwanzig

Yuna

Dieser Herbsttag ist absolut golden, die Luft unglaublich klar. Der Wind streichelt mich, und wenn ich an das Wochenende denke, habe ich den Eindruck zu fliegen. Beim Tanztraining fliege ich wirklich durchs Studio und habe das Gefühl, dass meine Kraft niemals enden kann.

»Das ist gut. Du bist fit, Yuna. Ich mag das, was du hier zeigst«, erklärt Lidia. Sie lächelt, wobei der straffe Knoten auf ihrem Kopf eigentlich wehtun muss, wenn sie ihren Mund zu einem Lächeln verzieht.

Iris sieht zerknirscht aus. Ihr gefällt natürlich nicht, wenn ich gelobt werde, sie sieht ihren Platz gefährdet. Sie möchte den Starstatus und natürlich die erste Tänzerin sein. Es sollte mich nicht noch fröhlicher machen, dass ich weiß, dass ich heute besser war, aber ich kann mir nicht helfen. Es fühlt sich gut an nach den letzten Wochen.

Doch dann vergesse ich schon wieder eine Choreo und mache den Erfolg wieder zunichte. Ich ärgere mich so über mich selbst. Natürlich habe ich schlecht geschlafen, ich war so aufgedreht. Ich denke die ganze Zeit an Miles. Den Kuss. Die Nacht. Miles. Ich kann mich nicht sattdenken an Miles. Gestern konnten wir uns nicht sehen, aber heute. Dass es doch noch so kommen würde. Dass doch alles noch wahr wird. Ich denke an seine Hände, und ich muss aufpassen, nicht laut zu seufzen. Ich weiß, wie seine nackte Brust sich anfühlt, seine Haut, kenne seinen Duft, aber ich möchte noch viel mehr, es war so kurz, aber heute sehen wir uns wieder. Irgendwie ist mir fast egal, wie schlecht das Training gelaufen ist, und ich schiebe den Gedanken zur Seite, dass das gefährlich ist. Dass ich aufpassen muss, dass es mir nicht zu egal wird, dass ich mich nicht gehen lassen kann. Ich schließe die Augen, als ich kurz danach unter der Dusche stehe. Und schon wieder ist er da.

»Ich komme dich abholen und führe dich aus«, hat Miles gestern gesagt.

Ich habe keine Ahnung, wie es aussehen wird, dieses Zusammensein. Sind wir jetzt ein Paar? Aber wenn ich daran denke, wie viel früher in New York darüber geredet wurde, ob man jetzt zusammen war, ob es ernst war, ob es nur ein Date war, so scheint mir das gerade unglaublich albern. Eine Kategorie für das, was wir sind, ist total überflüssig. Es gibt gar keine Diskussion darüber. Ich will nur mit ihm zusammen sein, in jeder Beziehung. Und so wenig zurückhaltend er war, schon am Fall Fire, kann ich mir nicht vorstellen, dass es für ihn anders ist. Er hat verstanden, dass Olivia nie kommen wird.

Mein Telefon klingelt, mein Vater ruft an. Manchmal denke ich, dass meine Eltern telepathisch spüren, wenn irgendetwas los ist, ich besonders traurig oder glücklich bin, als würden sie auf irgendeine schräge Weise auch über Tausende von Kilometern hinweg einen Draht zu meinen Gefühlen haben. Kurz darauf sehe ich das Gesicht meines Vaters auf dem Display. Hinter ihm erkenne ich das Regal mit den bunten Süßigkeiten, das im Deli hinter der Kasse steht. Bei dem Anblick habe ich diesen besonderen Geruch in der Nase, der dort in der Luft liegt, den Duft von den Bagels, die fertig verpackt angeboten werden, dem etwas bitteren Kaffee auf der Wärmeplatte, der sehr wenig mit Cappuccino zu tun hat, den süßlichen, etwas künstlichen Geruch der Süßigkeiten.

»Hallo, mein Engel«, sagt er und lächelt. Er hält das Handy in einem komischen Winkel, sodass ich hauptsächlich seinen Mund sehe mit den etwas krummen Schneidezähnen, er hatte nie eine Zahnspange. Ich muss kichern, weil ich so aufgedreht bin. »Hallo, Papa.«

»Deine Mutter ist unterwegs, eigentlich wollten wir es dir zusammen sagen, wir haben gerade einen Flug gebucht.«

»Ihr habt einen Flug gebucht? Was für einen Flug?«

Meine Eltern sind keine Menschen, die Flüge buchen. Sie fliegen nie. Wenn sie »Ferien« machen, bedeutet das, dass sie mit dem Auto nach Connecticut fahren, vielleicht ans Meer in Coney Island.

»Aber wohin denn?«, frage ich überrascht.

»Wir kommen nach Montana. Wir kommen dich am Parents' Weekend besuchen. Du sollst nicht die Einzige sein, deren Eltern nicht kommen.«

Für einen Moment bin ich völlig sprachlos. Meine Eltern in Montana. Irgendwie passt das gar nicht zusammen. Dann gebe ich einen Freudenquietscher von mir.

»Papa, wirklich? Also, ich meine, ihr braucht nicht kommen. Viele Eltern kommen nicht. Aber …« Ich kann die Begeisterung in meiner Stimme nicht verleugnen.

»Yuna, wir vermissen dich so schrecklich, seit du weg bist. Und wir wissen noch nicht mal, wie es bei dir aussieht. Und deshalb kommen wir. Ich habe schon gebucht, und alles ist arrangiert. Wir wissen, dass du voll im Training bist, du musst dich um nichts kümmern. Wir können auch erst Freitag spät los, weil wir vorher keine Vertretung finden, aber wir werden pünktlich zu deiner Vorführung da sein, und nachher können wir noch einen Tag miteinander verbringen, und du kannst uns alles zeigen. Wie klingt das?«

»Papa.« Tränen steigen in mir auf, und ich habe einen dicken Kloß im Hals. »Das klingt einfach toll«, sage ich mit krächzender Stimme.

Nachdem ich aufgelegt habe, schlage ich mir die Hände vors Gesicht. Jetzt, wo sie kommen, merke ich erst, wie sehr ich sie vermisst habe und es vorher einfach nicht zugelassen habe. Ich könnte gerade schreien vor Freude.

Dann leuchtet mein Handy mit einer Nachricht auf, dass Miles da ist. Ich mache mich schnell fertig und werfe den kleinen Beutel in meine Tasche, der meine Zahnbürste, Bürste und so weiter enthält, den ich auch immer beim Training dabeihabe, falls … ich bei ihm bleibe? Mir schießt die Röte in die Wangen, als ich daran denke, aber ja, ich nehme ihn mit. Als ich die Treppe herunterkomme, steht er tatsächlich im Flur an die Wand gelehnt und spricht mit Nate, der im Wohnzimmer auf dem Sofa sitzt und ein Videospiel mit Wei spielt. Wei hat noch seine Kopfhörer auf und spielt unbeirrt weiter und spricht dabei gleichzeitig mit irgendeinem Mitspieler über Mikro. Miles' Kreuz nimmt fast den ganzen Türrahmen ein, er war wirklich viel im Gym in den letzten Wochen. Bei Nate habe ich keine Ahnung, wann Nate eigentlich lernt oder irgendwelche Filmprojekte umsetzt, für die er ans MCPA gekommen ist. Außerdem hoffe ich, dass Nate gerade keinen Mist erzählt, sondern dass sie sich vertragen. Er sitzt in einer typischen, breitbeinigen Nate-Art auf dem Sofa, als wäre der Raum nicht groß genug für ihn und als würde er maximalen Platz zwischen seinen Beinen brauchen. Miles steht an die Flurwand gelehnt in seiner üblichen natürlichen Coolheit. Nicht so demonstrativ Platz einnehmend, aber in seiner zurückhaltenden Art füllt er den Raum viel mehr aus, unabhängig von seinen breiten Schultern. Meine Gefühle für ihn sind so groß. Seit ich sie mir eingestanden habe, sind sie noch viel größer. Als wären sie vorher nur die Schatten ihrer selbst gewesen. Jetzt sprudeln sie ungebremst hervor. Riesig, live und in Farbe. Ich bin so unglaublich verliebt in ihn und brenne vor

Sehnsucht nach ihm, obwohl er ein paar Meter neben mir an der Wand steht. In dem Moment kommt Phoebe mit einer Einkaufstüte zur Tür herein, wirft mir einen vielsagenden Blick aus ihren blauen Augen zu und verschwindet in der Küche. So viel zum Thema Privatsphäre in 344.

Als Miles mich sieht, lächelt er, und ich werde noch röter, vielleicht, weil ich Angst habe, dass er sieht, dass ich heute den ganzen Tag eigentlich nur an ihn gedacht und diesem Treffen entgegengefiebert habe.

Wir wollten noch rumfahren, keine Ahnung, warum eigentlich, der Gedanke, dass wir bei ihm ungestört sind, lässt meine Wangen noch mehr brennen.

»Viel Spaß«, sagt Nate vom Sofa aus. »Aber da mache ich mir keine Sorgen.«

Nate. Vergiss ihn. Miles ist da. Er gehört zu mir. Seine Augen sind offen und weich. Als er mich sieht, erscheint ein Lächeln auf seinem Gesicht, und er kommt auf mich zu.

»Viel zu schnulzig ihr beiden. Das nennt sich Augenporno, was ihr hier treibt.« Nate beobachtet uns vom Sofa aus und schüttelt den Kopf, als würde er spielenden Kindern zuschauen.

»Mein Gott, Nate, du bist echt ein Romantiker durch und durch«, erkläre ich ihm und rolle mit den Augen, bevor Miles etwas sagen kann. Ich gebe Miles ein Zeichen, und er folgt mir nach draußen. Kaum stehen wir vor der Tür, zieht er mich in seine Arme. Ich fühle seine Lippen auf meinen Haaren. »Hi, Yuna«, sagt er. »Ich habe dich in den letzten Stunden mehr vermisst, als du dir vorstellen kannst.«

Er ist unwiderstehlich.

Kurz darauf sitze ich in seinem Pick-up. Spike kuschelt sich auf die Fußmatte und leckt meine Hand, als ich nicht aufpasse.

»Was hättest du getan, wenn er mich nicht mögen würde?«, frage ich ihn.

»Wieso sollte er dich nicht mögen?«

»Keine Ahnung.«

»Du machst dir verrückte Gedanken. ›Was wäre, wenn‹ bringt nichts. Du wirkst aufgedreht«, sagt Miles.

»Meine Eltern kommen. Es ist echt die beste Nachricht der letzten Wochen. Sie haben mich gerade angerufen. Ich freue mich so.«

»Das freut mich für dich«, sagt Miles. »Sehr.« Er legt seine Hand kurz auf meine.

»Und was machen wir jetzt?«, frage ich.

»Ich dachte, wir gehen Äpfel pflücken auf den Bigfork Orchards? Ich war noch nie da. Wir schicken da manchmal die Besucher aus der Stadt hin, aber genau genommen sind wir ja auch Städter.«

Ich nicke. »Es klingt fantastisch«, sage ich, aber in meinem Kopf überschlage ich, wie lange es dauert, bis wir zurück bei ihm auf der Ranch sind. Allein. Ohne Julie.

Die Bigfork Orchards sind in der Tat wie aus einem Bilderbuch, gelegen auf einer Ebene am Fuße von dicht bewachsenen Bergen und umgeben von bewirtschafteten Feldern, die jetzt größtenteils abgemäht sind. Wir pflücken letztlich keine Äpfel, sondern machen die Kürbis-Entdeckungstour, um auf einem markierten Spaziergang alle nur erdenklichen Sorten von Kürbissen anzusehen. Sie leuchten in sämtlichen Orange- und Gelbtönen, weiß, braun, grün gesprenkelt. Es gibt klassische Formen, schubkarrengroße, gurkenartige Gewächse und ein paar, die aussehen wie Mutanten vom Mars. Ich habe mir eine dicke Jacke angezogen, und Miles hat wieder sein dunkelblaues Fleece an, das seine Augen noch blauer strahlen lässt. Natürlich waren wir noch nicht einkaufen. Das müssen wir nachholen. Ich weiß nicht, ob der Tag wirklich so schön ist oder ob jeder Tag schön wäre, einfach, weil wir zusammen sind. Wir halten uns an den Händen, und seine sind zum Glück ein paar Grad wärmer als meine. Er streicht mir wie zufällig über den Rücken. Es ist so neu, dass wir das alles dürfen. Dass es selbstverständlich ist, ihn anzufassen, ohne dass er zurückschreckt. Er wischt mir etwas aus dem Mundwinkel, was, glaube ich, gar nicht da ist, nur um hinzufassen. Es sind ziemlich viele Kinder mit ihren Eltern auf der Farm, aber die Rundfahrt auf dem Traktor sparen wir uns dann doch, und den Streichelzoo haben wir ja auch auf der Ranch.

»Ich glaube, wir sollten uns zum Abschluss noch das Strohballen-Labyrinth anschauen«, schlägt Miles vor und zieht mich hinter sich in Richtung des mit roten Fähnchen markierten Eingangsbereichs, weg von den Familienausflüglern. Es ist windig heute, meine Haare sind in alle Richtungen verweht, und ich bin froh über die dicke Jacke. Einerseits bin ich langsam bereit, nach Hause zu gehen, zu ihm zu gehen, gleichzeitig möchte ich, dass dieser Tag niemals endet.

Ich folge ihm durch den Eingang, und nach ein paar Biegungen lässt er meine Hand los und rennt davon.

»Gib mir zwanzig Sekunden. Und dann hat der gewonnen, der als Erstes den Weg zum anderen zurückfindet.«

»Miles«, schreie ich, doch nach ein paar weiteren Abzweigungen habe ich keine Ahnung mehr, wo ich bin. Wir sind in das »preisgekrönte Riesenlabyrinth« gegangen, die kleinen Kinder sind im anderen, und es dauert nicht lange, bis die Stimmen nur noch in der Ferne zu hören sind. »Miles?«, rufe ich. »Gib dich zu erkennen, du Feigling.«

Ich höre einen grellen Pfiff links von mir. Ich muss lachen. Er kann anscheinend auf den Fingern pfeifen, woran ich mein ganzes Leben lang gescheitert bin. Ich lasse meine Hände über die Strohballen gleiten, und die Strohhalme lassen meine Handflächen prickeln.

Ich rufe noch mal, wieder erklingt ein Pfiff. Diesmal von der anderen Seite. Ich drehe mich ein weiteres Mal um, dieses Labyrinth ist eine ernsthafte Angelegenheit. Holen die einen hier eigentlich raus, Ortung per Drohne oder so was, falls man wirklich verloren geht? In diesem Moment höre ich ein Rascheln, spüre einen Luftzug, und schon drückt sich ein Strohballen in meinen Rücken. Ich halte vor Schreck die Luft an, aber natürlich ist es Miles, der vor mir steht. Er lacht. »Ich habe gewonnen«, stellt er sachlich fest. Er steht vor mir und hat seine Arme links und rechts an meinem Kopf vorbei gegen den Strohballen gepresst, sodass ich zwischen seinen Armen gefangen bin. Ehrlicherweise kann ich damit leben.

»Ich habe den Hauptpreis gewonnen.« Er blickt mich aus seinen hellen Augen an, die so offen und weich sind, dass ich in ihnen versinke. Sein Blick fällt auf meine Lippen.

»Ich finde, der Wettbewerb war ganz schön unfair, man hat nicht die Regeln erklärt bekommen, der Startpfiff kam zu überraschend …«

»Okay, du hast gewonnen«, unterbricht Miles mich.

»Was?«

»Ich will nur die Diskussion abkürzen.« Er beugt sich weiter zu mir, sein Atem trifft auf meine Lippen.

»Aber der Hauptpreis …«

»Du musst die Augen schließen. Dann zeige ich ihn dir.«

Ich schließe die Augen. »Es war gerade fast ein bisschen gruselig hier, ich hoffe, wir finden gleich überhaupt den Ausgang«, sage ich. Seine warmen Finger umfassen meine Wange. Sein Daumen streicht über die Linie meines Kiefers, und mein Atem wird schon wieder schneller.

»Wir können einfach hierbleiben. Ich mag Kinder, aber das waren definitiv zu viele da draußen«, murmelt Miles, und ich spüre seine Lippen an meiner Wange. Er streicht meine Haare an der Schläfe zur Seite, und ich blicke ihn an. »Hey, du musst die Augen schließen, vergessen?«

Gehorsam schließe ich noch mal die Augen. Mein Herz hat schon wieder zu rasen begonnen. Hinter meinen geschlossenen Lidern sind merkwürdige Formationen. Ich höre den

Wind. Dann kribbelt etwas an meiner Oberlippe, es kitzelt wie eine kleine Fliege. Ich zucke zurück und öffne die Augen. Miles hält einen Strohhalm an meine Lippen und lacht sich schlapp.

»Du spinnst ja wohl, was ist das bitte für ei…?«

Er küsst mich mitten im Wort. Presst seine Lippen auf meine, warm und bestimmt. »Nicht sauer sein.« Er blickt mich bittend an und sucht nach Zustimmung. Irgendwie scheint er sie zu finden, denn er küsst mich wieder, zärtlich, langsam, dann weicht er ein klein wenig zurück, gerade weit genug, dass er sprechen kann. »Es ist schwer, nicht ständig an dich zu denken, Yuna«, murmelt er. Der nächste Kuss dauert etwas länger, und schon wieder wird mir warm, und der Strudel im Kopf beginnt sich in Bewegung zu setzen. »Es ist schwer, so zu tun, als würde mich auch nur eine einzige dieser Kürbissorten interessieren, statt dich zu küssen.« Seine Augen sind mit jedem Kuss dunkler geworden. Und begleitet von einem schnellen Atemzug, lässt er beim nächsten Kuss seine Zunge in meinen Mund gleiten, ohne länger zu zögern. Er schlingt seinen Arm tief um meinen Rücken und zieht mich heran, sodass Bauch an Bauch liegt, seine Brust an meiner Brust, soweit das mit den vielen Kleiderschichten überhaupt möglich ist. Wir verlieren uns in dem Kuss, mein Kopf wird so leicht, ich weiß nicht mehr, wo oben und unten ist, und mein ganzer Körper kribbelt. Dann dringt das Geräusch von lachenden Stimmen und rennenden Kindern zu uns.

Widerwillig weiche ich zurück. »Déjà-vu«, murmelt Miles. Er ist genauso weit weg gewesen wie ich und blinzelt. »Ich fürchte, hier enden meine Pläne für heute. Ich hatte gehofft, dass dir vielleicht noch spontan etwas einfällt, was wir tun könnten.« Er zieht seine Augenbrauen nach oben. »Irgendwelche Ideen für einen unterhaltsamen Nachmittag?« Während er das sagt, hat er eine Haarsträhne von mir zwischen die Finger genommen und spielt damit. Ein sanftes Zupfen auf der

Kopfhaut, aber er schafft es wie am Abend beim Fall Fire, diese kleine Bewegung mit seinen gierigen Blicken zu etwas ganz anderem zu machen.

»Ich hätte schon ein paar Ideen«, erwidere ich. »Vielleicht sollten wir zu dir fahren, und dann verrate ich sie?« Miles nickt. »Das ist eine sehr gute Idee, Yuna. Ich hatte gehofft, dass du etwas in der Richtung vorschlägst.«

Kurz darauf sitzen wir im Auto, und Miles startet den Pick-up mit gehörigem Schwung. Mein Herzschlag hat sich kaum verlangsamt. Wahrscheinlich hat mein Herz beschlossen, dass es sich sowieso nicht lohnt.

Es ist ziemlich kühl, als wir bei ihm ankommen, der Himmel hat sich zugezogen, doch das macht mir nichts. Wir gehen zu seinem Trailer, und der ist wie immer warm. Miles macht zusätzlich den kleinen Holzofen an, der zwischen Küche und Wohnraum steht. Ich kann mir gerade keinen besseren Ort vorstellen.

Er holt zwei Gläser und gießt Wasser hinein. Er lässt mich nicht aus den Augen, während ich trinke.

»Ich komme wirklich noch nicht ganz darüber hinweg«, sage ich.

»Worüber?« Er ist verwirrt.

»Dass dieser sogenannte Hauptpreis ein Kuss von dir war.«

»Das ist nicht dein Ernst«, murmelt er. »Du beschwerst dich über den Preis?«

»Findest du es nicht ganz schön selbstbewusst, einen Kuss von dir selbst als Preis auszurufen?«

Jetzt schleicht sich langsam ein Grinsen auf sein Gesicht. »Oh. Mein. Gott. Das hast du gerade nicht gesagt.«

»Ich glaube, schon.«

»Du wirst es bereuen, Yuna. Der Moment wird kommen, versprochen.« Seine Augen blitzen.

Ich blicke ihn zweifelnd an.

»Willst du noch was essen?«

Ich schüttele den Kopf.

»Gut.« Dann beugt er sich vor, umschlingt meine Beine und hebt mich hoch.

»Wie bitte? Entschuldige mal, ich bin doch kein Sack Mehl.«

»Du hast gesagt, dass du nichts mehr essen willst, der Part, wo ich den Gastgeber spiele, ist vorbei.«

Er geht etwas in die Knie, während er mich trägt, die Decken im Trailer sind nicht sonderlich hoch, aber ich liege ohnehin fast über seiner Schulter.

Er trägt mich am Sofa vorbei nach hinten, wo die kurze Seite des Trailers fast vollständig von einem Bett eingenommen wird. Und als ich merke, was er vorhat, muss ich meinem Herz zustimmen. Es lohnt sich überhaupt nicht, irgendetwas zu verlangsamen. Vor dem Bett bleibt er stehen und legt mich vorsichtig darauf ab, sodass ich auf dem Rücken liege. »Wie war ich? Meinst du, ich könnte auch für ein paar Hebefiguren eingesetzt werden?«

»Ich glaube, du musst noch am Ausdruck arbeiten«, sage ich.

»Jaja, schon klar. Ihr Tänzer seid so eingebildet.«

»Und welcher Part kommt nach dem Gastgeberteil?«, frage ich unschuldig.

»Ein guter Part«, sagt er und hält meinen Blick.

»Das Entertainmentprogramm?«, frage ich. »Cool.«

Miles gluckst. »Du machst mich fertig.«

Er hat seine Schuhe schon vorhin ausgezogen, jetzt greift er mit einer Hand nach meinem Bein und streift mit der anderen meinen Schuh ab. Dann gleitet seine Hand die Rückseite meines Beins entlang bis zu meinem Oberschenkel, und ich muss mich beherrschen, dass meine Augenlider nicht zu flattern beginnen. Er nimmt das andere Bein und streift den anderen Schuh ab. Ich denke daran, dass meine Füße nicht schön sind, doch der Ausdruck in seinen Augen schiebt solche Gedanken zur Seite. Wieder gleitet seine Hand mit leichtem Druck an meinem Bein entlang, und er verfolgt seine Hand mit Blicken. Ich bin noch vollständig angezogen, aber wenn ich seinen Blick sehe, bin ich mir nicht mehr ganz sicher, ob meine Sachen nicht durchsichtig sind. Ich muss mich fast winden unter seinem Blick. Allein die Tatsache, dass wir hier sind, dass niemand kommen wird, bringt mich fast an den Rand von allem. Ich will wahrscheinlich noch schneller als er diese ganzen Klamotten endlich weghaben. Er kommt auf Knien zu mir aufs Bett und flüstert in mein Ohr »Keine Julie. Keine Kinder. Wir haben so viel Zeit.«

Und ich muss ein Stöhnen unterdrücken. Zeit. Langsam. Das klingt nicht gut. Er hat es gemerkt. Er lächelt zufrieden. Er lehnt sich seitlich auf einen Ellenbogen und schiebt vorsichtig die Haare aus meinem Gesicht, um mein Ohr freizulegen.

Dann beugt er sich vor, um mich dort zu küssen. Sein warmer Atem trifft auf mein Ohr. Das Kribbeln breitet sich in meinem Körper aus. Er nimmt es vorsichtig zwischen die Lippen und knabbert daran. Als ich meinen Arm hochnehmen will, um ihn zu streicheln, drückt er ihn zurück.

»Sschhhhh, entspann dich einfach.« Er lächelt, sieht mich an, als wäre ich die Geburtstagstorte, die er bekommen hat. So viel Begeisterung liegt in seinem Blick, dass ich kurz auflachen muss.

»Ich weiß nicht, ob Lachen jetzt die Stimmung beschreibt, die ich erzeugen wollte«, murmelt er. Er lehnt sich über mich, stützt sich auf der anderen Seite neben meinem Gesicht ab und küsst mich langsam auf die Wange. Seinen Körper hält er dabei in der Luft über meinem. Dann küsst er mich neben den Augen, unter den Augen, meine Mundwinkel, er saugt, fährt vorsichtig mit der Zunge über meine Haut. Obwohl unsere Körper sich nicht berühren, ist es, als wäre schon irgendeine

Verbindung zwischen uns, wie wenn zwei elektrische Teile nah genug aneinanderstehen und die Spannung überspringt. Ich öffne meine Lippen und lehne mich ihm entgegen. Aber er achtet darauf, nicht meinen Mund zu treffen. Ich muss nicht mehr lachen. Gar nicht mehr. Mein ganzer Körper steht in Flammen. Ich bin kurz davor zu winseln, ob er mein Shirt nicht bitte endlich wegreißen kann. Aber ich komme nicht dazu, weil er die Hand darunterschiebt, endlich. Er beginnt, kleine Kreise auf meinem Bauch zu beschreiben. Warme Wellen fließen durch meinen Körper. Nun fährt er die Linie meines Mundes mit den Fingern nach, drückt leicht auf meine Unterlippe. Unwillkürlich öffne ich meine Lippen und küsse zumindest seine Finger, umschließe sie mit meinem Mund. Sein Atem beschleunigt sich. Ich liebe seinen Blick, ich liebe das Verlangen in seinen Augen mindestens genauso wie seine Berührungen. Sein Blick auf meinen Lippen, und ich weiß, dass er sie genauso dringend küssen will. Ich versuche, mich etwas aufzurichten und ihn zu mir heranzuziehen. Sanft legt er meine Hand zurück. »Du kannst mich ganz lieb bitten, dann überlege ich es mir vielleicht«, sagt er. Er schiebt meine Haare nach hinten und presst seine Lippen auf meinen Hals. Mein Kopf fällt mit einem Seufzen nach hinten.

»Wenn wir in diesem Tempo weitermachen, dann ....«, sage ich atemlos.

»Was?«, fragt er und taucht auf. »Du bist viel zu ungeduldig.« Ich merke, wie er mit den Fingern den Ausschnitt meines Shirts nach unten zieht. Mein Atem stockt. Sein Gesicht verzieht sich zu einem Lächeln. Er beugt sich nach unten und küsst mein Dekolleté. Zieht das Shirt noch weiter nach unten.

»Müssen wir das Shirt schonen?«

Ich schüttele energisch den Kopf.

»Ich frage mich gerade, ob ich mich selbst bestraft habe.« Er öffnet seine Augen wieder.

Ich blicke ihn an und lecke mir einmal über die Lippen. »Ich weiß nicht, was du meinst.« Ich sehe ihn unschuldig an und beiße auf meine Unterlippe. Nur ein wenig. Er presst wieder seine Augenlider zusammen und stöhnt. »Definitiv.«

Ich fahre mit dem Finger in einer gerade Linie von seinem Kinn seinen Oberkörper entlang, gerade nach unten, die Linie der Mitte seiner Rippen herunter, weiter. Abrupt öffnet er wieder die Augen. Ich folge dem Finger mit den Augen, sehe, wie sein Bauch unter der Berührung zurückzuckt. Ich merke, wie seine Augen groß werden, als ich nicht stoppe. Seine Jeans ist noch zwischen uns, aber ich weiß, dass sein Durchhaltevermögen möglicherweise auch seine Grenzen hat. Er braucht definitiv nicht mehr Zeit, um in Stimmung zu kommen. Ich lasse meine Hand an der härtesten Stelle zwischen seinen Beinen liegen, entspannt, als wäre sie zufällig dort gelandet. Er fährt sich mit der freien Hand übers Gesicht. »Yuna, so läuft das nicht.«

Seine Idee, alles ewig hinauszuzögern, ist ins Wanken geraten.

Ich rutsche unter ihm seitlich weg und setze mich vor ihm auf meine Knie. Er setzt sich ebenfalls hin und sieht mich misstrauisch an. Ich lehne mich vor und greife mit beiden Händen nach dem Saum seines T-Shirts und ziehe es nach oben. Er gibt nach und nimmt seine Arme nach oben. Ich werfe es weg. Sehr viel nackte Haut, wenig Haare, sehr viele Linien, die durch alle möglichen, schmalen Muskeln gebildet werden. Seine Augen sind so hungrig, aber ich weiß, dass er sich fest vorgenommen hat, langsam zu machen. Ich sehe ihm an, dass er gleich nicht mehr kann. Ich nehme seinen rechten Arm und ziehe ihn nach oben. Das kleine Tattoo auf der hellen Haut an seinem Unterarm. Ich lehne mich vor und küsse es. »Alive«, steht da. Nichts weiter.

»Ich musste mich mal daran erinnern«, beantwortet er meine Frage, ohne dass ich sie laut ausgesprochen habe.

Ich beuge mich vor, nehme die empfindliche Haut zwischen meine Lippen und sauge ein wenig daran. Ihn überläuft eine Gänsehaut.

»Yuna«, flüstert er. Sein Gesicht sieht gequält aus, was mir ein Lächeln ins Gesicht zaubert. Ich kann nicht glauben, was für Gefühle es in mir hervorruft, ihn so wehrlos zu sehen. Wehrlos gegen mich. »Schhhhhh«, sage ich, »entspann dich einfach.« Er schüttelt ganz leicht den Kopf.

»Du lernst zu schnell«, sagt er.

»Es ist jahrelanges Training. Ich kann mir Dinge schnell merken«, sag ich. »Hör auf zu denken, Miles.« Ich lehne mich nach vorn und suche seinen Hals. Die Haut ist überraschend zart. Ich küsse und sauge daran. Er riecht gut, noch ein wenig nach der Dusche heute Morgen, nach Miles. Alles ist so leicht, als würde Helium durch meine Adern fließen. Dann beuge ich mich herunter zu seiner Brust. Ich habe noch nie die Brust eines Mannes geküsst. Angefasst, aber noch nicht geküsst. Ich schmecke seine Haut. Vielleicht gefällt mir jedoch am allerbesten sein Blick, als ich zu ihm hochschaue.

»Yuna, was tust du da?«

»Was ich mache, war ja in diesem komischen Wettbewerb von dir nicht festgelegt.« Meine Stimme klingt heiser und fremd.

Vielleicht genieße ich diesen Moment der Macht ein kleines bisschen zu sehr. Ich seufze und lehne mich zurück. Und dann ziehe ich mit einem Ruck mein Shirt aus, werfe es auf den Boden.

Sein Mund steht offen.

»Es ist warm hier.« Ich lächele.

»Fuck.« Er hält sich die Hand vors Gesicht. »Yuna, wenn wir so anfangen, dann … dann wird das alles nicht lange dauern. Es überfordert mich gerade. Sehr.«

»Ah, gut.«

»Du weißt nicht, was du sagst.«

Ich greife hinter meinen Rücken, und seine Augen werden immer größer, als er versteht, was ich vorhabe. Seine Hand schnellt vor und umschließt meinen Unterarm.

»Warte«, sagt er.

Der BH springt auf. Ich ziehe meine Schultern zusammen, und die Träger fallen nach unten, bevor er etwas dagegen tun kann.

Er stöhnt auf, legt seine Hände um meinen Kopf, und sein Mund trifft auf meinen, nein, unsere Münder kollidieren. Es gibt keine Zurückhaltung mehr und keinen Zeitplan. Er ist so besitzergreifend. Er will meinen Mund besitzen, seine andere Hand gräbt sich in meine Hüfte, er lehnt sich nach vorn, und unsere nackten Oberkörper sind so eng, so perfekt aneinandergepresst. Brust an Brust. Ich schlinge meine Arme um seinen Hals. Ich habe das Gefühl, dass wir ein eigenes Stromnetz bilden, überall, wo wir uns berühren, wird es warm und beginnt zu kribbeln.

Er senkt seinen Kopf zu meiner Brust, und bevor ich denken kann, dass er viel zu weit weg ist, umschließt er meine Brustwarzen mit seinem Mund, und ich atme laut aus, und mein Kopf fällt in meinen Nacken. Er wendet sich meiner anderen Brust zu, umschließt sie mit seiner Hand, seinem Mund, und ich weiß nicht mehr, wohin mit mir. Dann gleiten seine Hände an meinen Seiten nach unten, und er hakt seine Finger in meine Hose und zieht sie nach unten. Ich war wahrscheinlich noch nie so froh, eine Hose mit Gummizug angehabt zu haben, die so leicht abzustreifen ist.

Ich versuche, den Verschluss seiner Jeans zu öffnen. Er hilft mir dabei. Wir legen uns seitlich voreinander hin, und ich streife seine Hose nach unten, die Unterhose, alles in einem. Er wirft beides zur Seite. Er zupft an meiner Unterhose, und wir schieben sie gemeinsam weg. Es fällt mir schwer, nur in sein Gesicht zu schauen, jetzt, wo wir nackt sind.

Seine Hand wandert seitlich an meinem Körper entlang,

dann zu meinem Schlüsselbein. Ich ziehe mich näher an ihn heran. Er schnappt nach Luft.

»Gott, Yuna, ich … ich fürchte, es könnte gleich unglaublich peinlich für mich werden.«

Ich bin einen Moment verwirrt.

»Das letzte Mal ist schon lange her, und ich bin etwas zu … aufgeregt.« Er sieht leidend aus.

»Du hast ein Kondom, oder? Glaub mir, es gibt keinen Grund, nur eine einzige Sekunde mehr zu warten.« Meine Stimme klingt quengelig, aber ich habe keine Zeit, mich dafür zu schämen.

Dann geht alles sehr schnell. Er greift nach der Tasche in seiner Jeans neben seinem Bett, sein Mund landet wieder gierig auf meinem Mund. Was immer ihn gerade noch zurückgehalten hat, ist verschwunden. Er entfernt sich nur ganz kurz, um sich das Kondom überzustreifen, und ist zurück bei mir, schiebt mit einer Hand mein Knie weiter zur Seite, und sein Arm gleitet einmal an meinem Körper entlang nach oben. Unsere Münder winden sich in alle Richtungen, ich spüre ihn hart gegen meinen Schoß drücken, und es fühlt sich so gut an. Es fühlt sich nach mehr an. Seine Arme sind seitlich von mir aufgestützt. Er unterbricht den Kuss und schaut mich an, wartet auf meine Zustimmung.

»Miles«, flüstere ich, schlinge meine Arme um seinen Rücken, und er gleitet in mich hinein. Plötzlich, überraschend hart, dass ich aufstöhne. Sein Kopf fällt auf meinen Hals, als ihm ein ähnlicher Laut entweicht, er küsst meinen Hals, saugt, fährt mit der Zunge die Konturen nach, dann taucht er wieder auf. Er stützt sich seitlich von mir ab, sodass sein Rücken sich verbiegt, er sich weiter aufrichtet, nur unsere Hüften sind verbunden, während seine Bewegungen schneller werden. Er gehört mir. In diesem Moment gehört er nur mir. Es fühlt sich so gut an, ich möchte, dass er nie mehr geht. Sein Rücken ist so angespannt unter meinen Händen, er zittert fast. »Nein«, sagt er, er kneift seine Augen zusammen, aber ich merke, wie seine Muskeln sich noch mehr anspannen und er noch mehr zittert. »Nein«, stöhnt er leise. Er bewegt sich nicht mehr, doch sein Körper zittert weiter, Wellen laufen durch ihn hindurch, und ich fange sein Stöhnen mit meinem Mund auf.

Für einen Moment verharren wir so, während weitere Wellen durch seinen Körper laufen, sein Mund auf meinem ist fast unwirklich still, während sein Körper sich nur langsam beruhigt. Ich streiche über seinen Rücken, der schweißnass ist, ich liebe es.

Er atmet einmal seufzend aus. »Das war … schnell«, murmelt er.

Ich muss ein wenig glucksen, als die Spannung von mir abfällt. »Es ist okay«, beruhige ich ihn.

»Das ist es, was ein Mann hören will, der mit der Frau seiner Träume zusammen ist. Nee, wirklich, das war echt okay.«

Ich muss noch mal kichern. In mir hallt die »Frau seiner Träume« nach wie ein Echo. »Ich habe es anders gesagt, das weißt du genau.«

»Kannst du mir etwas versprechen?«, fragt er und sieht mich an. Irgendetwas blitzt in seinen Augen auf, was mich stutzig macht.

»Kommt drauf an.«

»Beweg dich nicht. Bleib einfach hier liegen und beweg dich nicht. Okay?«

Ich nicke vorsichtig. Er sieht zufrieden aus.

Er drückt sich mit den Armen ab und wendet sich zur Seite, hält das Kondom.

»Gib mir einen Moment.« Er steht auf und verschwindet Richtung Bad, das hinter der Küche liegt.

Ich bleibe einfach so liegen. Meine ganze Erregung schraubt sich langsam herunter. Die Hitze in meinem Schoß lässt nach. Ich bin glücklich. Es ist mir völlig egal, wie schnell es ging. Es macht mich auch glücklich, vielleicht auf eine andere Art.

Dann ist er zurück und steht vor dem Bett. Er ist nackt, und ich sehe ihn zum ersten Mal richtig an, und ich kann gar nicht glauben, dass er mir gehören soll. Sein Körper. Ich kann mich nicht sattsehen. Er ist schön. Alles an ihm.

Seine Augen nehmen mich mindestens genauso gierig auf, mein Gesicht, meine Arme, meine Brüste, meinen Bauch, meine Beine. Dann lässt er sich aufs Bett herunter und kommt zu mir hoch, lehnt sich wieder über mich, seine Arme neben meinem Kopf aufgestützt. Mir gefällt, wie dann seine Schultern aussehen, wie seine Brust über mir schwebt.

»Du bist perfekt«, flüstert er. »Perfekt für mich.«

Ich schlinge meine Arme um ihn und will ihn näher an mich heranziehen. »Stopp«, sagt er und schiebt meinen Arm zurück. »Schon vergessen? Du hast fest versprochen, einfach so liegen zu bleiben.«

Es ist etwas in seinen Augen, das einen Schauer durch mich hindurchsendet. Er beginnt, mit seinen Küssen und seiner Zunge Linien über meine Brüste zu ziehen, zwischendurch blickt er kurz hoch, um in mein Gesicht zu sehen. Er liebkost meine Brust mit den Händen, umschließt sie mit seinem Mund. Mein Kopf rollte nach hinten, ohne, dass ich etwas damit zu tun hätte. Meine Finger vergraben sich im Bettlaken. Er küsst sich zur nächsten Brust vor. Mit einer Hand beginnt er federleicht die Linien meines Körpers nachzufahren. Seine Lippen, seine Zunge, Hände, alles vermischt sich zu einem Gefühl. Dann küsst er sich einen Weg nach unten. Er saugt und streicht mit der Zunge über meine Haut, als wollte er alles probieren, tiefer, meinen Bauch hinunter in einer geraden Linie. Er stoppt nicht.

Er richtet sich etwas auf, und ich sehe in seinen Augen, dass er meine Gefühle genauso stark erwidert. Er umfasst meine Hüften und zieht mich nach unten an den Rand des Bettes. Er positioniert meine Beine so, dass sie aufgestellt sind. Meine Augen weiten sich, als ich verstehe, was er vorhat.

»Nicht bewegen, das hast du versprochen«, sagt er. Seine Hände umfassen meine Fesseln, fest, aber die Unbeweglichkeit, die in so großem Gegensatz zu den Empfindungen steht, die durch mich hindurchziehen, ist berauschend. Er küsst sich von meinen Knien nach oben. Zunge. Lippen. Ein Bein, kurz bevor er oben angekommen ist, das andere Bein. Meine Oberschenkel beginnen schon jetzt zu zittern, allein beim Gedanken daran, wo diese Linien zusammenlaufen. In mir drin hat sich alles zusammengezogen wie ein Gewinde, das sich immer weiterschraubt, ich kann es eigentlich nicht aufhalten, ich möchte mich wegdrehen, aber vorher umschließt er mich mit seinem Mund. Ich schnappe nach Luft. Seine Zunge, sein Atem. Je mehr ich mich wegwenden will, weil ich es nicht mehr aushalte, umso sicherer wird sein Griff. Ich gebe wahrscheinlich Geräusche von mir, die mir normalerweise die Röte ins Gesicht treiben würden. Ich bestehe nur noch aus Nervenenden, und dann zieht sich alles zusammen, und in meinem Kopf dreht sich die Welt einmal um sich selbst. Mein Oberkörper erzittert, meine Beine, alles. Er legt eine warme Hand auf meinen Bauch und fängt die Wellen ab, bis sie verklingen.

Und als meine Muskeln sich wieder entspannen, schwer und weich werden, während mein Kopf sich weiter dreht, ist er da. Er umarmt mich, küsst meinen Mund, auf dem ich mich noch selbst schmecke, ihn schmecke, uns, er streichelt vorsichtig mein Gesicht.

»Ich könnte dir einfach nur zuschauen, Yuna. Das wäre absolut ausreichend.«

Für einen Moment liegen wir nebeneinander und gucken nach oben. Sein Atem muss sich genauso beruhigen wie meiner.

»Okay, vielleicht nicht ganz ausreichend, aber ziemlich ausreichend.« Er gluckst.

»Wie kann sich etwas so anfühlen, ich verstehe es nicht«, sage ich. »Es macht keinen Sinn.«

»Ich glaube, es ist nicht zum Verstehen da«, sagt er. Er greift mit der näher liegenden Hand meinen Oberschenkel. Er liegt genauso schwer da wie ich.

»Ich mag es aber nicht, wenn ich Dinge nicht verstehe«, sage ich. »Korean-Tiger-Mom-Syndrom.«

Eine Falte erscheint auf seiner Stirn. »Was?«, fragt er verwirrt.

»Vielleicht sollten wir es noch mal machen, damit ich es verstehe? Langsam«, sage ich. »Zum Mitschreiben.« Mit einem Lächeln rolle ich mich zu ihm herüber, sodass ich auf ihm draufliege. Es ist so ein gutes Gefühl.

»Gott, Yuna, ich habe vergessen, dass du Profisportlerin bist und eine unerschöpfliche Kondition hast.« Er lässt seine Finger langsam meinen Rücken hinuntergleiten, und ein Lächeln stiehlt sich in sein Gesicht. »Ich bin einfach nur heilfroh, dass ich so viele Battle-Rope-Sessions geschoben habe.« Und damit presst er mich fester an sich heran.

Am nächsten Morgen bringt er mich früh zum Campus zurück. Er dreht sich kurz zu mir, während er fährt. Der Fahrtwind bringt seine Haare durcheinander. Ich liebe ihn, denke ich plötzlich. Ich liebe ihn so sehr wie noch nie jemanden auf dieser Welt. Und egal, ob man das erklären kann, aber ich habe in dieser Sekunde das Gefühl, ich verstehe, warum Leute ihr ganzes Leben für eine Person aufgeben. Warum sie denken, dass der einzige Weg ist, dieses verrückte Leben zusammen zu leben. Er ist es.

Achtundzwanzig

Miles

Ja, wahrscheinlich bin ich ein fürchterliches Klischee. Auf dem Weg hierhin musste ich mich beherrschen, nicht zu pfeifen. Spike hat mir nachsichtige Blicke zugeworfen. Jetzt muss ich aufpassen, keinen Teebeutel in eine Kaffeetasse zu hängen. Oder jeden Studi im *Books & Beans* dämlich anzustrahlen. Wahrscheinlich sieht man mir schon aus der Entfernung an, was ich letzte Nacht gemacht habe. Mehrmals, nein, war es ein einziger Zustand gewesen. Ich bin so berauscht von ihr, ich darf nicht an sie denken, an ihren Körper. Ihren Kopf, der nach hinten fällt, und wie sie erschöpft in meinen Armen liegt. Es ist anders als alles, was ich bisher erlebt habe. So bescheuert es klingt, aber ich fühle mich auf ganz andere Weise mit ihr verbunden, die tiefer ist, als ich beschreiben kann. Ich glaube, ich kann es noch nicht einmal malen.

Ich mache einen weiteren Latte, zeichne schwungvoll einen Drachen aus Milchschaum darauf und stelle eine Playlist von Juke Ross an. Es ist schon Nachmittag, und wegen der dicken Wolkendecke wirkt es heute so, als hätte die Dämmerung bereits eingesetzt. Ich habe in letzter Zeit manchmal Musik beim Malen gehört. Das hab ich früher nie gemacht, weil ich mir eingebildet habe, dass es eine Ablenkung von dem ist, was ich tue. Vielleicht sollte ich einfach mal versuchen, netter zu mir zu sein. Ich werde daran arbeiten, wie Yuna mir geraten hat. Ich gebe dem Studenten den Latte und wische anschließend die Maschine sauber.

»Einen Milchkaffee mit zwei Löffeln Zucker, bitte. Habt ihr auch so einen Haselnusssirup wie bei Starbucks?«

Die Stimme bringt etwas in mir in Bewegung, keine Ahnung, als würde ein Stein in einen See fallen, um dann die ganze Oberfläche in Bewegung zu bringen. Und dabei meinen Atem zum Stillstand.

Ich blicke hoch, und die Welt bleibt kurz stehen. Vor mir ist ein Gesicht, das mir so tief vertraut ist und dabei gleichzeitig so fremd und unwirklich. Vielleicht so unwirklich, weil ich es mir monatelang nur in meiner Fantasie vorgestellt habe, sodass ich schon fast vergessen habe, dass es eben nicht nur in meiner Fantasie existiert, sondern zu einem echten Menschen gehört.

»Hi«, sagt sie. Sie streicht sich eine blonde Haarsträhne aus dem Gesicht. Ihre großen blauen Augen blicken mich an. Sie sieht ein wenig ängstlich aus und ein bisschen wie jemand, der gerade ein Geschenk übergeben hat und sich noch nicht sicher ist, ob es dem anderen gefällt oder nicht.

Mein Magen krampft sich so zusammen, dass ich das Gefühl habe, mich übergeben zu müssen.

»Was … was machst du hier?«, frage ich sie.

Sie blickt mich an, ihre Augen wirken feucht. Dann tritt sie seitlich um die Theke, geht auf mich zu und schlingt ihre Arme um mich. »Ich musste dich sehen. Ich … es tut mir alles so leid«, sagt sie und vergräbt ihren Kopf an meiner Schulter. Ihr blumiges Haarshampoo, ihre Stimme. Plötzlich bin ich wieder in Chicago. In ihrem Zimmer mit den pfirsichfarbenen Vorhängen, in dieser alten Zeit. Und so viele Gefühle stürmen auf mich ein, als hätten sie nur auf diesen Moment gewartet, in dem ich nicht mit ihnen rechne, alle Schutzschilde heruntergefahren sind, um mich wieder zu übernehmen. Wie oft habe ich in dieses Gesicht gesehen. Ich kenne jede Linie, ich kenne es so detailliert, dass ich es weit hinter ihrer Schönheit erkenne. Ich kenne den Verlauf ihrer Knochen unter der Haut, die Schatten unter den Augen, die gerade tiefer sind als sonst. Ich kenne sie besser als mein Spiegelbild, mit so einer Verzweiflung hatte ich sie mir eingeprägt, um sie immer wieder aus dem Kopf malen zu können. Sie richtet sich auf. »Hi, Miles. Entschuldigung, aber das musste sein.« Sie tritt schnell hinter die Theke zurück, und die Blicke der Studenten, die uns beobachtet haben, lassen wieder von uns ab. Sie haben schon komischere Szenen in diesem Café gesehen.

What the fuck. Olivia. All die Gefühle, die ich für sie hatte, blubbern wieder an die Oberfläche, als wäre die Temperatur an einem Wasserkocher hochgestellt worden.

»Ich habe dich gesucht«, erklärt Olivia. »Es ist so beschissen gelaufen, und ich musste dich einfach sehen. Aber es wird … später aus deiner Akte gelöscht. Ich bin so erleichtert.« Sie lächelt vorsichtig.

»Ich … ich kann hier gerade eigentlich nicht weg«, bringe ich heraus, weil mir die Anwesenheit so vieler Studenten bewusst ist. Meine Stimme klingt schwach. Nicht wie meine Stimme. Es ist so wenig Luft in der Stimme, als müsste ich gleich ersticken.

»Wir müssen reden«, sagt Olivia und lächelt mich vorsichtig an. »Ich warte.«

Ihr Lächeln ist so normal, so als wären wir in Chicago und sie hätte vorgeschlagen, ein Eis essen zu gehen. Es ist verrückt. Wie viele Monate hatte ich mich genau nach diesem Moment gesehnt. Den Moment, wo sie kommt und vor meiner Tür steht. Wie oft habe ich am Anfang ihre Fotos angestarrt und gelöscht, nur um sie dann aus dem Gedächtnis zu malen. Und ich kann sie besser aus dem Gedächtnis malen als jeden anderen Menschen. Die Bilder von ihr sind wie ein Kartendeck, das ich herausholen und wie ein Daumenkino durchspielen kann. Nur in den letzten Wochen, genau jetzt, waren die Bilder langsam verschwunden.

»Bitte, Miles. Sprich mit mir«, sagt sie, und in ihren Augen sammeln sich wieder Tränen. Ein Kunde hat sich hinter ihr angestellt und räuspert sich, weil er etwas bestellen will. Ich bringe kein Wort heraus, nicke nur langsam.

»Okay«, sagt sie, leise und atmet aus. »Ich warte da vorn. Wie lange musst du noch arbeiten?«

Meine Gedanken sind eine zähe Masse. »Bis sechs.«

Sie nickt.

Ich bin unfähig, etwas Weiteres zu sagen, überhaupt zu überlegen, dass das noch zwei Stunden sind.

»Bekomme ich noch den Kaffee?«, fragt sie dann, und ein hoffnungsvolles Lächeln erscheint um ihre Mundwinkel.

»Sicher«, erwidere ich, drehe mich um und mache ihr einen Kaffee. Mein Herz rast, und meine Gedanken sind ein einziger Wirbel. Milchkaffee mit Sirup. Ich weiß, dass sie es mag. Ich weiß ziemlich viel über Olivia.

Wie in Trance arbeite ich die nächsten zwei Stunden weiter. Die Bewegungen und Abläufe sind mir in Fleisch und Blut übergegangen. Ich kann an ganz andere Dinge denken, während ich einen Tee aufgieße oder die Bestellungen aufnehme. Mein Gehirn ist sozusagen in zwei Teile geteilt, während ich arbeite. Die eine Hälfte ist im *Books & Beans,* die andere versucht zu verstehen, was gerade passiert, sodass kein einziger klarer Gedanke übrig bleibt, sondern bloß ein dumpfes Surren. Nur ein Gedanke ist klar: Ich bin ziemlich froh, dass Yuna gerade nicht da ist. Sie hat mir eine Nachricht geschickt. Sie ist bei Lidia im Training und kann mich nicht treffen. Ich werde ihr später antworten. Yuna.

Dann bin ich fertig. Ich habe immer wieder zu ihr geschaut, sie blickt auf ihr Handy, tippt Nachrichten, blickt nach draußen. Sie trägt eine enge Jeans und ein weißes Sweatshirt, sie könnte eine ganz normale Studentin sein. Eine besonders schöne Studentin. Eine Zeit lang liest sie ein paar der ausliegenden Zeitschriften. Sie blättert ausgerechnet in einer Ballettzeitschrift. Ich überlege, ob sie auch mal Ballett gemacht hat. Natürlich hat sie das, ich weiß es nicht, aber ich bin mir sicher, wahrscheinlich als Fünfjährige in einem hübschen Tutu mit einer niedlichen Haarschleife. Vielleicht war sie sogar mal die Schneeflocke in einer dieser Aufführungen, bei der alle Eltern in edler Abendgarderobe aufschlagen und im Anschluss gemeinsam Sekt trinken. So ist Olivias Leben. Und irgendwie hat mich damals vielleicht genau das daran fasziniert.

Ich bin gleich fertig, und Brida übernimmt gemeinsam mit einem neuen Typ aus der Gegend. Das College sieht sich als Arbeitgeber mit sozialem Auftrag. Das passt ja. Ich bin so viele Jahre ein sozialer Auftrag der USA gewesen, die mich zu einem funktionierenden Mitglied der Gesellschaft machen wollten. Jemand, der in einem Café aushilft und auf einer Ranch arbeitet, gilt sicher als gelungenes Ergebnis. Ich würde als Erfolg verbucht werden, zumindest, wenn die einstweilige Verfügung aus meiner Akte verschwunden wäre.

Ich gehe zu ihrem Tisch. Sie ist gerade in ihr Handy vertieft. Als mich ihr Blick aus den blauen Augen trifft, trete ich in eine alte Zeit. Die alten Gedanken, die ganze alte Hoffnung. Olivia steht auf und packt ihre Sachen zusammen.

Als wir draußen vor dem *Books & Beans* stehen, umarmt sie mich wieder. »Miles«, sagt sie. Sie schaut hoch zu mir, und ich sehe, wie ihr Blick zu meinen Lippen wandert. Sie streckt sich nach oben und küsst mich. Einmal kurz, dann länger. Ich bin wie eingefroren. Ich lege meine Hand auf ihre Schultern, aber dann schiebe ich sie vorsichtig nach hinten. Es fühlt sich so falsch an. Sie hält inne, dann lässt sie sich von den Fußspitzen wieder auf den Boden herunter. »Du hättest nie damit gerechnet, dass ich es bin, nicht wahr? Ich kann es auch noch nicht glauben«, sagt sie, und ein Lächeln umspielt ihren Mund, und ich muss daran denken, dass ich früher versucht habe, es beim Küssen zu treffen. Das ist so ewig lang her.

Ich schüttele den Kopf.

»Ich habe versprochen zu kommen. Weißt du noch, wie wir es uns am letzten Abend versprochen haben? Ich habe gesagt, dass ich es geraderücken werde.« Mein Kopf beginnt sich zu drehen. Sie wickelt sich fester in ihre warme Jacke. Ich höre, wie die Tür des Cafés auf- und zugeht, wenn Studenten kommen und gehen, und irgendwie will ich hier weg.

»Du bist da«, sage ich. Mein Hals ist so trocken, dass ich kaum schlucken kann. Ich bin so angespannt, mein Kopf ist kurz davor, zu platzen.

»Du wusstest die ganze Zeit, dass ich zurückkomme, oder?«, fragt sie. Olivia greift nach meiner Hand. Sie liegt in meiner, sie ist ziemlich klein, kleiner als Yunas. Ich habe sie so oft angefasst. Sie wollte, dass ich sie halte, wenn sie einschläft, damals in ihrem Kinderzimmer in ihrem Haus in Chicago. Wir haben uns den Wecker auf vier Uhr morgens gestellt, normalerweise bin ich von allein schon früher aufgewacht. Dann habe ich sie vorsichtig geküsst und bin in mein eigenes Zimmer zurückgelaufen, ohne sie aufzuwecken. Mein Zimmer lag über dem Poolhaus, genau genommen war es das Dach des Poolhauses. Das klingt nach Abstellkammer, aber das Poolhaus war größer als die meisten Wohnungen, in denen meine Pflegefamilien vorher gewohnt hatten. Es gab Dachfenster und wurde sogar von der Putzfrau sauber gemacht. Es war das erste Mal, dass irgendjemand mein Zimmer sauber gemacht hat.

»Lass uns woandershin gehen«, schlage ich vor. Sie blickt mich prüfend an. Aber sie hält meine Hand, sie streichelt sie. Ich drücke ihre Hand, versuche, sie zu beruhigen. »Wie … wie bist du hergekommen?«

»Ich bin nach Bozeman geflogen und habe dann ein Shuttle genommen. Es war einfach«, erklärt sie und zuckt mit den Schultern.

Ein Flug, ein Shuttle, für sie ist es kein Problem. Dinge, die man mit Geld kaufen kann, sind nie ein Problem.

Als ich hochschaue, stockt mir der Atem. Es ist, als würde ich aus mir heraustreten. Es ist Yuna. Ich kann an ihrem Blick sehen, dass sie die Situation komplett begriffen hat. Oder auch nicht, ich habe sie ja selbst nicht begriffen. Aber sie hat Olivia erkannt. Ich weiß nicht, wie lange sie hier schon steht. Wann sie Olivia gesehen hat. Was sie gesehen hat. Olivia folgt meinem Blick und wendet sich um.

»Ich dachte, du wärst noch bei Lidia«, sage ich zu Yuna und möchte mir im nächsten Moment dafür die Zunge abbeißen. Das klingt einfach völlig anders als das, was ich sagen will.

Yuna scheint einen Moment irritiert. Sie fängt sich. Ihr Blick springt wieder zu Olivia, dann zurück zu mir.

»Hi, ich bin Olivia, ich bin eine Freundin von Miles aus Chicago«, sagt Olivia freundlich zu Yuna, weil sie wahrscheinlich denkt, dass der verwirrte Blick ihr gilt.

»Hi«, murmelt Yuna, und ich weiß nicht, ob es für jemanden, der sie nicht kennt, nur so klingt, als sei sie heiser.

Ich will sagen, dass ich ihr alles erklären kann. Dass ich auch nicht wusste, dass Olivia kommt. Dass wir uns später sehen. Aber mein Hals ist komplett trocken, ich bringe gar nichts raus, und ich will auch gar nicht, dass Olivia es hört.

»Ich muss jetzt zum Training, es ist auf abends verschoben worden«, sagt Yuna, und ihre Stimme klingt dünn und kraftlos. Aber auch das merkt man wahrscheinlich nur, wenn man sie kennt. Ihre Wangen sehen gerötet aus, sie schaut noch mal zu Olivia, dann dreht sie sich um und läuft weg.

Ich laufe ihr kurz hinterher. »Yuna«, sage ich.

Sie bleibt stehen. »Miles. Ich muss zur Probe. Ich kann jetzt nicht. Bitte«, sagt sie. Ihr Gesicht ist jedoch völlig versteinert. Dann dreht sie sich um und läuft weiter.

Ich weiß, dass bald die Entscheidung über den Schwan fällt und jede Stunde zählt. Ich will sie nicht noch nervöser machen, als sie ohnehin schon ist. Aber das ist sowieso zu spät. Scheiße.

Ich schließe kurz die Augen, ich fühle mich so derartig überfordert. Doch ich kann nichts machen. Nicht jetzt.

Olivia sieht mich zweifelnd an, als ich zurückkomme. »Alles okay?«, fragt sie. Ich nicke, und wir setzen uns in Bewegung. Sie hat eine Tasche dabei, eine nicht sehr große, schwarze Dufflebag, die ich mir über eine Schulter werfe. Sie greift nach meiner Hand und hält sie fest. Ich ziehe sie nicht weg, ich lasse sie meine Hand halten, die sich völlig taub anfühlt. Ich fühle mich auch taub. Ich werde Yuna gleich eine Nachricht schreiben. Aber was soll ich schreiben? Ich muss sie später sehen. Ich schaue zu Olivia, die surrealerweise hier neben mir an der Nassau Hall vorbeigeht und an der alten Olin-Bücherei. Inzwischen kenne ich schon alle Namen der Gebäude. Yuna darf nicht den falschen Eindruck bekommen, aber ich weiß selbst nicht, welcher Eindruck der richtige ist. Was jetzt ist. Damit … habe ich niemals gerechnet.

»Ich wusste, dass du auf mich warten würdest, Miles. Im Gegensatz zu meiner Familie ist auf dich Verlass«, sagt sie, und in dem Moment muss ich mich erneut fast übergeben. Ich bin so angewidert von mir selbst.

»Du wohnst auf der Ranch, nicht wahr? Ich habe die Adresse von deinem Anwalt. Er hat mir auch erzählt, dass du hier arbeitest. Er hat wohl die Unterlagen über dein Einkommen, und dann war es leicht, in der Verwaltung herauszufinden, wo du auf dem Campus arbeitest.« Sie lächelt mich an. »Ich sollte vielleicht Detektiv werden. Das würde mir definitiv besser gefallen als Jura, das kannst du mir glauben«, sagt sie.

»Wie geht es denn zu Hause?«, bringe ich stockend hervor. Sie winkt ab.

Ich traue mich nicht, zu fragen, was Ruth und Bill machen. Später.

Wir erreichen den Parkplatz, wo mein Pick-up steht. Spike sitzt im Auto. Er war heute nicht davon abzubringen, mitzukommen, und er flippt aus, als wir uns dem Auto nähern. Ich sehe, wie verstaubt es ist, heruntergekommen, die merkwürdige Farbe. Bill hatte einen BMW Cabrio, und Ruth fuhr Porsche, Olivia besaß einen Range Rover, der zur Not auch einen Pferdeanhänger ziehen konnte.

»Das ist dein Auto?«, fragt sie. Ihre Augen blitzen.

Ich nicke.

»Mein Gott, du bist so cool, Miles«, strahlt sie.

»Es gehört den Murphys, die die Ranch betreiben. Sie haben es mir nur zur Verfügung gestellt, aber … ich kann es benutzen, sooft ich will.«

Sie reißt die Autotür auf, und Spike springt heraus. Er beschnuppert sie neugierig und wedelt freundlich mit dem Schwanz.

Neunundzwanzig

Yuna

Ich laufe über den Campus und habe das Gefühl zu ersticken. Ich habe sie sofort erkannt. Natürlich. Wie hätte ich sie nicht erkennen können. Miles ist ja nicht umsonst ein talentierter Künstler. Sie ist in Wirklichkeit noch schöner. Ich meine, sie ist auffallend schön. Ich kann Miles schon irgendwie verstehen, dass er nicht glauben konnte, dass sich so ein schönes Mädchen für ihn interessiert. Ich glaube, jeder Typ wäre überrascht.

Ich bin schon einmal eifersüchtig gewesen. Nein, ich bin schon tausendmal eifersüchtig gewesen. Beim Tanzen spornt es mich an. Jetzt … keine Ahnung. Diesen Kampf kann ich nicht gewinnen. Sie ist zurückgekommen. Jetzt. In meinen Ohren rauscht das Blut so laut, mein Herz schlägt so hart, die Geräusche meines Körpers übertönen alles, was draußen passiert.

Ich überlege, ob ich zurückgehen, ihm einen Kuss auf den Mund geben soll. *Sie* hat ihn vorhin umarmt, und ihr war völlig egal, wie viele Leute dabei waren. Ich wollte Miles überraschen, weil Lidia den Termin verschoben hat.

»Hey, Babe«, begrüßt mich eine fröhliche Stimme. Hazel. Sie trägt eine Mütze und einen Schal, weil sie ihre Stimme schonen muss für ein Vorsprechen bei einer Aufführung auf dem Campus. Sie malt sich keine großen Chancen aus. Als sie mein Gesicht sieht, verändert sich ihr Ausdruck.

»Du siehst aus, als hättest du einen Geist gesehen«, bemerkt Hazel.

»Olivia ist da.«

Hazel blickt mich verwirrt an, sie hat keine Ahnung, wovon ich rede.

»Die Ex-Freundin aus Chicago. Oder nicht Ex-Freundin. Von dieser Familie, die ihm so viele Probleme gemacht hat.« Ich habe es ihr erzählt, nicht mit allen Details, weil Miles das vielleicht nicht recht wäre.

»Ich dachte, die wäre komplett verschwunden. Aber ist nicht alles klar zwischen dir und Miles?«

»Du hast nicht das Bild gesehen, das er von ihr gemalt hat. Er hat ihr versprochen, auf sie zu warten.«

»Entschuldige mal, wie viele Jahre soll man auf jemanden warten, der sich nie meldet?« Hazel sieht entrüstet aus. Sie sieht nicht das Problem.

»Jetzt ist sie da.«

»Es ist doch total klar, dass er sich für dich entschieden hat«, sagt Hazel mit wesentlich mehr Überzeugung, als ich fühle. »Das andere ist doch vorbei.«

»Er dachte, dass sie ihr Versprechen gebrochen hat. Sie hat es aber nicht gebrochen.«

Hazels Blick springt suchend in meinem Gesicht herum.

»Er ist ziemlich fucked up. Also, sein Leben war es, er ist es ja genau nicht. Deshalb wird er ein Versprechen nicht brechen.«

»Was meinst du?«

»Ich meine, dass er sein Versprechen Olivia gegenüber nicht brechen wird.« Und während ich es ausspreche, weiß ich, dass es stimmt.

»O Mann, das glaube ich jetzt nicht. Yuna, wie er dich ansieht. Er wird sich gleich bei dir melden«, versichert Hazel.

Alle Energie rinnt aus mir heraus. Wie sich mein Kopf dreht. »Ich muss jetzt zur Probe. Du kannst dir nicht vorstellen, was bei uns gerade los ist, Iris möchte mich in Grund und Boden tanzen. Morgen wird entschieden, wer als erste Ballerina bei der Aufführung tanzt. Lidia will, dass wir beide bis zum letzten Tag optimal vorbereitet sind.« Ich schließe die Augen. Ich kann es echt nicht fassen.

»Ich bin mir sicher, dass du es ihr nicht leicht machst«, sagt Hazel. »Warum weiß ich nur, dass du es sein wirst?«

»Wir üben heute einen superanspruchsvollen Teil. Ich muss hundert Prozent da sein. Und ich muss wirklich die Rolle bekommen, allein schon für meine Eltern. Sie kommen zum Parents' Weekend.«

»Deine Eltern kommen? Hast du nicht gesagt, dass die niemals reisen?«

»War auch bis vor Kurzem so.« Ich zucke mit den Schultern. »Aber jetzt gerade, wow, es ist alles ganz schön viel. Kannst du dir vorstellen, dass sie herkommen, und dann bin ich in der letzten Reihe? Das will ich ihnen nicht antun.«

»Du kannst es«, sagt Hazel. »Du bist der konzentrierteste Mensch, den ich kenne. Wenn du es nicht schaffst, dann …«

Hazel blickt mich hoffnungsvoll an. Ihre Fäuste sind geballt. »Danke, Hazel«, flüstere ich, beuge mich nach vorn und umarme sie. Sie ist zierlich in meinen Armen, fast zart.

Und dann drehe ich mich um und mache mich auf den Weg Richtung Tanzstudio. Ich kann jetzt einfach nicht darüber nachdenken. Ich muss meine Gedanken wieder kontrollieren, früher war ich so gut darin. Ich muss jetzt diese Probe hinter mich bringen. Ich darf es mir nicht versauen lassen.

Dreißig

Miles

Olivia und ich fahren in Richtung der Ranch. Es ist ein grauer Tag heute, nicht so schön wie die letzten Tage. Ich unterdrücke den Impuls, mich für das Wetter zu entschuldigen.

»Es tut mir leid, dass ich nicht früher kommen konnte. Aber ich wollte dich auch nicht gefährden. Meine Eltern waren in den letzten Monaten krass. Ich habe dich so vermisst«, sagt sie. Ihre Hand gleitet zu mir. Sie drückt kurz meinen Oberschenkel. Dann legt sie ihre Hand auf meine Brust und lässt sie dort einen Moment liegen, wartet auf meine Reaktion. Ich merke, wie mein Atem stockt, aber es ist mit Übelkeit verbunden.

»Du wirkst total durchtrainiert, hast du was gemacht?«, fragt sie und mustert mich genau. Es hinterlässt ein komisches Gefühl.

»Ich war ziemlich viel im Gym. Ich darf es benutzen, weil ich auf dem Campus arbeite.«

»Hast du nicht mehr damit gerechnet, weil ich mich lange nicht gemeldet habe? Es ging einfach nicht.« Sie weiß, dass es eine Wunde ist, in der sie bohrt.

»Ich wollte, dass es eine Überraschung ist«, erklärt sie dann.

Ich nicke. »Ich denke, ich wusste es«, sage ich leise. »Tief innen drin schon.« Ich hätte es wissen müssen, die ganze Zeit.

Olivia sieht mich aus ihren großen blauen Augen an.

»Und ich wusste, dass ich mich auf dich verlassen kann.«

Wieder dreht sich mir fast der Magen um. »Wir müssen gleich reden, wenn wir auf der Ranch sind«, sage ich.

»Ja«, sagt sie. »Reden auch.«

Sie greift nach meiner Hand, die auf dem Schaltknüppel liegt. »Mit Schaltung. Ich wusste gar nicht, dass du das fahren kannst.«

»Livia, ich kann jedes Auto fahren.« Ich muss ein ganz klein wenig lächeln.

»Du kannst ja noch lächeln«, sagt Olivia. Sie weiß, dass ich Autos liebe. Ich will keine Sportwagen besitzen, aber ich liebe es, sie zu fahren. Olivia, das Mädchen, von dem ich immer geträumt habe. Ich habe wesentlich länger von ihr geträumt, als ich mit ihr zusammen gewesen bin. Mit dem schlechtesten Gewissen, das man haben kann, weil ich natürlich wusste, dass Olivias Vater nicht mich im Kopf hatte, wenn er an einen Freund für seine Tochter dachte. Ich hatte mich ja selbst nicht im Kopf.

Sie lehnt sich zurück gegen das Polster, streckt ihren Arm aus und fährt mir durch die Haare. Als ich zu ihr rüberschaue, blickt sie mich von unten durch ihre zerzausten Haare an. Ich kenne diesen Blick. So hat sie ausgesehen, wenn sie etwas von mir wollte. Wenn sie mit mir schlafen wollte. Ich kneife die Augen zusammen, um die Bilder im Kopf zu vertreiben. Daran darf ich jetzt nicht denken.

»Dauert es noch lang?«, fragt sie.

»Wissen deine Eltern, dass du hier bist?«

»Sie würden es so hassen«, sagt sie. Es klingt diebische Freude mit, ihnen eins ausgewischt zu haben.

Ich mag den Satz nicht. Vielleicht, weil es immer so gewesen ist und mich daran erinnert, dass sich nichts geändert hat. Natürlich hatte sie ihren Eltern nichts von uns gesagt. Das war ja das ganze Drama gewesen, als ihre Eltern es herausgefunden haben.

»Was denkst du?«, fragt Livia. Meine Gedanken müssen in meinem Gesicht stehen.

»Und dein Vater steht nicht gleich hier und sagt mir, dass ich ein Krimineller bin, der dich psychisch manipuliert hat, um dich hierhin zu bringen?« Ich blicke kurz zu ihr. Sie ist geschminkt, trägt Lidstrich, und ihre Wimpern sind ebenfalls dunkel. Sie lässt sie sich in einem Studio färben. Ich weiß so viele unsinnige Details über ihr Leben.

Ich parke das Auto auf der Ranch. »Wir sind da«, erkläre ich überflüssigerweise.

Wir steigen aus dem Auto, Spike springt um mich herum und macht Lärm. Natürlich kommt Ellen in dem Moment mit ein paar Gästen aus dem Haus, die gerade angekommen sind. Als sie mich sieht, winkt sie mir zu und läuft uns entgegen.

»Miles, Rich und ich müssen dringend etwas mit dir besprechen«, erklärt sie. »Kannst du um acht kurz zu uns rüberkommen, geht das irgendwie?« Sie lächelt und sieht irgendwie froh aus. Sie hat so eine positive Ausstrahlung, die glücklich macht. Ich fühle mich ziemlich anders, aber ich nicke trotzdem. Ellens Blick fällt auf Olivia.

»Das ist Ellen Murphy, die Besitzerin der Magnolia Ranch«, stelle ich sie Olivia vor.

Bevor ich Olivia vorstellen kann, streckt sie ihre Hand aus. »Guten Tag, ich bin Olivia Meryll-Sackler. Eine Freundin von Miles. Danke, dass ich auf der Ranch bleiben kann.«

Ellen schüttelt ihr die Hand. Ich kann nicht einschätzen, ob sie den Namen erkannt hat. Ich weiß es nicht. Der Name ist ja etwas ungewöhnlich, und Ellen hat den Brief damals gelesen.

Nach ein paar Begrüßungsfloskeln laufen Olivia und ich in Richtung des Trailers.

»Malst du noch?«, fragt sie.

Ich nicke. »Manchmal.« Ich möchte auf keinen Fall, dass sie die Scheune sieht. Es fühlt sich zu privat an. Verrückt, das bei einem Mädchen zu denken, mit dem ich so oft Sex hatte, mit dem ich nächtelang unsere Körper auseinandergenommen und wieder zusammengesetzt habe. Die Erinnerung ist trotzdem merkwürdig steril. Und die Scheune ist zu persönlich. Ich will es einfach nicht.

»Weißt du noch, wie ich mir diesen Malkasten gekauft habe, nur damit du mit mir malst? Ich habe so viel gemacht, damit du endlich auf mich aufmerksam wirst. Du warst so blind«, schmunzelt Olivia und grinst. »Bist du nicht total einsam hier? Außer dem College gibt es hier doch nichts.« Sie zeigt auf die Felder.

»Eigentlich nicht«, erwidere ich. »Olivia. Ich muss noch mal weg und etwas erledigen, ist das okay?«, frage ich.

Und dann legt sie ihre Arme um mich. Sie küsst mich auf die Wange, halb auf meinen Mund, fast so, als möchte sie testen, wie ich reagiere. Sie vergräbt ihren Kopf an meiner Brust und atmet tief ein.

»Wie ich dich vermisst habe. Wie ich deinen Geruch vermisst habe. Du kannst es dir überhaupt nicht vorstellen.«

Der Duft ihrer Haare steigt mir wieder in die Nase. Ihre Haare kitzeln meine Wange, sie sind viel feiner als Yunas. O Gott, was für ein Gedanke. Die alten Bilder von uns tauchen auf, und ich warte fast darauf, dass dieser alte Sog beginnt. Das Wissen, dass sie mein Schicksal ist. Warum habe ich das vergessen? Aber mich überkommt nur ein schlimmer Selbsthass, der mir den Atem raubt.

»Ich weiß noch, als es aufgeflogen ist und meine Eltern völlig ausgeflippt sind und mir Hausarrest erteilt haben. Wie ich zu dir gekommen bin in dem Hotel, wo du damals gewohnt hast.«

Es war kein Hotel, in dem ich damals untergekommen bin, es war eine staatliche Unterkunft, wo man für kurze Zeit bleiben konnte, wenn man in Wohnungsnot geraten war. Dort haben wir uns aber nicht getroffen. Getroffen haben wir uns in einem Hotel, das viel zu teuer für mich war. Es ist egal.

»Wir haben uns geschworen, dass wir aufeinander warten«, sagt sie.

Das zu hören versetzt mir Stiche ins Herz, weil ich weiß, wie ich das Versprechen gebrochen habe. Es tut mehr weh, als sie sich vorstellen kann.

»Es tut mir so leid, wie alles gekommen ist«, sage ich, und meine Stimme ist wackelig. Es ist nicht klar, was mir leidtut, aber sie fragt nicht nach.

»Ich weiß, dass ich nicht genug gemacht habe. Aber du kannst dir nicht vorstellen, was meine Eltern für einen Druck auf mich ausgeübt haben. Sie haben mir meine Kreditkarte weggenommen, sie haben mein Auto beschlagnahmt, damit ich nichts mehr machen kann. Sie sind völlig ausgerastet. Ich glaube, sie hätten kein Problem gehabt, mich auf die Straße zu setzen.«

Sie hatten kein Problem bei mir. Doch das sage ich nicht laut. Olivia ist die einzige Tochter, für ihre Eltern ist sie alles. Wir haben meinen Trailer erreicht.

»Hier wohne ich«, sage ich und zeige darauf.

»Ein echtes Mobile Home«, sagt Olivia. Sie springt die Stufen hoch, reißt die Tür auf und schaut neugierig hinein. »Es sieht total nach Miles aus«, sagt sie. »Ich weiß auch nicht, warum. Vielleicht ist es die Art, wie du deine Sachen faltest, oder so. Der Granny-Style mit Blümchen ist interessant.« Sie zuckt mit einer Augenbraue. Ich weiß, was sie meint. Aber sie ist nicht abfällig. Obwohl sie so aufgewachsen ist, wie sie ist, ist sie nicht arrogant. Sie ist immer neugierig. Das mag ich an ihr.

»Ich muss noch einmal zurück zum Campus und ein paar Dinge erledigen. Es ist leider dringend. Danach sprechen wir, okay?«

Sie sieht mich enttäuscht an. Ihre Augen leuchten in diesem Blau, was mich schon immer fasziniert hat. Natürlich. Sie kann nicht glauben, dass es gerade etwas gibt, das wichtiger ist als die Tatsache, dass sie hier ist. Aber dann lächelt sie mich voller Hoffnung an. »Miles«, sagt sie. »Alles wird gut, du wirst schon sehen.« Und dann umarmt sie mich wieder, presst ihre Lippen vorsichtig auf meine. Meine Arme liegen um ihren Rücken, aber ich fühle mich wie gelähmt.

»Bis später«, sage ich und mache mich auf den Weg zu meinem Auto.

Ein paar Minuten später rattert mein Pick-up die Ausfahrt herunter, und ich biege auf die Straße zurück zum Campus. Spike habe ich zu Hause gelassen. Ich möchte gerade niemanden bei mir haben. Noch nicht einmal Spike. Mein Kopf scheint zu platzen. Ich weiß noch nicht mal, was ich mit Yuna besprechen will, ich weiß nur, dass ich unbedingt mit ihr reden muss. Ihr erklären muss, dass ich keine Ahnung hatte, dass Olivia kommt. Dass … und dann beginnen meine Gedanken wieder zu kreisen, schneller und richtungsloser, sodass da nur noch ein Nebel ist.

Ich fahre zu den Tanzstudios. Sie müsste jetzt mit dem Training fertig sein, und ich will sie auf keinen Fall verpassen. Ich muss mir ihr reden. Ich parke den Pick-up und stelle mich in die Nähe der ausladenden Eiche, die dort steht. Ein paar Minuten später verlässt sie tatsächlich das Studio mit zwei anderen Tänzerinnen. Ich erkenne sie sofort, ihre Tasche, ihre Leggings, ihre Art, sich zu bewegen. Ich mache einen Schritt auf sie zu, und tatsächlich geht ihr Blick in meine Richtung und sie bleibt stehen. Sie hat mich erkannt.

Für einen Moment habe ich die Befürchtung, dass sie einfach weitergeht. Aber sie blickt um sich, hebt die Hand, um sich von einer anderen Tänzerin zu verabschieden.

Dann steht sie vor mir. Ihre Wangen sind gerötet, und ihre von der Dusche nassen Haare hängen um ihre Schultern. Sie trägt einen dunkelroten Schal, den sie sich mehrmals um den Hals gewickelt hat. Ich möchte sie umarmen, aber sie zieht den Schal fester um ihre Schultern wie einen Schutzschild. Ihre Augen tanzen unruhig hin und her.

»Olivia ist also doch gekommen«, stellt Yuna fest, bevor ich etwas sagen kann.

Ich nicke und schließe dabei die Augen. Es fällt mir schwer, in ihre Augen zu sehen, die Verletzung darin zu ertragen.

»Wie war die Probe?«, frage ich, und ich sehe an dem Zucken in ihren Augen, dass die Antwort so ist, wie ich befürchtet habe.

»Beschissen.« Sie macht eine wegwischende Handbewegung. Aber ich sehe die Enttäuschung an ihrer Haltung.

»Ist sie noch da?«, fragt Yuna, und es liegt Hoffnung in ihrer Stimme.

Ich möchte so gern anders antworten, aber ich werde sie ganz bestimmt nicht anlügen.

»Sie ist auf der Magnolia Ranch«, bringe ich mühsam hervor.

Yuna zuckt fast unmerklich, dann nickt sie langsam. Ihre Augenbrauen schieben sich zusammen, sodass eine Falte auf ihrer Stirn entsteht.

»Yuna, ich hatte wirklich keine Ahnung, dass sie kommt, es tut mir so …«

Sie winkt ab.

»Und … was willst du jetzt machen?«, fragt sie flüsternd. Wieder glaube ich, Hoffnung zu hören, sie hat mir auch vertraut, aber ich habe ihr doch gesagt, wie es aussieht. Ich möchte meinen Kopf gegen die Wand schlagen. Wie konnte ich so dumm sein? »Ich weiß es nicht, Yuna.« Ich muss zweimal ansetzen zu sprechen, damit meine Stimme nicht bricht. Aber es ist die Wahrheit, und Yuna hat nichts anderes verdient. Ich bin so verzweifelt. Ich mache einen Schritt auf sie zu, doch sie hebt die Hand, um mich abzuwehren, und ich bleibe stehen.

»Bitte nicht«, fleht sie. Sie blickt zur Seite, als würde sie dort etwas sehen. Sie knetet die Enden ihres Schals zwischen ihren Fingern. Aber als ich ihrem Blick folge, ist da nichts. Dann schaut sie zu mir zurück, und eine neue Entschlossenheit liegt in ihren Augen. Sie nimmt einen tiefen Atemzug. »Du hast mir alles erzählt, und weißt du, was? Irgendwie denke ich, ich habe es die ganze Zeit gewusst. Ich wusste, dass sie kommen würde, doch ich habe es ignoriert. Ich habe mir die Welt so zurechtgedacht, wie ich sie haben wollte. Ich wollte es nicht sehen. Und jetzt ist sie da. Du musst zu ihr gehen, Miles.«

Ihre Stimme ist leise, ich höre den Schmerz darin, aber ihr Tonfall ist erstaunlich bestimmt. Und das Schlimme ist, dass ich weiß, dass sie recht hat. Ich kann nicht so tun, als gäbe es zwei Welten. Es gibt nur eine einzige Welt. Und ich habe in dieser Welt ein Versprechen gegeben. Ich möchte hierbleiben und Yuna in die Arme nehmen und gemeinsam mit ihr heulen, doch das ist absurd.

»Miles, ich habe dir etwas nicht erzählt über mich, was du vielleicht wissen solltest. Ich habe vor fast zwei Jahren einen Tumor gehabt. Ich wurde operiert, und ich nehme noch Medikamente, um einen neuen zu unterdrücken. Angeblich bin ich geheilt. Mir geht es gut. Doch hätte ich damals nicht die Versprechen gehalten, die ich mir selbst gegeben hatte, wäre ich nicht mehr hier. Es ist wichtig, Versprechen zu halten. Vor allem die, die du dir selbst gegeben hast. Es ist okay, Miles. Es ist wirklich okay. Mach dir keine Sorgen. Ich muss nur dringend nach Hause. Morgen ist die Entscheidung, und … es ist wichtig für mich. Ich habe so lange gebraucht, wieder fit zu sein. Diese Möglichkeiten zu haben. Ich … ich muss mich darauf konzentrieren.«

Und mit den Worten dreht sie sich um und läuft in Richtung von 344. Sie geht aufrecht und zügig, aber ich kann mir nicht helfen zu denken, dass sie läuft wie eine Puppe, die aufgezogen wurde, die von einem fremden Willen angetrieben wird. Ich kann nicht glauben, was sie mir gerade erzählt hat. Ich habe plötzlich das Gefühl, nichts von ihr zu wissen. Sie hat es nie erzählt. Warum hat sie es mir nie erzählt, wenn wir uns doch so nah waren? Aber ich habe ihr auch nicht alles erzählt. Vielleicht habe ich mir mehr eingebildet von dem, was zwischen uns war, als ich mir eingestehen will. Und dann drehe ich mich um und fahre zurück zu Olivia.

Einunddreißig

Miles

Wir haben geredet, aber irgendwie nur über belanglose Dinge. Jetzt duscht Olivia in meinem Trailer. Es fühlt sich falsch an. Es sollte sich nicht falsch anfühlen. Der Dampf aus dem Badezimmer dringt in den Wohnraum und hüllt alles in einen feuchten Nebel, weil sie sich Zeit lässt. Ich empfinde keinerlei Freude darüber, dass sie da ist, und das Gefühl, das ich während der ersten Umarmung gespürt habe, ist vollständig verschwunden. Aber ich denke eigentlich nur an Yuna und daran, wie sie mich vorhin angeschaut hat. Ich bringe ihr kein Glück. Erst bricht sie sich fast eine Rippe, dann versaue ich ihr die Probe, die ihr so wichtig ist. Ich denke daran, wie sie gesagt hat, dass ihre Eltern kommen. Dann mache ich mich auf den Weg zum Haupthaus.

Als ich das Gebäude aus rötlichem Holz erreiche, das stolz auf einer etwas erhobenen Stelle der Ranch steht, sitzen Rich und Ellen in der Küche am Tisch unter der altmodischen Deckenleuchte. Nuggets, ihr alter Cockerspaniel, der Spike weitestgehend ignoriert, sitzt unter dem Tisch, als wollte er heimlich lauschen und bloß nichts verpassen. Sie haben schon gegessen und den Tisch abgeräumt. Rich sieht frisch geduscht aus und trägt ein weißes Hemd, das ich noch nie an ihm gesehen habe. Er sieht förmlich aus.

»Miles«, begrüßt er mich und lächelt. Ellen springt auf, holt eine Bierdose aus dem Kühlschrank und hält sie fragend nach oben. Ich trinke nur selten, aber Rich trinkt ein Bier, und deshalb nicke ich.

»Du bist pünktlich«, sagt Rich und grinst. »Das gefällt mir.«

Die Stimmung ist so anders als in mir drin. Sie ist fast festlich, in mir hingegen herrscht Aufruhr. Ich möchte zurück zum Trailer. Nein, eigentlich will ich zu Yuna. Ich will, dass dieser ganze Tag nicht passiert ist. Ich möchte gern zurückspulen und neu anfangen.

»Olivia ist doch zurückgekommen. Sie war kein Geist.« Es kommt heraus wie ein Vorwurf. Rich sieht mich verwirrt an. Es ist schwer, die Wut zurückzuhalten, die in mir ist.

»Ellen hat mir erzählt, dass sie gekommen ist«, sagt er. Er kann meinen Tonfall nicht einschätzen. Ich kann ihn ja selbst nicht richtig einschätzen.

»Rich will dich etwas fragen«, wirft Ellen ein, als wollte sie ihren Mann motivieren loszulegen. Er schaut zu ihr, dann zurück zu mir und scheint abzuwägen, ob er Ellens Aufforderung folgen soll, ohne weiter auf Olivia einzugehen.

»Es geht nicht darum, ob du mir mit der Buchhaltung helfen kannst, keine Angst«, beschwichtigt Rich mich. Er möchte die Stimmung auflockern. Aber ich kann ihm gerade nicht helfen. Mein Kopf ist bis zum Rand gefüllt.

»Ich komme direkt zur Sache«, sagt Rich. Er räuspert sich noch mal, als hätte er einen Kloß im Hals. Vielleicht spürt er meine Unruhe. Seine Hände liegen auf dem Tisch, und er schiebt die Bierdose von einer Seite zur anderen.

»Du weißt ja, dass wir keine Kinder haben, und wir werden auch keine mehr bekommen«, erklärt er.

Ich blicke zwischen Ellen und Rich hin und her und nicke. In welche Richtung soll dieses Gespräch gehen? Ich habe plötzlich einen Flashback nach Chicago. Keinen guten Flashback, eine Erinnerung an ein Gespräch mit Bill und Ruth. Der Tag hat mich so mitgenommen, ich kann gar nicht mehr klar denken, und ich bin mir plötzlich sicher, dass ich Yuna anrufen muss. Jetzt. Egal, was sie gedacht hat. Aber ich merke an den konzentrierten Gesichtern von Ruth und Bill, dass ich mich lieber darauf fokussieren sollte, was sie sagen.

»Wir wissen, dass du erwachsen bist, Miles, das einmal vorweg. Du bist auch erst ein paar Monate hier, in denen wir dich kennenlernen durften. Und obwohl du es uns manchmal schwer gemacht hast, dir näherzukommen, haben wir das Gefühl, dass es uns gelungen ist«, sagt Rich. Er macht eine Pause. Ich merke zu spät, dass er darauf gewartet hat, dass ich zustimme. Er räuspert sich und fährt fort. Dabei schiebt er immer noch die Bierdose hin und her, die leise klappert, bis Ellen sie ihm wegnimmt. Sie schüttelt tadelnd den Kopf, aber sie lächelt dabei. Sie ist ebenfalls aufgeregt und dreht unentwegt den Ehering, den sie am Finger trägt.

»Aber wir haben dich von der ersten Sekunde an wahnsinnig lieb gewonnen«, wirft Ellen ein.

Wieder räuspert Rich sich. »Ich muss zugeben, meine Zuneigung hat einen kleinen Einbruch erlitten, als ich gemerkt habe, dass du keine Baseballregeln beherrschst.« Rich lacht nervös.

»Rich muss für ein paar Tage weg, deshalb wollten wir nicht länger warten, auch wenn du gerade Besuch hast. Wir lassen dich gleich gehen. Es ist nur ein Angebot, du sollst es aber wissen, damit du dir Gedanken darüber machen kannst.« Sie legt ihre Arme von hinten um Richs Hals und klopft ihm auf die Brust, wie sie es manchmal tut.

»Du bist für uns wie der Sohn, den wir uns immer gewünscht haben. Wir haben diese Ranch, die wir lieben, sonst ist es ja nicht so viel, wie du weißt. Aber wir möchten gern, dass du weißt, dass wir deine Eltern für dich sein können.«

»Ohne die nervigen Teile«, fügt Ellen schnell hinzu.

»Ich weiß, dass viele Dinge in deinem Leben nicht so gelaufen sind, und … es bricht uns das Herz, wie allein du bist, dass du scheinbar niemanden richtig mitgenommen hast aus Chicago und keine dauerhaften Beziehungen in den letzten Jahren zu anderen Pflegeeltern aufbauen konntest. Wir würden gerne deine Eltern sein, wenn du uns akzeptierst. Wir würden dich auch gern formal adoptieren, wenn du das willst, aber wir wollen dich damit nicht überfallen.«

Als er fertig ist, sehen mich beide erwartungsvoll an. Etwas ängstlich, aber auch freudig.

Ich bin wie erstarrt. Damit habe ich überhaupt nicht gerechnet. Richs und Ellens Augen sind auf mich gerichtet. Ellen, die sonst so ruhig ist, knetet den Saum ihrer Bluse zwischen den Fingern. Ich kann nicht lächeln. Und ich kann nicht zustimmen. Ich kann auf keinen Fall zustimmen.

»Warum wollt ihr mich adoptieren? Ich arbeite sowieso für euch. Ihr braucht euch um die Bezahlung keine Sorgen zu machen. Ich bin glücklich in meinem Trailer, für den ich euch so danke, und etwas Geld kann ich mir auch am MCPA verdienen und …«

»Aber Miles, es geht doch nicht darum, dich nicht zu bezahlen«, unterbricht mich Ellen, und sie klingt aufgebracht. »Es geht darum, dass wir dir sagen wollen, dass du dich auf uns verlassen kannst.«

»Dafür müsst ihr mich nicht adoptieren. Wirklich nicht.« Der Satz kommt aggressiv raus. Ich merke es selbst, doch ich kann es nicht ändern. Dieser Raum hier, er fühlt sich klein an, ich habe keine Luft zum Atmen. Ich will hier raus.

Die Gesichter von Ellen und Rich verändern sich, sie schauen mich fast ängstlich an. Sie befürchten, einen Fehler gemacht zu haben. Zu Recht.

»Warum habt ihr mir den Job damals gegeben?« Nach diesem völlig verrückten Vorstellungsgespräch auf Zoom, wo ich, durcheinander nach allem, was passiert war, einfach die

Wahrheit gesagt hatte. Dass ich dringend weg aus Chicago wollte. Ich hatte eine Zusammenfassung der letzten Jahre gegeben, die nicht überzeugend gewesen sein konnte. Und dann hatten sie mir eine Woche später zugesagt mit der einfachen Begründung, dass sie mich sehr sympathisch gefunden und nur die Sorge hätten, dass ich mich bei ihnen langweilen würde, ich sei noch sehr jung. Sie hatten deshalb auch vorgeschlagen, dass ich mir einen Job am College suchen sollte.

»Wir mochten dich«, antwortet Ellen schlicht und zuckt mit den Schultern.

»Aber warum wirklich?«

»Du wirktest so, als müsstest du etwas Neues anfangen. Du warst so ehrlich.«

»In Chicago besteht eine einstweilige Verfügung gegen mich. Es heißt, ich hätte die Großzügigkeit meiner Pflegeeltern sittenwidrig ausgenutzt.«

»Miles, das ist der größte Blödsinn, das glauben wir doch nicht.«

»Wusstet ihr davon?«

Ellens Wangen beginnen zu glühen. »Ich habe es gelesen, als ich den Brief aus Versehen geöffnet habe. Es tut mir so leid, aber dadurch wusste ich es. Doch ich habe keinen Moment gezweifelt.«

»Warum hast du nichts gesagt?«, frage ich. Es klingt anklagend, doch ich kann gerade nicht anders. Zu viel hat sich in mir aufgestaut.

»Ich bin hierhin gekommen, um zu arbeiten. Es ist nicht so, als hätte ich keine Eltern. Sie hatten halt ihre eigenen Probleme. Aber sie haben mich geliebt. Natürlich haben sie mich geliebt, und sie hätten sich um mich gekümmert, wenn sie es gekonnt hätten. Sie können nicht ersetzt werden. Aber danke. Olivia ist jetzt gekommen und wartet auf mich. Tja, Rich, ich glaube, da hätte ich vielleicht doch mit rechnen müssen, dass sie kommt.«

Und damit stehe ich auf und gehe nach draußen. Wie ich mich selbst hasse, wie ich alles hasse. Ich rufe Yuna an, aber sie geht nicht ans Telefon. Ich sollte sie natürlich sowieso nicht anrufen. Wieso ist meine ganze schöne Welt, die ich gestern noch hatte, plötzlich in tausend Einzelteile zersprungen?

Kein Holzhacken der Welt kann mir jetzt helfen. Olivia ist in meinem Trailer. Sie hat kein Auto. Sie ist gekommen, um mich zu sehen. Um mit mir zusammen zu sein. Um mit mir zu reden. Ich stapfe zum Trailer zurück. Spike läuft in einigem Abstand hinter mir her. Vielleicht merkt er, dass ich ihn gerade nicht in meiner Nähe will. Er ist ein kluger Hund.

Olivia ist fertig mit Duschen und hat sich ein blaues Handtuch um ihren Körper geschlungen. Um diesen Körper, den ich in- und auswendig kenne. Im wörtlichen Sinn. Mit einem weiteren Handtuch hat sie ihre Haare zu einem Turban eingedreht. In ihrer Hand hält sie die Fernbedienung für den Fernseher, der schon im Trailer gewesen ist, als ich ihn übernommen habe.

Sie lächelt, als sie mich kommen sieht, doch dann sieht sie, dass ich nicht in der Stimmung bin zu lächeln.

»Die Murphys haben mir angeboten, mich zu adoptieren.«

»Die Murphys? Die Leute, denen diese Ranch gehört?« Sie schlägt ihre Beine übereinander und rutscht in eine neue Position.

Keine Ahnung, ich weiß nicht, was es genau ist in diesem Moment, aber es ist etwas falsch an ihrer Frage.

»Die Murphys sind sehr gute Leute.«

Olivia mustert mich kritisch. »Das klingt so, als wolltest du noch mal betonen, was für ein Abschaum meine eigenen Eltern sind. Ich will sie überhaupt nicht verteidigen, sie sind unfassbar nervig, Kontrollfreaks, aber …«

»Das will ich nicht sagen. Wissen deine Eltern garantiert nicht, dass du hier bist?«

Sie blickt mich prüfend an. Ihr entgeht mein Tonfall nicht, den sie nicht einordnen kann.

»Sie können es sich mit Sicherheit denken.« Sie seufzt. »Wir haben uns mal wieder gestritten, und ich habe es ihnen angedroht. Geschieht ihnen recht.«

»Meinst du nicht, sie werden völlig ausrasten, wenn sie es erfahren?«

»Hast du Angst? Brauchst du nicht. Ganz ehrlich. Das ist irgendwie auch der Sinn der Sache. Bill und Ruth können gern ausrasten. Sie glauben, dass sie alles bestimmen können in meinem Leben. Aber das können sie eben nicht. Sie können genauso wenig über dein Leben bestimmen wie über meins.«

»Sie können meins ziemlich schwer machen«, entgegne ich.

»Das werden sie nicht«, sagt Olivia energisch. Sie hat begonnen, auf der Fernbedienung herumzutippen. Sie zappt so schnell durch die Kanäle, dass es eigentlich unmöglich ist zu erkennen, welche Show gerade läuft. Aber sie schaut auch gar nicht hin. Darum geht es nicht.

»Die Dusche hat gutgetan. Vielleicht hättest du mich nur warnen müssen, dass das Wasser irgendwann kalt wird.« Olivia lächelt. Sie möchte die Stimmung ändern. Ich denke an ihre ewigen Haarkuren, ihre Angewohnheit, sich in der Dusche die Beine zu rasieren. Mehr Details.

Langsam wickelt sie den Turban von ihrem Kopf, sodass ihre Haare herunterfallen und nass auf ihrem Rücken liegen. Sie schaut mich an, abwartend. Sie kann nicht einschätzen, was ich denke. Ich weiß es selbst nicht.

Ich wende mich ab und gehe zum Kühlschrank.

»Ich bin ein schlechter Gastgeber. Möchtest du ein Sandwich? Sagen wir mal so, falls du was essen willst, ist es auch die einzige Option.«

Ich blicke zu ihr, irgendwie bin ich froh, etwas weiter entfernt von ihr zu stehen.

Sie lächelt mich an und nickt.

»Miles. Ich weiß, dass du Zweifel hattest, dass ich komme. Vielleicht hattest du die zu Recht. Aber jetzt bin ich da. Ich hoffe, du verzeihst mir.«

Ich konzentriere mich auf das Sandwich, hole eine Scheibe Brot aus der Tüte und streiche sorgfältig die Mayonnaise darauf. Dann belege ich es mit Schinken, Tomaten, einem Salatblatt und Käse.

Es ist spät, der Tag war lang. Olivia hat dunkle Schatten unter ihren Augen, als sie das Sandwich entgegennimmt. Ihr Kopf liegt an der Sofalehne, und sie sieht mich von unten an. Ihr Gesicht sieht nackt aus mit den nassen Haaren, ohne Schminke. Sie wirkt viel jünger und verwundbarer als vorhin.

»Möchtest du nichts essen?«

Sie hat recht. Ich habe auch schon ewig nichts gegessen. Aber ich habe keinen Hunger. Ich hole mir trotzdem eine Scheibe Brot mit einem Stück Schinken und esse ohne Appetit. Ich setze mich zu ihr aufs Sofa, als sie auf das Polster klopft.

»Du wirkst erschöpft. Und ich bin heute um fünf aufgestanden. Es war ein echt langer Tag. Sollen wir morgen weiterreden?«, fragt sie. Sie streckt ihre Hand aus und streicht mir durch die Haare. So, wie sie es früher getan hat. Es ist eine liebevolle Geste. Sie merkt, wie überfordert ich gerade bin.

»Ja, es war ein langer Tag«, sage ich leise. »Es tut mir leid«, sage ich. »Ich habe auch Dinge gemacht, Olivia …« Ich muss die Tränen unterdrücken, die mir hochsteigen »Es ist viel passiert.«

»Miles, du brauchst mir nichts zu beichten. Ich kann verstehen, wenn du gezweifelt hast. Ich möchte kein Geständnis von dir. Was vergangen ist, ist vergangen. Aber jetzt bin ich hier. Morgen wird es besser. Alles wird gut.« Sie beugt sich plötzlich zu mir und küsst mich auf den Mund. Ich merke, wie sie den Atem anhält, wie sie meinen Kuss halten will. Wieder warte ich auf diesen Sog, den sie immer auf mich ausgeübt hat, den ich so gut kenne. Aber der Sog kommt nicht. Im Gegenteil. Mir ist kalt. Ich weiche langsam wieder zurück.

»Du hast recht.« Dann stehe ich auf und ziehe mir mein Fleece über. Ihre Blicke folgen mir, und ich sehe die Frage in ihrem Gesicht.

»Wohin gehst du?«, fragt sie.

»Ich schlafe drüben«, sage ich. »Ich komme morgen früh.«

Ich sehe die Überraschung in ihrem Gesicht und auch die Verletzung. Natürlich, vielleicht wollte sie nicht reden, aber sie wollte bestimmt nicht, dass ich sie allein lasse in dieser Nacht.

»Gute Nacht, Olivia«, sage ich. Und dann verlasse ich den Trailer, ohne weiter zu erklären, wo ich hingehe. Ich liebe meinen Trailer, doch gerade habe ich das Gefühl, darin zu ersticken. Und ich weiß, dass es morgen überhaupt nicht besser wird. Dass nichts gut wird, ich habe Angst vor morgen.

Zweiunddreißig

Miles

Ich habe kaum geschlafen in der Nacht und noch nichts von Yuna gehört. Ich habe die halbe Nacht gemalt. Ich habe Yuna gemalt. Das erste Mal. Ich musste sie einfach malen. Ich habe sie gemalt, wie sie im Squash Court steht, die Haare zerzaust, das Trikot durchgeschwitzt, nachdem sie getanzt hat. Ich konnte nicht aufhören. Jetzt muss die Farbe trocknen. Doch es hat nichts geholfen. Auch danach konnte ich nicht schlafen.

Olivia sitzt auf dem Sofa. Wir haben bis gerade vor dem Trailer gesessen und einen Kaffee getrunken. Jetzt schreibt sie Nachrichten an ihre Freundinnen. Die werden sauer, wenn sie sich nicht häufig genug bei ihnen meldet, das ist ihre Art, miteinander zu kommunizieren, viele Nachrichten. Es geht um Menge.

»Meine Eltern übernehmen gerade die komplette Kontrolle, auf welches College ich gehe. Es ist ihnen völlig egal, wohin ich will. Sie wollen das bestmögliche College und natürlich das, an dem sie am meisten Einfluss haben und Leute kennen.«

Die Wolken haben sich verzogen, und der Himmel ist wieder klar und so unfassbar weit. Es hat sich jedoch nichts geändert. Oder vielleicht schon. Ich habe plötzlich das Gefühl, dass ein Schleier vor meinen Augen weggezogen ist. Als würde sich ein Nebel lichten, weil die Sonne aufgegangen ist. Plötzlich liegt alles viel deutlicher vor mir, alles, was passiert ist.

»Ich dachte, das wäre seit den letzten Bestechungsskandalen nicht mehr möglich.« Meine Schläfen pochen. Jedes Wort, das sie sagt, bestätigt meinen Verdacht. Ich bin genau das für sie, was ich nie sein wollte: die Person aus einer anderen Welt, mit der sie ihre eigenen Eltern aufs Einfachste provozieren kann. Perfekt. Ihre persönliche Art der Rebellion. Ich glaube nicht, dass sie es absichtlich tut. Aber für sie bin ich eine Waffe.

»Olivia, du solltest zurück zu deinen Eltern gehen«, sage ich und kann selbst nicht glauben, dass ich es ausspreche. So klar und hart liegt der Satz vor mir im Tageslicht. Und ich weiß, dass er richtig ist.

Sie sieht ebenfalls schockiert aus. Mein Blick fällt auf den kunstvollen Knoten ihres Handtuchs, das sie fest um ihre Brust geschlungen hat. Sie hat nach dem Kaffee draußen schon wieder geduscht. Sie duscht jeden Morgen. Sie sieht meinen Blick. Sie zieht eine Augenbraue nach oben. Es gefällt ihr.

»Du schickst mich weg?« Sie fragt es fast spielerisch. Sie kann sich nicht vorstellen, dass ich es ernst meinen könnte. Natürlich nicht, so, wie ich sie monatelang angebetet habe.

»Ich schicke dich nicht weg. Ich glaube, du solltest das mit deinen Eltern klären. Wenn sie dich hier finden, denken sie sowieso, dass ich dir das eingeredet habe.«

»Ich werde klarstellen, dass du damit überhaupt nichts zu tun hast.« Die Stimmung hat sich verändert. Sie hat gemerkt, dass ich es ernst meine.

»So wie beim letzten Mal?« Jetzt ist es raus. Es war so lange in mir, dass es irgendwann rauskommen musste, auch wenn ich mir fest vorgenommen hatte, es ihr nie zum Vorwurf zu machen.

Sie zuckt zusammen. Vielleicht hat sie auch gehofft, dass ich es nicht aussprechen werde, jetzt, wo es noch mal gut ausgegangen ist.

»Miles, ich weiß, dass du das denkst. Aber ich wusste, dass es nicht nötig war. Wenn es nötig gewesen wäre, hätte ich es getan.« Sie blickt mich besänftigend an. Ich kenne diesen Blick. Plötzlich erinnert sie mich an ihre Mutter.

»Dann wäre das Urteil gesprochen worden.«

»Dann hätte man in Berufung gehen können.«

»Du wärst also in Berufung gegangen?« Meine Stimme klingt beißend. Ich mag mich selbst nicht.

»Du traust mir wirklich gar nichts zu«, erwidert Olivia ähnlich ätzend. »Du hältst mich für einen Schwächling, nur weil ich so privilegiert aufgewachsen bin. Du hast viel mehr Vorurteile als ich.«

Sie ist sauer. Sie hat nicht ganz unrecht. »Vielleicht unterschätze ich dich«, lenke ich halbherzig ein. Ich schließe einmal kurz die Augen. Die Wut ist jedoch noch da. »Aber letztlich kann ich nicht glauben, dass du überhaupt riskiert hast, dass es so ausgehen könnte. Dass du keinen anderen Weg gefunden hast, mich zu kontaktieren. Dass … es so gekommen ist.«

»Du brauchst keine Angst vor meinen Eltern haben. Du kannst mir vertrauen. Ich werde dich verteidigen. Wirklich.«

»Ich habe keine Angst«, sage ich. Und es stimmt, ich habe wirklich keine Angst. Als ich in Chicago war und klar wurde, worauf es hinauslaufen würde, hatte ich eine höllische Angst. Leute mit meinem Profil landen schnell mal im Gefängnis. Wenn man eine Vergangenheit hat wie ich, rechnet jeder Richter schon damit, dass man der Schuldige ist und nicht das Mitglied im größten Golfverein, der Sponsor der Museumsgala.

»Du hast gesagt, dass du auf mich wartest.« Olivia klingt fast beleidigt. Sie geht auf Angriff über. »Davon bin ich ausgegangen.«

»Ich habe auf dich gewartet. Aber das ist es nicht.« Ich schlucke, mein Hals ist trocken, und es tut weh, so viel meiner Vergangenheit als Lüge zu definieren. Aber es war eine Lüge. Eine Verblendung. Wenn ich für Olivia eine Rebellion gegen ihre Eltern war, dann war sie für mich eine Rebellion gegen meine Vergangenheit. Vielleicht haben wir es beide gebraucht.

»Du hast eine Neue«, stellt Olivia fest. »Du hast eine Studentin auf dem Campus kennengelernt.«

Ich blicke sie lange an. Dann nicke ich. »Aber es liegt nicht daran.«

»O mein Gott, das sagst du jetzt nicht wirklich.« Sie schlägt die Hände vors Gesicht. Sie kann nicht fassen, dass sie recht hat. »Du klingst schlimmer als jeder schlechte Schauspieler, der auf dieses College geht. Landon Bonell ist hier. Und der ist mal ein wirklich schlechter Schauspieler. Aber hot.«

Das Komische ist, dass Olivia zwar sauer ist, doch überhaupt nicht am Boden zerstört. Ich habe fast den Eindruck, dass sie ein bisschen stolz darauf ist, mir auf die Schliche gekommen zu sein. Mir gezeigt zu haben, dass ich auch nicht ohne Makel bin.

»Du willst wirklich hier draußen bleiben? Hier, im Nirgendwo?«

Ich antworte nicht.

»Deine neue Freundin ist hier? Das Mädchen gestern?«

Olivia ist nicht blöd. Vielleicht ist es auch nicht schwer, wenn man aufmerksam hinschaut. »Ich dachte, dass du nicht kommst. Ich dachte, dass du mich vergessen hast. Ich war mir sicher. Wie hätte ich etwas anderes glauben können? Aber ich will mich nicht verteidigen. Das Mädchen weiß von dir. Sie weiß, dass ich auf dich gewartet habe.«

»Sie weiß von mir? Wirklich? Immerhin, sie war hübsch.« Das scheint sie zufrieden zu machen.

Ich schlucke die Bemerkung herunter, dass das eine völlig bescheuerte Beobachtung ist. Ist es besser, dass sie hübsch ist?

»Du hast mir in Chicago das Gefühl gegeben, dass ich Grenzen überschreiten kann. Dass ich ein Leben führen kann, das ich nie für möglich gehalten hätte. Dass ich von Personen akzeptiert werden könnte, von denen ich dachte, nie akzeptiert werden zu können. Dass ich was wert bin.«

»Du hast mich gar nicht vermisst?« Ihre Stimme klingt weich. Sie will noch nicht aufgeben. Aber nichts in mir reagiert auf diese Stimme.

»Ich habe dich sehr vermisst. Ich glaube jedoch, ich habe etwas vermisst, das nichts mit dir zu tun hat.«

Ihr Blick verändert sich. Sie mag nicht, was ich sage. »Vielleicht will ich gar nichts mehr hören. Ich glaube, es reicht.« Ihr Tonfall ist hart geworden. Sie steht auf und stellt sich vor mich. Sie schiebt ihre Hände in die Hüfte. Ich sehe, wie ihre Kiefer mahlen. Wie ihre Lippen zucken. Dann schüttelt sie nur den Kopf und blickt zur Seite über die Felder. »Ich weiß nicht, wie du es hier aushältst«, sagt sie mit Blick auf die Felder. »Das ist doch crazy, was du hier machst. Du kannst mir nicht erzählen, dass du hierherkommen musstest wegen der Verfügung. Du hättest einfach außerhalb von Chicago bleiben können, dann hätten wir uns sehen können.« Sie wendet sich wieder mir zu. Ihre Augen blitzen vor Wut. Sie meint es ernst. Vielleicht hat sie das wirklich gedacht.

»Olivia, das ist absurd. Ich habe nicht so gehandelt, um dir wehzutun, sondern weil ich Angst hatte, im Gefängnis zu landen. Es tut mir leid. Wirklich.«

»Du Idiot«, sagt sie, dreht sich um und macht zwei Schritte von mir weg.

»Mir gefällt es hier. Ich hätte es früher selbst nie gedacht«, sage ich.

»Kannst du mich nach Bozeman zum Flughafen fahren?«, fragt sie. Ihr Tonfall ist bestimmend, als hätte sie ein Recht darauf, weil ich sie wütend gemacht habe. Dann dreht sie sich wieder zu mir um. In ihren schönen Augen glänzen Tränen. Die Augen, die ich so genau kenne. Ich weiß sogar sehr genau, wie ich den Farbton treffe, sowohl in Acryl als auch in Öl. Ich weiß auch, dass sie auf Kommando losheulen kann, wenn sie mit ihren Eltern spricht. Ihr Vater kann Tränen schlecht ertragen.

»Ich weiß nicht, ob heute ein Flug geht.«

Sie schließt die Augen und atmet seufzend aus. »Du willst mich nicht zurückhalten, nicht wahr?«

Dann öffnet sie die Augen wieder. Sie muss sich zusammenreißen, um nicht loszuheulen. Sie braucht keine Antwort auf die Frage. Sie drückt noch mal fest ihre Lider zusammen, und es scheint zu funktionieren.

»Ich muss einen Flug suchen, aber mein Handy ist eine Krankheit. Hast du kein vernünftiges Internet hier?« Sie beißt sich auf die Lippe und zuckt mit den Schultern.

Der nächste Flug geht am Abend. Sie reserviert sich spontan einen Platz. Klar, für Olivia ist das keinen zweiten Gedanken wert. Sie hat eine Kreditkarte, die scheinbar doch wieder funktioniert und die sie problemlos einsetzen kann, wenn sie mag. »Lass mich bitte allein, während ich meine Sachen packe, okay?«, sagt sie. Es ist mehr ein Befehl als eine Frage. Aber den Gefallen tue ich ihr gern. Ich habe fast ein schlechtes Gewissen, wie erleichtert ich seit unserem Gespräch bin. Als wäre ein Gewicht von mir abgefallen, das mich niedergedrückt hat.

Als ich später zurückkomme, sitzt sie auf den Stufen vor dem Trailer und schaut in Richtung der Berge. Sie raucht eine Zigarette. Sie raucht nur sehr selten, und sie weiß, dass ich es nicht mag. Aber ich will mir nicht einbilden, dass sie es tut, um mich zu ärgern.

»Weißt du, was ich an der Sache am schrecklichsten finde?« Sie räuspert sich und wühlt in ihrer kleinen Umhängetasche nach einem Taschentuch. Sie holt tief Luft und blickt wieder hoch zu mir.

Ich schüttele den Kopf.

»Ich weiß, dass du recht hast.« Sie presst ihre Lippen zusammen und reibt sich über die Stirn. »Ich will meinen Eltern etwas heimzahlen. Ich war auch auf ein paar Dates«, sagt sie.

»Du brauchst dich nicht entschuldigen, Olivia«, sage ich. Aber ich will auf keinen Fall mehr wissen. Das würde ich nicht ertragen. Ich will nicht wissen, wann es war und was »Dates« genau sein sollen. Wie schnell es war, nachdem ich weg war.

»Ich will nur nicht, dass du mich hasst, Miles. Ich habe dich im Stich gelassen. Ich habe versucht, meine Eltern zu überzeugen, aber nicht … genug. Wenn das Verfahren anders ausgegangen wäre, hätte ich mir ewig Vorwürfe gemacht.« Sie schluchzt einmal auf.

»Olivia. Ich hasse dich nicht. Ich glaube, wir brauchten das damals beide so, wie es war. Es war alles richtig so.«

Sie blickt mich an. Es ist wirklich so. Sie tut mir leid. Ich habe das Gefühl, dass ich hundert Jahre älter bin als sie. Vielleicht hatte ich das Gefühl sogar schon früher. Nur denke ich nicht mehr, dass sie mich braucht, um sie zu beschützen.

Danach herrscht eine merkwürdige Nüchternheit zwischen uns. Wir steigen auf die pragmatischen Dinge um, und ich zeige ihr die Ranch. Ich bin selbst erschrocken, wie völlig erloschen meine Gefühle für sie sind. Gefühle, die, je mehr ich über sie nachdenke, eigentlich nur in meiner Fantasie existiert haben. Wir reden darüber, was sie zu Hause ändern kann. Und dann packen wir ihre Tasche ein, und ich bringe sie zurück zum Flughafen, zurück zu ihrem alten Leben, das auch ihr neues ist.

Dreiunddreißig

Yuna

Heute geht es nicht nur darum, wer beim Parents' Weekend die erste Ballerina ist. Es geht um unsere Position. Ich habe letzte Nacht kaum geschlafen. Ich habe versucht, meinen Kopf mit allen Mitteln unter Kontrolle zu bekommen. Ich habe versucht zu meditieren. Aber hinter meiner Stirn ist ein stechender Schmerz, und meine Augen brennen. Auf dem Weg ins Studio stürmt alles auf mich ein, alle meine Ängste, Olivia, der alte Hass auf die Krankheit. Warum kommt Olivia jetzt? Jetzt, wo ich mich drauf eingelassen habe, wo ich gedacht habe, dass das mit Miles und mir wirklich eine Chance hat, dass es mich nicht vom Tanzen abhalten wird, sondern mich beflügeln wird. Sie macht alles kaputt. Aber tief in mir drin weiß ich, dass niemand mir etwas kaputt macht. Ich weiß, dass es niemand anderes Schuld ist. Olivia ist kein Tumor. Für den Rest bin ich selbst verantwortlich.

Zwanzig Minuten später stehe ich an der Stange. Ich konzentriere mich auf die kleinen und langsamen Bewegungen, die unsere Muskeln stärken sollen. »Die Qualität der Übung ist entscheidend, vergesst das nicht. Es geht nicht nur um die Quantität«, dringt Lidias Stimme an mein Ohr.

Ich folge ihren Anweisungen, versuche meine Schwächen auszugleichen, meine Finger locker genug zu lassen, ohne angestrengt zu wirken. »Du siehst aus wie ein Mädchen, das eine Balletttänzerin imitieren will«, kritisiert Lidia. »Das ist kitschig, lass den Kitsch.« Keine überflüssigen Bewegungen.

Die Stunde schreitet voran, aber ich schaffe es nicht, meine Gedanken zu löschen. Sie sind alle dabei, und je mehr ich versuche sie zu verdrängen, desto weniger gelingt es mir. Es ist ermüdend, das Bild von Olivia, Miles. Ob sie auch mal eine Ballettstunde genommen hat? Ob sie das so gut kann wie reiten? Wahrscheinlich. Wenn sie später Pferde hatte, dann hatte sie als Kind bestimmt Ballettunterricht. Sie hat mit Sicherheit direkt die teuren Schuhe bekommen. Ich kenne solche Mädchen. Ich habe jahrelang mit ihnen getanzt.

Dann beginnen wir, die lange Diagonale zu springen und uns zu verausgaben. Lidia sieht zu, beobachtet, kritisiert. Letztlich ist sie nicht die härteste Ballettlehrerin, die ich je gesehen habe. Natürlich duldet sie keine Schwäche, ein Bein, das wehtut, oder geschundene Füße sind nie eine Ausrede für eine Ballerina. Aber sie macht ihre Studenten nicht systematisch fertig. Auch das habe ich schon oft genug erlebt.

Dann beginnen wir mit der modernen Choreo. Es ist eine abwechslungsreiche Choreografie, ein modernes Stück, natürlich klassisch modern, dazu gibt es noch die Auszüge aus dem *Schwanensee*, denn die Zuschauer wollen immer auch gern einige der Dauerbrenner sehen.

Wie immer erwartet Lidia volle Konzentration, damit die Schritte schnell in den Körper übernommen werden. Man merkt sich beim Tanzen nichts mit dem Kopf, der Körper ist es, der sich alles merkt. Man selbst folgt beim Tanzen nur dem Gedächtnis dieses Körpers. Wenn man das Gedächtnis des Körpers ausreichend trainiert hat, kann man sich entspannen. Der Körper vertanzt sich nicht. Klingt verrückt, ist aber so.

»Yuna«, höre ich die scharfe Stimme von Lidia. »Was ist schon wieder los mit dir?«

Tatsächlich bin ich gerade die Einzige, die die Schrittfolge falsch gemacht hat. Lidia sieht genervt aus. »So läuft das nicht, Yuna. Von Talent bekommt man keine Rolle.«

Der Satz trifft mich auf so vielen Ebenen. Denkt sie etwa, ich würde fest damit rechnen, die Hauptrolle tanzen zu dürfen? Wirke ich so, als wäre ich davon überzeugt?

Ich schaue zu Iris, die alles richtig gemacht hat. Wir sind gleich fertig, und plötzlich sehne ich mich nach dem Ende der Stunde. Miles, Olivia, mein Kopf dreht sich.

»Yuna, sag mal, hörst du mich überhaupt?«

Nach der Stunde ruft Lidia die ganze Gruppe zusammen. Ich weiß eigentlich schon vorher, wie es ausgegangen ist. So schlecht wie heute habe ich schon lange nicht mehr getanzt. Sie wird es darauf schieben, dass ich dem Druck nicht standgehalten habe. Wenn ich dem Druck in einer Übungsstunde schon nicht standhalte, wie wird es dann erst auf der Bühne?, wird Lidia sich denken. Nachher wird bekannt gegeben, wer die Hauptrollen tanzen wird. Es wird im Ballettstudio angeschlagen.

»Danke für euren Einsatz. Und bitte denkt daran: Das ist keine Entscheidung über eure Zukunft als Ballerina. Die Entscheidung spiegelt wider, wen ich in diesem Moment als besonders geeignet für diese Aufführung halte. Nicht mehr. Aber es sollte vielleicht einigen von euch zu denken geben.«

Ich habe das Gefühl, dass sie mich ansieht, als sie das sagt.

Zwei Stunden später hat sich mein Verdacht bestätigt. Ich bin es nicht geworden. In meinem Magen breitet sich eine Schwere aus. Ich versuche, mich davon nicht total runterziehen zu lassen, aber es gelingt mir nur wenig. Vor allem, weil meine Eltern hier sein werden. Ich wollte ihnen so dringend zeigen, dass ich es schaffen kann. Immer noch. Dass ihre Opfer nicht umsonst waren. Ich bin so enttäuscht von mir selbst, aber der Gedanke an meine Eltern macht mich fertig. Charly, ein Student aus Modern Dance, ist da, als ich meinen Namen vergeblich auf der Liste suche. Er zeigt mir sein bandagiertes Bein. »Denk immer daran, es könnte schlimmer sein.« Es tröstet mich nicht.

Ich habe Miles nicht gesehen, er hat mir auch keine Nachricht geschickt, auch wenn ich gesehen habe, dass er angerufen hat. Aber ich habe das Gefühl, dass mir alles entgleitet, wenn ich nicht handle. Jetzt handle. Ich habe zu lange für alles gekämpft. Ich will dort oben stehen. Vielleicht bin ich so vom Tanzen besessen, weil ich von meinen Eltern gelernt habe, mich ganz einer Sache zu opfern. Für meine Eltern bin allerdings ich selbst diese eine Sache. Sie haben mich nicht zum College gebracht. Ich habe Iris' Eltern gesehen, als sie sie abgeliefert haben. Klar, die haben in den letzten Jahren genauso ein Vermögen gezahlt, um ihr zu ermöglichen hierherzukommen. Aber ich bezweifele, dass sie ihr eigenes Leben dafür vollständig geändert haben. Dass sie nie einen Urlaub gemacht haben, dafür nachts gearbeitet, nicht selbst zur Abendschule gegangen sind, wie meine Mutter es so gern gemacht hätte. Alles ging für mich drauf, die teuren Stunden, die teuren Schuhe, die Privatlehrer. Meine Eltern haben alles für mich getan, es ist genauso ihr Traum, dass ich es schaffe. Und wenn mein Traum zerplatzt, zerplatzt ihrer genauso.

Ich bin zu abgelenkt. Ich habe die Enttäuschung in Lidias Augen gesehen und den Triumph in denen von Iris. Ich bin selbst schuld, ich habe mich auf diese ganzen Gefühle eingelassen, die ich nicht mehr im Griff habe. Ich kann das nicht mehr. Ich werde es mir nicht kaputt machen lassen. Auch ich habe mir ein Versprechen gegeben, als ich krank war. Ich weiß nämlich genau, wie es sich anfühlt, sich an einem Versprechen festzuhalten, das man sich selbst einmal gegeben hat. Weil es das ist, woran das eigene Leben hängt. Es hält einen fest. Und das werde ich einhalten. Und ich werde Miles die Möglichkeit geben, das auch zu tun.

Ich nehme mein Telefon und schreibe ihm eine Nachricht. Ich sage ihm, dass ich mich momentan auf mein Tanzen konzentrieren muss. Dass ich gerade meine Probe versaut habe und dass ich die Rolle nicht bekommen habe. Dass ich ihn nicht mehr wiedersehen möchte vor dem Parents' Weekend und er sich bitte nicht bei mir melden soll. Dann lösche ich seinen Kontakt. Ich weiß, dass es total albern ist, den Kontakt zu löschen, aber für den Moment reicht es aus. Wenn ich den Kontakt jemals wieder dort eintragen will, dann muss ich damit auch tanzen können. Beides zusammen geht aber jetzt nicht.

Vierunddreißig

Yuna

Der Himmel zieht weiter zu, ich kann das Wetter hier nie abschätzen. Angeblich kann es sogar passieren, dass es um diese Zeit im Jahr schon schneit. Plötzlich fällt mir ein, wie oft ich Miles im Gym begegnet bin, doch gerade möchte ich ihn auf keinen Fall sehen. Ich kann es nicht. Deshalb bleiben nur die Übungsräume im Ballettstudio. Dort gibt es genug, die wir Tänzer nutzen dürfen, doch das bedeutet eben auch, dass normalerweise andere Tänzer da sind, und die meisten Räume sind gut einsehbar. Es ist egal, ich biege ab in Richtung der Studios.

Auf der Suche nach einem Raum begegne ich Mike und Rosie. Ich mag die beiden, und eigentlich war es ganz schön, sie etwas besser kennenzulernen bei den paar informellen Treffen, zu denen ich gegangen bin. Einige Räume sind mit Tänzern belegt, die ihre eigenen Choreografien üben oder irgendwelche Extrastunden bekommen. Iris ist bestimmt auch irgendwo. Egal. Ich finde sogar einen kleineren, freien Übungsraum an der Außenseite mit großen Fenstern, die in die Landschaft zeigen. In dem Studio fühlt es sich fast so an, als würde man draußen tanzen. Lidia hat sich mal beschwert, dass ihr die Fenster zu viel sind, dass sie findet, dass sie ablenken. Ich beschwere mich nicht. Ich liebe sie. Ich bin eben anders als Lidia.

Ich lege mich über die Beine und beginne meine Stretchingroutine. Die Gedanken fließen weiter durch meinen Kopf, ich denke an meine Eltern, die so sehr hoffen, dass ich meinen Traum leben kann. Ich denke an Miles, und ich denke an die Nacht mit ihm. Die Gefühle schwappen über mich hinweg wie eine Welle. Es ist wie beim Dehnen. Du darfst dich nicht gegen den Schmerz wehren, sondern du musst ihn annehmen.

Ich will tanzen, für mich tanzen, ich will meine Choreografie fertig machen für das Billie-Eilish-Lied. Miles. Ich stelle die Musik in meinen Kopfhörern an, einen hypnotischen Beat, der sich in den Eingeweiden einnistet und mich mitzieht, aber die Stimme dazu ist weich und atemlos und trägt mich.

Olivia. Die ganze Wut, die ganze Traurigkeit. Ich schiebe sie nicht weg, sondern lasse alles in Wellen über mich hinwegziehen, nein, ich bin mittendrin. Das Verrückte ist: Die schlimmsten Momente sind da neben den schönen, alles ist hier, und ich bin auch noch hier. Ich habe keine Ahnung, wie der Tanz in meinen Kopf kommt, doch plötzlich ist er da.

Ich lasse die Musik in mich rein, deren verrücktes Spiel mit den Kopfhörern noch viel extremer ist. Ich habe schon lange an dieser Choreografie gearbeitet, doch heute ist alles anders. Ich gehe einfach mit, nehme die Elemente, die ich habe, wenn sie sich anbieten. Mir ist es egal, K-Dance, Ballett, Hip-Hop, was auch immer. Ich habe meine weichen Spitzenschuhe angezogen, mit denen man auch die Julia tanzt, die Stücke, bei denen man viel laufen muss, aber ich fühle mich stärker als jemals beim Ballett. Ich überlasse mich einfach der Musik. Und irgendwie geht es. Ich verausgabe mich total, ich lege alles in diesen Tanz: die Angst, meine Sehnsucht, die Liebe für meine Eltern und die Panik, alles nicht zu schaffen, mein Verlangen nach Miles, aber auch meine Stärke. Alles ist da drin, und jetzt, wo alles einen Platz bekommt in diesem Stück, fühle ich mich plötzlich so befreit und stark. Es macht alles Sinn, einfach, weil es mich hierhin geführt hat. Hier in dieses

Studio. Irgendwann, obwohl ich keine Ahnung habe, wie lange ich hier war, obwohl ich übermenschlich viel Energie hatte, bleibe ich schwer atmend stehen. Ich weiß nicht, was gerade passiert ist. Irgendetwas hat sich verschoben. Ich ziehe meine Kopfhörer aus den Ohren und lasse mich auf den Boden sinken.

Mein Atem geht schnell, und ich bin schweißüberströmt. Aber ich muss lächeln, ein so großes Glücksgefühl durchströmt mich. Das kann mir niemand nehmen. Es ist meins. Ich vergrabe mein Gesicht in dem Handtuch, das ich mitgebracht habe. Erst jetzt merke ich, wie ich mich gerade verausgabt habe.

»Yuna?« Ich richte mich ruckartig auf. Für einen Moment bin ich fast orientierungslos, als wäre ich gerade weg gewesen. War ich ja auch irgendwie. Lidia ist ins Studio getreten.

Ich habe keine Ahnung, wie viel sie von dem mitbekommen hat, was ich gerade gemacht habe.

»Was war das gerade?«, fragt sie. Sie hat es gesehen. Ich kann ihre Stimme nicht einschätzen. Sie blickt mich allerdings mit echter Neugierde an.

»Ich weiß es selbst nicht ganz genau. Ich mache schon seit ein paar Jahren Choreografien für Hip-Hop-K-Pop-Tänze, oder wie auch immer man das nennen will. Im letzten Jahr habe ich mich intensiver damit befasst. Es ist nur ein Hobby. Es entspannt mich.«

Ich sehe Verwirrung auf ihrem Gesicht. »Also, es kommt aus Korea. So, wie diese K-Pop-Bands manchmal tanzen. Ich bin eng mit ein paar Choreografen aus dem *1Million Dance Studio*. Aber dann ist noch New Yorker Hip-Hop drin und Tribal. So ein Schuss Shakira beim Superbowl, wenn dir das was sagt.« Ich lächele. Shakira beim Superbowl ist definitiv nicht das, was Lidia unter Tanzen versteht, aber so kann man es vielleicht am einfachsten verstehen. Und mir ist gerade egal, was sie davon hält. Ich habe keine Lust mehr, es zu verstecken.

Lidias Miene verrät nichts über ihre Gedanken. »Ich kenne das natürlich. Aber ich habe auch Ballett gesehen.«

Ich nicke und ziehe meine Strickjacke über, damit ich nicht auskühle.

»Ich habe es gemischt«, sage ich schlicht. »Ich wollte eine andere Choreografie machen, und ja, ich weiß, dass man damit im Ballett nichts anfangen kann.«

»Yuna, du weißt schon, dass ich dich als erste Solistin hätte tanzen lassen können.« Sie seufzt.

Ich weiß nicht, worauf sie hinauswill. Muss man jetzt noch weiter darin rumstochern? Ich kann mir ein abfälliges Schnaufen nicht verkneifen. »Iris war offensichtlich besser.«

»Ich dachte immer, dass diese Blockade mit der Krankheit zu tun hat, die du überstanden hast, dass es das ist«, erklärt sie. Ihre Gesichtszüge wirken weicher als sonst.

Ich bin sprachlos, und für einen Moment kann ich das auch nicht verstecken.

»Sie wissen davon?«

»Ich habe mit Catherine in New York geredet. Ich kenne sie noch von früher. Sie hat es mir schon damals erzählt und mir gesagt, dass ich dich unbedingt nehmen muss, sogar wenn das Stipendium von damals nicht wäre. Ich habe mir anfangs Sorgen gemacht, dass du es doch nicht so gut verkraftet hast.«

Mir wird heiß. Und kalt. Ich verstehe nicht. Die Angst, dass es rauskommt, war völlig umsonst. Catherine war meine alte Lehrerin in New York. Die, die sich über Popmusik lustig gemacht hat. Eigentlich über jede Musik, die jenseits von Klassik existiert. Moderner Tanz war etwas für Schwächlinge.

»Du solltest das vortanzen. Am Parents' Weekend.«

»Was?«

»Das von gerade. Es war gut.«

»Ich habe es gerade zum ersten Mal wirklich genau so getanzt. Die Choreo ist erst zu neunzig Prozent fertig, und das gerade … war zum Teil neu.«

»Charly aus der Modern-Abteilung hat sich am Fuß verletzt. Es ist Work-in-Progress, und du springst ein. Ich weiß nicht, ob ich es mit Spitzenschuhen tanzen würde, aber vielleicht ist das ganz interessant. Ich reserviere dir fünf Minuten auf der Bühne.«

Sie hat ihren dunkel geschminkten Mund entschlossen zusammengepresst, als hätte sie eine Entscheidung gefällt und die Möglichkeit, dass ich irgendwelche Einwände haben könnte, existiert überhaupt nicht. Das kann doch wohl nicht wahr sein. Lidia wendet sich zum Gehen.

»Das geht nicht«, sage ich. »Mein Schwerpunkt ist klassisches Ballett. Ich ... es geht nicht. Ich bin klassische Balletttänzerin. Ich will keinen Trost dafür, dass ich die Rolle nicht bekommen habe. Ich brauche kein Mitleid.« Außerdem kommen meine Eltern, füge ich in Gedanken hinzu. Unvorstellbar, was sie von mir denken werden.

Sie mustert mich einen Augenblick. Sie ist natürlich überrascht. Niemand lehnt ein solches Angebot ab. Aber ihre Augen wirken nachsichtig, als würde sie mit einem bockigen Kind sprechen, das die Situation noch nicht ganz verstanden hat.

»Es ist kein Trost. Aber wenn du nicht willst, respektiere ich das selbstverständlich.« Und damit verlässt Lidia den Ballettsaal. In meinem Bauch rumort eine Mischung aus Fassungslosigkeit und Wut. Wie kann sie es wagen, davon auszugehen, dass ich jemals auf so ein Angebot eingehen könnte?

Fünfunddreißig

Miles

Ich habe ihre Nachricht so oft gelesen, dass ich sie gelöscht habe, damit ich meine Arbeit auf dem Hof erledigen kann. Die Katzen werden größer und rollen sich miteinander über den Boden, um kämpfen zu üben. Ich muss Spike schon wieder sehr freundlich bitten, den Stall zu verlassen. Er hat zwar verstanden, dass die Katzen kein Futter für ihn sind, auch nicht die Kleinen, aber sein hypnotischer Blick, wenn er die Katzenbabys beim Spielen betrachtet, ist dennoch beunruhigend. Ihm gefällt es auch nicht so gut, wenn ich die kleinen Kätzchen in die Hand nehme. Spike ist definitiv nicht frei von Eifersucht. Ich muss nicht auf dem Campus arbeiten. Aber ich möchte dringend zu ihr fahren, mit ihr sprechen, alles erklären.

Als ich aus dem Stall komme und Richtung Haupthaus gehen will, um Ellen die Eier hinzulegen, kommt sie mir entgegen. Ich muss zugeben, dass ich froh war, dass wir uns seit zwei Tagen nicht mehr allein gesehen haben. Seit diesem Abend, für den ich mich so schäme. Mit Rich habe ich seitdem noch gar nicht geredet. Er ist auch nicht zum Trailer gekommen. Sie sind immer bemüht, mir meine Privatsphäre zu lassen. Ellen trägt eine Jeans und eine Bluse, auf der sich gemalte rote Rosen ausbreiten. Vielleicht ist sie sogar ein wenig geschminkt?

»Miles, ich habe ein Problem. Ich frage dich nicht so gern, aber ich weiß gerade keine andere Lösung.« Sie sieht mich mit ihren freundlichen Augen an, es ist ihr unangenehm zu fragen. Unter ihren Augen liegen allerdings dunkle Schatten. »Rich muss zu einer Untersuchung ins Krankenhaus, und ich muss ihn dorthin fahren. Eigentlich sollte der Termin nächste Woche sein, doch er wurde kurzfristig verschoben, und deshalb müssen wir heute hin. Das Gästehaus ist aber voll, weil Parents' Weekend ist, und Dean muss noch Gäste am Flughafen abholen. Außerdem kommen noch andere mit einem Mietwagen. Wäre es für dich irgendwie möglich, hier die Stellung zu halten und die zwei Tage für mich zu übernehmen?«

Ich kann kaum aussprechen, wie schlecht dieser Zeitpunkt ist, ich will dringend zum Campus, vielleicht kann ich Yuna nicht sehen, aber ich will den Zufall herausfordern. Ellen habe ich jedoch so zurückgewiesen, und der Schmerz darüber ist nicht aus ihrem Blick verschwunden.

»Ist etwas Schlimmes?«, frage ich.

»Nein, nein, es ist mehr Routine, die Situation ist ja … stabil.«

Sie nennt es stabil, doch die Situation ist nicht stabil, höchstens stabil hoffnungslos. Rich wird nie wieder laufen können. Ich kann mir nicht vorstellen, wie das ihre Beziehung damals verändert hat.

»Ist er da?«, frage ich.

»Er sitzt im Wohnzimmer«, sagt Ellen.

»Ich muss mit ihm reden«, sage ich.

»Nein«, füge ich schnell hinzu, als ich ihren verwirrten Blick sehe. »Nicht darüber. Natürlich kann ich euch aushelfen. Es ist gar kein Problem. Ich mache das gerne.«

Dean ist in der Nähe und ruft ihr etwas zu. Ich muss auch

mit Ellen reden, aber sie beeilt sich schon, zu Dean zu kommen.

Als ich die Tür öffne, höre ich schon den Fernseher. Baseball. Ich muss lächeln, obwohl ich mich eigentlich nicht danach fühle.

Die Küche ist frisch geputzt. Ich ziehe mir die Schuhe aus und gehe auf Socken in das Zimmer hinter der Küche. Dort sitzt Rich im Rollstuhl und schaut auf den Fernseher. Er hat mich nicht gehört. Er sitzt dort, seine Hände sind auf seinem Schoß gefaltet. Er trägt sein blaues Fleece, nicht das festliche Hemd vom letzten Mal. Neben ihm steht ein Kaffee, und die Zeitung liegt auf dem Sofa. Sein Blick geht zwar in Richtung des Fernsehers, aber er wirkt irgendwie so, als wäre er mit den Gedanken woanders. Der Bildschirm ist größer als meiner, im Vergleich zu einigen, die auf dem Campus für die Studenten stehen, jedoch klein.

»Hallo, Rich«, sage ich.

Er zuckt kurz zusammen, dann hebt er die Hand und nickt. »Hallo, Miles.«

»Darf ich mich zu dir setzen?« Meine Stimme ist leise.

»Natürlich«, er nickt und fummelt an den Rädern seines Rollstuhls herum, als müsste er den Stuhl in die richtige Position bringen. »Wegen neulich«, beginnt er.

»Ich muss mich bei dir entschuldigen«, unterbreche ich ihn. »Ich weiß auch nicht, warum ich so ein Arschloch war«, sage ich.

Rich legt den Kopf schief, als würde er nicht richtig verstehen. »Nein, nein, wir müssen uns entschuldigen. Ellen und ich vergessen manchmal, wer wir sind. Natürlich ist so etwas eine Belastung, ältere Leute, die Eltern sein wollen, eine Ranch, einer sitzt im Rollstuhl. Wir haben überhaupt nicht nachgedacht.« Er schüttelt den Kopf über seine eigene Doofheit.

Seine Worte sind so schmerzhaft. Sie tun weh.

»Rich, bitte, sag das nicht. Ich war so durcheinander wegen Olivia.«

Er unterbricht mich. »Ist sie noch da? Sie war wirklich kein Geist?«, fragt er.

»Doch. Sie war ein Geist. Ein Geist in meinem Kopf. Du hattest recht. Aber ich will nicht über sie reden. Es ist auch keine Entschuldigung, wie ich mich verhalten habe«, sage ich.

»Es ist alles gut, Miles, wir haben dich auch so lieb, wir werden dich nicht mehr bedrängen. Vergiss es einfach. Wir haben gemerkt, dass es natürlich unpassend ist und …«

»Es war nicht unpassend, Rich.« Meine Stimme ist jetzt lauter. Ich gehe zu seinem Rollstuhl und knie mich neben ihn, damit wir auf Augenhöhe reden können. »Es war das Beste, was jemals jemand zu mir gesagt hat. Ich weiß nicht, warum ich so reagiert habe.« Ich blicke in Richs Augen, erkenne die Lachfalten um sie herum. Leider beginne ich in dem Moment wie ein Schlosshund zu heulen. Kein schönes Heulen. Ich versuche, die Töne zu unterdrücken. Es dauert eine Weile, aber dann reiße ich mich wieder zusammen.

»Sorry«, sage ich, aber als ich zu Rich schaue, habe ich das Gefühl, dass seine Augen mindestens feucht glänzen. »Rich, du würdest mich zum allerglücklichsten Menschen machen, wenn ich euer Sohn sein darf. Ich brauche keine Papiere, aber ich nehme auch Papiere. Es gibt keinen besseren Vater und keine bessere Mutter, die ich mir vorstellen kann. Es wäre einfach die größte Ehre für mich. Fuck, das klingt falsch.«

»Du fluchst heute ganz schön viel«, murmelt Rich, aber ich sehe, dass ich mich nicht getäuscht habe, auf seiner Wange glänzt eine Träne. Er presst die Lippen aufeinander, er sieht plötzlich auch aus, als müsste er heulen. So richtig.

»Ich, also. Ja, Miles. Das wäre«, sagt Rich, und seine Stimme bricht. Ich lehne mich zu ihm und umarme ihn ziemlich fest. Nach einem Augenblick klopft Rich mir auf den Rücken, und als er sich etwas zurücklehnt, lasse ich ihn los.

Er fährt sich mit dem Ärmel einmal übers Gesicht.

»Ich bin nicht so der Umarmtyp, nicht, dass du jetzt falsche Erwartungen entwickelst«, sagt er, und ein Grinsen stiehlt sich zurück auf sein Gesicht. »Ich bin da so ein bisschen oldschool, Männer bekommen von mir meistens nur auf den Rücken geklopft.«

Ich nicke. »Damit kann ich leben.«

Plötzlich wird der Fernseher lauter, irgendetwas scheint beim Baseball zu passieren. Ich merke, wie Rich nervös wird.

»Ist in Ordnung. Der sentimentale Moment ist jetzt vorbei, und du kannst wieder Baseball schauen.«

»Habe ich dir schon gesagt, dass, wenn du mein Sohn sein willst, eine Auflage ist, jede Woche mindestens zwei Spiele mit mir anzusehen?«

Ich schaue betont geschockt. »Das hättest du mir allerdings vorher sagen müssen.«

Rich gluckst und greift zur Kaffeetasse, die neben ihm steht.

»Willst du auch einen? Musst du dir bei mir leider immer selbst holen, das geht schneller.« Er schmunzelt. Ich auch.

»Und was ist jetzt mit dem anderen Mädchen, dem Fahrradfahr-Mädchen? War das auch nur ein Geist, und ich verliere langsam den Verstand?«

»Das ist ein ziemlich großes Fuck-up. Sie hat Olivia gesehen und auch noch eine wichtige Aufführung am Wochenende und will nicht, dass ich sie kontaktiere. Sie hat wegen mir eine Rolle nicht bekommen. Ich kann verstehen, dass sie mich nicht sehen will.«

Rich wirft mir einen langen Blick zu. »Sag mal, Miles, und das glaubst du?«

»Es war so.«

»Aber du kannst doch nicht nicht hingehen. Wann ist denn die Aufführung vorbei?«

»Du stellst ganz schön viele Fragen, jetzt, wo du mein Vater bist.«

»Das richtige Mädchen ist wichtig, glaubst du, ich sehe nicht, dass es bei dir gerade nicht gut läuft? Ich habe vielleicht keine guten Beine mehr, aber meine Augen funktionieren hervorragend. Wenn du sie wirklich nicht kontaktierst, machst du es dir zu einfach. Frauen sind viel komplizierter, als dass du einfach machen kannst, was sie sagen.«

Wir hören Ellens schnelle Schritte, die sich dem Zimmer nähern.

»Rich, was machst du hier bitte, wir müssen doch los«, sagt sie. Dann stutzt sie, als sie mich hier sitzen sieht.

Sie blickt von mir zu Rich und wieder zurück.

»Hast du das mit der Gästebetreuung regeln können?«, fragt Rich.

Ellen nickt. »Miles macht es«, sie lächelt mich dankbar an, aber die Zurückhaltung ist noch nicht aus ihrem Blick verschwunden.

»Ellen, du meinst, unser Sohn macht es.« Er blickt zu mir, und ich sehe in seinem Blick das Lächeln eines Vaters. So stelle ich es mir jedenfalls vor. Mich hat schließlich noch nie jemand auf diese Art und Weise angeschaut. Es gibt so viele Dinge, die wie Blei in meinem Magen liegen, aber auf irgendeine Weise gehört dieser Moment wahrscheinlich zu den glücklichsten meines Lebens.

Als sie weg sind, renne ich so unruhig herum wie noch nie. Yuna darf sich nicht in irgendetwas hineindenken, wobei sie im Moment wahrscheinlich sowieso nicht an mich denkt.

Vielleicht kann ich versuchen, zumindest heute Nacht noch kurz zum Campus zu fahren, ihr irgendeine Nachricht geben, keine Ahnung. Ich will ihren Wunsch trotzdem nicht einfach übergehen. Rich hat gut reden. Ich will so viel erklären.

Unruhig warte ich auf die Neuankömmlinge. Die Fahrt vom kleinen Flughafen in Bozeman dauert eine Weile. Endlich höre ich das Motorengeräusch, das die Ankunft der Gäste ankündigt. Ich bin im Haupthaus und laufe nach draußen, um beim Ausladen zu helfen. Das ganze Haus ist ausgebucht, Dean müsste auch gleich kommen. Morgen kommt Ellen schon zurück, und ihnen heute zu helfen ist einfach das Mindeste.

Danach setze ich mich in der Scheune an einen Tisch und versuche, einen Brief zu schreiben, irgendwie alles zu erklären. Immer wieder fange ich an, *liebe Yuna, es tut mir so leid, dass du die Rolle nicht bekommen hast.* Ich versuche zu erklären, was Olivia mir bedeutet hat und was nicht, und vor allem, dass sie weg ist. Dass die Situation nicht unklar ist, gar nicht. Und ich breche wieder ab. Wieso sollte Yuna irgendetwas über Olivia hören wollen, es geht nicht um Olivia, es geht nur um Yuna. Olivias Besuch hat mir bloß gezeigt, wie völlig bedeutungslos Olivia in meinem jetzigen Leben ist, wie sie nur in meinem Kopf war und wie echt Yuna ist. Wie gerne ich mit ihr spreche, wie gerne ich anderer Meinung mit ihr bin oder der gleichen, ganz egal. Aber ich will sie nicht abhalten von allem. Ich will ihr nichts kaputt machen, ich habe schon so viel kaputt gemacht.

Alles klingt falsch. Ich nehme Farben, mit denen ich in letzter Zeit häufiger male. Es sind Aquarellfarben mit vielen Pigmenten. Früher wusste ich noch nicht mal, was ein Pigment ist. Ich male ein Bild für sie. Ich werfe die angefangenen Briefe weg und schreibe nur einen Satz darunter:

Ich bin nicht gut darin, Wörter zu schreiben. Ich vermisse dich. Ich vermisse dich mehr, als ich je einen Menschen vermisst habe, der nicht nur in meinem Kopf existiert hat.

Ich hoffe, sie versteht, was ich meine.

Danach, als alle schlafen, setze ich mich ins Auto und fahre zum Campus. Ich habe das Bild in einen Umschlag geschoben, den ich im Büro gefunden habe, und Yunas Namen draufgeschrieben. Ich schiebe ihn unter der Tür von 344 durch. Mir fällt nichts Besseres ein, aber so bin ich doch ziemlich sicher, dass sie den Umschlag bekommt.

Sechsunddreißig

Yuna

Ich liege auf der Wiese hinter dem Haus und lasse den kalten Wind über mich hinwegfegen. Es ist viel zu kalt, um hier zu liegen. Ich habe so viele Jahre meine Muskeln warm gehalten, sogar wenn die Sonne scheint. Ich weiß, dass es gefährlich ist, dass man auf diese Weise krank werden kann, dass ich meine Muskeln schonen müsste. Nichts ist für Tänzer so erschreckend wie die Angst vor kalten Muskeln. Aber in diesem Moment genieße ich die Kälte. Ich gebe mich ihr hin. Mein Körper hat einen Tumor überstanden, dann kann er auch ein bisschen Kälte überstehen. Oder? Hallo, Körper, das ist nur Wind. Ich habe geweint, als ich von meiner Krankheit erfahren habe. Danach hatte ich mir vorgenommen, nie wieder zu weinen, wenn ich gesund wäre. Deshalb weine ich nicht. Es funktioniert. Ich kann immer noch alles schaffen.

Warum habe ich mich so ablenken lassen? Warum habe ich vergessen, dass ich tanzen will, nur tanzen? Ich habe gewusst, dass ich es nicht tun sollte. Warum habe ich mich auf Miles eingelassen und alles aufs Spiel gesetzt? Hätte ich nicht sogar damit rechnen müssen, dass Olivia kommt? Und das Schlimme ist, dass ich verstanden habe, was ihn antreibt, das Versprechen zu halten.

»Hi, Yuna«, höre ich eine Stimme neben mir. Ich blicke

hoch. Julie steht direkt vor der Sonne und schaut auf mich herunter.

»Ist dir nicht kalt?«

Ich zucke mit den Schultern. Keine Ahnung, ich will wirklich mit niemandem reden, aber Julie stört mich erstaunlich wenig. Vielleicht liegt es daran, dass sie keine Hemmungen hat, seltsam zu sein, und dass ich weiß, wenn ich mich irgendwie seltsam verhalte, es Julie nicht im Geringsten schockiert. Sie lässt sich neben mir ins Gras sinken. Sie setzt sich einfach neben mich und sagt gar nichts. Ich sage auch nichts, und weil sie so gut darin ist, schweigend nebeneinander zu existieren, fühlt es sich okay an.

»Willst du mich gar nicht fragen, was los ist?«

»Du kannst es mir gerne erzählen, aber wenn du einfach liegen möchtest, ist das auch gut.«

»Du weißt schon, dass du das Gegenteil von Hazel bist?«

»Ich weiß«, schmunzelt sie.

Ich blinzele zu ihr rüber. Ein Lächeln umspielt ihre Lippen. Die Sonne spielt mit ihren Haaren. Ich muss daran denken, was Nate gesagt hat, was für eine Ausnahmeschönheit sie ist.

»Hazel hat mir erzählt, dass du nicht die Rolle bekommen hast, die du wolltest«, sagt Julie.

Ich nicke. »So ist es«, erwidere ich.

»Und was will dir das sagen?«, fragt Julie

»O Gott. Julie. Was soll mir das sagen, ehrlich jetzt? Tja, ich glaube, das soll mir sagen, dass ich hätte mehr trainieren sollen. Aber ich hätte eigentlich nicht mehr trainieren können. Doch ich habe mich ablenken lassen«, sage ich. »Ich war nicht fokussiert genug. Und das Schlimmste ist, dass Lidia mir eine andere Rolle angeboten hat. Eine eigene Choreografie, die wenig mit Ballett zu tun hat.« Ich schnaufe verächtlich.

Julie sagt nichts. Sie trägt wieder ihren grünen Parker und zieht ihn enger um sich. Mir fällt auf, dass ihre Nägel schwarze Ränder haben. Sie hat vorhin eine Pflanze umgetopft, die in unserem Zimmer steht und um die sie sich liebevoller kümmert als andere Leute um ihr Haustier. Eigentlich rede ich doch ganz gern mit ihr. Es hilft vielleicht, es auszusprechen.

»Und gleichzeitig ist Miles' Ex-Freundin aufgetaucht. Ich darf nicht daran denken, es macht mich verrückt.«

»Du solltest es mit Meditieren versuchen. Ich kann es dir beibringen.« Sie fragt nicht genau nach, was mit Miles ist. Ich weiß nicht, ob sie es wirklich verstanden hat.

»Ach Julie, alles schon versucht, ich glaube, das hilft nicht«, seufze ich. »Eigentlich kann ich mich so gut konzentrieren. Aber jetzt ist dieser ganze Mist in meinem Kopf, er ist voll mit all diesen Gefühlen, und sie lenken mich ab. Ich habe versucht, sie rauszulassen beim Tanzen, das ist das Einzige, was hilft, und dann hat Lidia das gesehen. Es ist so völlig verrückt. Das habe ich nie gewollt.«

Wir schauen in den Himmel, der heute nur mit kleinen Wolken verziert ist. Dickere Wolken als sonst, aber weit entfernt von Regenwolken, auf die alle warten.

»Du bist so ein harter Cookie. Du lässt nichts an dich ran. Vielleicht solltest du die Gefühle jedoch zulassen. Alle. Dann würdest du nicht so viel Kraft verbrauchen, sie abzuwehren. Meistens hat man mehr Angst davor, die Gefühle zuzulassen, doch es sind nur Gefühle, und auch die schlechten sind ja … gut. Du kannst es einfach annehmen. Du musst nicht dagegen kämpfen«, sagt sie. »Und dann schauen, was passiert.«

Es klingt gut, aber ich weiß noch nicht genau, ob das so einfach geht.

»Ich kann mir übrigens nicht vorstellen, dass Miles nicht in dich verliebt ist. Dass er es nicht ernst meint.«

»Es ist kompliziert«, sage ich.

»Es ist immer kompliziert«, sagt Julie. »Aber dann wiederum ist es ziemlich einfach.«

»Hast du schon mal überlegt, irgendwo als Orakel anzufangen?«, seufze ich.

Julie gluckst. »Ich kenne ein paar Wahrsager auf Hawaii.«

»Ich bin mir sicher.«

Wir liegen noch eine Weile so da.

»Gefällt dir das College?«, frage ich sie. Julie ist so zurückhaltend, ich frage sie viel zu wenig, zu sehr bin ich mit mir selbst beschäftigt.

Sie nickt. »Es gefällt mir sehr gut. Ich hätte nie gedacht, dass ein normales College so schön sein kann. Wobei ja nicht alles normal ist hier.«

Wir reden noch einen Moment weiter, und irgendwie entspannt mich ihre Gegenwart, ich werde nicht ruhig, doch irgendwie fühle ich mich leichter.

Kurz darauf springe ich auf, verabschiede mich von Julie und gehe zu 344, um meine Sachen zu holen. Ich bin so unruhig. Irgendwie habe ich das Gefühl, dass sie mir gerade einen Schlüssel gegeben hat, auch wenn ich nicht erklären kann, wofür eigentlich. Vielleicht muss ich doch zum Sport. Oder irgendetwas machen. Als ich in mein Zimmer komme, liegt ein Umschlag auf meinem Bett, auf dem »Yuna« steht. Darauf klebt ein Post-it von meiner Mitbewohnerin Elena: »Habe ich heute früh im Flur gefunden.« Der Name auf dem Umschlag nicht mit einem normalen Stift geschrieben, sondern mit einem Pinsel. Mein Herz beginnt schneller zu pochen. Ich habe eine ziemlich genaue Ahnung, von wem dieser Umschlag ist. Ich bin so aufgeregt. Aber dann ziehe ich die zugeklebte Lasche vorsichtig auf.

Es ist kein Brief. Es ist ein Bild von Miles. Meine Hände zittern, als ich es anschaue. Es ist wunderschön. Ich erkenne es direkt. Es ist die Landschaft, der Ausschnitt, den er sieht, wenn er bei sich am Fenster steht. Es ist kein Mensch darauf zu sehen, nur diese Landschaft. Ich habe seine anderen Bilder gesehen, die er von genau der gleichen Stelle gemacht hat. Er hat so perfekt die Schönheit eingefangen. Diese Landschaft ist jedoch nicht perfekt schön. Sie ist unendlich traurig. *Ich bin nicht gut darin, Wörter zu schreiben. Ich vermisse dich. Ich vermisse dich mehr, als ich je einen Menschen vermisst habe, der nicht nur in meinem Kopf existiert hat.*

Erst, als der erste Tropfen auf dem Bild landet und eine kleine Pfütze hinterlässt, merke ich, dass ich zu heulen angefangen habe. Erschrocken lege ich das Bild wieder hin. Ich schließe die Augen.

Du kannst es einfach annehmen. Du musst nicht dagegen kämpfen.

Siebenunddreißig

Miles

Seit dem Tag, an dem Olivia aufgetaucht ist, habe ich Yuna nicht gesehen. Sie war auch nicht mehr im Café. Ich wollte ihre Entscheidung respektieren, egal, wie schwer. Heute ist Donnerstag, der Abend vor der Aufführung. Ich sitze in der Scheune und versuche das Bild von Yuna weiterzumalen. Ich habe Ölfarben genommen. Ölfarben benötigen unendlich lange, bis sie trocken sind, man kann ewig an so einem Bild malen, wenn man in Schichten arbeitet. Es dauert. Ich mag das. Vielleicht ist es etwas verrückt, so zu denken. Bestimmt ist es das. Aber vielleicht hilft es gegen diese krasse Sehnsucht. Ich muss nur noch bis morgen aushalten. Ich muss sie wiedersehen, nach der Aufführung, vielleicht gehe ich hinter die Bühne. Ich muss ihr alles erklären. Ich muss sie überzeugen. Ich darf gar nicht daran denken, was ich mache, wenn sie mich nicht sehen will. Ich möchte am liebsten jetzt zu ihr, aber ich will ihr nichts kaputt machen. Sie muss sich konzentrieren. Ich wünschte, ich könnte den Film stoppen, der in meinem Kopf abgespielt wird, die ganzen Bilder von ihr, die es schwer machen, nicht aufzuspringen und zu ihr zu fahren. Ich konzentriere mich auf die Linie ihres Mundes auf meinem Bild. Das macht es nicht einfacher.

Dann klopft es an der Tür.

Ich habe keine Ahnung, wer es sein kann. Niemand klopft an diese Tür, nicht um diese Zeit.

Als ich die Schiebetür aufziehe, stockt mir der Atem. Yuna. Ihre Wangen sind gerötet, und ihr Haar hängt in ungezähmten Strähnen um ihren Kopf. Sie sieht aus, als hätte sie gerade getanzt. Ihr Brustkorb hebt und senkt sich, vielleicht ist sie gerannt.

Sie trägt Leggings und ein weites, schwarzes T-Shirt mit dem Aufdruck »I love Ballet«.

»Hallo, Miles«, sagt sie. Ihre Stimme klingt atemlos, sie muss wirklich gerannt sein.

Für einen Moment sehen wir uns nur an, und ich versuche zu verstehen, warum sie gekommen ist, auch wenn ich sie am liebsten bloß in meine Arme ziehen möchte.

»Ich wollte mich für dein Bild bedanken«, sagt sie. »Es ist sehr schön. Danke, dass du es mir geschenkt hast.«

»Ist morgen nicht deine Aufführung?«, frage ich.

Sie nickt. »Aber ich wollte dich noch mal sehen, ich bekomme es sowieso nicht aus dem Kopf.« Ihr Blick springt hinter mich in die Scheune, und plötzlich merke ich, was sie dort sucht.

»Sie ist weg«, sage ich.

Yuna nickt. »Darf ich … reinkommen?«

Ich trete zurück, und sie geht an mir vorbei in die Scheune.

»Sie war gar nicht hier drin, Yuna«, sage ich, auch wenn sie es nicht gefragt hat. Aber ich habe den Eindruck, dass sich ihre Schultern entspannen. Ich will sie an mich ziehen, es fällt mir schwer, es nicht zu tun, ihr Zeit zu geben. Die Scheune liegt im Halbdunkel, nur dort, wo ich gearbeitet habe, ist Licht. Yuna scheint extra nicht dorthin zu gehen, vielleicht hat sie Angst, dass ich etwas male, was ihr nicht gefällt. Ich weiß jedoch auch nicht, ob ich will, dass sie das Bild sieht, das ich von ihr male, es scheint mir dreist, dass ich sie vorher nicht gefragt habe. Sie geht in Richtung des Waschbeckens und des Tresens, wo ich zwei Bilder an die Wand gelehnt habe, Landschaften.

»Die sind neu?«, fragt sie und schlendert langsam zu den Bildern.

Ich folge ihr und stelle mich hinter sie. Ich atme ihre Gegenwart ein. Sie legt den Kopf etwas schief, um die Bilder anzuschauen. Es ist zu wenig Licht hier, aber ich möchte kein weiteres einschalten, möchte irgendwie nicht im grellen Licht mit ihr hier stehen. Sie ist so groß, und ihr Kopf ist genau vor meinem, nur ein kleines Stück tiefer. Ich unterdrücke den Impuls, ihre Haare glatt zu streichen. Der Ausschnitt ihres Shirts ist am Hals ausgeleiert und lässt ihre Haut sehen. Wie gern möchte ich sie zu mir heranziehen und sie dort küssen.

Sie steht vor mir und schaut auf das Bild, aber ich weiß nicht, ob sie das wirklich anschaut. Sie seufzt. Ich sehe, wie sie atmet, wie sich ihre Schultern ganz leicht heben und senken.

Vorsichtig lege ich meine Hand auf ihre warme Schulter und streichele ihren Nacken. Sie legt den Kopf zur Seite, und ich wende meine Handfläche so, dass ihre Wange dagegen lehnt. Ich weiß nicht, wie lange wir so stehen. Heute Abend ist es windiger, und wir lauschen nur dem Knacken des Holzes, dem leisen Pfeifen des Windes, der um die Scheune bläst. Dann wendet sie sich langsam zu mir um. Ihre Augen sind geschlossen. Sie presst die Lippen leicht zusammen, und ich streiche über ihr Gesicht, über die perfekten schwarzen Wimpern, die feucht sind, als ich sie berühre.

»Ich sage es dir ehrlich. Ich weiß nicht, ob es geht, ob es richtig ist, ich weiß nicht, ob ich es kann. Ich kann dir nichts versprechen. Ich kann es nicht.« Sie hat schnell gesprochen, nicht sehr laut, aber ich habe jedes Wort verstanden, aufgesaugt. Ich streiche mit dem Daumen über ihre Wange, und sie lässt mich sie berühren.

Sie öffnet die Lider und sieht mich aus ihren warmen schwarzen Augen flehend an. Ihr Blick hängt an meinen Lippen, dann springt er wieder zurück zu meinen Augen. Ich kann ihren Atem spüren, so nah stehen wir voreinander.

»Und morgen ist deine Aufführung. Solltest du nicht schlafen?«

Ein winziges Lächeln erscheint auf ihren Lippen, dann nickt sie langsam. »Genau deswegen bin ich da. Vielleicht … hilft es, dich zu sehen. Schlafen kann ich sowieso nicht. Du bist zu weit weg.«

»Du brauchst mir gar nichts zu versprechen«, sage ich. »Ich bin froh, dass du hier bist, auch ohne jedes Versprechen.«

Sie nickt und wirkt irgendwie erleichtert, ihre Schultern lösen sich.

Sie hebt ihr Kinn zu mir, ihre Lippen näher an meine, und einen Moment später treffen sie weich aufeinander. Ihr ganzer Körper vibriert, während wir uns küssen. Ich liebe ihren Geruch, meine Zunge auf ihren samtigen Lippen. Sofort ist sie wieder da, diese Anziehung, die sie auf mich ausübt, wenn ich sie küsse. Ich frage mich, warum wir uns jemals nicht küssen. Ihre festen Haare zwischen meinen Fingern, mein Puls beginnt wieder zu rasen, und mein Kopf ist nur noch voll von ihr, während wir uns tiefer umeinanderschlingen, ineinander verschlingen.

Nach einem Moment lösen wir uns wieder voneinander, atemlos, ich presse meine Hand auf ihre Schultern und ziehe sie zu mir heran, während sie ihren Kopf an meiner Schulter vergräbt.

»Ich habe dich so vermisst«, murmelt sie gegen meine Schulter. »Nein, das stimmt nicht, es ist eher ein Zustand. Ich habe das Gefühl, dass ich dich jetzt vermisse, während ich hier bei dir bin. Als hätte ich ein schwarzes Loch in mir, das du irgendwie füllen kannst, und es macht ohnehin keinen Sinn, es abzustreiten.«

Ich streiche mit den Händen in Kreisen über ihren Rücken. Ich weiß, welches Gefühl sie meint.

»Miles, ich brauche dich so sehr, verstehst du. Ich weiß nicht, ob es dir Angst macht. Mir macht es Angst. Weil ich auch tanzen muss, und ich hoffe einfach, dass es alles zusammen geht.« Sie hebt ihren Kopf, und ich sehe es in ihren dunklen Augen, die Angst, die Unsicherheit, jedoch auch das Verlangen.

»Ich habe keine Angst, Yuna.« Ich lasse meine Finger wie einen Kamm durch ihre dunklen Haare gleiten. Wie ich das Gefühl liebe.

Sie schließt die Augen und atmet tief ein. »Miles.« Dann suchen ihre Lippen wieder meine und pressen sich darauf. Sie sind warm und geben nach. Dann noch mal. Weniger vorsichtig. Verlangend. Begierig.

Und dann wird alles unscharf. Sie meint es ernst. Mein Rücken ist gegen die Wand gepresst. Ihr Rücken ist gegen die Wand gepresst. Ihre Hände sind in meinen Haaren, und meine Hände sind in ihren Haaren. Ihr Mund ist überall, und ich nehme sie hoch und trage sie in meinen Armen. Ich liebe es, wie sie unter meinen Lippen erschauert, unter jeder meiner Berührungen. Sie ist ein einziges elektrisch geladenes Feld, das auf meinen Körper gepolt ist.

Ich setze sie auf den Tisch, und Gläser mit Pinseln fallen herunter und irgendetwas Metallisches. Ihr Mund ist so besitzergreifend, ihre Hände, ihre Lippen. Kurz sehe ich das Bild vor mir, wie sie im Gym getanzt hat, wie sie in einer Welt war, die nur ihre Regeln hatte, ohne Zurückhaltung. Es sind so viele unausgesprochene Gefühle in diesem Kuss, Dinge, für die es gar keine Worte gibt. Das Gefühl von ihr in meinen Armen, wie sie ihren Oberkörper gegen meinen presst. Die kleinen Geräusche, die sie von sich gibt, während sie ihre Hände auf meinen Oberkörper legt. Ich erkunde ihren Mund, ihre Lippen, ihr Gesicht, wieder ihren Mund. Ich lasse meine Hände über ihr Gesicht streifen, ihre Taille, ihre Haut ist so weich. Sie greift nach meinem offenen Hemd und streift es mir von den Schultern. Dann unterbricht sie kurz den Kuss, zieht mir mein

T-Shirt über den Kopf, reißt sich, ohne zu zögern, ihre eigenes Shirt mit einer Hand vom Körper und wirft es achtlos weg. Sie trägt keinen BH. Ihr Kuss ist habgierig und egoistisch und dann wieder zärtlich, weich. Sie presst ihre nackte Haut gegen meine nackte Brust, und Oben und Unten lösen sich auf, als ihr Herzschlag gegen meinen hämmert. Sie saugt an meinem Hals, als wollte sie mich aufessen. Mein Herz dreht durch, und ein Stöhnen entfährt mir. Dann rutscht sie vom Tisch herunter, stellt sich vor mich und zieht die Hose von den Hüfte nach unten, ich mache das Gleiche, und innerhalb von Sekunden sind wir fast vollständig nackt, und stoßartig beginne ich wieder zu atmen, womit ich irgendwann aufgehört haben muss.

Ich umfasse ihren Po, und sie klammert ihre Beine um mich, presst sich an mich, ihre Küsse sind genauso gierig wie meine. Ich trage sie zum Sofa, wir fallen gemeinsam darauf, ich versuche, ihren Kopf abzustützen. Je mehr ich von ihr bekomme, je tiefer der Kuss wird, umso mehr will ich. Es ist ein Strudel, der sich immer schneller dreht.

»Yuna«, flüstere ich atemlos. Mein Herz rast, und mein Atem geht so schnell. »Ich möchte dir nur sagen, dass, egal, was passiert, ich werde es nie bereuen. Nichts. Du bist das Beste, was mir je passiert ist, sogar wenn es nur bis hierhin ist. Aber ich will dir nichts kaputt machen, ich weiß, was das Tanzen für dich bedeutet und …«

Sie presst ihren Mund auf meinen. »Miles«, flüstert sie. Sie fährt mit ihrem Finger über das Tattoo an der Innenseite meines Oberarms. »Alive. Ich fühle mich lebendiger als jemals zuvor. *Du* bist mein Tattoo.«

Sie robbt sich unter mir hervor und greift nach dem Beutel, den sie fallen gelassen hat, als sie hereingekommen ist. Sie zieht ein Kondom heraus, reißt die Verpackung auf, und dann reicht sie es mir. »Ich habe keine Ahnung, wie es geht.« Ein entschuldigendes Lächeln umspielt ihre Lippen, die geschwollen und rot von unseren Küssen sind. Ihre Augen glänzen, und ihre Haarsträhnen fließen in schimmernden Bahnen um ihren Körper. Sie setzt sich seitlich neben mich und streicht über meine Brust. Sie sieht so verletzlich aus, wie sie dort sitzt. Und stark. Ihre perfekten Brüste mit den kleinen Brustwarzen. Ich nehme das Bild von ihr in mich auf. »Man sieht die ganzen Battle Ropes«, sagt sie und streicht meine Schultern herunter und sieht mich mit der gleichen Intensität an, wie ich jeden Zentimeter ihres Körpers wahrnehme. Sie küsst meine Brust und schaut zu mir hoch. Ich küsse sie, während ich das Kondom überziehe, aber sie presst mich mit ihren Händen auf meiner Brust zurück in das Sofa und klettert auf meinen Schoß. Sie umfasst mein Gesicht mit den Händen, ihr Mund kurz vor meinem, und langsam lässt sie sich auf mich herabsinken. Fast gleichzeitig atmen wir scharf ein, und sie schließt die Augen. Sie klammert sich an meine Schultern, sodass sich ihre Finger fast in meine Haut bohren. Sie atmet einmal hörbar ein und beginnt langsam ihr Becken zu bewegen. Ich unterdrücke ein Stöhnen, meine Finger streichen ihren Rücken hinab und hinterlassen eine Spur von Gänsehaut, ihr unregelmäßiger Atem leitet mich an ihre empfindlichsten Stellen, und plötzlich, als hätte sie sich an etwas erinnert, öffnet sie ihre Augen. Ihr Blick ist so offen und roh, so, wie ich sie immer sehen wollte. Jetzt schon.

»Bleib bei mir«, sagt sie, und ich lasse mich in ihre Augen fallen. Ich liebe es, so von ihr gebraucht zu werden. Ich ziehe sie an den Hüften noch näher zu mir heran, während sie ihre Hüften auf mir bewegt, schneller wird, dann lässt sie sich wieder leiten, drückt ihren Rücken durch, und ich merke, wie ihr Körper sich versteift. Mein Herzschlag wird schneller. Ihre Hände wandern meinen Rücken herauf und herunter, als würde sie dort Halt suchen, sie zieht die Linien meiner Schultern nach, dann hält sie sich fest. Ihre Finger graben sich fester in meine Schultern, als ihre Bewegungen schneller werden. Unsere Küsse sind tief, aber in Zeitlupe und werden unkonzentrierter. Ich dehne meine Küsse auf ihren Hals aus, lausche ihrem schnellen Atem, der mich anspornt, fahre die Konturen ihrer Schultern mit der Zunge nach, immer weiter, halte sie fest, wenn sie zurückzuckt, bis ich wieder bei ihren Lippen bin. Dann umfasse ich ihren Hinterkopf und ziehe sie zu mir, halte ihren Blick mit den Augen fest. Und dann zerfällt sie unter meinen Händen, und ich lasse mich mitziehen. Ich habe das Gefühl, dass irgendein Teil von meiner Seele in ihr bleibt, irgendein Teil von ihr in mir. Ihre Augen hängen immer noch an meinen. Nie habe ich mich so … genug gefühlt. Wertvoll. In ihren Augen sehe ich, dass es vielleicht doch einen Grund gibt, warum ich hier bin, immer noch. All die Jahre. Alive.

Achtunddreißig

Miles

Ich begrüße die beiden Gäste, ein sehr höfliches Ehepaar. Sie wirken erschöpft und etwas eingeschüchtert. Ich bin so angefüllt von der letzten Nacht, dass ich das Gefühl habe, platzen zu müssen. Aufgeregt. Durcheinander. Aber ich habe Hoffnung. Hoffnung, die ich vorher nicht hatte. Denn auch wenn sie heute tanzt, auch wenn sie sich nicht sicher ist, ob es alles zusammen geht, habe ich doch gesehen, dass sie so fühlt wie ich. Und muss es dann nicht eigentlich einen Weg geben?

»Ich hoffe, wir haben keine Umstände gemacht. Wir sind leider später als geplant. Der Flug hatte Verspätung. Und wir wollen natürlich auf keinen Fall das Parents' Weekend verpassen«, sagt die Frau mit leiser Stimme. Sie hat einen leichten Akzent. Ich begleite beide zur Rezeption und trage ihren Koffer. Sie trägt ihre schwarzen, glatten Haare in einem Bob und hat eine weiße Bluse und eine dunkelblaue Strickjacke an. Eine zierliche Frau, die ein liebes Gesicht hat und müde aussieht. Der Mann ist hager, mit grauen Haaren und einer dunkleren Haut. Aus irgendeinem Grund habe ich das Gefühl, sie zu kennen. Ich helfe ihnen, ihre Sachen in das Gästezimmer zu bringen, das sie bewohnen. Sie haben das Büffelzimmer, das so heißt, weil auf den Vorhängen Büffel abgebildet sind und man auf eine Wiese schaut, auf der früher die Büffel gegrast haben. Dann gehen wir zurück zur Rezeption für die Formalitäten.

»Ihr erstes Mal in Montana?«

Sie nicken fast gleichzeitig. »Wir verreisen eigentlich nicht viel. Aber unsere Tochter studiert am MCPA«, sagt sie und lächelt. »Sie ist Balletttänzerin.«

In dem Moment trifft mich die Erkenntnis wie ein Schlag. Und als ich ihre Nachnamen eintrage, ist es nur noch die Bestätigung. Ich habe Yuna schon aus der zierlichen koreanischen Frau und dem großen grauhaarigen Mann mit den eingefallenen Wangen und der gebräunten Haut zusammengesetzt, habe ihre Gesichter schon nach Yuna abgesucht.

»Sie hatten einen langen Weg nur für ein Wochenende«, bemerke ich. Ich muss mich beherrschen, nicht noch viel mehr zu fragen.

»Ja, aber wir vermissen sie so, sie hat ihr ganzes Leben lang bei uns gewohnt. Und jetzt wissen wir noch nicht mal, wie sie hier lebt. Wir wollten ein Mal kommen. Sie tritt zudem auf. Wir sind nur durch die Verspätung in Zeitverzug. Hoffentlich verfahre ich mich nicht auf dem Weg.«

Ich spüre einen Stich in der Brust. Sie kommen, um ihre Tochter zu sehen, und sie ist nicht in der tragenden Rolle. Und ich bin der Grund, denn wäre sie nicht abgelenkt gewesen, hätte sie es mit Sicherheit geschafft. Ich glaube nicht mal, dass ihre Eltern darüber enttäuscht sind, aber Yuna wird es sein. Die Eltern, die sie so bedingungslos lieben, dass sie alles für sie tun würden. Die alles dafür aufgegeben haben, dass Yuna Balletttänzerin wird. Ich kann plötzlich verstehen, wie eine solche Liebe auch eine Last sein kann.

»Ich kann vor Ihnen herfahren, wenn es Sie beruhigt. Ich muss auch in die Richtung«, biete ich an. Dean ist jetzt da und kann übernehmen, falls noch weitere Leute ankommen. Außerdem brenne ich darauf, sie zu sehen. Dann hätte ich einen

Grund. Wobei ich keinen bräuchte, ich wollte sowieso unbedingt hinfahren.

»Das würden Sie machen?«, fragt Yunas Vater dankbar.

Ich nicke. »Das ist gar kein Problem.«

Nur zwei Stunden später sitze ich im Publikum und starre auf die Bühne. Hätte ich mir vor ein paar Monaten träumen lassen, dass ich nach Montana komme, um eine Tanzaufführung zu besuchen? Nein, auf keinen Fall. Natürlich fällt Yuna auf. Sie fällt besonders auf, Blicke bleiben an ihr haften, sie ist die geborene Solotänzerin. Es sind nicht nur ihre Haare und die von der mexikanischen Großmutter geerbte Hautfarbe, es sind auch ihre Größe, ihre Anmut, ihre Statur. Neben den teilweise fast ausgemergelt ausschauenden Tänzerinnen wirkt sie muskulöser und athletischer. Ihre Pigmentflecken hat sie nicht abgedeckt. Sie hat mir erzählt, dass sie sie für Aufführungen abdeckt, aber sie sind da. Ich mag die hellen Flecken, doch ich weiß, dass es für sie eine Bedeutung hat, sie zu zeigen. Ich muss lächeln. Und dann ist noch etwas Neues an ihr. Ihre Haare sind zu einem festen Knoten zurückgekämmt, aber sie hat einen lila Haarstreifen auf dem Kopf. Erst denke ich, dass ich es mir einbilde, aber nein, eine Haarsträhne ist lila und schimmert je nach Lichteinfall kräftiger oder weniger kräftig. Sie ist eine Bühnenerscheinung, keine Frage. Aber als sie die Formationen mit den anderen Mädchen tanzt, zieht sie genauso die Blicke auf sich, und ich verstehe, warum es auch ein Problem sein kann, zu viel Präsenz zu haben. Andererseits schaue ich natürlich nur auf Yuna, vielleicht geht es den anderen ja gar nicht so.

Der Saal ist nicht komplett voll. An diesem Wochenende werden so viele Einblicke in die Arbeit der Studenten gegeben, dass die Programmauswahl zu groß ist, als dass alle Aufführungen ausgebucht sein könnten. Der Campus ist voll von Eltern, die das College ihrer Kinder und die Aufführungen sehen wollen, wobei die wichtigsten und aufwendigsten Aufführungen erst am Jahresende stattfinden. Ich habe vorhin Nate gesehen, und im Vergleich zu seinen Eltern, die mich ziemlich stark an Ruth und Bill erinnert haben, wirkt er fast wie ein Rebell mit seinen Hemden, die halb aus der Hose hängen.

Iris, das Mädchen, das ich aus dem Café kenne, tanzt die Solopartie, es sind die Ausschnitte aus dem berühmten *Schwanensee*. Sie tanzt sehr gut, ich habe keine Ahnung von Ballett, aber es ist beeindruckend, und die Leute sind begeistert. Die Tänzer wechseln, es kommen auch Leute aus dem Programm mit Schwerpunkt Modern Dance, verschiedene Gruppen tanzen, alle haben nur ein paar Minuten. Sie wollen die Vielfalt der aktuellen Studenten zeigen. Ich sehe Hazel unter den Zuschauern, als sie mich erkennt, fliegt ihr Blick zu Yuna und dann wieder zu mir. Sie presst die Lippen zusammen und nickt mir zu. Es sieht ein wenig so aus, als wollte sie mir Mut machen. Dann blickt sie zurück zur Bühne. Natürlich, sie versteht auch nicht, was los ist. Wie sollte sie auch? Ich selbst habe es doch kaum verstanden. Yunas Eltern schauen begeistert auf die Bühne und beobachten ihre Tochter. Ich frage mich, ob ihnen auffällt, dass ihre Tochter nicht die Hauptrolle tanzt. So viele Jahre, wie sie ihre Tochter haben tanzen sehen, muss es ihnen auffallen. Aber sie lächeln, sie freuen sich natürlich, wie weit sie es gebracht hat.

Dann geht das Licht wieder aus, was anzeigt, dass ein neuer Teil beginnt. Immer sammeln sich die Tänzer im Dunkeln, das Licht geht an, und ein völlig anderer Tanz beginnt. Es ist jedes Mal eine Überraschung. Diesmal beginnt ein Lied mit einem sehr harten, tiefen Beat, der sich mehr nach Club anhört, Hip-Hop, ich habe es schon mal gehört. Es hat wenig mit Ballett zu tun.

Neununddreißig

Yuna

Mein Herz hämmert, und meine Fingerspitzen kribbeln. Keine Ahnung, es ist eine andere Aufregung, als ich sie von normalen Wettbewerben kenne. Anders als die Aufregung, die ich vor dem Auftritt vorhin empfunden habe. Natürlich möchte ich immer perfekt sein, das ist ein Wunsch, den wahrscheinlich jede Ballerina hat, die so weit gekommen ist wie ich. Meinem Perfektionismus habe ich viel zu verdanken. Die Geräusche der Zuschauer dringen zu der Stelle, wo ich hinter dem Bühnenraum stehe, um mich für den Auftritt zu sammeln. Das Raunen der Menschen, das Quietschen der Türen. Die anderen sind gerade runtergekommen. Ich hatte eine kurze Pause zwischen dem letzten Auftritt und diesem hier. Ich habe mich umgezogen, mein schwarzes Shirt und die Leggings angezogen. Mein T-Shirt ist weit, aber nicht sonderlich lang. Wenn ich mich nach oben strecke, sieht man meinen Bauch, vielleicht auch den Rippenansatz. Ich muss an meine Mutter denken und daran, wie sie mühselig die schönsten Kostüme für mich genäht hat, mit Perlen bestickt und Federn besetzt. Und jetzt ist mein Kostüm ein T-Shirt, das in ihren Augen schlabbrig ist und dennoch zu viel Haut zeigt. Sie sind tatsächlich noch pünktlich angekommen, sie haben eine Nachricht geschickt. Aber ich konnte sie nicht mehr vorwarnen.

Vielleicht besser so. Ich sehe das Gesicht meines Vaters vor mir, die tiefen Furchen, zu tief für sein Alter. So, wie ich gleich tanze: Das ist für sie pornografisch, weil die Gefühle so klar im Tanz sind, die Gefühle, die es im Stammhirn gibt, Dinge, die ich sonst nicht tanze oder zeige, weil sie so tief in mir drin sind. Vielleicht habe ich gestern welche gezeigt, als ich bei Miles war. Aber auch den Gedanken lasse ich los, nehme nur die Kraft daraus, die ich darin finde.

Ich bürste noch ein letztes Mal über meine Haare. Nicht, damit sie glatt sind, sondern damit das Haarspray sich löst, das ich diesmal für den Ballettknoten nur sparsam benutzt habe, weil ich schon vorher wusste, dass ich nicht mit zusammengebundenen Haaren tanzen wollte. Ich streiche über die lila Strähne und muss lächeln. Ich lasse auch den Gedanken los und suche in mir das Gefühl, dass dies der richtige Weg ist, und halte mich daran fest.

Ich habe vorher Ava geschrieben, dass ich gleich auftreten werde. Sie weiß, dass es mir viel bedeutet und dass es das erste Mal ist, diese Art zu tanzen vorzuführen. Ich glaube jedoch, niemand weiß, wie viel es mir bedeutet.

Ich gehe auf die dunkle Bühne und stelle mich in Position. Ich stelle mir vor, dass ich mit Ava auf der Bühne stehe, mit irgendjemandem, der diesen Tanz versteht. Das macht mich ruhig. Und dann gehe ich ganz tief in mich hinein.

Ich schließe die Augen und gehe an diesen Ort, den ich so gut kenne. Es ist still, und es gibt dort auch keine Zuschauer. Wie ein Jäger auf seine Beute bin ich auf die Musik fokussiert. Mein Körper kribbelt in Erwartung der Musik. Ich werde ihr alles schenken, was ich habe. Mehr habe ich nicht.

Und dann geht es los. Billie Eilish, ihr Lied ist so stark, und nirgendwo kann man so stark sein wie in diesem Lied. Ich strecke meine Hand hoch, und dann geht mein Körper mit, und ich gehe mit meinem Körper mit, mit allen Teilen, die ich einzeln bewegen kann und mit denen ich jedem Beat gerecht werde, und all den Schwingungen, die im Lied sind. Ich habe viel Hip-Hop drin und lasse meinen Unterkörper in einzelnen Stücken vor- und zurückfedern, stampfe und fliege abwechselnd. Ich greife mir in den Schritt, weil, hey, warum eigentlich nicht?

Ich bin sexy und habe überhaupt keine Angst vor allen Gefühlen, die in mir drin sind, egal, wie tief, egal, wie stark. Es ist so viel Freiheit in der Sequenz, und, ja, ich genieße es, und ich genieße meinen Körper, der tut, was ich ihm sage, und wenn ich will, kann ich auch schweben. Ich habe die ganze Kraft und Präzision, kann mich fließend bewegen oder abgehackt, kann jeden Körperteil einzeln schwingen lassen und die Hüften nach vorne und nach hinten tanzen lassen, meine Rippen, meine Brust, meinen Po, meine Hüften und wieder meinen Po. Ich lasse meinen Kopf kreisen. Mein ganzer Körper ist in Bewegung und durchdrungen von diesen tiefen Beats. Und vielleicht können andere Tänzer allein die Ballettbewegungen so zu ihren eigenen machen, dass sie alles darin finden, ich brauche auch die anderen Beats dafür, die anderen Bewegungen und Schritte. Ich lasse alles durch meinen Körper hindurchziehen, und ich weiß endlich, dass ich angekommen bin.

Vierzig

Miles

Ich kann es fast nicht glauben, als mir klar wird, was ich dort sehe. Es ist Yuna, ihre Haare sind offen, und sie trägt ein schwarzes Outfit, das eher so wirkt, als würde sie vom Boxtraining kommen. Umso schärfer ist der Kontrast zu den präzisen Schritten, die sie macht. Sie tanzt Ballett und Hip-Hop gleichzeitig, und sie ist so sexy und kraftvoll und … überraschend. Sie hat auch Humor. Es ist eine ganz eigene Mischung, die völlig anders und neu ist. Ich reiße meinen Blick los und schaue zu den Eltern. Die Mutter hat die Hand vor den Mund geschlagen und verfolgt jede Regung von Yuna auf der Bühne. Sie kennen Yuna nur als Balletttänzerin. Ich denke daran, wie nervös Yuna war, weil sie hier sind. Aber ich weiß auch, dass das nicht die Yuna ist, die ihre Eltern kennen. Dass es für sie eine riesige Überwindung sein muss, so zu tanzen. Ich bin total stolz auf Yuna. Ihre Eltern haben gesagt, dass sie erst nach der Vorführung zu Yuna gehen, damit sie nicht nervös wird, sie wollten es nicht darauf anlegen, sie vorher zu sehen. Natürlich, das sind wettkampferprobte Eltern, die wissen, wie man einen Künstler vor einem Bühnenauftritt behandelt.

Als der Tanz zu Ende ist, bricht tosender Applaus los. Bei jedem Stück wird sehr laut und begeistert applaudiert, aber diesmal erwacht das gesamte Publikum aus einer Art Trance. Yuna tritt nach vorn und senkt mit einem Ruck ihren Kopf nach vorn, um sich zu verbeugen. Erst jetzt sieht man, wie schwer sie atmet, wie anstrengend der Tanz gewesen sein muss. Die Haare stehen um ihren Kopf, jetzt sieht man die lila Strähne im Licht viel deutlicher. Sie wirkt glücklich und befreit und verbeugt sich noch mal tief. Auf ihrem Gesicht glänzt der Schweiß. Mein Herz rast, weil ich weiß, was es für sie bedeuten muss.

Tatsächlich stehen ihre Eltern auf und winken ihr auf der Bühne zu, doch sie wirken dabei erstarrt. Vielleicht sind sie immer so zaghaft, aber ich glaube, ihnen den Schock noch anzusehen. Dann tritt Yuna herunter von der Bühne und geht zu ihren Eltern. Sie umarmt sie. Ich sehe, wie ihr Rücken bebt, glaube, sie weint. Und irgendwie bin ich gerade so froh für sie, dass es fast das einzige Gefühl ist, das ich empfinde.

Einundvierzig

Yuna

»Ist das Lila in deinen Haaren?«, fragt mein Vater und sieht mich mit in Falten gezogener Stirn an. Er spricht nur die Frage aus, die meiner Mutter auf den Lippen brennt. Er sieht mich an, als würde er mich zum ersten Mal sehen.

Um uns herum ist viel los, die Stimmen der Studenten und der Eltern liegen in der Luft, ich sehe Iris und ihre blonde Familie, die alle irgendwie perfekt schön sind und so jung, dass man nicht genau sagen kann, wer die Mutter und wer die Schwester ist.

»Mir hat es gut gefallen«, sagt meine Mutter. »Der *Schwanensee*, es ist immer noch eine meiner Lieblingsrollen«, murmelt sie. Eine steile Falte steht auf ihrer Stirn, sie kann sich schlecht verstellen. Ihre Bluse ist wie immer perfekt zugeknöpft, ihr Mantel ordentlich, ohne einen einzigen Fussel. Meine Eltern haben nicht viel Geld, aber meine Mutter legt viel Wert darauf, nicht so auszusehen. Sie ist stolz.

»Und der andere Tanz, das Solo? Das war ein … Experiment?«, fragt mein Vater und versucht zu lächeln. Keine Ahnung, wahrscheinlich fühlen sich Schauspieler so, wenn sie eine Nacktszene vor ihren Eltern gespielt haben, wie ich mich nach diesem Tanz. Ich glaube, die Darstellerin von *Shades of Grey* hat mal erzählt, dass ihre Eltern den Film nicht anschauen durften. Ich kann es verstehen. Aber gleichzeitig bin ich irgendwie froh, dass sie dabei waren. Dass es kein Geheimnis ist.

»Es war ein Tanz von mir«, sage ich.

»Wie, von dir?«

»Ich habe ihn mir ausgedacht, das war meine Choreo«, erkläre ich. Es kostet mich dennoch Überwindung, es auszusprechen.

»Meine Ballettlehrerin hat mich dazu ermutigt«, fahre ich fort. »Sie fand es gut.« Ich muss aufpassen, mich nicht zu verteidigen. Plötzlich sehe ich Hazel. Sie kommt auf mich zu und umarmt mich kurz. »Du warst so unglaublich«, sagt sie. In ihrer Stimme schwingt fast Ehrfurcht mit. Dann blickt sie zu meinen Eltern. Ich stelle Hazel als meine Freundin vor, und nach einem kurzen Small Talk zieht sie weiter.

Meine Mutter sieht ihr nach. »Sie wirkt nett, deine Freundin«, sagt sie.

»Sie ist nett. Mehr als das. Ich habe Glück gehabt.«

»Deine Lehrerin hat das also vorgeschlagen?«, fragt sie. Sie schaut zu mir hoch. Sie sieht erschöpft aus von der Reise. Ich sehe auch Enttäuschung in ihrem Gesicht und merke, wie ihr Blick an der lila Haarsträhne hängen bleibt.

»Mom, man kann es auswaschen.« Ich versuche ein Lächeln. »Aber ich mache es nicht für sie. Es war ursprünglich meine Idee. Alles. Ich liebe es, so zu tanzen. Ich möchte es eigentlich viel mehr machen. Sie hat mich gesehen und mich dazu ermutigt. Ich glaube, ich werde mehr in die Richtung gehen.« Jetzt ist es raus. Ich habe es vorher noch nie so klar gedacht. Jetzt, wo ich es ausspreche, wo ich es meinen Eltern sage, weiß ich, dass es genau so ist. Dass das der Weg ist.

»Du willst Ballett aufgeben?« Ich sehe den Schock in ihrem Gesicht.

»Ich entwickele es weiter«, erwidere ich.

»Zu diesem anderen Tanz?«

Ich nicke. Meine Mutter räuspert sich, dann verschluckt sie sich und hat einen Hustenanfall.

»Einen Moment«, röchelt sie, und plötzlich ist sie verschwunden.

Ich will ihr nachlaufen, aber mein Vater hält mich am Arm fest.

»Warte«, sagt er.

Ich blicke zu ihm hoch. »Mein kleiner Engel«, sagt er, als würde er den Namen, den er immer für mich hatte, neu ausprobieren. »Gib ihr einen Moment«, murmelt er und nickt mir beschwichtigend zu.

Ich bleibe stehen. »Es ist auch alles neu für mich. Ich weiß, dass es schwer zu verstehen ist. Es ist so anders als das, was ich vorher gemacht habe. Aber das heißt nicht, dass es umsonst war. Im Gegenteil.«

»Es ist ein Schock für sie«, sagt mein Vater. »Sie ist eine Träumerin. Sie hat die ganze Zeit den *Schwanensee* gehört auf dem Flug hierhin. Aber sie wird es verstehen. Du musst ihr nur Zeit geben. Ich habe ihr Gesicht gesehen, als du getanzt hat. Sie war … begeisterter, als du es dir vorstellen kannst. Ich weiß, dass du das Richtige machst. Wir möchten doch nur, dass du glücklich bist, Yuna. Das ist unser Glück.«

»Aber ich hätte es gern so gemacht, dass es auch Moms Glück ist.«

»Das ist es«, sagt er, »glaub mir, das ist es. Gib ihr ein bisschen Zeit.«

Zweiundvierzig

Miles

Als ich aus dem Trailer komme, ist tatsächlich Licht in der Scheune. Sie hat mir gerade geschrieben, dass sie da ist. Es regnet immer noch in Strömen, und ich renne die paar Meter, schiebe die Türen zur Seite und trete ein. Mit dem Ärmel wische ich das Wasser von meinem Gesicht. Sie sitzt auf dem Stuhl an meinem Schreibtisch, wo das Bild liegt, das ich in der Nacht damals begonnen und später zerrissen habe. Sie trägt eine Jogginghose und ein T-Shirt mit einem ausgeleierten Ausschnitt, der ihrer Schulter freilässt. Ihre Haare liegen in einem losen Zopf über ihrem Rücken.

»Du hast das Bild von mir kaputt gemacht«, sagt Yuna, ohne aufzusehen.

Ich nicke. »Das stimmt.«

»Warum hast du es kaputt gemacht?« Sie blickt hoch, und in ihren Augen ist Unsicherheit.

»Ich will kein Bild von dir, Yuna.« Ihr Mundwinkel zuckt, und sie blickt wieder nach unten.

»Ich mag deine Bilder. Jetzt habe ich eins von dir. Danke dafür. Ich hätte gern noch viel mehr Bilder von dir. Ich werde sie nie kaputt machen.«

Ich trete weiter in die Scheune, gehe langsam zu dem Tisch, wo sie sitzt. Der Rest der Scheune liegt im Dunkeln, die Lampe auf dem Schreibtisch wirft einen Lichtkreis auf den Platz, wo sie sitzt.

»Du warst auf der Bühne so unglaublich, Yuna. Du hast sie alle weggetanzt.«

»Du warst da?« Ihr Mund bleibt für einen Moment offen stehen. Dann schaut sie wieder nach unten.

Sie seufzt. »Das haben mir unglaublicherweise schon ein paar Leute gesagt.« Sie lässt ihre Hand in den Nacken gleiten und zieht ihren Hals zur Seite, als wäre er verspannt. Ihre Augen sind unruhig, sie schaut sich in der Scheune um. »Und ich freue mich natürlich riesig darüber. Ich wäre ja verrückt, wenn ich mich nicht darüber freuen würde. Aber es war mir diesmal eigentlich fast egal, ob es anderen gefällt. Es ist schwer zu beschreiben. Ich habe es für mich getan. Ich klinge schon so wie du.« Sie bleibt sitzen, wendet aber den Kopf. Ich habe das Gefühl, dass sie sich umschaut, welche Bilder hier stehen. »Ich habe die anderen Bilder auch weggetan. Bill, Ruth … Olivia. Aus anderen Gründen«, beantworte ich ihre nicht gestellte Frage. »Und sie war wirklich nicht hier drin. Sie war nicht lange hier, es war mir ziemlich schnell klar, dass sie … nur eine Flucht vor ihren Eltern brauchte.« Ich mache ein paar Schritte nach vorn, bleibe vor dem Tisch stehen. Sie wendet ihren Kopf und blickt in mein Gesicht.

»Hätte ich den Tumor nicht gehabt, wäre ich nicht hier. Ich hätte nie so viel Zeit in Choreos und Hip-Hop und K-Dance gesteckt. Wäre Olivia nicht gewesen, hätte ich dich nicht kennengelernt. Ich hätte dir von Anfang an gar keine Chance gegeben. Ich hätte sowieso gedacht, dass es mich sonst zu sehr ablenkt. Ich bin ihr dankbar. Du solltest ihr auch dankbar sein. Ohne sie wärst du nicht gekommen. Man muss alles annehmen.«

Unsicherheit erscheint in ihrem Blick, wahrscheinlich, weil sie meinen Ausdruck nicht lesen kann. Ich bin verwirrt.

»Das ist von Julie. Aber sie hat recht … ich versuche jetzt

einfach mal, mich nicht mehr zu wehren.« Sie zuckt mit den Schultern. Ich möchte meine Hände auf ihre Schultern legen und sie umarmen.

»Wenn der ganze Weg bisher dafür da war, dich zu treffen, war es ein guter Weg«, sage ich, und es macht mich ruhig, es auszusprechen, weil es so richtig ist. Genau so ist es. Das ist die Wahrheit.

Sie betrachtet mein Gesicht, dann beugt sie sich herunter und streichelt Spike, der an ihr Bein gestupst hat, was auch immer er damit bezwecken will. »Ich bin eigentlich hier, weil ich mit meinen Eltern hergekommen bin, mit Hazels Auto. Sie haben mir erzählt, dass sie auf der Ranch ein sehr netter junger Mann empfangen hat und ihnen sogar den Weg zum Campus gezeigt hat und die Magnolia Ranch so ist, wie sie sich Montana vorgestellt haben.«

Sie schiebt den Stuhl nach hinten und steht auf. Uns trennen nur noch zwei Schritte, aber sie bleibt unschlüssig stehen. »Meine Eltern warten auf mich. Ich kann nicht fassen, dass sie extra für mich hierhergekommen sind.«

»Ich kann sie sehr gut verstehen. Sie wirkten sehr beeindruckt von dir, Yuna. Ich glaube, sie lieben dich viel zu sehr, als dass sie nicht akzeptieren können, dass Träume sich ändern können.«

Sie wippt zustimmend mit dem Kopf und knabbert an ihrer Lippe. Natürlich macht sie das nervös. Aber mir ist nach den kurzen Begegnungen schon klar, dass Yunas Eltern nie enttäuscht von ihr sein werden.

Wir stehen voreinander, und ich weiß nicht genau, was ich tun soll, weil sie keine Anstalten macht, auf mich zuzugehen. Ich weiß nur sehr genau, was ich tun will.

»Bringst du mich noch zurück?«, fragt sie, bevor ich etwas tun oder sagen kann. Sie geht schon Richtung Tür und schiebt sie zur Seite. Draußen prasselt der Regen in Strömen vom Himmel. Ohne Schirm ist man innerhalb von Sekunden durchnässt. »Ich glaube, hier ist noch irgendwo ein alter Regenschirm.« Ich drehe mich um und hole ihn aus einem Eimer. »Sonst wird das ein ziemlich nasses Abendessen mit deinen Eltern.«

Mit einem Klick öffnet sich der Schirm. Ich halte den Schirm über uns, und ihre Finger umfassen den Griff an der gleichen Stelle wie meine. Nach den ersten drei Schritten trete ich aus Versehen in eine Pfütze, und das Wasser spritzt hoch und durchnässt unsere Hosen bis zum Schienbein. Yuna quietscht. Dann atmet sie schnell aus.

»Miles«, flüstert sie. Und dann nimmt sie mir den Schirm aus der Hand und lässt ihn neben uns auf den Boden fallen und schlingt ihre Arme um meinen Hals. Sie presst ihre Lippen auf meine, nachdrücklich, so als wollte sie ewig dort bleiben. Als ich es verstanden habe, schlinge ich meine Arme um sie, der Regen durchnässt uns in rasanter Geschwindigkeit, aber jetzt ist es sowieso zu spät. Sie zieht ihren Mund nur zurück, um mich erneut zu küssen. Ich küsse sie zurück, vorsichtig. Küsse den Rand ihres Mundes, trinke das Wasser, das ihr Gesicht herunterrinnt. Der Regen kühlt mein erhitztes Gesicht. Meine Hand gleitet an ihren Hinterkopf, wie ich es liebe, ihre Haare zwischen den Fingern zu fühlen, die sich nass um ihren Kopf schmiegen. In ihren Wimpern hängen dicke Tropfen. Dann schiebt sie ihren Kopf an meinem vorbei und presst ihn in meine Schulter.

»Es war es alles wert, Miles. Jede einzelne Sekunde war es wert. Hässlich oder schön, sie haben mich alle hierhin gebracht.«

Ich will sie nie mehr loslassen.

»Miles, ich habe noch eine Frage.« Sie hebt ihren Kopf von meiner Schulter, und ich lehne mich etwas nach hinten und blicke zu ihr. Ihre Haare kleben an ihrem Kopf, auf der Mulde über ihren Lippen sammelt sich Wasser. »Vielleicht stellen wir dich erst morgen vor, sie müssen erst mal das Hip-Hop-Tribal-

Ballett auf der Bühne verdauen. Aber möglicherweise kann ich nachher nur so tun, als würde ich zum Campus zurückfahren. Hazel braucht ihr Auto heute Abend nicht mehr.« Wir blicken uns an, und ich habe das Gefühl, wenn ich nicht aufpasse, erscheint gleich ein peinliches, viel zu breites Grinsen auf meinem Gesicht.

»Warte mal, du willst, dass ich dein schmutziges kleines Geheimnis bin, verstehe ich das richtig?«, frage ich.

»Schmutzig hast du gesagt. Aber das ist auch okay. Nur vielleicht bis morgen, damit es keinen Herzinfarkt gibt. Danach können wir es vorsichtig offiziell machen. Ich weiß nicht, wann wir das nächste Mal die Chance haben, und ich möchte, dass du sie als mein Freund kennenlernst.«

»Ich weiß nicht, ob sie mich noch so nett finden, wenn sie wissen, dass ich dein Freund bin.«

Sie blickt mich lange an. »Miles. Sie werden dich lieben. Das kann ich dir schon jetzt versprechen. Vielleicht steigern wir die Chancen noch, indem ich dich in einem trockenen Shirt vorstelle.«

»Ich weiß nicht, ob das mit dem trockenen Shirt klappt. Ich liebe den Regen. Man muss ihn nur annehmen«, erwidere ich. Sie weiß nicht, was ihre Worte mir bedeuten. Oder vielleicht schon.

Yuna lächelt.

Ich nehme es an. Die Vergangenheit, diesen ganzen gewundenen Weg. Meine Mutter auf der Straße. Die Meryll-Sacklers. Olivia. Kane in Chicago und all die anderen. Die Murphys. Den Regen. Das Lächeln. Yuna.

Alles.

Danke

Was passiert, wenn du Menschen, die so leidenschaftlich für Tanz, Film, Schauspielerei, Malerei und Worte brennen, in der Abgeschiedenheit Montanas auf einem College zusammenbringst? Es sprühen ziemlich viele Funken. Danke an Greta Frank, meine wunderbare Lektorin bei Piper, die sich von der Begeisterung hat anstecken lassen.

Danke an meine Agentin Christine für die immerwährende gute Laune und ihren Optimismus und dafür, dass sie Träume wahr werden lässt. Danke an die Schauspielerin Niki Finger für die Einblicke, an die ehemalige Ballerina Irina Dimova-Kull für ein tolles Gespräch und an Jin-Ju und ihre Familie für die herzliche Einladung nach Montana und die Anekdoten über die koreanische Community.

Inspirierend sind für mich auch die Tänzerinnen Misty Copeland und Parris Goebel gewesen, so unterschiedliche Tänzerinnen und dann auch wieder so ähnlich, schaut euch deren Masterclass an! Am meisten inspiriert hat mich natürlich meine eigene Zeit in den USA, in Berkeley und Wesleyan und später als Gaststudentin in Harvard. Und 344 Washington gibt es auch, aber mehr verrate ich nicht.

Danke an Sabine Lata für die Beantwortung meiner Fragen zum Thema Malerei und deine Freundschaft.

Ganz besonders vielen Dank an meine großartigen Erstleserinnen Sabrina (@text.werkstatt) und Sabrina (@bees_bookworld) und Janina von @janinchenloves und die vielen tollen Sprachnachrichten von Janina von @_zeilenkino_, und, nein, man muss nicht Janina oder Sabrina heißen, um testzulesen. Danke auch an Andrea Dümpelmann für die langjährige unerschütterliche Freundschaft und Treue, auch wenn ich nicht immer einfach war. Danke, Ricarda. Danke, dass ihr euch trotz zu langer Liebesszenen (ja, so etwas gibt es) und vieler Rechtschreibfehler durch die Erstfassung gelesen habt und das Buch mit liebevoller Kritik und Begeisterung zu dem gemacht habt, was es am Schluss wurde. Ihr rockt! Jetzt lassen wir es raus. Ich bin aufgeregt.

Danke an die ganze Community auf #bookstagram, meine lieben Kolleginnen, wie Christine Drews, Stefanie Hasse, Nina MacKay, Tanja Voosen, Stella Tack, Jasmin Zipperling, Sabine Zett, Rena Fischer, Christine Haslinger, Dagmar Giersberg, Annika Bühnemann, die Liste geht ewig weiter, meinen Newsletter-Club, Youtube und überhaupt. Ihr macht mich glücklich, und ich bin euch so dankbar für eure immerwährende Unterstützung und eure Leidenschaft. Von vielen weiß ich nicht viel mehr als die Meinung über das zuletzt gelesene Buch – aber es bereichert mein Leben ungemein.

Danke an Wiebke Bach, die dafür gesorgt hat, dass ich viel schöner klinge und mich nicht mit peinlichen Logikpatzern blamiere. Danke an #frühschreiben, die Schreibgruppe, die aus Homeschooling-Zeitnot geboren wurde und mit Motivation, Kaffeejunkies und Positivität ein Beispiel dafür ist, was für tolle Dinge auch 2020 passiert sind.

Danke an die Autorin Simone Wille for the Magic Mondays Meetings. Sie funktionieren.

Bis hier liest keiner mehr, dabei kommen jetzt die Menschen, die mich täglich begleiten und aushalten, die aber immer abhauen, sobald die Kamera angeht. Ist in Ordnung. Ich liebe euch nicht nur trotzdem, sondern am allermeisten. Ihr seid mein Schicksal und meine große Liebe.